SASKIA BERWEIN
Todeszeichen

SASKIA BERWEIN

TODESZEICHEN

Thriller

Originalausgabe September 2013 bei LYX
verlegt durch EGMONT Verlagsgesellschaften mbH,
Gertrudenstr. 30–36, 50667 Köln
Dieses Werk wurde vermittelt duch die Literarische Agentur Thomas
Schlück GmbH, 30827 Garbsen.
Copyright © 2013 bei EGMONT Verlagsgesellschaften mbH
Alle Rechte vorbehalten

1. Auflage
Redaktion: Claudia Schlottmann
Satz: Greiner & Reichel, Köln
Printed in Germany (670421)
ISBN 978-3-8025-8981-2

www.egmont-lyx.de

Die EGMONT Verlagsgesellschaften gehören als Teil der EGMONT-Gruppe zur **EGMONT Foundation** – einer gemeinnützigen Stiftung, deren Ziel es ist, die sozialen, kulturellen und gesundheitlichen Lebensumstände von Kindern und Jugendlichen zu verbessern. Weitere ausführliche Informationen zur EGMONT Foundation unter **www.egmont.com**.

Prolog

Die Dunkelheit hellte sich ein wenig auf, zumindest veränderte sich die Schwärze. Langsam kehrte Gefühl in ihren Körper zurück, doch das Erwachen breitete sich nur sehr zähflüssig in ihren Gliedern aus und wurde von Schwindel und Übelkeit begleitet. Sie hatte den Eindruck, schwerelos im Nichts zu schweben, dann wieder schien ihr Körper ins Bodenlose zu fallen.

War sie tot? Löste sich ihre Seele gerade in diesem Augenblick von ihrem Körper? Würde sie bald ein weißes Licht sehen?

Ein Teil ihres langsam erwachenden Verstandes hoffte darauf. Dann wären die Qualen wenigstens vorbei. Endlich vorbei.

Doch dann schmeckte sie Blut und Galle. Sie war nicht erlöst worden. Noch nicht.

Die Bewusstlosigkeit zog sich mehr und mehr zurück. Geräusche drangen zu ihr durch und gewannen an Klarheit: das leise Surren eines Computers oder einer Klimaanlage, das monotone Ticken einer Uhr, dem sie bereits irgendwann zuvor gelauscht und dabei jede einzelne Sekunde gezählt hatte.

Der Übelkeit erregende Geruch, eine Mischung aus Chemie und Körpersäften, hing noch immer im Raum. Etwas hatte sich jedoch verändert.

Sie lag anders. Und er war nicht bei ihr.

Als sie das letzte Mal aufgewacht war – es mochten Stunden oder Tage seitdem vergangen sein –, hatte sie auf dem Rücken gelegen, auf eine harte Pritsche geschnallt, die gespreizten Beine auf Halterungen fixiert.

Er war bei ihr gewesen. Er hatte nackt zwischen ihren Beinen gestanden und sich an ihr vergangen. Immer und immer wieder. Auch jetzt noch hallten sein Stöhnen, seine obszönen Worte und seine Beschimpfungen in ihrem Kopf wider.

Inzwischen lag sie jedoch auf dem Bauch. Die Pritsche unter ihr war kalt und hart. Ihre Arme waren über ihrem Kopf an die Liege gefesselt, und auch um ihre Knöchel waren Nylonbänder festgezurrt, die die Blutzufuhr abschnitten. Dass sie ihre Hände und Füße kaum noch spürte, überraschte oder beunruhigte sie aber schon nicht mehr.

Sie lauschte und konzentrierte sich. Ihr Herzschlag und ihre Atmung waren alles, was sie wahrnahm, wenn sie das technische Surren und das mitleidlose Ticken ausblendete. Er war nicht hier. Nicht in diesem Raum.

Endlich wagte sie es, die Augen einen Spaltbreit zu öffnen.

Sie hatte Angst. Falls er doch noch hier war und bemerkte, dass sie wieder zu sich kam, würden die Torturen von Neuem beginnen.

Vor nicht allzu langer Zeit hatte sie in irgendeiner Zeitschrift gelesen, dass Vergewaltiger sich besonders an der Angst und dem Schmerz ihrer Opfer erregten. Sie wollten, dass die Frauen wach und bei Bewusstsein waren, sonst fehlte ihnen der Anreiz, den sie meistens benötigten, um überhaupt eine Erektion zu bekommen.

Anfangs hatte sie deshalb versucht, sich bewusstlos zu stellen, doch das hatte sie kaum ein paar Minuten durchgehalten. Er hatte sie berührt, jeden Millimeter ihres Körpers erkundet. Teilweise mit der Zärtlichkeit eines aufmerksamen Liebhabers, dann wieder mit Gewalt.

Als sie nicht die gewünschten Reaktionen zeigte, hatte er jedoch nicht aufgegeben, sondern seine Bemühungen, ihr Schmerz zuzufügen und sie zu demütigen, noch gesteigert.

Schließlich hatte er ihre ohnehin dünnen Mauern durchbrochen, indem er sie geküsst und seine Zunge in ihren Mund gestoßen hatte, während sich seine Hände immer fester um ihren Hals schlossen.

Wer auch immer den Artikel in dem Magazin verfasst hatte, hatte offensichtlich keine Ahnung, wovon er oder sie sprach. Denn letztlich entkam man seinem Peiniger nicht, sondern zog sein eigenes Leiden nur unnötig in die Länge.

Es gab kein Entkommen.

Zumindest traf dies auf den Mann zu, in dessen Fänge sie geraten war.

Wo war er hingegangen? Seine Abwesenheit erzeugte gemischte Gefühle in ihr. Angst und Verwirrung. Er hatte ihre Position verändert, was bedeuten konnte, dass er es leid war, in ihr schmerzverzerrtes Gesicht zu blicken. Oder er wollte zu einer neuen Art von Quälerei übergehen.

Das grelle Licht, das von nackten Neonröhren an der Decke ausging, schmerzte und trieb ihr Tränen in die Augen. Der Raum um sie herum verschwamm, doch sie erkannte einige Details, wenn auch nichts, was ihr irgendwie weitergeholfen hätte. Er hielt sie in einem fensterlosen Kellerraum oder einer Art Bunker gefangen. Die kahlen Betonwände, die in ihrem Blickfeld lagen, wirkten vollkommen anonym. Sie hätte sich überall und nirgends befinden können.

Wieso sie überhaupt nach Anhaltspunkten für ihren Aufenthaltsort suchte, war ihr selbst ein Rätsel. Tief in ihrem Innern wusste sie längst, dass sie in diesem Raum sterben würde.

Er würde sie niemals lebendig gehen lassen.

Als ihr dieser Gedanke zum ersten Mal gekommen war, hatte panische Angst von ihr Besitz ergriffen. Jede Faser ihres Körpers und jeder Winkel ihres Verstandes hatten sich gegen diese Gewissheit aufgelehnt. Doch inzwischen dachte sie anders darüber. Inzwischen hatte sie sich nicht nur damit abgefunden, zu sterben, sondern sehnte den Moment geradezu herbei.

Denn nichts sonst würde ihre Qualen beenden. Sie hoffte, dass wenigstens dieser letzte Akt schnell vorübergehen würde. Sie hatte die Augen bereits wieder geschlossen, als sie gedämpfte Schritte und dann das Quietschen einer Tür hörte. Sie erkannte ihn am Klang seiner Schritte. Er war zurückgekehrt.

Langsam umrundete er die Pritsche. Obwohl sie ihn nicht sah, wusste sie, dass seine Augen über ihren Körper glitten und er sich an dieser erniedrigenden Fleischbeschau ergötzte. Als er hinter ihr stehen blieb und freien Blick auf ihre zerschundene Scham haben musste, hörte sie ein kehliges Geräusch, eine Mischung aus einem Aufstöhnen und einem Glucksen.

Einige Sekunden vergingen, dann packte er ohne jede Vorwarnung ihren linken Oberschenkel. Im nächsten Moment rammte er ihr zwei Finger in die Scheide.

Obwohl sie ihre ganze Willenskraft aufbrachte, zuckte sie unwillkürlich zusammen. Den Schmerz nahm sie nur noch gedämpft wahr, trotzdem entrang sich ihren zusammengepressten Lippen ein Schrei, mehr aus Überraschung als vor Schmerz.

Wieder stieß er einen dumpfen, kehligen Laut aus. Er lachte. Es erfreute ihn, dass sie wach war.

Er zog sich aus ihr zurück, und sie bereitete sich innerlich darauf vor, dass er erneut seine Erektion oder irgendeinen Gegenstand unbarmherzig in sie hineinstoßen würde, als wäre sie ein totes, gefühlloses Stück Fleisch. Doch das geschah nicht. Sie hörte, wie er zur Seite trat, dann metallisches Klirren.

Sie konnte nicht verhindern, dass sie sich anspannte. Was würde als Nächstes geschehen? Hatte er sich etwas Neues ausgedacht, um sie zu quälen? Obwohl sie nie gläubig gewesen war, betete sie nun abwechselnd um eine tiefe Bewusstlosigkeit und einen schnellen, baldigen Tod.

Aber Gott hörte nicht zu. Er hatte ihr noch nie zugehört.

Ihr Peiniger strich über ihren Rücken. Seine Handfläche war

kühl und feucht. Es war eine beinahe zärtliche Geste. »Perfekt«, flüsterte er. »Einfach perfekt ...«

Er schien mit einer Hand ihre Haut in Höhe der Nieren zu straffen. Was hatte er vor?

Der plötzlich einsetzende Schmerz, als er mit einer scharfen Klinge in ihre Haut schnitt, ließ sie aufschreien.

1

Sie trat heftig auf die Bremse, und das Auto kam beinahe augenblicklich zum Stehen. Mit zusammengekniffenen Augen stierte sie in die Dunkelheit, dann kontrollierte sie noch einmal die Daten des Navigationssystems. Von der Straße führte ein wenig einladend aussehender Weg in den Wald, doch kein Schild wies darauf hin, dass sich dort ein Parkplatz für Wanderer befand.

Dennoch, irgendwo in dieser Richtung musste ihr Ziel liegen. Sie zuckte die Schultern, legte den ersten Gang ein und lenkte ihren VW auf den unwegsamen Pfad, dessen Zustand sich mit jedem Meter verschlechterte. Vor ihr taten sich so tiefe Löcher auf, dass der Unterboden des Autos mehrfach über die Erde schrammte. Gebüsch und Grünzeug ragten über den Weg und wirkten im Licht der Scheinwerfer wie dürre Arme, die nach ihrem Wagen griffen.

Äste schabten zu beiden Seiten über die Fenster. Sie war bereits kurz davor, anzuhalten und den Rückwärtsgang einzulegen, als sich das Gehölz zu einer kleinen, halb zugewachsenen Lichtung hin auftat. Ein in die Jahre gekommener Opel Corsa mit lächerlich großem Auspuff nahm fast den gesamten freien Platz ein.

Sie schaffte es, den VW neben den Opel zu quetschen. Wer auch immer diese Lichtung als Parkplatz bezeichnete, musste eine besondere Art von Humor haben. Wenigstens bestätigte das Kennzeichen des Corsa, dass sie hier richtig war.

Jennifer warf einen Blick auf die Uhr. Halb drei. Der Anruf hatte sie vor gut einer Stunde geweckt. Wenn sie Glück hatte, waren das Team der Spurensicherung und der Leichenbeschauer schon vor Ort.

Jennifer kramte im Handschuhfach nach einem Haargummi, die Suche blieb allerdings erfolglos. Sie würde ihre vom Kopf abstehenden braunen Haare nicht bändigen können. Die Frisur passte aber immerhin zu den tiefen Schatten unter ihren ohnehin geröteten Augen.

Also begnügte sie sich mit der Taschenlampe, überprüfte die Batterien und stieg aus.

Ihr schlug eine Welle feuchter Luft entgegen, die ihr nach der klimatisierten Fahrt beinahe den Atem nahm. Es war zwar bereits Anfang Oktober, doch tagsüber herrschten nach wie vor fast sommerliche Temperaturen, die wegen gelegentlicher Regenfälle von einer drückenden Schwüle begleitet wurden. Selbst die nächtliche Kühle vermochte die Feuchtigkeit nicht nachhaltig zu vertreiben.

Der Lichtkegel der Taschenlampe erfasste einen Trampelpfad, der tiefer in den Wald und auf das Licht zuführte, das zweifellos von Lampen stammte, die am Fundort aufgestellt waren. Der Pfad sah ebenso zugewachsen aus wie der Weg, den sie mit dem Auto gekommen war. Es gab aber deutliche Spuren, die darauf hinwiesen, dass hier diese Nacht schon jemand durchgekommen war.

Vermutlich die beiden Insassen des Corsa.

Jennifer marschierte einige Minuten, dann musste sie den Pfad verlassen. Ihre Trekkingstiefel sanken in den weichen, von Blättern bedeckten Waldboden, doch glücklicherweise hatte sich die Erde trotz der Regenfälle noch nicht gänzlich von dem extrem heißen, trockenen Sommer erholt. Normalerweise war dieses Gebiet besonders feucht, der Boden beinahe sumpfig.

Der Wald öffnete sich vor ihr zu einer etwas größeren Lichtung. Mehrere Taschenlampen schwenkten in ihre Richtung und blendeten sie für ein paar Sekunden, bevor die Beamten sie erkannten und die Lampen senkten, mit denen sie zusätzlich zu den zwei aufgestellten Flutlichtern den Fundort beleuchteten.

Vier Uniformierte von der Schutzpolizei standen um eine trichterförmige Grube von gut zehn Metern Durchmesser herum, deren Ränder mit Laub bedeckt waren. In einigen Metern Tiefe maß das Loch noch immer gut fünf Meter, und der Boden bestand aus einer schwarzen, schlammigen Schicht, aus deren Mitte eine Insel aus Granitgestein ragte.

Drei Männer in bis zur Brust reichenden Gummihosen steckten beinahe hüfttief im Schlamm. Sie hatten eine kurze, tiefe Metalltrage dabei und machten sich an blauen Plastiksäcken zu schaffen, die zwischen den kantigen Granitfelsen im Morast steckten.

Es stank nach Fäulnis und Verwesung. Der typische Leichengeruch war unverkennbar.

Thomas Kramer, der den Einsatz der Schutzpolizei vor Ort leitete, kam mit ernster Miene auf Jennifer zugeschlendert. Er hatte dunkle Ringe unter den Augen und wirkte nervös. Die Folgen einer überlangen Schicht und des Nikotinentzugs. Kramer war starker Raucher, und es fiel ihm nicht leicht, an Tat- oder Fundorten auf seine geliebten Zigaretten zu verzichten.

»Hallo, Jennifer. Schön, dass du es so schnell geschafft hast.«

Sie bemerkte den leicht bissigen Unterton, der sich in die Stimme des knapp dreißigjährigen Polizeiobermeisters geschlichen hatte, ignorierte ihn aber.

Selbst Professor Meurer war schon da. Im Gegensatz zu allen anderen wirkte der Gerichtsmediziner frisch und ausgeruht. Seine Kleidung saß perfekt, auch wenn die dunkelgraue Tweedhose nicht unbedingt zu den klobigen Arbeitsstiefeln passte, die er sonst vermutlich nur bei der Gartenarbeit trug.

Der Professor stand mit Jarik Fröhlich von der Spurensicherung zusammen und beobachtete eher missmutig als konzentriert, wie die Männer mit der Bergung des Fundes kämpften.

Jennifer hätte auch eine halbe Stunde später kommen können, ohne dass Kramers Einsatz sich verlängert hätte, doch sie nahm ihm seine Frustration nicht übel.

Die Schutzpolizei von Lemanshain hatte in letzter Zeit ebenso mit Unterbesetzung zu kämpfen wie fast jede andere Behörde, die mit ihrem aktuellen Fall zu tun hatte. Auf die Zahl der Leichen, mit denen sie seit Anfang des Jahres konfrontiert wurden, waren sie einfach nicht vorbereitet. Und bisher taten die Stadtoberen nichts, um diesem Problem angemessen zu begegnen.

»Ich habe dich sofort angerufen, als der Notruf reinkam«, fügte Kramer hinzu und stieß ein Seufzen aus. Er war offensichtlich erleichtert, dass er die Verantwortung jetzt an sie, die zuständige Kriminalbeamtin, abgeben konnte.

Jennifer schenkte ihm ein Lächeln, das vermutlich nicht halb so aufmunternd wirkte wie beabsichtigt. »Sorry, Thomas, ich glaube, ich habe mich verfahren.«

Er nickte und fuhr sich mit der Rechten durch die kurz geschnittenen dunkelblonden Haare. Das tat er immer, wenn die Lust auf eine Zigarette allzu groß wurde und er seine Hände mit irgendetwas beschäftigen musste. »Falsche Seite. Der Parkplatz, den ich dir genannt habe, liegt nördlich von hier.«

Jennifer zuckte die Schultern und ließ sich nicht anmerken, dass sie sich über sich selbst ärgerte. Tagsüber hatte sie solche Probleme nicht, doch ihr nächtlicher Orientierungssinn war nicht der beste. Vermutlich war sie an dem Schild, das den Parkplatz auswies, vorbeigefahren, ohne es zu bemerken. »Dafür habe ich den Corsa der beiden Jungs entdeckt.«

Kramer nickte nur wieder. Es schien keine Information zu sein, die ihn sonderlich interessierte.

»Also, was ist hier los?«, fragte Jennifer.

»Die zwei Jungs haben in dem Loch da unten eine Leiche entdeckt. Oder vielmehr das, was davon noch übrig ist. Die Verwesung ist wohl schon ziemlich weit fortgeschritten. Die Überreste stecken in Müllsäcken.«

Jennifer stieß hörbar die Luft aus. »Also nicht unser Mann.«

Kramer nickte. »Unwahrscheinlich, nach dem zu urteilen, was wir bisher haben.«

Jennifer wusste nicht so recht, ob sie erleichtert sein sollte oder nicht. Denn immerhin bedeutete es eine weitere Leiche in ihrem Zuständigkeitsbereich. »Und was haben die Jungs hier mitten in der Nacht verloren?«

»Geocaching.«

»Geocaching?« Jennifer hatte davon schon mal gehört, konnte sich auch entfernt an einen Zeitungsbericht erinnern, doch im Moment sagte ihr der Begriff nichts.

»Versteckte Kisten, nach denen irgendwelche Verrückten suchen, mit nichts als GPS-Daten als Hinweis«, erklärte Kramer in einem Tonfall, der andeutete, dass er dieses Wissen für Allgemeinbildung hielt. »Eine Art moderne Schnitzeljagd.«

Jennifer nickte, auch wenn ihr das Ganze noch immer nur entfernt bekannt vorkam.

»Die Jungs waren auf der Suche nach einem Rätselcache mit mehreren Stationen, der nur nachts gefunden werden kann. Man muss Rätsel lösen, um die Koordinaten der nächsten Station zu ermitteln.« Kramer zuckte die Schultern. »Beim Lösen und Berechnen der Koordinaten für das Ziel haben sie ganz schön Mist gebaut und sind dann hier gelandet. Sie sahen den Zipfel eines Müllsacks zwischen den Granitfelsen und dachten, das sei ihr Schatz.«

»Die Jungs sind in den Schlamm da runtergestiegen?«, fragte Jennifer überrascht.

»Einer von ihnen. Er hat sich an dem Sack zu schaffen gemacht, sah einen eindeutig menschlichen Knochen und ... na ja, jetzt sind wir hier.«

Jennifer schüttelte den Kopf. Sie ließ den Blick über den Krater schweifen. Er war vermutlich im Zweiten Weltkrieg entstanden, als eine Bombe, die eigentlich Hanau oder Würzburg hätte treffen sollen, fälschlicherweise über dem Wald abgeworfen worden war. Es war offensichtlich, dass das Loch normalerweise fast bis zum Rand mit Wasser gefüllt und während des ungewöhnlich heißen Sommers teilweise ausgetrocknet war. Die Leiche hatte man vermutlich zu einem Zeitpunkt dort deponiert, als der Wasserstand noch sehr viel höher war.

»Wo sind die Jungs jetzt?«, fragte Jennifer.

»Ich habe sie aufs Revier bringen lassen, damit sich der eine Kerl duschen kann. Sie sind etwas geschockt, aber wenn du willst, kannst du sie heute Nacht noch vernehmen.«

Jennifer dachte kurz darüber nach, doch ein Blick auf die Männer, die sich mit den Säcken in dem Krater abmühten, sagte ihr, dass es noch eine ganze Weile dauern würde, bis sie hier wegkam. »Wohnen sie hier in der Nähe?«

»Ja. Der eine arbeitet in der Möbelfabrik, der andere in der Klinik.«

»Kamen sie dir irgendwie verdächtig vor?«, fragte Jennifer. Sie schätzte Kramers Gespür, Lügen und erfundene Geschichten zu entlarven.

»Die haben meiner Auffassung nach nichts damit zu tun. Selbst wenn der eine nicht in diese Drecksbrühe gestiegen wäre, ihre Geschichte ist glaubhaft. Sie haben die Ausrüstung und die Aufzeichnungen dabei, und auch den Cache gibt es wirklich, habe ich schon überprüfen lassen.«

Jennifer nickte. »Dann schick sie nach Hause und mail mir ihre Daten zu. Sie sollen in der Stadt bleiben und sich morgen früh für eine Befragung bereithalten. Ihr Auto können sie abholen, wenn sie wollen.«

»Okay«, bestätigte Kramer und wandte sich ab, um ihre Anweisungen weiterzugeben.

Jennifer ging zu Jarik Fröhlich und Professor Meurer hinüber. Jarik verständigte sich gerade mit den Männern in der Grube, die es inzwischen geschafft hatten, zwei Müllsäcke zu bergen und auf die Trage zu hieven. Der Koordinator der Spurensicherung sah so erschöpft aus, wie sich Jennifer fühlte. Im Gegensatz zu ihr hatte er es aber geschafft, seine schulterlangen schwarzen Haare zu einem ordentlichen Pferdeschwanz zusammenzubinden.

Jennifer begrüßte die beiden Männer mit einem kurzen Nicken.

Als Jarik nicht mehr seine ganze Konzentration für seine Leute brauchte, fragte sie ihn routinemäßig, ob sie schon mit der Suche nach Hinweisen im Umkreis begonnen hätten. Sie hatte die durch den umliegenden Wald blitzenden Lichtkegel allerdings längst bemerkt.

Er beantwortete ihre Frage mit einem knappen »Ja«. Sie befürchteten beide, dass die nächtliche Suche genauso wenig bringen würde wie eine zweite Besichtigung bei Tageslicht. In einem Gebiet, in dem regelmäßig Schatzsucher unterwegs waren, würde sich kaum eine brauchbare Spur finden lassen, zumal die Leiche bereits geraume Zeit hier lag.

Die Männer von der Spurensicherung machten sich mit den Müllsäcken auf der Trage vorsichtig an den Aufstieg. Der Verwesungsgestank schien sich noch zu verstärken, und als sie oben angekommen waren, wusste Jennifer auch, warum. Die Säcke waren aufgerissen. Klebrige dunkle Flüssigkeit war ausgetreten und sammelte sich am Boden der tiefen Trage.

Jennifer begann sofort durch den Mund zu atmen, was den Geruch jedoch nur geringfügig erträglicher machte.

Professor Meurer trat vor und warf einen Blick durch einen der größeren Risse. Warum er überhaupt näher trat, war Jennifer ein Rätsel, denn selbst von ihrem Standpunkt aus konnte sie die Überreste einer menschlichen Hand erkennen. Er rückte seine Brille zurecht, trat von der Trage zurück und verkündete überflüssigerweise: »Es handelt sich um menschliche Überreste im fortgeschrittenen Zustand der Verwesung.«

Der Leichenbeschauer blickte von Jarik Fröhlich zu Jennifer Leitner. »Ich muss Ihnen wohl kaum sagen, dass die Auffindungssituation für sich spricht, aber Genaues kann ich natürlich erst nach einer ausführlichen Begutachtung und Obduktion sagen. Ich gehe davon aus, dass Sie die Untersuchung so schnell wie möglich wollen?«

Jennifer nickte. »Was halten Sie von sieben Uhr, Professor?«

Meurer nickte ebenfalls. Er verabschiedete sich mit einem undeutlichen Murmeln und ging. Die Tageszeit hatte sogar auf seine normalerweise perfekten Umgangsformen Auswirkungen.

Jennifer wandte sich an die Beamten der Spurensicherung. »Wisst ihr, ob die Säcke bereits in diesem Zustand waren, oder sind sie erst bei der Bergung aufgerissen?«

Einer der Männer antwortete mit einem unsicheren Schulterzucken. »Schwierig zu sagen. Sie steckten ziemlich fest, sind aber auch in einem verdammt schlechten Zustand. Ich würde davon ausgehen, dass der eine Sack schon vorher an der Unterseite zerrissen war.«

Jarik Fröhlich wechselte einen kurzen Blick mit Jennifer, dann nickte er seinen Männern zu. Sie trugen die Trage zu ihrem Wagen, um sie transportfähig zu verpacken und dann in die Gerichtsmedizin zu bringen. Jarik und Jennifer sahen ihnen mit einem unguten Gefühl nach, denn sie wussten, dass ihnen in wenigen Stunden eine nicht gerade angenehme Wiederbegegnung mit den verwesten Überresten bevorstand.

»Verdammt«, murmelte Jennifer schließlich. »Das heißt, wir haben einen Teil der Leichensuppe jetzt da unten im Matsch und möglicherweise noch weitere Leichenteile oder Beweise.«

Jarik nickte nur stumm, denn er ahnte, was als Nächstes kommen würde.

»Was würdest du vorschlagen, wenn wir hundertprozentig sichergehen wollen?«

Der Mann von der Spurensicherung seufzte resigniert. »Die ganze Grube auspumpen, ausheben und entsprechend untersuchen.«

Jennifer nickte. »Gut. Dann weißt du, was deine Truppe zu tun hat.«

Jariks Gesichtsausdruck spiegelte puren Unglauben. »Bist du verrückt? Weißt du, was das kostet? Der Alte reißt mir den Kopf ab.«

»Anordnung meinerseits. Ich werde morgen früh dafür sorgen, dass der Oberstaatsanwalt das bestätigt und unserem Chef entsprechend mitteilt. Fang also schon mal mit den Vorbereitungen an.«

Jarik stöhnte auf, als sie sich abwandte und damit jede Diskussion im Keim erstickte: »Scheiße!«

2

Jennifer hatte sich zwar vorgenommen, noch wenigstens eine Stunde zu schlafen, doch sie war in Gedanken zu sehr mit dem Leichenfund beschäftigt, um auch nur ein Auge zuzutun. Sie fuhr deshalb schon um halb sechs ins Büro und traf erste Vorbereitungen für den Tag, die hauptsächlich darin bestanden, Notizzettel auf dem Schreibtisch von Freya Olsson zu deponieren, der Büroassistentin der Lemanshainer Kripo.

Jennifer rechnete damit, dass Leichenschau und Obduktion sie zwei, drei Stunden lang beschäftigen würden. Falls sich kein Hinweis auf die Identität des oder der Toten fand, wovon sie im Moment ausging, würde sie anschließend die Daten der Leiche ins System eingeben, um herauszufinden, ob die Überreste zu jemandem passten, der als vermisst gemeldet war.

Auch wenn die Todesursache vermutlich nicht mehr zweifelsfrei festgestellt werden konnte, mussten sie von einem Gewaltverbrechen ausgehen. Eine Mordkommission musste einberufen und der zuständige Staatsanwalt informiert werden. Jennifer hinterließ Freya deshalb eine Notiz, sie möge im Büro der Staatsanwaltschaft anrufen und einen Termin für zwei Uhr vereinbaren.

Die beiden jungen Männer, die die Überreste gefunden hatten, sollte sie um vier Uhr für eine Befragung in Jennifers Büro bestellen.

Der Fall würde so oder so an ihr hängen bleiben, darüber machte Jennifer sich keine Illusionen. Weshalb sie ihrem Chef einen Zettel mit der kurzen Nachricht hinterließ, dass sie alles Notwendige in die Wege leiten würde. Irgendwann diese Woche musste sie versuchen, ihn für ein ernstes Gespräch zu erwischen, denn ihnen wuchsen die Leichen nun endgültig über den Kopf.

Pünktlich um halb sieben saß sie in ihrem VW und legte grübelnd die viertelstündige Fahrt zur Echtermann-Klinik zurück.

Das weiße Gebäude erhob sich am Ende einer kurzen Allee, ein paar Querstraßen von den Hauptverkehrsadern entfernt. Mit seinen verspiegelten Fenstern und den großzügigen Balkons wirkte es eher wie ein Hotel als eine Klinik.

Ein Eindruck, der nicht unbedingt täuschte, denn die Echtermann-Klinik behandelte ausschließlich zahlungsstarke Privatpatienten und beherbergte neben den üblichen Stationen auch Abteilungen für plastische Chirurgie und Suchtbehandlung sowie einen Kurbereich.

Einrichtungen wie die Echtermann-Klinik, die Privatuniversität und das private Internat waren die Geld- und Machtquellen von Lemanshain. Ihnen, ihrer Kundschaft und den finanziell gut situierten Bürgern, die diese Institutionen anzogen, verdankte die Stadt ihre Unabhängigkeit und ihren eigenen Behördenapparat inklusive Amtsgericht und Staatsanwaltschaft, obwohl sie nur knapp fünfunddreißigtausend Einwohner zählte.

Die Stadt verdankte ihren Gönnern auch Leander Meurer, der als Professor der Rechtsmedizin einen ausgezeichneten Ruf genoss. Obwohl er dieser Fachrichtung schon länger nur noch als beratender Experte zur Verfügung stand, war es den Stadtoberen gelungen, ihn als Leichenbeschauer für Lemanshain zu gewinnen.

Jennifer wollte sich nicht ausmalen, was die Stadt sich ihren eigenen hochdotierten Gerichtsmediziner kosten ließ. Seine Berufung war ihr im Hinblick auf die drei bis fünf Leichen im Jahr, die normalerweise in seine Zuständigkeit fielen und bis auf seltene Fälle alles Unfalltote waren, ohnehin immer übertrieben erschienen. Ein Statussymbol, das man sich leistete, weil man es eben konnte – genauso wie den Obduktionsraum, dessen Ausstattung einer amerikanischen Krimiserie hätte entsprungen sein können.

Lemanshain war eine Stadt, in der die Kriminalitätsrate, besonders im Bereich Gewaltverbrechen, weit unter dem nationalen Durchschnitt lag. Polizei und Gerichtsbehörden waren deshalb entsprechend dünn besetzt.

Hier Polizist zu sein war keine besonders aufregende, sondern fast schon eine entspannte Aufgabe. Kein Vergleich zu Frankfurt, wo Jennifer zuvor gearbeitet hatte. Nachdem sie das Angebot zur Versetzung angenommen hatte und nach Lemanshain übergesiedelt war, war Jennifer von der Ruhe in ihrer neuen Dienststelle zunächst genervt gewesen. Inzwischen hatte sie sie jedoch zu schätzen gelernt.

Alles war in geordneten und gut organisierten Bahnen verlaufen. Bis der »Künstler« Anfang des Jahres aufgetaucht war und ihnen in Abständen von einigen Wochen bis zu drei Monaten immer neue Leichen serviert hatte.

Mit einem Serienkiller waren sie schon aufgrund der Mannstärke ihrer Truppe überfordert. Trotzdem weigerte sich der Magistrat der Stadt vehement, irgendeine Art von Amtshilfe in Hanau oder bei einer anderen größeren Behörde zu beantragen. Und Jennifers Vorgesetzte bis hin zum Polizeichef selbst folgten brav dem Willen des Bürgermeisters und der Abgeordneten.

Vermutlich werteten sie eine solche Anfrage als Unfähigkeitseingeständnis, eine Blöße, die sie sich keinesfalls geben wollten. Sie hatten Angst, dass die Unabhängigkeit, die sie der Stadt im Rahmen der gesetzlichen Möglichkeiten erkämpft hatten, in Gefahr geraten könnte.

Also stand das Team um Kriminaloberkommissarin Jennifer Leitner und ihren Partner Marcel Meyer mit einem verrückten Mörder und seinen Opfern ziemlich alleine da.

Selbst der Presseauflauf, den die ersten drei Opfer noch auslösten, hatte die Verantwortlichen nicht zum Umdenken bewegen können. Sie hatten das mediale Interesse geschickt ausgesessen, bis aus den Schlagzeilen Randnotizen geworden waren. Wirtschaftskrise und Stuttgart 21 hatten schnell wieder die Titelseiten übernommen. Die lokale Presse berichtete zwar noch immer, doch bissige Kommentare im *Lemanshainer Stadtanzeiger* interessierten in den oberen Etagen nun mal niemanden.

Natürlich war Jennifer froh, dass die Reporter wieder abgezogen waren und sie sich nicht auch noch mit den Medien herumschlagen musste. Manchmal wünschte sie sich trotzdem im Stillen zumindest einen kleinen Skandal, der ihre Chefs endlich zum Handeln zwingen würde. Marcel und ihr hätte die eine oder andere Unterstützung, beispielsweise durch die Hanauer Kripo, wirklich nicht geschadet.

Und jetzt war auch noch eine Leiche aufgetaucht, die offenbar nicht auf das Konto des »Künstlers« ging. Der Fund passte in keiner Weise in sein Muster. Unfall oder Selbstmord waren allerdings ausgeschlossen. Mit etwas Glück hatten sie es mit morbidem Versicherungsbetrug zu tun. Vielleicht kassierte jemand die Rente eines längst verstorbenen Verwandten, dessen Leiche er nach dem Auffinden entsorgt hatte.

So richtig daran glauben konnte Jennifer allerdings nicht. Wenn die Leiche im Wald ordentlich vergraben worden wäre und nicht zerstückelt, dann vielleicht ... So allerdings wies ihre Intuition eher in Richtung Totschlag oder Mord.

Sie seufzte, als sie ihren Wagen durch die großzügige Tiefgarage unterhalb der Klinik lenkte. An der hinteren Ausfahrt, die nur für Personal bestimmt war, drückte sie auf die Klingel, hielt ihren Ausweis vor die Kamera und wurde durchgelassen. Sie stellte ihren Wagen auf dem Parkplatz ab, der für das Personal der Küchen, Wäschereien und Labors reserviert war. Obwohl es erst kurz vor sieben war, begann sich die Luft bereits zu erwärmen.

Die wenig genutzten Räume der Gerichtsmedizin lagen im hintersten Teil des Gebäudekomplexes, überraschenderweise nicht im Keller. Die Fenster waren aber spiegelverglast, sodass niemand einen Blick hineinwerfen konnte. Von den nach Osten gelegenen Räumen überblickte man jedoch einen grünen Zipfel des großzügigen Parks, der zu den Echtermann-Kliniken gehörte.

Jennifer hatte die Eingangstür noch nicht erreicht, als ihr Handy klingelte. Sie musste nicht einmal einen Blick auf das Display werfen, denn diesen speziellen Klingelton hatte sie nur einer einzigen Nummer zugeordnet. Mit einem Seufzen zog sie das Telefon aus der hinteren Tasche ihrer Jeans.

Ihre Mutter hatte in den letzten drei Tagen wiederholt versucht, sie zu erreichen, und ihr mehrere Nachrichten auf dem Anrufbeantworter und der Mailbox hinterlassen. Jennifer hatte noch immer nicht zurückgerufen, und die Versuchung, auch dieses Gespräch mit einem Knopfdruck umzuleiten, war groß.

Ihr schlechtes Gewissen siegte jedoch. »Hallo, Ma.«

»Jetzt muss ich dich schon morgens in aller Herrgottsfrühe anrufen, um dich endlich mal zu erreichen!«, empörte sich Annabelle Leitner. »Auf meine Anrufe zu reagieren, kommt dir ja offenbar nicht in den Sinn.«

Jennifer stieß ein hörbares Stöhnen aus. »Ich habe viel zu tun, Mama, das weißt du doch.«

»Wir alle haben immer viel zu tun, trotzdem kann man sich wenigstens ab und an bei seinen Eltern melden!« Ihre Mutter klang wütend und verzweifelt zugleich. »Du hast ja überhaupt keine Ahnung, was dein Vater und ich im Moment durchmachen!«

Der Empfangsbereich der Gerichtsmedizin war wie immer unbesetzt, und Jennifer ging den hell gestrichenen Korridor hinunter, der in Leander Meurers Heiligtum führte. Obwohl man sich in der ganzen Klinik mit Farben, Bildern und Einrichtung besondere Mühe gegeben hatte, gelang es nicht, den typischen Krankenhausgeruch zu vertreiben.

»Doch, allerdings«, erwiderte Jennifer. »Du hast mir genügend Nachrichten hinterlassen.« Die sie allerdings nicht immer bis zu Ende angehört hatte. Nicht nur, weil sich ihre Mutter gerne wiederholte, sondern weil sie einfach keinen Nerv gehabt hatte, sich die ewigen Monologe über die Probleme mit ihrem jüngsten Bruder anzuhören.

»Und was gedenkst du zu tun?«, fragte Annabelle Leitner. »Nichts?«

Nicht schon wieder diese Frage!

Als Jennifer um die nächste Ecke ging, hob sie überrascht den Kopf.

»Ich muss Schluss machen, Ma«, sagte sie abrupt.

Neben einer breiten Tür in Buchenholzoptik lehnte ein Mann an der Wand, der offensichtlich auf jemanden wartete. Er hatte die Hände in den Taschen seiner Jeans vergraben und sah ihr mit einem neutralen Gesichtsausdruck entgegen.

»Was? Aber ...«

»Ich muss jetzt zu einer Obduktion. Ich rufe dich an, wenn ich etwas Ruhe habe.« Jennifer achtete nicht auf den Protest ihrer Mutter, sondern unterbrach die Verbindung und schaltete rein vorsorglich auch das Telefon aus.

Ihr war nicht entgangen, wie der Mann sie von Kopf bis Fuß musterte. Er wartete offenbar auf sie. Als sie noch gut zwei Meter von ihm entfernt war, stieß er sich lässig von der Wand ab und bestätigte damit ihre Vermutung.

Er trat ihr in den Weg. »KOK Leitner?« Sein Tonfall ließ keinen Zweifel daran, dass er genau wusste, wen er vor sich hatte.

Jennifer ließ ihren Blick kurz über seine gepflegte und dennoch legere Erscheinung schweifen. Er mochte Anfang vierzig sein, seine kurzen schwarzen Haare hatte er nicht vollständig im

Griff, und das anthrazitfarbene Hemd hätte zu keinem Jackett gepasst. Trotzdem erkannte sie in ihm sofort den Beamten.

»Und wer sind Sie?«, fragte sie mit einer Stimme, die ihn nicht gerade willkommen hieß. Unerwartete Besuche von fremden Offiziellen bedeuteten nie etwas Gutes, schon gar nicht, wenn sich zu einem Serienkiller höchstwahrscheinlich noch ein weiterer Mörder oder Totschläger gesellt hatte.

Der Mann schenkte ihr ein Lächeln. »Oliver Grohmann, Staatsanwalt«, stellte er sich vor. »Nachfolger von Norbert Peters.« Er hielt ihr nicht die Hand hin.

Jennifer hätte am liebsten aufgestöhnt. Auch das noch! »Peters ist also endlich in Rente gegangen«, kommentierte sie und verschränkte die Arme vor der Brust. Sie hatte natürlich gewusst, dass der alte Staatsanwalt bald seinen Ruhestand antreten würde, irgendwann diesen Monat, doch den genauen Tag hatte sie nicht mehr im Gedächtnis gehabt.

Grohmann hatte mit dieser Reaktion offenbar gerechnet, denn sein Lächeln verlor nicht an Intensität. »Er hat vorgestern seinen Abschied genommen. Ich habe heute meinen ersten Tag.« Als er ihr Stirnrunzeln sah, fügte er hinzu: »Ich habe seine Fälle übernommen, also auch den Mann, der den Spitznamen ›Künstler‹ trägt.«

Jennifer konnte ein Seufzen nicht länger unterdrücken. »Perfektes Timing.« Sie schüttelte den Kopf. »Erst überträgt Ihr Chef Peters den Fall, obwohl er weiß, dass der Herr bald pensioniert wird, und dann übergibt er ihn auch noch, ohne mit der Wimper zu zucken, an einen Neuling.«

Grohmann hob entschuldigend die Schultern. »Ich kann Ihre Wut verstehen, aber mein Chef bevorzugt klare Linien. Er ging anfangs wohl davon aus, dass er Peters einen letzten großen, lösbaren Fall überträgt. Niemand dürfte damit gerechnet haben, dass es nicht bei einem Mord bleiben würde.«

»Und derselbe Komiker setzt mir jetzt einen Grünschnabel vor die Nase. Haben Sie schon einmal irgendeine Mordermittlung geleitet? Oder überhaupt irgendeine Ermittlung?«

»Ich habe genügend Erfahrung«, erwiderte Grohmann – überraschenderweise mit einem Anflug von Belustigung anstatt berechtigter Verstimmung aufgrund ihrer klaren Worte. »Darüber müssen Sie sich schon einmal nicht mehr den Kopf zerbrechen.«

Seine ruhige Art entwaffnete sie sofort. Sie hatte gehofft, ihn aus der Reserve locken zu können, um ihren Unmut an ihm auszulassen, doch er ließ den Köder unberührt. Wenigstens schien er nicht so ein sturer Hitzkopf wie sein Vorgänger zu sein. »Dann kann ich wohl eines meiner Probleme von der Liste streichen.«

Einen Moment lang musterten sie sich schweigend. Ab sofort würden sie zusammenarbeiten müssen. Daran führte kein Weg vorbei.

»Wieso sind Sie eigentlich hier?«, fragte Jennifer schließlich.

»Ich wurde über den Leichenfund und die geplante Obduktion heute Morgen informiert, also bin ich hergefahren.«

»Der Fund steht eher nicht mit dem ›Künstler‹ in Zusammenhang. Zerstückelte Leichen in morastigen Löchern zu versenken entspricht nicht seiner Vorgehensweise. Also ist das nicht zwingend Ihr Fall«, erklärte Jennifer nach kurzem Zögern.

Wieder erschien ein Lächeln auf Grohmanns Gesicht. »Könnte es aber unter Umständen werden. Und ich wäre bei der Obduktion gerne dabei.«

Er war also kein Staatsanwalt, der sich hinter seinem Schreibtisch verbarrikadierte und von Anrufen und Berichten lebte, bis er einen für das Gericht fertig zusammengezimmerten Fall auf den Tisch bekam. Er wollte sich nicht wie die meisten seiner Kollegen darauf beschränken, die Ermittlungen mit dem einen oder anderen Antrag bei Gericht zu unterstützen.

Eigentlich war ihr diese Sorte sympathisch, doch das bedeutete auch, dass er regelmäßiger und stetiger Begleiter ihrer Arbeitstage werden würde, und zwar in Person. Und ob sie damit leben konnte, musste sich erst noch herausstellen.

Sie ersparte ihnen beiden eine Antwort und öffnete die Tür, hinter der der Obduktionssaal lag. Sofort schlug ihnen penetranter Verwesungsgestank entgegen.

Professor Meurer hatte gerade mit der Sektion begonnen. Er hatte den ersten der beiden Leichensäcke mit Hilfe seines Assistenten auf den Untersuchungstisch gehievt und den Reißverschluss geöffnet.

Jennifer winkte Jarik zu, der gerade scharf einatmete. Er war mit zwei Koffern angerückt und würde während der Obduktion jedes mögliche Beweisstück sichern.

Sie nahm ihren angestammten Platz ein, der es ihr erlaubte, die Obduktion zu verfolgen, ohne Leander Meurer und seinem Assistenten im Weg zu stehen. Ihr Blick streifte nur kurz den Lichtkasten, an dem ansonsten zu diesem Zeitpunkt bereits einige Röntgenaufnahmen hingen. Diesmal war er dunkel und leer.

Professor Meurer bemerkte ihren Blick und antwortete auf ihre unausgesprochene Frage in seiner ruhigen, höflichen Art: »Die Verwesung ist so weit fortgeschritten, dass Röntgenaufnahmen keinen Sinn mehr machen. Wenn wir irgendwelche Brüche oder andere Spuren von Gewalteinwirkung finden, können wir im Zweifel immer noch die gesäuberten Knochen unter die Maschine legen.«

Das hatte sie sich schon gedacht, daher nickte sie nur.

Leander Meurer war ein jung gebliebener Endfünfziger, der sehr viel Wert auf äußerst sorgfältige, penible Arbeit legte und jeden einzelnen seiner Schritte nicht nur akkurat aufzeichnete, sondern auch dazu neigte, den Anwesenden ausführlich zu erklären, welche Feststellungen er machte.

Er unterzog jetzt den Inhalt des Leichensacks einer ersten

kurzen Begutachtung und entschied dann, den Sack aufzuschneiden, um den Inhalt gänzlich freizulegen. Der Gestank schien ein bis dahin ungekanntes Ausmaß anzunehmen.

Mithilfe seines Assistenten begann Meurer schließlich, Knochen und noch nicht gänzlich verflüssigte Überreste aus der Verwesungsbrühe zu fischen und zu erfassen. Bei seiner gründlichen Arbeitsweise würde die Prozedur ein paar Stunden in Anspruch nehmen.

»Wo ist eigentlich Ihr Partner?«, fragte Grohmann im Flüsterton.

Jennifer hatte gar nicht bemerkt, dass er neben ihr Position bezogen hatte. Mit einem leichten Kopfschütteln versuchte sie, ihm zu verstehen zu geben, dass es nicht der richtige Augenblick für eine Unterhaltung war.

Doch Grohmann schien das Zeichen entweder nicht wahrzunehmen oder bewusst zu ignorieren. »KOK Marcel Meyer, wenn ich mich recht entsinne?«

»Ich habe ihn nicht erreicht«, antwortete sie knapp und hoffte, dass das Thema damit erledigt war.

Das war es nicht. »Wie bitte? Nicht erreicht?«

»Ich hatte nur seine Frau am Telefon.« Sie zögerte, entschied dann aber, dass es keinen Sinn hatte, Grohmann anzulügen. Früher oder später würde er so oder so mitbekommen, was los war. »Sie hat ihn gestern Abend vor die Tür gesetzt und keine Ahnung, in welchem Hotel er abgestiegen ist. Sein Handy liegt noch bei ihr auf der Kommode.«

»Nette Frau«, kommentierte Grohmann. »Aber auch gegen die Vorschriften.«

Jennifer sah ihn von der Seite an und versuchte einzuschätzen, wie er die Tatsache, dass kein zweiter Kripobeamter bei der Obduktion zugegen war, tatsächlich bewertete. Doch sein Gesichtsausdruck verriet nichts.

Sie entschied sich für ein Schulterzucken. »Es ist das fünfte Mal, dass sie Marcel rausgeschmissen hat. Sie ist Italienerin. Sizilianerin, um genau zu sein ... Er steckt da in einem ziemlichen Schlamassel, was seine Ehe angeht.« Sie warf ihm einen scharfen Blick zu. »Ich hoffe, Sie werden wegen dieser Bagatelle keinen Aufstand anzetteln.«

Grohmann schüttelte den Kopf. »Ich weiß, dass die Dinge manchmal nicht so laufen, wie es irgendjemand auf ein Stück Papier geschrieben hat.« Nach einer kurzen Pause fügte er hinzu: »Übrigens hat man mich vor Ihnen gewarnt.«

»Gewarnt?«

Er grinste. »Ja. Es heißt, Sie seien ein echter Sonnenschein.«

Jennifer musste unwillkürlich lächeln. Der Kerl wurde ihr von Minute zu Minute sympathischer. »Mein Ruf eilt mir also voraus.«

»In vielerlei Hinsicht. Ihre Leistungen sprechen eben auch ihre eigene Sprache. Bevor Sie nach Lemanshain versetzt wurden, haben Sie den Kerl geschnappt, der die Mädchen am Frankfurter Campus überfallen hat.«

Sie war sich nicht sicher, ob es ihr gefallen sollte, dass er seine Hausaufgaben in Bezug auf die Leute gemacht hatte, mit denen er zukünftig zusammenarbeiten würde. »Dem Dreckskerl habe ich persönlich Handschellen angelegt«, sagte sie nur.

»Es heißt, er sei nicht ganz unversehrt in der JVA angekommen.«

Jennifer zuckte die Schultern. Wollte er auf etwas Bestimmtes hinaus, oder versuchte er nur, mit ihr zu plaudern, um sich nicht zu sehr auf das konzentrieren zu müssen, was Meurer und sein Assistent aus den Müllsäcken zogen? »Er ist mir aus Versehen in die Faust gelaufen.«

Grohmann deutete ein Nicken an. »Hatte er allemal verdient.«

Die beiden Mediziner waren mit dem ersten Sack fertig. Sie schoben den Obduktionstisch beiseite, um die Flüssigkeit durch einen Filter ablaufen zu lassen, der auch kleine Knochensplitter und sonstige feste Bestandteile auffangen würde.

Bisher hatten sie nur Teile gefunden, die offensichtlich zu der Leiche gehörten. Der Gerichtsmediziner hatte erste Vermutungen angestellt, dass es sich um eine Frau handelte. Keine Überreste von Kleidungsstücken, keine Geldbörse oder sonst irgendein Hinweis auf die Identität der Toten. Dafür jedoch an einem Knochen deutliche Spuren, die von dem Werkzeug herrühren konnten, das zum Zerteilen der Leiche benutzt worden war. Genaueres würden jedoch erst die anschließenden Untersuchungen ergeben.

Neben den Knochen lagen zwei schwere Steine, die möglicherweise zum Beschweren der Säcke verwendet worden waren, damit sie beim Entstehen von Gasen während des Verwesungsprozesses nicht aufstiegen.

Meurers Assistent brachte den zweiten Leichensack herein. Als sie den Müllsack freigelegt hatten, der wesentlich intakter als der andere war, sah Jennifer eine eigenartige viereckige Ausbuchtung. Etwas, das nicht zu den menschlichen Überresten gehörte, befand sich in dem Sack.

Am liebsten hätte Jennifer Meurer angewiesen, das Objekt sofort herauszuholen, doch der Professor nahm Einmischungen übel, die ihn in seinen Abläufen störten. Also übte sie sich in Geduld.

Grohmann ergriff die Gelegenheit, um weiter mit ihr zu plaudern. »Ich habe Peters Akten zu dem ›Künstler‹-Fall bereits durchgesehen und würde mich gerne bald mit Ihnen zusammensetzen, damit wir uns austauschen und Sie mich auf den aktuellsten Stand bringen können.«

Als sie nicht reagierte, fügte er hinzu: »Ich habe deshalb auch gestern den ganzen Tag versucht, Sie telefonisch zu erreichen, aber Sie sind nie drangegangen.«

Jennifer blaffte ihn an: »Ach, Sie waren das? Dann habe ich jetzt wenigstens Ihre Handynummer.«

Grohmann fühlte sich offenbar vor den Kopf gestoßen. »Hey, ich will mit Ihnen zurechtkommen ...«

Meurer hatte sich endlich in die Tiefen des Müllsacks vorgearbeitet und zog nun den flachen, viereckigen Gegenstand heraus. Er war in Folie eingeschweißt, trotzdem blieb die übel riechende Masse aus verwestem Gewebe daran kleben. Jarik machte eifrig Fotos.

Als sie Meurers Assistenten zu einem Becken folgten, in dem er den Fund abwaschen konnte, hatte Jennifer bereits eine leise Ahnung.

Wasser und ein spezielles Reinigungsmittel taten endlich ihren Dienst und enthüllten das Objekt. Dem Staatsanwalt verschlug es augenblicklich die Sprache.

»Scheiße«, fluchte Jarik.

Jennifer stieß ein Seufzen aus und schloss für einen kurzen Moment die Augen. Dann sah sie Grohmann an. »Ich will auch mit Ihnen zurechtkommen, denn das hier wird ein absolut beschissener Tag.«

Er starrte noch immer auf das Objekt. In einem Bilderrahmen war ein großes Stück Haut ausgestellt, das scheinbar mit irgendeiner durchsichtigen Flüssigkeit konserviert worden war. Das Ganze war mehrfach eingeschweißt, wohl um das Bildnis, das der Täter mit einer scharfen Klinge in die Haut geritzt hatte, vor Verwesung zu schützen.

Grohmann wusste zwar nun, dass sie es mit einem weiteren Opfer des »Künstlers« zu tun hatten, doch ihm war der Unterton in Jennifer Leitners Stimme nicht entgangen. »Warum?«, fragte er.

»Weil er von seinem Muster abgewichen ist, deshalb.«

3

Jennifer warf den Notizblock auf ihren Schreibtisch und ließ sich in den Bürostuhl fallen. Mit einem Aufstöhnen lehnte sie sich zurück, schloss die Augen und lockerte ihre Schultermuskulatur. Sie war verspannt, und ein unsanfter Druck hinter dem linken Auge kündigte eine Migräneattacke an.

Jennifer öffnete die mittlere Schublade ihres Schreibtisches und wühlte im Chaos ihrer Privatsachen nach Kopfschmerztabletten. Sie spülte erst eine, dann eine zweite als Prophylaxe mit der Cola hinunter, die sie sich auf dem Rückweg von der Befragung am Automaten gekauft hatte. Im Moment konnte sie es sich nicht leisten, die ohnehin kurzen Nächte vor dem Klo kniend zu verbringen.

Sie genoss für ein paar Minuten die im Büro herrschende Stille, dann warf sie einen Blick auf den Block, auf dem sich nur vier kurze Notizen befanden. Die Befragung der beiden Geocacher, die die Überreste der Leiche entdeckt hatten, hatte keinerlei brauchbare Erkenntnisse erbracht.

Ihnen war nichts aufgefallen. Im Urzustand des Fundorts hatte lediglich ein Zipfel eines blauen Müllsacks aus dem Schlick geragt. Der Kerl, der in die Grube gestiegen war, konnte nicht sagen, ob die Säcke vorher schon beschädigt gewesen waren oder erst aufrissen, als er sich daran zu schaffen machte. Zumindest der sichtbare Zipfel war intakt gewesen.

Die beiden Jungen hatten vorgeschlagen, dass Jennifer über die Internetplattform, auf der der Nachtcache verzeichnet war, eine Anfrage an andere Cacher stellen könnte. Vielleicht war einem von ihnen in den Wochen und Monaten vor dem Fund der Leiche etwas aufgefallen.

Jennifer hatte sich den Vorschlag notiert und würde morgen Freya Olsson, die häufig derartige Recherchen übernahm, darauf ansetzen, auch wenn sie sich davon keinen Durchbruch erhoffte.

Vor dem Termin mit den beiden Männern hatte sie die Seite bereits gecheckt und festgestellt, dass der Fundort von den einzelnen Stationen, die die Suchenden durchlaufen mussten, so weit entfernt war, dass es an ein Wunder grenzen würde, wenn sich irgendjemand zuvor schon in die Nähe der Grube verirrt hätte. Die Fehler, die die beiden jungen Männer beim Rätsellösen gemacht hatten, waren so dämlich, dass es wohl kaum eine Standardabweichung war.

Ein Blick auf die Uhr zeigte, dass es bereits zu spät war, um an eine Fahrt zu *McDonald's* zu denken. Um achtzehn Uhr war sie mit Grohmann verabredet, um ihn in den Fall einzuarbeiten. Seinen Kommentaren hatte sie entnommen, dass die Akten, die ihm sein Vorgänger hinterlassen hatte, alles andere als vollständig oder besonders informativ waren.

Jennifer nutzte die Zeit, um die Fotos von der Obduktion durchzugehen, die Jarik ihr geschickt hatte. Dann überflog sie noch einmal die in Stichpunkten verfassten Obduktionsergebnisse, die Leander Meurer ihr gemailt hatte. Sein ausführlicher Bericht würde morgen Abend, spätestens Freitag früh eintreffen.

Die Leichenschau hatte nicht zur Identifizierung der Leiche geführt. Sie hatten es mit einem weiblichen Opfer europäischer Abstammung zu tun, das zwischen fünfunddreißig und fünfzig Jahre alt gewesen sein musste. Etwa eins siebzig groß, um die sechzig Kilo schwer. Die Frau hatte mindestens eine Geburt hinter sich, jedoch bereits länger zurückliegend. Seine eigenen Schlussfolgerungen hatte Meurer mit einem forensischen

Anthropologen abgeglichen, der Experte auf dem Gebiet der Bestimmung von Identifikationsmerkmalen annähernd skelettierter Leichen war.

Der Professor verfügte über internationale Kontakte, die er innerhalb von Stunden aktivieren konnte und die er vor allem zur Absicherung von Erkenntnissen auf Fachgebieten nutzte, in denen er selbst kein Spezialist war. So erhielten die Ermittler innerhalb kürzester Zeit gesicherte Ergebnisse, auf die sie sonst Tage oder Wochen hätten warten müssen.

Der Todeszeitpunkt war schwierig zu bestimmen und von etlichen Faktoren abhängig. Meurers Datierung hatte während der Leichenschau im ersten Jahresviertel gelegen, war in seiner E-Mail jedoch, nachdem er sich noch einmal näher mit den Wetterdaten des Jahres befasst und sich mit einem weiteren Experten beraten hatte, auf März/April präzisiert worden.

Er hatte keinerlei Hinweise auf die Todesursache gefunden, keine Anzeichen von Gewalteinwirkung. Es gab aber einige Spuren des Werkzeugs, mit dem die Leiche zerlegt worden war. Meurer und Jarik waren beide der Meinung, dass es sich um eine Säge handelte. Die ausstehende Untersuchung durch ein Speziallabor des ebenfalls chronisch überlasteten LKA würde das allerdings noch bestätigen müssen.

Professor Meurer hatte einen Erfassungsbogen mitgeschickt, in dem er alle verfügbaren und relevanten Daten eingetragen hatte. Jennifer druckte ihn aus.

Sie würde die Daten morgen früh in den Computer eingeben, um sie mit den örtlichen Vermisstenanzeigen abzugleichen und sie dann gegebenenfalls zum Abgleich an übergeordnete Behörden zu schicken. So gespannt sie auch war, sie hatte heute Abend keinen Nerv mehr, sich mit dem veralteten, langsamen Programm herumzuschlagen, das mehr Abstürze als Suchergebnisse produzierte.

Professor Meurer hatte in seiner Mail angekündigt, dass er die Leiche am nächsten Morgen freigeben würde, wenn letzte Detailuntersuchungen abgeschlossen waren. Die Überreste würden eingeäschert werden, und er bat Jennifer um ihre Zustimmung, die Leichenteile an das zuständige Bestattungsunternehmen zu übergeben.

Da die Identität nicht geklärt war, würde der Staat zunächst für die Einäscherung aufkommen. Die Urne würde eine Zeit lang gelagert und spätestens dann anonym begraben werden, wenn die Akte geschlossen wurde. Jennifer sah keinen Grund, die Überreste aufzubewahren, und schickte Meurer ihre knappe Zustimmung. Den Papierkram zu diesem Vorgang würde er ihr wie üblich zukommen lassen. Damit würde sie sich vermutlich morgen Abend herumschlagen.

Auch sonst hatten sie keinerlei Fortschritte gemacht.

Jarik hatte Jennifer darüber informiert, dass sie in dem Krater im Wald nichts gefunden hatten. Die Spurensicherung hatte die obersten Schlammschichten bereits abgetragen, und er ging davon aus, dass sie auch in größerer Tiefe nichts mehr entdecken würden. Dennoch bestand Jennifer darauf, die ganze Grube auszuheben.

Jarik hatte deshalb am frühen Nachmittag ein paar Anrufe getätigt. Das Forstamt stellte sich quer, als der zuständige Sachbearbeiter hörte, was sie genau vorhatten und welche Zerstörung sie damit anrichten würden. Ohne richterlichen Beschluss war nichts zu machen, und Jennifer hatte Grohmann gebeten, sich darum zu kümmern.

Das wäre mit Sicherheit der Zeitpunkt gewesen, an dem sein Vorgänger ihren Plänen einen Riegel vorgeschoben hätte. Oliver Grohmann stellte nicht einmal infrage, ob diese Aktion wirklich notwendig war, sondern hatte direkt versprochen, sich so schnell wie möglich darum zu kümmern.

Jarik hatte Jennifer außerdem darüber informiert, dass die Steine, die zur Beschwerung der Leiche in den Säcken verstaut worden waren, gewöhnliche Backsteine waren, die man in jedem größeren Baumarkt kaufen konnte. Der Bilderrahmen war ebenfalls nichts Besonderes. Die Haut war mit Alkohol konserviert worden. Keine Fingerabdrücke, keine sonstigen Spuren.

Nichts.

Jennifers Chef, Peter Möhring, seines Zeichens Leiter der Einsatzabteilung in Lemanshain, hatte sich einer Unterredung über die noch immer angespannte Personalsituation geschickt entzogen und ihr nur zwischen Tür und Angel zugerufen, dass sie, Marcel Meyer und Grohmann auch weiterhin zuständig seien. Im Bedarfsfall solle ihnen das für Drogen und Vermögensdelikte zuständige Team bei der einen oder anderen Befragung unter die Arme greifen.

Was für ein beschissener Tag.

Um dem Ganzen noch die Krone aufzusetzen, hatte Freya sie nach ihrer Rückkehr aus der Klinik darüber informiert, dass Marcel angerufen und sich krankgemeldet hatte. Er hatte nicht angegeben, wo er untergekommen war, ließ aber ausrichten, er habe momentan keinen Zugriff auf sein Handy. Diesmal musste es seiner Frau wirklich ernst sein, wenn er sich nicht einmal mehr ins Haus traute, um sein Diensthandy zu holen.

Warum hatte er sich nicht direkt bei Jennifer gemeldet? Vermutlich, weil sie ihm einmal mehr direkt auf den Kopf zugesagt hätte, dass seine Ehe gescheitert war, eine Tatsache, die er einfach nicht in Betracht ziehen wollte.

Jennifer hätte bei den Hotels der Stadt und den umliegenden Gemeinden anrufen können, um ihn aufzuspüren, doch sie entschied, ihm wenigstens bis zum Wochenende Zeit zu lassen. Wenn er dann noch immer kein Lebenszeichen von sich gegeben hatte, würde sie ihn suchen gehen.

Wieder ein Blick auf die Uhr. Grohmann war bereits zehn Minuten zu spät.

Jennifer scrollte noch einmal durch die Vielzahl der Bilder, die Jarik gemacht hatte. Sie blieb bei dem »Kunstwerk« des Täters hängen, das mehrfach abfotografiert worden war. Sie schickte das beste Bild mit der höchsten Auflösung an den Fotodrucker, den sie von ihrem eigenen Geld gekauft hatte. Zwar waren sie in einiger Hinsicht besser ausgestattet als andere Behörden, doch an den wichtigsten Stellen fehlten noch immer die Mittel. »Fehlen« war eigentlich der falsche Ausdruck, genau genommen wurde das Geld einfach nur für unnötige und noch dazu teure Prestigeprojekte verschwendet.

Gerade als der Drucker zu arbeiten begann, tauchte Grohmann in ihrem Büro auf. Er schenkte ihr ein entschuldigendes Lächeln, machte sich jedoch nicht die Mühe, seine Verspätung zu erklären.

Noch bevor sie ihm den Stuhl an Marcels Schreibtisch anbieten konnte, der ihrem genau gegenüber stand, blieb sein Blick an der Wand hängen, die gänzlich dem Fall des »Künstlers« gewidmet war. Er pfiff durch die Zähne.

Dort hingen Fotos und Informationen zu den fünf Opfern, die sie bisher zu beklagen hatten. Bilder der Frauen zu Lebzeiten und in dem Zustand, in dem man sie gefunden hatte, jeweils ein Foto ihres zu einer morbiden Leinwand verunstalteten Rückens sowie Bögen mit den Eckdaten der Opfer.

Zusätzlich hing noch eine Karte von Lemanshain an der Wand, die mit verschiedenfarbigen Stecknadeln gespickt war, um alle Orte, die mit den Opfern und dem Fall in Verbindung standen, zu markieren. Es war eine kunterbunte Ansammlung, die keinerlei Übereinstimmungen oder Muster zeigte.

Grohmann setzte sich hinter Marcel Meyers Schreibtisch, ohne den Blick von der Wand zu nehmen.

Jennifer ließ ihm eine Minute, dann sagte sie: »Was genau wollen Sie wissen?« Ebenso gut hätte sie fragen können, was er in den Akten seines Vorgängers vermisste.

Er drehte sich ihr schließlich zu. »Geben Sie mir einen Gesamtüberblick, ganz so, als ob ich bisher noch überhaupt nichts wüsste. Lassen Sie dabei unseren aktuellen Fund erst einmal außen vor, da der ja etwas Besonderes zu sein scheint.«

»Okay.« Jennifer war von dieser Vorgabe ein wenig überrascht, ließ sie jedoch unkommentiert.

Ihre Handbewegung schloss die gesamte Wand ein. »Wir haben seit Januar fünf weibliche Opfer gefunden. Es gibt zwischen den Frauen keine hervorzuhebenden Gemeinsamkeiten. Die Opfer waren zwischen neunzehn und vierundfünfzig Jahre alt, ethnische Zugehörigkeit, Aussehen, Familienstand, Berufstätigkeit, Kleidung, Wohnsituation ... alles unterschiedlich.«

»Er bevorzugt also keinen bestimmten Typus Frau?«, mutmaßte Grohmann.

Jennifer irritierte der Einwurf für den Bruchteil einer Sekunde, denn mit genau dieser Feststellung hatte sie fortfahren wollen. »Davon gehen wir aus. Unter Berücksichtigung aller uns bekannten Faktoren scheint er seine Opfer vollkommen willkürlich auszuwählen.«

Sie selbst glaubte allerdings, dass das nicht zwingend der Fall war. Es musste irgendeinen Auslöser, irgendein Merkmal geben, doch diesen Gedanken behielt sie für sich. »Nachdem er seine Wahl getroffen hat, bereitet er sich sehr sorgfältig vor. Das schließen wir zum einen aus der Zeit, die zwischen den Morden verstreicht, zum anderen aus seinem professionellen Vorgehen. Er handelt planvoll und hält sich dabei an ein ziemlich einheitliches Muster.«

Jennifer zählte die einzelnen Punkte unbewusst an den Fingern ab. »Die Opfer wurden, soweit wir die Taten rekonstruieren konnten, im Dunkeln oder zumindest in der Dämmerung entführt. Der Täter hält sie mehrere Tage an einem uns unbekannten Ort fest und vergewaltigt sie mehrfach. Seine Kunstwerke schneidet er ihnen noch zu Lebzeiten in den Rücken, und sobald diese Arbeit abgeschlossen ist, bringt er sie um.«

»Ohne Spuren zu hinterlassen«, fügte der Staatsanwalt ruhig hinzu. Ganz so löchrig konnten die Akten seines Vorgängers also doch nicht sein.

Jennifer nickte. »Er versteht sich bestens darauf, mögliche Spuren zu beseitigen. Die Untersuchungen haben ergeben, dass er die Toten unter anderem in Bleiche badet. Darüber hinaus legt er sie vollkommen nackt in fließenden Gewässern ab, allerdings an Stellen, an denen sie nicht von der Strömung mitgerissen werden können. Er achtet darauf, dass die Frauen gefunden werden, bevor sein Kunstwerk Schaden nehmen kann. Alle fünf Opfer wurden innerhalb von zwölf Stunden nach ihrem Tod gefunden.«

Grohmanns Blick wanderte für einen kurzen Augenblick nachdenklich zurück zur Wand. »Bei der dritten Toten ist sein Plan allerdings nicht aufgegangen, richtig? Er selbst hat einen anonymen Hinweis abgegeben?«

»Das stimmt. Circa vierzehn Stunden, nachdem er die Frau in einem Bachbett abgelegt hatte, kam der Anruf mit verstellter Stimme. Er sagte lediglich, wo wir suchen sollten. Der Anruf war nicht zurückzuverfolgen.«

Ursprünglich hatte der Täter die Leiche vermutlich in der Nähe einer Brücke abgelegt, an der regelmäßig Jogger vorbeikamen. Nächtliche Regenfälle hatten aber dazu geführt, dass die Auffangbecken an einem Wasserspeicher überzulaufen drohten und deshalb geleert worden waren. Das hatte einen erhöhten Pegel und stärkere Strömung zur Folge gehabt, sodass die Tote gut zweihundert Meter abgetrieben worden war, an eine Stelle mitten im Wald, wo nie auch nur eine Menschenseele vorbeikam.

Der Staatsanwalt fragte nicht nach diesen Einzelheiten, was Jennifers Vermutung bestätigte, dass er sehr viel mehr wusste, als er vorgab. Warum ließ er sie dann ihre kompletten Ermittlungsergebnisse vortragen? Sie kam sich plötzlich wie zu Schulzeiten bei einer mündlichen Prüfung vor.

Da Grohmann sie nur weiterhin schweigend ansah, fuhr sie fort: »Er will, dass die Frauen gefunden werden. Der anonyme Hinweis zeigt, wie wichtig ihm seine Kunstwerke sind, und der aktuelle Fund unterstreicht das erneut. Für seine Werke geht er sogar Risiken ein, obwohl das sonst nicht seine Art ist, vorausgesetzt, man stuft seinen Anruf überhaupt als ernst zu nehmendes Risiko ein.«

Jennifer ließ ihren Blick über die Fotos an der Wand schweifen. Eine widerwärtige und zugleich faszinierende Galerie des Todes, der sich auch Oliver Grohmann offenbar nicht entziehen konnte.

»Die Bilder geben uns Rätsel auf. Wir haben sie einem Psychopathologen und einem Kunstprofessor vorgelegt. Es gibt Andeutungen und Beziehungen zu religiösen oder biblischen Themen, aber das sind Anlehnungen, die eher künstlerische Bedeutung haben und nicht in allen Bildern Verwendung finden. Menschliche Haut mit einer Klinge zu bearbeiten, die Haut als Leinwand zu gebrauchen lässt keine Feinarbeit zu. Die Bilder wirken deshalb wie grobe Skizzen, wenn sie auch überraschend detailreich sind. Der Kunstexperte meint, es gibt womöglich Vorlagen, die entweder der Täter geschaffen hat oder irgendein anderer Künstler.«

»Selbst bei gewöhnlichen Bildern empfände ich die Motive als ... merkwürdig bis verstörend, aber auch als markant«, räumte Grohmann offen ein. »Die Originale dürften nicht schwer zu finden sein.«

»Wenn es sich um einen bekannten Künstler handeln würde,

dann ja, doch diese Option hält unser Experte für ausgeschlossen.« Jennifer unterdrückte ein Seufzen. Die Abbildungen waren eine ihrer besten Spuren überhaupt gewesen. »Er hat Skizzen von den Schnitten angefertigt und sie an einige renommierte Institute und Verbände geschickt. Niemand konnte etwas mit den Bildern anfangen.«

»In den Akten von Peters wird noch eine andere Möglichkeit erwähnt.« Der Staatsanwalt sah die Kommissarin fragend an.

Jennifer spürte, dass sie langsam ungehalten wurde. Wenn er das meiste ohnehin in seinen Unterlagen stehen hatte, wieso fragte er sie nicht einfach nach den fehlenden Informationen? Sie erinnerte sich aber auch an ihre Absicht, besser mit ihm zurechtzukommen als mit seinem Vorgänger, deshalb biss sie die Zähne zusammen und rang sich zu einem neutralen Nicken durch.

»Der Professor hat eventuell noch eine Möglichkeit, um gegebenenfalls existierenden Vorlagen auf die Spur zu kommen. Irgendein Informatiker-Künstler-Projekt, das dazu dienen soll, anhand von Skizzierungen das ganze Internet nach möglichen Übereinstimmungen zu durchsuchen. Ich nehme an, die eigentliche Absicht dahinter ist es, Plagiate aufzuspüren. Uns könnte es allerdings weiterhelfen. Leider ist es ein Projekt, das noch keine finanzstarken Investoren gefunden hat, und der Projektleiter befindet sich derzeit auf Reisen, weshalb wir mit diesem Experiment erst demnächst starten können.«

Der Staatsanwalt ließ seinen Blick erneut über das Sammelsurium von Informationen an der Wand gleiten, bevor er Jennifer wieder direkt ansah. »Gibt es irgendeinen brauchbaren Hinweis auf die Motivation des Täters?«

»Es gibt die sexuelle Komponente, bei der es vermutlich eher um das Ausüben von Macht geht. Seine Motivation ist gespalten. Zum einen scheint es ihm darum zu gehen, die Frauen zu zerstören. Auf der anderen Seite will er mit seiner Kunst etwas

Bleibendes erschaffen.« Jennifer schüttelte leicht den Kopf. »Das Vorgehen dieses Kerls steckt voller Gegensätze. Er erstickt die Frauen und scheint darauf zu achten, dass sie dabei möglichst unversehrt bleiben, gleichzeitig tut er ihnen sexuelle Gewalt an, die an Brutalität kaum noch zu überbieten ist.«

Während Jennifer noch nach dem passenden Anschluss für ihren Bericht suchte, warf Grohmann ein: »Und dennoch ist die Tötung der Frauen kein Ritual für ihn, sondern vielmehr eine Notwendigkeit. Er verspürt keine sexuelle Erregung beim eigentlichen Tötungsakt.«

Grohmann hatte also auch die psychiatrischen Gutachten gelesen. Zumindest die Teile, die sein Vorgänger in seinen Akten abgeheftet oder für erwähnenswert gehalten hatte.

»Richtig. Außerdem nehmen die Psychiater nicht an, dass es ihm um irgendeine Art von Mission geht … erst recht nicht im religiösen Sinn. Er arbeitet also nicht auf ein bestimmtes Endziel zu. Deshalb müssen wir im Moment davon ausgehen, dass er nicht von selbst wieder mit dem Morden aufhören wird. Es gibt derzeit keine, zumindest für uns greifbare, Beschränkung der Opferzahl nach oben.«

Jennifer bemerkte, wie der Staatsanwalt die Fotos der Opfer zu Lebzeiten betrachtete. Die Vorstellung, dass sie noch weitere solche Gesichter an die Wand würde pinnen müssen, war in diesem Moment fast unerträglich.

»Und der Täter selbst?«, fragte Grohmann schließlich.

»Bisher ist er ein Phantom. Alles, was wir haben, sind logische Rückschlüsse. Wir sind überzeugt davon, es mit einem männlichen Täter zu tun zu haben, der intelligent ist, sehr planvoll vorgeht und über genügend Kenntnisse verfügt, um sich unseren Ermittlungsansätzen zu entziehen.«

Jennifer sah Grohmanns fragenden Blick, weshalb sie erklärend hinzufügte: »Er hat sich vermutlich sehr gut über unsere

Methoden und Möglichkeiten informiert, über Spuren, die uns auf seine Fährte bringen könnten. Und zwar auf fachlicher Ebene. Er bezieht sein Wissen nicht aus Romanen oder TV-Serien.«

Solche Täter gab es tatsächlich. Sie glaubten, den perfekten Mord begehen zu können, nur weil sie hundert Folgen CSI gesehen oder alle Bücher von Kathy Reichs gelesen hatten.

»Er muss über große körperliche Kraft verfügen, denn wir haben keine Hinweise dafür gefunden, dass er die Frauen betäubt, um sie zu entführen. Er muss für seine Vorbereitungen, die wahrscheinlich auch das Ausspionieren der Gewohnheiten seiner Opfer beinhalten, zeitlich flexibel sein. Möglicherweise ist er arbeitslos oder arbeitet im Schichtdienst. Ein Fahrzeug ist für das, was er tut, absolut notwendig. Er lebt vermutlich allein. Er braucht einen ungestörten, sicheren Ort, an dem er die Frauen festhalten kann, der muss aber nicht zwingend in der Nähe seines Wohnorts liegen. Mögliche Unterschlüpfe im Umkreis von fünfzig Kilometern haben wir bereits überprüft. Wir gehen allerdings davon aus, dass er in Lemanshain oder der unmittelbaren Umgebung lebt.«

Die Fundorte lagen alle im Zuständigkeitsbereich der Lemanshainer Behörden. Der Täter fühlte sich auf diesem Terrain sicher, verfügte über sehr gute Ortskenntnisse und kannte sich auch in den umliegenden Wäldern und im Gelände bestens aus.

Grohmann nickte. Diese Informationen waren offenbar ebenfalls nicht gänzlich neu für ihn. »Deutet irgendetwas darauf hin, dass er gefasst werden will?«

Jennifer schüttelte den Kopf. »Das genaue Gegenteil scheint der Fall zu sein. Sonst würde er nicht jedes Risiko vermeiden.«

»Gibt es ein Persönlichkeitsprofil?«, wollte der Staatsanwalt wissen.

»Die Psychologen tendieren zu einer gewissen sozialen Unangepasstheit oder körperlichen Beeinträchtigung. Er hat mit sehr hoher Wahrscheinlichkeit Probleme mit Frauen, die sich möglicherweise sogar in Frauenhass äußern. Er ist vermutlich der Typ, der weder Frau oder Kinder noch Freunde hat, aber er dürfte auch kein allzu auffälliger Sonderling sein. Außerdem dürfte er sich auch im gewöhnlichen Leben durch große Disziplin und einen ausgeprägten Ordnungssinn auszeichnen. Ein hoher Bildungsgrad ist nicht ausgeschlossen. Er weiß genau, was er tut. Eine Geisteskrankheit ist möglich, aber sie ist allenfalls die Grundlage für seine Taten. Schuldunfähigkeit liegt aller Wahrscheinlichkeit nach nicht vor.«

Grohmann lehnte sich auf seinem Stuhl zurück und stieß hörbar die Luft aus. »Ein Alptraum von einem Serienkiller.«

Jennifer nickte und nippte an ihrer Cola. »Keine Zeugen. Keine Hinweise. Wir haben die Opfer bis in ihre Strumpfschubladen hinein durchleuchtet, in der Hoffnung, wenigstens eine Ahnung davon zu bekommen, wie er sie auswählt oder wo er ihnen begegnet. Aber es gibt zwischen den Frauen keine auffällige Schnittmenge. Hier und da eine einzelne unbedeutende Überschneidung, aber nichts, worauf wir uns konzentrieren könnten. Letztlich müssen wir davon ausgehen, dass es keinerlei Verbindung zwischen den Opfern und dem Täter gibt.«

Grohmann dachte einige Momente schweigend nach und beobachtete Jennifer dabei, wie sie die Dose leerte. »Was ist mit der Bleiche? Wenn er sie darin badet, braucht er davon haushaltsunübliche Mengen.«

»Bereits gecheckt und bisher eine Sackgasse. Es gibt zu viele Bezugsmöglichkeiten.«

»Ich nehme an, dasselbe gilt für die üblichen Verdächtigen.«

Jennifer nickte. »Es ist wahrscheinlich, dass er schon früher straffällig wurde; ob er mit einer konkreten Tat in Verbindung gebracht wurde, ist wiederum eine andere Sache. Wir haben die registrierten Sexualstraftäter in Lemanshain und im Umkreis überprüft. Wir sind zu jedem hingefahren und haben ein bisschen herumgestochert. Nichts. Wir haben das Profil unseres Täters und der Morde ins nationale Netzwerk gespeist, aber da unser Täter sehr ortsgebunden zu sein scheint, ist es eher unwahrscheinlich, dass irgendein Treffer dabei herauskommt. Alles in allem ziemlich hoffnungslos.« Jennifers Lippen kräuselten sich zu einem Lächeln. »Aber jetzt hat er uns möglicherweise einen ersten echten Hinweis geliefert.« Sie langte nach dem Foto, das sie zuvor ausgedruckt hatte, und pinnte es auf die freie Fläche neben der fünften Toten. »Die Frau, in deren Haut er dieses Bild geritzt hat, hat ihn dazu gebracht, seine Vorgehensweise zu ändern.«

Grohmann musterte das Foto nachdenklich. »Einen Nachahmungstäter können wir definitiv ausschließen. Es sind nicht genügend Detailinformationen an die Öffentlichkeit gelangt, die irgendjemanden dazu befähigen würden, ihn zu kopieren.«

Jennifer stimmte mit einem Nicken zu. »Er hat sie vollkommen anders als alle anderen zuvor behandelt. Damit sie nicht gefunden wird, hat er sogar darauf verzichtet, sein Kunstwerk der Öffentlichkeit zu präsentieren. Trotzdem hat er sich die Mühe gemacht, es einzurahmen und zu konservieren.« Jennifer studierte mehrere Sekunden lang das Bild. »Mein Gefühl sagt mir, dass sie etwas Besonderes für ihn war. Dass es zwischen ihr und ihm irgendeine Verbindung gibt. Ich glaube, wenn wir herausfinden, wer das sechste Opfer ist, kommen wir unserem Täter näher, als ihm lieb sein kann.«

4

Es war später geworden, als sie erwartet hatte, trotzdem rief Jennifer auf dem Weg nach Hause Kai an. Er hatte glücklicherweise am nächsten Tag Spätschicht und fuhr sofort los, sodass sie wenig später vor dem Haus zusammentrafen, in dem Jennifers Wohnung lag.

Er sah wie immer unverschämt gut aus. Kai war gut eins neunzig groß, sportlich und hatte markante Gesichtszüge, die ihn auf eine verwegene Art und Weise attraktiv machten. Seine dunklen Augen drückten ehrliche Wiedersehensfreude aus, die allerdings einen empfindlichen Dämpfer bekam, als Jennifer eher zurückhaltend auf seine allzu leidenschaftliche Begrüßung reagierte.

Sie hatte sich mit ihm verabredet, um Zeit mit ihm zu verbringen und um nicht schon wieder alleine zu sein. Nach Sex war ihr allerdings nicht zumute. Wie meistens in letzter Zeit.

Kai akzeptierte das, auch wenn er nicht gänzlich verbergen konnte, dass seine Laune sehr wohl darunter litt. Seine Enttäuschung ließ er an Jennifers Katze aus – die allerdings wieder einmal den ersten Schritt tat.

Gaja thronte auf dem Sofa und musterte ihre Umgebung mit einem Gesichtsausdruck, der wegen ihrer schwarzgrauen Zeichnung immer ein wenig bösartig wirkte. Als sie Kai entdeckte, war es mit ihrer Ruhe augenblicklich vorbei.

Sie sprang auf, buckelte und fauchte in seine Richtung, bevor er das Wohnzimmer überhaupt betreten hatte. Ein Verhalten, das sie ihm gegenüber an den Tag legte, seitdem Jennifer den

Schreinermeister im November letzten Jahres das erste Mal mit nach Hause gebracht hatte.

Gajas Mut schwand sofort, als Kai einen hastigen Schritt in ihre Richtung machte und ihr Fauchen beinahe perfekt imitierte. Sie sprang mit einem Satz vom Sofa und verschwand in Richtung Küche, wo eine Katzenklappe nach draußen in den Garten führte.

Jennifer unterdrückte ein Seufzen. Inzwischen glaubte sie nicht mehr daran, dass ihre Mitbewohnerin ihren Freund jemals akzeptieren würde. Trotzdem konnte sie es nicht ausstehen, wenn er auf Gajas Ablehnung derart feindselig reagierte.

Doch da sie auf einen gemütlichen Abend gehofft hatte, schluckte sie ihre Verärgerung hinunter. Sie sahen sich selten genug, da musste sie nicht auch noch einen Streit wegen ihrer Katze vom Zaun brechen. Immerhin hatte sie schon seine Hoffnung auf ein erotisches Tête-à-Tête im Keim erstickt.

Es war ohnehin ein Wunder, dass Kai es so lange mit ihr ausgehalten hatte. Ihre Beziehung war bereits in den Anfängen ins Stocken geraten, da Jennifer wegen der Mordserie seit Januar kaum noch Zeit für ihn hatte.

Sie schob diese Gedanken weit von sich. Wieder einmal. Solange ihr aktueller Fall sie derart einspannte, konnte sie an der Situation ohnehin nichts ändern.

Sie schlenderte in die Küche und pflückte die Bestellzetteln der örtlichen Lieferdienste von der Pinnwand. Kai folgte ihr und lehnte sich an die Anrichte neben dem Kühlschrank.

»Willst du auch was vom Italiener?«, fragte sie.

Er schüttelte den Kopf. »Ich habe schon gegessen.«

Während sie den Anruf beim Italiener tätigte, der ihr hoffentlich innerhalb der nächsten halben Stunde Salat und Pizza ins Haus liefern würde, öffnete Kai den Kühlschrank und musterte kritisch den Inhalt.

Als sie auflegte, meinte er: »Irgendwann solltest du auch mal wieder selbst was kochen. Ist gesünder als das ganze Fast Food.«
Kai war nicht nur begeisterter Sportler, sondern achtete auch auf eine ausgewogene Ernährung. Glücklicherweise hielt er sich mit Kritik an ihren Essgewohnheiten meistens zurück.

Jennifer ignorierte seinen Einwurf aber nicht nur deshalb. Bisher hatte sich noch keine Gelegenheit ergeben, ihm die Wahrheit zu sagen, nämlich dass ihre große und modern eingerichtete Küche eine einzige Lüge war. Jennifer konnte weder kochen noch backen. Jeder entsprechende Versuch endete in einem Desaster, und sie hatte vor ihrer Unfähigkeit längst die Waffen gestreckt.

Stattdessen zog sie ihn in eine sanfte Umarmung. »Was hältst du von einem ruhigen Abend vorm Fernseher?«

»Mir schwebte eigentlich etwas anderes vor.« Mit einem Grinsen drückte er sie noch fester an sich. Kai gab nie einfach auf.

Jennifer schüttelte den Kopf. »Sorry, ich kann nicht ...«

Sofort lockerte sich sein Griff. Er stieß ein Seufzen aus, dann ließ er sie endgültig los. »Verdammt. Du verbannst mich also schon wieder von der Bettkante.«

Jennifer spürte Wut in sich aufsteigen, schluckte sie jedoch erneut herunter. Ganz gleich, womit sie sich auf der Arbeit herumschlug, Kai hatte nicht ganz unrecht. In körperlicher und auch emotionaler Hinsicht war sie seit Wochen ein Eisberg.

Trotzdem, entschuldigen würde sie sich nicht noch einmal.

»Ich muss ohnehin noch meine Ma anrufen.«

Kais Gesicht verdunkelte sich, und er trat sogar einen Schritt zurück. »Das ist nicht dein Ernst, oder?«, fragte er. »Wieso zum Teufel hast du mich dann überhaupt angerufen?«

Weil ich dich vermisst habe, wäre vermutlich eine akzeptable Antwort gewesen, doch Jennifer brachte sie nicht über die Lippen. Ebenso wenig das Versprechen, sich kurz zu halten, denn das konnte sie ohnehin nicht halten. »Ich schulde ihr den Anruf seit ... Keine Ahnung, wie lange.«

»Scheiße!«

»Sobald der Lieferdienst klingelt, mache ich Schluss. Ich versuche es zumindest.«

»Ja, klar.« Kai schüttelte verärgert den Kopf. »Ist dir eigentlich mal aufgefallen, dass du für alles und jeden Zeit hast, außer für mich?«

Jennifer öffnete den Mund, wusste aber zuerst nicht, was sie darauf antworten sollte. Die Erkenntnis, dass er recht hatte, führte allerdings nicht dazu, dass sie sich schuldig fühlte, sondern machte sie nur noch wütender. Und diesmal zügelte sie sich nicht. »Was erwartest du eigentlich?! Dass ich meine Dienstzeiten einhalte, ganz egal, wie viele Frauen abgeschlachtet werden? Dass ich meine Familie im Stich lasse?!«

Im ersten Moment schien Kai auf den anrollenden Zug aufspringen zu wollen, besann sich im letzten Moment aber anders und hob beide Hände zu einer beschwichtigenden Geste. »Tut mir leid. Das hätte ich nicht sagen sollen.«

»Verdammt richtig, das hättest du nicht!«, blaffte Jennifer. Sie spürte ein verräterisches Brennen in den Augen, nahm das Telefon von der Anrichte und flüchtete aus der Küche. »Ich rufe jetzt meine Ma an. Falls du damit ein Problem hast, du weißt, wo die Tür ist.«

Sie rauschte ins Wohnzimmer und warf sich aufs Sofa. Ihre Hand krampfte sich so fest um das Mobilteil des Telefons, dass das Plastik leise knirschte. So viel zu ihrem Vorsatz, einen gemütlichen Abend mit Kai zu verbringen!

Jennifer brauchte mehrere Minuten, um sich zu beruhigen. Sie lauschte auf die Geräusche aus der Küche, in der sicheren Erwartung, alsbald Schritte im Flur und dann die Wohnungstür zu hören. Stattdessen wurde die Kühlschranktür geöffnet, zweimal der Klang eines Flaschenöffners und charakteristisches Zischen.

Kai betrat das Wohnzimmer mit zwei Bierflaschen in der Hand. Wortlos hielt er ihr eine hin. Sie schaffte es, ihm kurz in die Augen zu sehen, dann griff sie nach der Flasche und nahm einen kleinen Schluck.

Noch immer schweigend, ließ sich Kai neben ihr auf die Couch fallen, schaltete den Fernseher ein und stellte den Ton aus, bevor er durch die Kanäle zu zappen begann. Seine Aufforderung an sie, endlich ihr Telefonat zu erledigen.

Ihre Mutter nahm nach dem vierten Klingeln ab. »So früh hatte ich mit deinem Anruf gar nicht gerechnet.«

Der bissige Unterton war alles andere als einladend. »Ich habe dich auch lieb, Ma.«

Eine männliche Stimme im Hintergrund sagte etwas. Annabelle Leitner seufzte hörbar. »Ich soll dir von deinem Vater Grüße bestellen. Außerdem hat er mich daran erinnert, dass ich dir keine Vorwürfe machen wollte.«

»Ich kann mit Vorwürfen umgehen.« Jennifer stand kurz davor, einzuräumen, dass sie ihre Mutter hatte hängen lassen, doch sie tat es nicht. Das war genau das, was sie hören wollte, und ein Eingeständnis hätte sie nur neuerlich dazu ermuntert, sich über die Unzuverlässigkeit ihrer Tochter zu beklagen.

»Du musst mich auch verstehen«, sagte ihre Mutter am anderen Ende der Leitung. »Es ist wirklich so gut wie unmöglich, dich zu erreichen. Wenn einem von uns einmal ernsthaft etwas passieren sollte, würdest du es wahrscheinlich erst Tage, wenn nicht Wochen später erfahren.«

Das war eine ihrer typischen Übertreibungen. Jennifer hätte sie gerne daran erinnert, wie sie ihr vor drei Jahren auf der Mailbox die Nachricht hinterlassen hatte, dass ihr Vater einen Herzinfarkt erlitten habe und sterben könnte. Jennifer hatte alles stehen und liegen lassen und war nach Heidelberg gefahren. Tatsächlich hatten die Ärzte lediglich geäußert, es bestehe der Verdacht auf einen leichten Infarkt – der sich bis zu Jennifers Eintreffen noch dazu als Verdauungsstörung entpuppt hatte. Doch sie ließ diese Episode ruhen.

»Du sagtest, ihr hättet Probleme mit Bastian?« Dass ihre Eltern Schwierigkeiten mit ihrem jüngsten Bruder hatten, war keine Neuigkeit. Die Frage hätte eigentlich lauten müssen, welche *neuen* Probleme es gab.

Annabelle Leitner stöhnte auf. »Ach, seine Noten werden einfach nicht besser, er schwänzt die Schule, geht nicht zum Nachhilfeunterricht und hängt mit den falschen Typen rum.«

»Das ist nichts wirklich Neues, Ma.« Bastian war noch jung, gerade mal fünfzehn, und das ungeplante Nesthäkchen der Familie. Eigentlich machte er Ärger, seit er in die Pubertät gekommen war, und ihre Eltern waren genauso lange mit ihm überfordert.

»Neu ist allerdings, dass er raucht! Ausgerechnet!«

Kein Grund, sich so aufzuregen, fand Jennifer. »Reden wir über Zigaretten oder Joints?«

»Was?!« Ihre Mutter schwieg einen Moment lang geschockt. »Zigaretten«, sagte sie dann schließlich. Jennifers Frage hatte ihre Wirkung offenbar nicht verfehlt. Ihre Mutter hatte erkannt, dass es weitaus Schlimmeres gab als ein paar Glimmstängel.

»Das gibt sich wieder«, erwiderte Jennifer. »Und wenn nicht, kannst du auch nichts daran ändern.«

»Ich nicht, nein.«

Jennifer verzog das Gesicht und murmelte stumm einen Fluch. Eine derartige Vorlage hatte sie ihrer Mutter eigentlich nicht liefern wollen.

»Aber ich habe noch immer nicht die Hoffnung aufgegeben, dass du bei ihm etwas erreichen kannst.«

Jennifer stöhnte auf. Ihr war vollkommen schleierhaft, warum sich ihre Mutter auf die Idee versteift hatte, dass sie ihren Eltern bei den Schwierigkeiten mit Bastian helfen konnte. »Ma, das haben wir doch schon oft genug durchgekaut ...«

»Du hast es ja noch nicht einmal versucht!« Annabelle Leitner war anzuhören, dass sie sich Mühe gab, nicht allzu verärgert zu klingen. »Ist es denn zu viel verlangt, dass du uns endlich mal wieder besuchen kommst, und zwar nicht nur für ein paar Stunden, und dich ein wenig mit deinem Bruder unterhältst?«

»Ich glaube nicht, dass er sich unbedingt mit mir unterhalten will. Ich bin zu alt ...«

Ihre Mutter ließ sie nicht ausreden. »Was denkst du, was wir in seinen Augen sind? Steinalt!« Sie seufzte resigniert. Sich mit ihren gerade mal sechsundfünfzig Jahren als steinalt bezeichnen zu müssen, war nicht gerade angenehm. »Ich will doch nur, dass du es versuchst. Vielleicht findet er ja in dir eine Art Vorbild ...«

»Meine Jugend sollte ihm wirklich nicht als Vorbild dienen«, entgegnete Jennifer. Wieso vergaß ihre Mutter eigentlich immer, was sie mit ihrer Tochter in deren Pubertät durchgemacht hatte? Dagegen waren Bastians Eskapaden bisher noch recht harmlos.

»Ich rede nicht von deiner Jugend ... oder vielleicht doch. Immerhin bist du ein gutes Beispiel dafür, dass man noch immer einen anderen Weg einschlagen kann. Du könntest zumindest versuchen, zu ihm durchzudringen.«

Jennifer stieß ein Seufzen aus. »Ma, wirklich ... Wie oft soll ich es dir eigentlich noch sagen? Bastian ist fünfzehn, jeder macht in diesem Alter eine mehr oder weniger schwierige Phase durch. Das gibt sich normalerweise wieder.«

»Blödsinn«, erwiderte ihre Mutter hart. »Nicht jeder macht eine solche Phase durch. Victor war in dem Alter ein wahrer Engel.«

Victor war Jennifers anderer Bruder, knapp zwei Jahre jünger als sie. Und das beste Beispiel dafür, dass Annabelle Leitner, zumindest was ihre Kinder anging, zu Vergesslichkeit neigte, offenkundige Tatsachen ignorierte oder einfach Scheuklappen aufsetzte, wenn etwas nicht so recht in ihr Weltbild passen wollte.

Jennifer erinnerte sie brutal daran. »Victor war ein Engel, weil er seit seinem dreizehnten Lebensjahr damit beschäftigt war, herauszufinden, ob er schwul ist oder nicht. Für Dummheiten blieb da nicht mehr viel Raum.«

Das saß. Ihre Mutter verfiel sekundenlang in Schweigen. Die Homosexualität ihres älteren Sohnes war noch immer etwas, womit sie zu kämpfen hatte, obwohl sie und auch Jennifers Vater sich nach Kräften bemühten, sie zu akzeptieren und zu respektieren. Trotzdem war es ein Thema, mit dem man Annabelle Leitner zielsicher aus dem Takt bringen konnte.

»Ach verdammt, Jennifer, ... Ich mache mir um Basti doch einfach nur Sorgen ... Ich will nicht, dass es so weit kommt, wie ...« Sie verstummte.

Jennifer wusste genau, was ihre Mutter meinte. Sie wollte nicht, dass Bastian so weit abrutschte, wie seine Schwester es einst getan hatte. Jennifer war mit sechzehn Jahren ein wenig zu sehr ins Schleudern geraten, die falschen Freunde, Alkohol, Drogen, ein paar Diebstähle. Eine Bauchhöhlenschwangerschaft und ein Jugendarrest hatten glücklicherweise genug Eindruck bei ihr hinterlassen, dass sie ihr Leben radikal änderte – und sich bewusst für die andere Seite des Gesetzes entschied. Ein Wandel, den die meisten ihrer damaligen Freunde nicht mitgemacht hatten.

Natürlich verstand sie, dass sich ihre Eltern sorgten. Doch sie wusste auch, dass sie als große Schwester genauso wenig etwas an Bastians Rebellion gegen die elterliche Fürsorge und die ihm auferlegten Pflichten ändern konnte wie ihre Eltern. Jennifer glaubte eher, dass es Victor gelingen könnte, zu Bastian durchzudringen, doch diesen Vorschlag wollte ihre Mutter garantiert nicht hören.

Annabelle Leitner war in so vielen Dingen tolerant und aufgeschlossen, doch Homosexualität schien sie noch immer als ansteckende Krankheit zu empfinden. Jennifer hegte die Vermutung, dass ihre Reserviertheit hauptsächlich damit zu tun hatte, dass die sexuelle Ausrichtung ihres Bruders ihre Hoffnung auf Enkel radikal beschnitten hatte. Das Wissen, dass ihre Tochter ihr diesen geheimen Herzenswunsch ebenfalls nicht mehr erfüllen konnte, hätte Annabelle Leitner vermutlich in eine tiefe Depression gestürzt.

»Hör mal, Ma, ich kann dir nichts versprechen. Ich habe immer noch mit diesem Fall zu tun, und ich kann nicht sagen, wann wir diesen verrückten Kerl schnappen werden. Aber wenn das vorbei ist, nehme ich mir Urlaub und komme zu euch. Wenn sich irgendeine Möglichkeit ergibt, dass ich mit Bastian rede, werde ich es tun. Aber verlang nicht von mir, dass ich mich ihm aufdränge.«

Ihre Mutter schluckte hörbar, und Jennifer wusste, dass sie mit den Tränen kämpfte. »Du solltest nichts versprechen, was du nicht halten kannst, Schatz. Soweit ich mich erinnere, schuldest du auch Fiona bereits seit mehr als zwei Jahren einen Besuch.«

Es klingelte. Der Lieferservice. Kai stand auf, um die Pizza entgegenzunehmen.

»Ich weiß, Ma. Das werde ich auch noch nachholen ... irgendwann.« Vielleicht nie. Fiona war lange Zeit ihre beste Freundin gewesen, sie kannten sich, seit sie Kinder waren. Inzwischen lebte Fiona in der Schweiz, und ihr Kontakt beschränkte sich auf gelegentliche Videochats. Ihrer Mutter hätte Jennifer niemals erklären können, dass sich ihre Leben einfach zu unterschiedlich entwickelt hatten. Fiona war mit ganzem Herzen Mutter von drei Kindern, mit einem liebenden Mann an ihrer Seite. Victor, mit dem Jennifer immerhin per E-Mail etwas regelmäßiger kommunizierte, behauptete gerne, sie könne Fionas Glück nicht ertragen. Jennifer war sich allerdings sicher, dass die Liebe zu ihrem Job einfach nicht mit dem Leben eines Familienmenschen kompatibel war.

Kai kam mit der Lieferung zurück ins Wohnzimmer und stellte den Salat und den Pizzakarton auf dem Tisch vor ihr ab. Dann verschwand er noch einmal in Richtung Küche, um Besteck zu holen, allerdings nicht ohne Jennifer vorher einen vielsagenden Blick zuzuwerfen. *Du hast es versprochen.*

»Mach dir nicht allzu viele Sorgen um Bastian, okay? Ich bin wirklich davon überzeugt, dass er noch die Kurve kriegen wird. Baut einfach nicht zu viel Druck auf, ja?«

Ihre Mutter grummelte etwas Unverständliches. »Ich werde mich bemühen«, sagte sie anschließend. »Meinst du, wir können am Wochenende noch mal telefonieren?«

»Ich werde versuchen, mich zu melden.«

»Na schön. Pass auf dich auf, Kleines.«

Jennifer verabschiedete sich und unterbrach die Verbindung. Sie fühlte sich plötzlich ziemlich mies, ein Gefühl, das Telefonate mit ihrer Mutter nur allzu oft in ihr hinterließen. Wieso schaffte es ihre Mutter eigentlich immer wieder, dass sie sich schuldig fühlte?

Kai ließ sich neben ihr nieder und hielt ihr Messer und Gabel hin. Sie nahm beides entgegen, es vergingen jedoch noch mehrere Minuten, bevor sie den Plastikteller mit dem Salat auf ihren Schoß holte.

Im Fernsehen lief ein älterer Actionfilm mit Bruce Willis. Kai begnügte sich mit leise gestelltem Ton und dem Arm hinter ihr auf der Sofalehne, während sie aß.

Den Rest des Abends verbrachten sie schweigend. Jennifer rollte sich irgendwann am einen Ende des Sofas zusammen und schlief während der Wiederholung einer Folge von *King of Queens* ein. Dass Kai irgendwann ging, bekam sie nicht mehr mit.

Am Donnerstagmorgen wurde Jennifer von Gaja geweckt, die auf die Couch sprang und zielsicher auf ihrem Bauch landete. Als die Katze bemerkte, dass ihr Frauchen wach war, stimmte sie ein herzzerreißendes Miauen an. Jeder Außenstehende hätte geglaubt, der Stubentiger habe seit Tagen nichts mehr zu fressen bekommen.

Was in gewisser Weise sogar stimmte. Gaja hatte sich in letzter Zeit anstatt mit Katzenfutter mit Thunfisch aus der Dose, Milch und Schinken »begnügen« müssen. Das Gourmetessen hatte sie den mit den Öffnungszeiten der Supermärkte unvereinbaren Arbeitszeiten ihres Frauchens zu verdanken.

»Ja, ich weiß, Süße. Du bist die bedauernswerteste Kitty auf dem ganzen Planeten.«

Jennifer schob Gaja vom Sofa. Sie war spät dran, die Uhr zeigte bereits kurz nach zehn. Sie raffte sich auf und schlurfte der Katze, die nun zwischen begeistertem Schnurren und Miauen wechselte, in die Küche hinterher. Ein Blick in die Schachtel offenbarte, dass das Trockenfutter noch immer leer war.

Während Jennifer im Kühlschrank nach etwas Essbarem suchte, strich das schwarzgrau gescheckte Nervenbündel ungeduldig um ihre Beine herum. Letztlich blieb aber doch wieder nur Thunfisch. Jennifer nahm sich vor, auf dem Weg ins Büro endlich Katzenfutter zu kaufen, auch wenn ihre pelzige Mitbewohnerin ihr das nach dem Luxusleben der letzten Tage sicher übelnehmen würde.

Das Glück war jedoch einmal mehr auf Gajas Seite. Jennifer saß kaum im Auto, als sie ein Anruf von Freya Olsson erreichte.

»Hi, Freya.«

»Hey.« Die Stimme der Büroassistentin klang ein wenig nasal.

Sie schien erkältet zu sein. »Kommst du heute im Büro vorbei? Hier liegt einiges zum Unterschreiben.«

»Ja, so mein Plan.« Jennifer hatte eine ungute Vorahnung. Es gab eigentlich nur einen Grund, warum ihre Unterschrift unbedingt notwendig war. »Hat Marcel bei dir angerufen?«

»Er hat sich weiterhin krankgemeldet«, bestätigte Freya. »Er hat nicht gesagt, für wie lange.«

Jennifer unterdrückte ein Seufzen. Verdammt. »Ist er auf seinem Handy erreichbar? Oder hat er irgendeine andere Nummer hinterlassen?«

»Er hat nicht von seinem Handy aus angerufen«, erwiderte Freya mit einem fragenden Unterton in der Stimme. Sie war neugierig auf die Hintergründe. »Keine andere Nummer.«

Jennifer fluchte lautlos. Wo zum Teufel steckte Marcel, und warum meldete er sich nicht bei ihr? Sie war wütend, doch gegenüber Freya schlug sie einen leichten Ton an. Die Sekretärin brauchte nicht noch mehr Stoff für Spekulationen. »Okay, danke. Sonst noch was?«

»Jarik Fröhlich bittet um Rückruf. Sie hätten irgendetwas in der Grube gefunden.«

Diese Nachricht ließ Jennifer aufhorchen, und sie setzte sich unwillkürlich kerzengerade auf.

Grohmann hatte noch am Tag zuvor den richterlichen Beschluss erwirkt, der für das Ausheben der Grube notwendig war. Das Team um Jarik hatte sich am späten Nachmittag an die Arbeit gemacht. Als sie abends mit ihm telefoniert hatte, hatte er aber noch nichts zu berichten gehabt.

Jennifer änderte ihre Pläne augenblicklich. »Wir sehen uns gleich.« Sie unterbrach die Verbindung.

Vielleicht gab es doch irgendeinen Hinweis auf die Identität des Opfers.

Hoffentlich.

Grohmann und sie hatten mehrere Theorien aufgestellt und wieder verworfen, warum der Täter die Leiche zerstückelt und dafür gesorgt hatte, dass sie eigentlich niemals gefunden worden wäre. Als einzige plausible Theorie erschien ihnen, dass eine Verbindung zwischen Opfer und Täter existierte und er deshalb verhindern wollte, dass man die Tote entdeckte und identifizieren konnte.

Wer zum Teufel aber war sie? In welchem Verhältnis hatte sie zum Täter gestanden? Wieso bedeutete sie ihm so viel?

Ein anderes Rätsel, das Jennifer und Grohmann auch noch nicht gelöst hatten, war die Bedeutung der Bilder. Was sagten sie aus? Warum präsentierte der »Künstler« sie – außer in diesem letzten Fall – der Öffentlichkeit und den Ermittlern? Was bezweckte er damit? Viele Fragen, deren Antworten Jennifer auch auf ihrer zehnminütigen Fahrt ins Präsidium kein Stück näher kam.

Sie hatte eigentlich vorgehabt, zuallererst Jarik anzurufen, doch als sie den Empfangsbereich der Kripo betrat, wedelte Freya Olsson bereits mit einem braunen Umschlag. »Jarik war mal wieder schneller als du«, kommentierte die Büroassistentin fröhlich.

Sie war eine zierliche Frau, deren Energiereserven im genauen Gegensatz zu ihrer Körpergröße standen. Die brauchte sie auch, denn sie unterstützte die Kommissare nicht nur bei ihrer Arbeit, sondern musste auch dafür sorgen, dass sie ihren Schreibkram pünktlich erledigten. Eine Aufgabe, um die sie nun wirklich niemand beneidete.

Jennifer nahm den Umschlag mit einem Lächeln entgegen. Es war nicht zu übersehen, dass Freya trotz ihrer Erkältung bester Laune war, und Jennifer konnte sich denken, dass der eigentlich unnötige Besuch des Kriminaltechnikers daran nicht ganz unschuldig war. »Danke, Freya.«

Die Büroassistentin nahm einen Stapel ausgedruckter Berichte aus einer Ablage und ließ sie ein klein wenig zu energisch auf den Tresen zwischen ihnen fallen. »Dafür wirst du mir ganz sicher nicht danken. Unterschreiben, bitte! Am Montag will ich die wieder bei mir liegen sehen, ohne dass ich nachfragen muss.« Ihr Grinsen nahm ihren Worten ein wenig von ihrer Strenge, auch wenn sie diese Anweisung durchaus ernst meinte.

Wenn Jennifer nicht beide Hände voll gehabt hätte, wäre sie versucht gewesen zu salutieren. Sie trug den Umschlag und die Berichte in ihr Büro, wo sie Letztere erst einmal auf einen Aktenstapel legte.

Dann setzte sie sich, öffnete den Umschlag und schüttete den Inhalt auf den Tisch: ein Beweissicherungstütchen mit einer goldenen Kette samt Anhänger sowie eine handgeschriebene Notiz. Obwohl sie sich kaum beherrschen konnte, las sie zuerst die Nachricht: »Das war neben zwei Zähnen und einigen Knochenteilen das Einzige, was wir in den Filtern gefunden haben. Keine verwertbaren Spuren. Fotos habe ich an deine E-Mail-Adresse geschickt, die organischen Funde an Professor Meurer. Bericht folgt.« Darunter Jariks geschwungene Unterschrift, die einen starken Kontrast zu seiner unsauberen Handschrift bildete.

Jennifer spürte, wie sich ihr Puls beschleunigte, als sie das Tütchen öffnete und die Kette auf ihre Handfläche gleiten ließ. Der Anhänger war unscheinbar, nur eine kleine, runde Fläche und offensichtlich kein echtes Gold. Er sah mitgenommen aus, die Oberfläche war zerkratzt. Die Kette dagegen wirkte neu.

Auf der Vorderseite des Anhängers befand sich eine Gravur, die kaum noch zu erkennen war. Mit etwas Konzentration konnte Jennifer die eingravierten kleinen Buchstaben und Zahlen jedoch entziffern.

Heinz und Ursula. Darunter: *1966.*

Vermutlich ein Paar. Die Getötete war zwischen fünfunddreißig und fünfzig Jahre alt, war also etwa zwischen 1960 und 1975 geboren. Heinz und Ursula konnten die Eltern der Frau sein. 1966 hatten sie möglicherweise geheiratet.

Vielleicht gehörte die Kette aber auch dem Täter. Sie am Fundort zurückzulassen wäre ein grober Fehler gewesen, den sie dem Mann, der sich hinter dem »Künstler« verbarg, eigentlich nicht zutraute. Ausgeschlossen war es jedoch nicht.

Immerhin hatten sie jetzt einen Anhaltspunkt.

Es war die Art Kette, die man normalerweise nur selten ablegte. Also bestanden gute Chancen, dass sie das Opfer identifizieren konnten, falls der Anhänger der Toten gehört hatte und die Frau als vermisst gemeldet worden war. Zwei Vornamen und eine Jahreszahl genügten, um eine weitere Suche anstoßen zu können, auch über die Grenzen von Lemanshain hinaus.

Jennifer rief bei Grohmann an, erreichte jedoch nur seinen Anrufbeantworter. Er hatte am Abend zuvor irgendeinen Termin erwähnt. Sie hinterließ ihm eine kurze Nachricht mit der Information, dass sie eine Spur hatte, die womöglich zur Identifizierung der Leiche beitragen könnte.

Die nächste Stunde verbrachte Jennifer damit, alle Informationen, die sie über das Opfer hatten, in den Computer einzuspeisen, um sie mit den gemeldeten Vermissten in Lemanshain abzugleichen. Für den Vorgang würde das schwerfällige Programm vermutlich mindestens den Rest des Vormittages benötigen.

Anschließend rief Jennifer beim Standesamt an und bat um Informationen zu Personen mit den Namen Heinz und Ursula, die entweder 1966 geheiratet hatten, geboren oder verstorben waren. Beim Einwohnermeldeamt ließ sie dann noch auf gut Glück überprüfen, ob in Lemanshain ein Heinz und eine Ursula unter irgendeiner Adresse gemeinsam gemeldet waren.

Danach ging sie ihre Mails durch, erledigte ein paar Formalitäten zu anderen Fällen und kümmerte sich um die Formulare, auf denen Meurer für die Obduktion und die Freigabe der Überreste ihre Unterschrift brauchte und die mit dem zweiten Schwung Post gekommen waren.

Das Einwohnermeldeamt meldete sich kurz vor ein Uhr, als das Programm bereits zweimal abgestürzt war und einen Neustart ihres Rechners erfordert hatte. In ganz Lemanshain gab es keine zwei Personen mit den Namen Ursula und Heinz, die zusammenlebten. Nur in einem Altenheim fanden sich eine Ursula und zwei Männer namens Heinz, die aber offensichtlich nichts miteinander zu tun hatten.

Jennifer versuchte, Marcel zu erreichen. Sein Handy war ausgeschaltet.

Zwei Stunden später dieselbe Nachricht vom Standesamt. Nichts gefunden.

Sie wollte gerade bei Marcel zu Hause anrufen, in der Hoffnung, dass sie seiner Frau irgendeine hilfreiche Information über seinen Verbleib entlocken konnte, als ein willkommener Ton sie endlich darauf hinwies, dass die Suche nach möglichen Übereinstimmungen mit vermissten Personen abgeschlossen war.

Insgesamt dreizehn Treffer. Theoretisch hätte jede dieser Frauen das Opfer sein können, das der Mörder zerstückelt und in einer Grube im Wald versenkt hatte.

Jennifer ging die Einträge sorgfältig durch und stieß einen freudigen Seufzer aus, als sie beim achten Vermisstenfall den Vermerk zu einer Kette mit einem Anhänger entdeckte.

Die Frau war Anfang März von ihrer Tochter vermisst gemeldet worden. Die Tochter hatte angegeben, dass ihre Mutter immer ein Amulett getragen hatte. Sie wusste, dass zwei Namen darauf standen, hatte jedoch keine Ahnung, was sie bedeuteten.

Ihr Opfer hatte einen Namen.

Katharina Seydel.

Jennifer jubilierte innerlich.

Sie bemerkte erst, dass sie ihre Freude über diesen Erfolg mit einem lautstarken »Ja!« unterstrichen hatte, als sie Oliver Grohmann in der Tür stehen und sie schief angrinsen sah.

5

»Garten Eden«, wo die Tochter von Katharina Seydel wohnte, war streng genommen weder eine Siedlung noch ein Stadtteil von Lemanshain.

Ursprünglich eine Mischung aus Kleingartenkolonie und beschaulichem Campingplatz hatte sich das Gelände in den letzten Jahrzehnten zum Auffangbecken und Zufluchtsort für all jene gewandelt, die sich keine Wohnung leisten konnten, jedoch immer noch genug aufbrachten, um nicht unter der nächsten Brücke zu landen.

»Garten Eden« bestand aus einem bunten Sammelsurium aus Hütten, Wohnwagen und Zelten, dessen durchschnittliches Erscheinungsbild sich irgendwo zwischen gepflegt und heruntergekommen eingependelt hatte. Derzeit lebten hier gut dreihundert Menschen.

Jennifer schielte zu Grohmann hinüber. Ob sie auch so ungläubig geguckt hatte, als sie zum ersten Mal durch »Garten Eden« gefahren war?

Sie bog in einen Schotterweg ein, auf dessen Straßenschild »Haselbusch« stand.

Das Auto rollte knirschend über den Kies. In diesem Teil der Siedlung hatten sich die Einwohner wenigstens die Mühe gemacht, Briefkästen mit Nummern aufzustellen.

Der Briefkasten der Nummer 9 war auf einem Pfahl befestigt, der so schief stand, dass er gut einen halben Meter in den Weg hineinragte. Jennifer hielt direkt vor dem Grundstück, das einstmals eine große Parzelle des Campingplatzes gewesen war.

Rechts und links standen im Abstand von etwa vier Metern zwei geräumige Wohnwagen, die durch eine Konstruktion aus Zeltplanen, Holz und Wellblech miteinander verbunden wurden. Das Ganze konnte nicht einmal annähernd als Haus durchgehen.

Es gab keine Fenster, dennoch drang der deutliche Klang eines Fernsehers bis zu Jennifer und Grohmann nach draußen.

Grohmann stemmte beide Hände in die Hüften und sah sich um. Wie schon gestern trug er Jeans und ein einfaches dunkles Hemd, ein Outfit, das ihn nicht sofort als leitenden Staatsanwalt outete. Nach einigen Sekunden schüttelte er missbilligend den Kopf. »Ich kann kaum glauben, dass hier Menschen leben. Freiwillig.«

»Für die meisten ist es im Vergleich zu einem Sozialbau die bessere Alternative. Anderen gefällt die unkonventionelle Lebensweise.« Jennifer zuckte die Schultern.

»Alternativ und unkonventionell. Das trifft es.« Der Staatsanwalt schüttelte erneut verständnislos den Kopf. »Aber jeder, wie es ihm gefällt.«

Grohmann schien seine Vorurteile schnell begraben zu können. Sie selbst hatte sich dazu bei ihrem ersten Besuch in »Garten Eden« nicht in der Lage gesehen.

Trotzdem fragte sich Jennifer, ob es eine gute Idee gewesen war, ihn hierher mitzunehmen. Polizeiliche Ermittlungen waren, zumindest was den praktischen Außendienst betraf, komplettes Neuland für ihn. Doch als sich herausgestellt hatte, dass sie die Tochter ihres Opfers auf anderem Weg nicht erreichen konnten, hatte er darauf bestanden, sie gemeinsam abzuholen und aufs Revier zu bringen.

Inzwischen glaubte Jennifer, dass Grohmann ihren fehlenden Partner als Begründung nur vorschob. Sie hatte Freya ein paar Informationen über den neuen Staatsanwalt einholen lassen. Grohmann war definitiv kein reiner Schreibtischtäter. Wahrscheinlich hätte er sich auch an dieser Aktion beteiligt, wenn Marcel zum Dienst erschienen wäre.

Hoffentlich war ihm klar, dass er lediglich passiver Beobachter und kein aktiver Teilnehmer war, solange Charlotte Seydel noch nicht in Jennifers Büro saß.

Die Tür der Verbindungskonstruktion schien aus einem Wohnwagen ausgebaut und in einen selbst gezimmerten Rahmen eingesetzt worden zu sein.

Da es keine Klingel gab, klopfte Jennifer an die Tür, erst nur mit den Knöcheln, dann mit der Faust. »Hier ist die Kripo, KOK Leitner, bitte öffnen Sie die Tür.«

Keine Reaktion. Bei der Lautstärke des Fernsehers auch kein Wunder. Die Tür war nicht abgeschlossen, sodass Jennifer sie schließlich aufstieß und in den Rahmen trat.

Im Innern war es wegen der fehlenden Fenster erwartungsgemäß düster. Zwei Lampen spendeten gedämpftes Licht, und das Fernsehbild malte bewegte Schatten an die Wände.

Jennifers Blick traf sofort den jungen Mann in T-Shirt und kurzen Hosen, der auf einem breiten Sofa gegenüber der Tür lümmelte und sie und Grohmann vollkommen perplex anstarrte. Seine Reaktionen waren eindeutig verlangsamt, was bei dem überdeutlichen Geruch nach Gras nicht wirklich überraschte.

Obwohl er offensichtlich zugedröhnt war, begriff er erstaunlich schnell, dass sie Polizistin war. Jennifer erkannte es an dem plötzlichen Schrecken in seinen Augen, hinter dem noch ein rudimentärer Rest Schuldbewusstsein hervorlugte, als er viel zu hastig und mit fahrigen Bewegungen nach der Fernbedienung zu suchen begann.

Sie wandte sich um. Über den Bildschirm des Fernsehers flackerte irgendein Film. Das Logo eines Pay-TV-Senders bemerkte sie im gleichen Moment wie das Notebook, das über ein Kabel an das Fernsehgerät angeschlossen war. Es gehörten keine besonderen Fachkenntnisse dazu, um zu erkennen, dass er sich gerade eine illegale Kopie aus dem Internet reinzog.

Jennifer sah sich in dem Bau um, ohne ihre Überraschung zu zeigen. Sie hatte keinesfalls erwartet, ein voll eingerichtetes Wohnzimmer zu betreten.

Der Boden war durch Steinplatten befestigt, die im größten Teil des Raumes von einem Teppich bedeckt wurden. Vor dem breiten Sofa mit dunkelrotem Überwurf stand ein massiv wirkender Couchtisch, daneben befand sich ein Regal mit Büchern und allerhand Nippes.

Der Flachbildfernseher wirkte viel zu groß für den Raum, er thronte förmlich auf einem niedrigen Tisch. Das Gerät wollte sich nicht so richtig in das trotz allem chaotische und unsaubere Zimmer einfügen.

Als der junge Mann endlich die Fernbedienung zwischen Zeitschriften, Chipstüten und einer Pizzaschachtel gefunden hatte und plötzlich Stille einkehrte, hielt Jennifer ihm ihren Ausweis entgegen.

»Ich bin Kriminaloberkommissarin Leitner.« Sie machte sich nicht die Mühe, Grohmann vorzustellen. Der junge Mann schien es nicht einmal zu bemerken. »Unseren Informationen zufolge soll hier Charlotte Seydel wohnen.«

Er starrte sie an. Es dauerte ein paar Sekunden, bis er kapierte, dass sie weder von der Drogenfahndung noch wegen seiner illegalen Downloads hier waren. Ohne ein Wort zu sagen, deutete er auf den Wohnwagen, der die linke Wand des Raumes bildete.

Die Tür war geschlossen.

Jennifer warf Grohmann über die Schulter einen kurzen Blick zu. Sie wollte, dass der Staatsanwalt den Kerl im Auge behielt, während sie sich weiter vorwagte. Sie hoffte, dass er den Wink richtig deutete.

Gerade als sie den Arm hob, um an die Tür des Wohnwagens

zu klopfen, murmelte der Mann vom Sofa aus: »Sie ist nicht allein da drin.«

Jennifer bedachte ihn mit einem nicht allzu freundlichen Blick, verharrte aber einen Moment, um zu lauschen. Die gedämpften Laute, die nun zu ihr nach draußen drangen, ließen an Eindeutigkeit nichts zu wünschen übrig. Sie verstummten sofort, als Jennifer gegen die Tür hämmerte.

»Kripo! Frau Seydel, wir müssen mit Ihnen sprechen! Kommen Sie bitte heraus.«

Zwei Sekunden Stille. Dann heftiges Fluchen. Rascheln und Rumpeln, als der Wohnwagen trotz seines eigentlich festen Standes leicht ins Wanken geriet.

Jennifer trat zurück, als die Tür von innen aufgerissen wurde und eine junge Frau erschien. Wenigstens war sie angezogen.

Der Blick aus ihren dunkelbraunen Augen hätte nicht abweisender sein können, ihre Lippen waren zu einer schmalen Linie zusammengepresst. »Was wollen Sie?!«

»Sind Sie Charlotte Seydel?«

»Wer sonst?!« Sie ging die Stufen hinunter und verschränkte die Arme vor der Brust.

Charlotte Seydel war ungefähr so groß wie Jennifer, etwa eins siebzig. Ihr Körperbau wirkte schlaksig, doch Jennifer bemerkte die Muskeln, die sich unter ihrer Haut spannten. Sie trug ihre braunen Haare kurz, ein paar vereinzelte Sommersprossen zierten ihre Wangen. Eine Narbe teilte ihre linke Augenbraue als dünner, haarloser Strich, und dunkler Kajal unterstrich die Blässe ihrer Haut. Ein silberner Ring schmückte die rechte Seite ihrer Unterlippe.

Mit dem weißen Top, das ihren schwarzen Spitzen-BH eher betonte als verdeckte, und der dunkelgrauen Cargohose, die von einem viel zu breiten schwarzen Ledergürtel gehalten wurde, erinnerte sie Jennifer an eine Figur aus irgendeinem Film. Sie kam aber partout nicht darauf, an welchen, und auch der Name der Schauspielerin wollte ihr nicht einfallen.

Nur die Flipflops an ihren nackten Füßen störten das Bild.

Charlotte fixierte Jennifer noch immer. Ihre Augen waren klar, die Pupillen normal groß. Sie war stinksauer, aber zumindest nicht high.

Den Grund für ihren Missmut hatte sie unbeabsichtigt mit nach draußen getragen. An ihr haftete der unverkennbare Geruch von Sex, der sich noch verstärkte, als hinter ihr eine zweite junge Frau den Wohnwagen verließ.

Die Blonde trug nur einen Bademantel. Sie schenkte weder Grohmann noch Jennifer Beachtung, sondern schlenderte zum Sofa, wo sie sich neben dem jungen Kerl niederließ. Der Kuss, den sie mit ihm tauschte, und die Art, wie sie sich an ihn schmiegte, machten deutlich, dass die beiden ein Paar waren.

Charlottes Mundwinkel hoben sich zu einem kaum wahrnehmbaren Lächeln, als hinter Jennifer Leitners perfekt gleichgültiger Miene für einen Moment Verwirrung aufblitzte.

Charlottes abweisendes Verhalten gewann jedoch sofort wieder die Oberhand. »Was wollen Sie hier?«, fragte sie barsch.

Jennifer hatte ursprünglich einen sanften Ton anschlagen wollen, doch ihre Stimme klang eisig. »Es geht um Ihre Mutter. Wir haben da noch ein paar Fragen, die geklärt werden müssten. Auf dem Revier.«

Die junge Frau legte den Kopf auf die Seite und ließ den Blick zwischen Leitner und Grohmann hin und her wandern. Sie wusste instinktiv, dass mehr dahintersteckte, ihr war aber auch klar, dass die beiden Beamten – wenn der Typ denn überhaupt ein Polizist war – ihr hier und jetzt nicht mehr sagen würden.

»Wieso haben Sie mich dann nicht angerufen und einbestellt?«, fragte sie mit leichter Provokation in der Stimme. »Etwas übertrieben, mich hier einzusammeln, oder nicht?«

Jennifer schenkte ihr ein Lächeln, das nicht aufgesetzter und süßer hätte ausfallen können. »Ihrer Bewährungshelferin zufolge haben Sie kein Telefon oder Handy.«

Charlotte zuckte die Schultern. Selbstverständlich hatte sie ein Handy. Dem Miststück, das sich Bewährungshelferin nannte, aber nicht mehr als eine Nervensäge erster Klasse war, würde sie die Nummer jedoch nur über ihre Leiche geben.

»Kommen Sie.« Jennifer nickte zur Tür hin. »Wenn Sie wollen, kann ich Sie nachher auch zurückbringen lassen.«

Wieder flackerte ein Lächeln im Gesicht der jungen Frau auf. Sie deutete auf die noch immer offen stehende Tür, die auf den Kiesweg hinausführte. »Nach Ihnen.«

6

Auf dem Revier angekommen, führten Jennifer und Grohmann Charlotte in das einzige Verhörzimmer, das keine Gefängnisatmosphäre verströmte. Die Versuche, durch entsprechendes Mobiliar und eine freundliche Wandfarbe bei den Besuchern Gefühle von Wohlbefinden zu wecken, scheiterten jedoch allein schon an der Beleuchtung und dem grauen Linoleumboden.

Die beiden Ermittler warteten, bis sich die junge Frau für eine Seite des Tisches entschieden hatte, dann setzten sie sich ihr gegenüber. Jennifer sortierte noch einmal die Akten und Notizen, um Zeit zu gewinnen und Charlotte Seydel einer unauffälligen Musterung zu unterziehen.

Charlotte fläzte in ihrem Stuhl und schien sich keinerlei Sorgen zu machen. Geduldig wartete sie darauf, dass Leitner und Grohmann das Gespräch eröffneten. Nur ein gelegentliches Zupfen an dem Armband an ihrem linken Handgelenk zeigte, dass sie nicht ganz so entspannt war, wie sie vorgab.

Jennifer ärgerte sich, dass das Verhalten der jungen Frau sie dazu gebracht hatte, ihre professionelle Objektivität einzubüßen. Sie würde Charlotte Seydel in den nächsten Minuten wahrscheinlich mitteilen müssen, dass ihre Mutter tot war, und durfte sie nicht wie eine Verdächtige behandeln. Ganz gleich, ob Charlotte Seydel ein Problem damit hatte, ihre Aggressionen im Zaum zu halten, oder nicht.

Es sollte auch keine Rolle spielen, dass der Inhalt der Vermisstenanzeige ein eher kühles Verhältnis zwischen Mutter und Tochter suggeriert hatte. Der Beamte, der die Anzeige aufgenommen hatte, hatte sogar einen entsprechenden Vermerk gemacht. Charlotte hatte offenbar nicht den Eindruck hinterlassen, sich wirklich Sorgen um ihre Mutter zu machen. Vermutlich einer der Gründe, warum die Vermisstenanzeige derart dürftig ausgefallen war.

Charlotte musterte die Kripobeamtin, während diese ihre Unterlagen sortierte. Leitner war überraschend jung, keine vierzig, doch sie strahlte Ruhe und Härte gleichermaßen aus. Die zu einem strengen Zopf zusammengebundenen braunen Haare, das Fehlen von Schmuck oder Make-up sowie ihre praktische Kleidung verstärkten diesen Eindruck, nahmen ihren Gesichtszügen jedoch nicht ihre Weiblichkeit.

Ihre Schlachten in einer von Männern dominierten Welt hatte Leitner offensichtlich bereits erfolgreich geschlagen. Ein Blick in ihre Augen hatte Charlotte genügt, um in ihr die kompetente und durchsetzungsstarke Beamtin zu erkennen.

Wenn man ihr als Verdächtiger gegenübersaß, hatte man definitiv ein Problem.

Charlotte verschränkte die Arme vor der Brust. »Sagen Sie mir jetzt endlich, was Sie von mir wollen?«

»Wir wollen uns nur mit Ihnen unterhalten, Frau Seydel.« Jennifer bemühte sich um einen defensiven Tonfall. »Es tut mir leid, dass Ihnen der Zeitpunkt ungelegen kommt.«

Charlotte stieß ein verächtliches Schnauben aus. »Sicher tut es das.«

Einen Moment lang herrschte Schweigen, dann fixierte die junge Frau unvermittelt Grohmann. »Wer ist dieser Typ? Sie haben ihn mir nicht vorgestellt.«

»Ein Kollege. Oliver Grohmann.« Jennifers Gefühl sagte ihr, dass Charlotte Seydel sofort dicht machen würde, wenn sie erfuhr, dass er Staatsanwalt war. Die junge Frau hatte offensichtlich ein Problem mit staatlichen Autoritäten, das sich vermutlich verstärkte, je höher der Rang eines Beamten war. Sie wechselte daher das Thema. »Wie ich Ihnen bereits sagte, geht es um Ihre Mutter. Katharina Seydel.«

Charlotte reagierte nicht.

Jennifer zog das Beweistütchen mit dem Anhänger aus dem Umschlag, der zuoberst auf ihren Papieren lag. Ohne die junge Frau aus den Augen zu lassen, schob sie die Kette über den Tisch. »Sie haben bei der Vermisstenmeldung Ihrer Mutter angegeben, dass sie ein derartiges Schmuckstück trug. Wir würden gerne von Ihnen wissen, ob das die Kette Ihrer Mutter ist.«

Charlotte griff nach dem Tütchen und zog es zu sich heran. Erst jetzt bemerkte Jennifer, dass ihre Fingernägel schwarz lackiert waren. In der rechten Wange der jungen Frau zuckte ein Muskel, sie zeigte jedoch keine weitere Reaktion und schob den Anhänger in die Tischmitte zurück. »Das ist die Kette meiner Mutter.«

Nicht der Hauch eines Zweifels lag in ihrer Stimme.

Dennoch fragte sie nicht, woher die Polizisten den Anhänger hatten. Ahnte sie es, oder wusste sie etwas?

Jennifer lehnte sich zurück und unterdrückte ein Seufzen. Es kostete sie Mühe, ihrem Gegenüber weiterhin in die Augen zu sehen. Jennifer hasste diesen Teil ihres Jobs, unabhängig davon, ob sie Sympathien für die Betroffenen hegte oder nicht. »Es tut mir leid, Frau Seydel. Aber ich muss Ihnen leider mitteilen, dass Ihre Mutter nicht mehr am Leben ist.«

Ein Stirnrunzeln, mehr nicht.

Jennifer hätte ebenso gut über eine völlig Fremde sprechen können. »Mein Beileid.« Die Floskel hinterließ wie immer einen schalen Geschmack in ihrem Mund.

»Ist es die Leiche, die ihr im Wald gefunden habt?«

Die Frage überraschte Jennifer derart, dass sie für einen Moment nur vollkommen perplex dasaß.

Grohmann füllte das entstehende Schweigen. »Woher wissen Sie von der Leiche? Hören Sie den Polizeifunk ab?« Er klang neutral, trotzdem schien etwas Feindseliges in seiner Stimme zu liegen.

Charlotte hätte Grohmanns Misstrauen recht einfach ausräumen können, indem sie ihm die Wahrheit gesagt hätte. Die beiden Geocacher, die über die Überreste im Wald gestolpert waren, hatten Kontakte nach »Garten Eden«. Die Neuigkeit hatte in der Siedlung innerhalb weniger Stunden die Runde gemacht.

Doch sie sah überhaupt keine Veranlassung dazu, Grohmann entgegenzukommen und sich zu rechtfertigen. Stattdessen schenkte sie ihm ein kühles Lächeln. »Sollten Sie mich nicht über meine Rechte belehren, bevor Sie mir derartige Fragen stellen, *Detective*?«

Die verächtliche Betonung der englischen Dienstbezeichnung war eine unmissverständliche Provokation.

Jennifer schaltete sich ein, bevor der Staatsanwalt etwas erwidern konnte. »Wir wollen Ihnen keinen Ärger machen, Frau Seydel. Wir sind auf Ihre Mithilfe angewiesen.« Sie unterbrach sich kurz, um sicherzugehen, dass sie Charlottes ungeteilte Aufmerksamkeit hatte. »Ihre Mutter ist ermordet worden.«

Wieder keine Reaktion. Die junge Frau schien zu warten.

»Das scheint Sie nicht zu überraschen.«

Charlotte stieß ein kurzes, freudloses Lachen aus. Sie beugte sich vor und legte ihre Arme auf der Tischplatte ab.

Unwillkürlich blieb Jennifers Blick an den beiden Tätowierungen auf den Innenseiten von Charlottes Unterarmen hängen. In geschwungener Schrift war auf dem linken Arm »Heaven« und auf dem rechten Arm »Hell« eintätowiert. Jennifers trainiertem Blick entgingen die vielen quer verlaufenden Narben nicht, die von den Schriftzügen geschickt überdeckt wurden. Sie stammten augenscheinlich von intensivem, jahrelangem Ritzen.

Jennifer musste sich zwingen, Charlotte Seydel wieder ins Gesicht zu blicken.

»Ich bin von Anfang an davon ausgegangen, dass ihr etwas zugestoßen ist. Nur den Typen, der die Anzeige vor sechs Monaten aufgenommen hat, hat das einen Scheißdreck interessiert. Verdammter Vollidiot.«

Dem musste Jennifer leider zustimmen. Die Vermisstenanzeige und die Notizen des Beamten zeigten nur allzu deutlich, dass er seine Arbeit nach Schema F erledigt hatte, zwar streng nach Vorschrift, aber ohne Verstand oder Fingerspitzengefühl.

Noch dazu hatte er Mutter und Tochter vermutlich schon in dem Moment vorverurteilt, als Charlotte Seydel durch die Tür der Wache gekommen war. Die junge Frau war wahrscheinlich in einem ähnlichen Aufzug erschienen wie jetzt, und ein erster Blick konnte sie vorschnell der Kategorie »asozial« zugeordnet haben.

Jennifer schlug den Aktenordner auf, in dem die ausgedruckte Anzeige lag, die sie bereits mit Notizen versehen hatte. »Ich möchte mit Ihnen noch einmal alles im Detail durchgehen.«

Weder Zustimmung noch Widerspruch von der anderen Seite des Tisches.

»Sie sind am vierten März auf der Wache in der Azaleenstraße erschienen, um Ihre Mutter als vermisst zu melden. Seit wann war Ihre Mutter zu diesem Zeitpunkt schon verschwunden, und erinnern Sie sich noch daran, wann Sie sie zum letzten Mal gesehen haben?«

»Der Mistkerl hat sich nichts aufgeschrieben, oder?«, fragte Charlotte sofort aggressiv.

»Er hat sich Notizen gemacht«, entgegnete Jennifer ruhig. Ihr Tonfall sollte der jungen Frau vermitteln, dass sie den Beamten, der die Anzeige aufgenommen hatte, keinesfalls in Schutz nehmen wollte. »Es ist aber wichtig, jetzt noch einmal alles durchzugehen. Erinnerungen verändern sich mit der Zeit. Oft fallen einem erst viel später wichtige Details ein, denen man zuvor keine Beachtung geschenkt hat.«

»Wie Sie meinen.« Obwohl sich ihre Begeisterung offensichtlich in Grenzen hielt, dachte Charlotte länger über die Frage nach, bevor sie antwortete: »Ich habe meine Mutter zuletzt im Januar gesehen. Ich denke, das war Mitte Januar.«

»Sie haben Sie anderthalb Monate später vermisst gemeldet. Das ist eine lange Zeit.«, warf Grohmann ein. Jennifer war überrascht, dass seine Stimme frei von jeder Anklage war.

»Wir haben ab und zu telefoniert, aber nicht regelmäßig. Es kam immer mal wieder vor, dass wir ein paar Wochen gar nicht miteinander gesprochen haben.« Charlotte zuckte die Schultern, als sei dies nichts Ungewöhnliches. Trotzdem war ihre unterschwellige Resignation spürbar. »Irgendwann kam es mir dann aber doch komisch vor, dass sie nicht zurückrief. Ich bin dann zu ihrer Wohnung gefahren und habe gesehen, dass der Briefkasten vollgestopft war.«

»Sie ist zuvor nie längere Zeit verschwunden, ohne Ihnen Bescheid zu sagen, nehme ich an? In Urlaub gefahren oder Ähnliches?«, fragte Jennifer.

Charlotte schüttelte den Kopf. »Das hat sie mir immer gesagt. Sie hatte einen Hamster, Jack, den habe ich immer für sie gefüttert, wenn sie mal in Urlaub war.«

Jennifer nickte und warf einen Blick in die Vermisstenanzeige. »Dem Beamten gegenüber haben Sie geäußert, dass Sie glaubten, dass Ihrer Mutter etwas passiert sei. Wegen Jack?«

Ein Nicken zur Antwort.

Charlotte Seydel war nicht sehr gesprächig. Wenn Jennifer den Akten Glauben schenken konnte, eine alte Angewohnheit. Das konnte ein zähes Ringen werden.

Die junge Frau war mehr als einmal in ihrem Leben mit dem Gesetz in Konflikt geraten. Ihre Jugendsünden – kleinere

Diebstähle und Sachbeschädigungen – hätte man getrost unter den Tisch fallen lassen können. Danach war zumindest in strafrechtlicher Hinsicht eine relativ ruhige Zeit gefolgt, wenn man von den zwei Verhaftungen wegen Haschbesitzes einmal absah.

Ihr vor zwei Jahren plötzlich zunehmendes Aggressionspotenzial hatte allerdings einen schon beinahe vorhersehbaren Verlauf genommen. Was mit Pöbeleien und Beleidigungen begonnen hatte, die nie geahndet worden waren, hatte schließlich damit geendet, dass Charlotte Seydel einen Mann wegen einer Lappalie auf offener Straße zusammengeschlagen hatte.

Wenn die junge Frau sich in den damaligen Ermittlungen durch eines ausgezeichnet hatte, dann durch Schweigsamkeit. Sie konnten froh sein, wenn sie ihr überhaupt irgendwelche Antworten entlockten. Die Polizei zählte nicht gerade zu Charlotte Seydels Freunden.

»Der Beamte ist mit Ihnen zur Wohnung Ihrer Mutter gefahren und hat sie vom Hausmeister aufschließen lassen. Es gab keinerlei Hinweise darauf, dass Ihrer Mutter in ihrer Wohnung etwas zugestoßen ist. Ihre Handtasche war nicht da. Alles sah so aus, als hätte sie eines Morgens ihre Wohnung verlassen und wäre einfach nicht mehr zurückgekehrt.«

»Es gab aber auch keinen Hinweis darauf, dass sie verreist oder fortgegangen wäre«, erwiderte Charlotte mit leicht genervtem Unterton. »Der Typ meinte nämlich, dass sie wahrscheinlich einfach beschlossen hätte zu gehen. Das würde häufiger passieren, als man denkt, hat er gesagt.«

»Damit hat er nicht ganz Unrecht«, erwiderte Jennifer mit sanfter Stimme. »Was machte Sie so sicher, dass Ihre Mutter nicht ein Ticket ohne Rückfahrkarte gelöst hatte?«

»Dafür gab es einfach keinen Grund. Jack lag verhungert in seinem Käfig. Verhungert! Das hätte sie nie zugelassen. Sie hat diesen gottverdammten Hamster über alles geliebt!«

Zum ersten Mal zeigte Charlotte echte Emotionen.

Es klang fast so, als hätte Katharina Seydel mehr an dem Hamster gelegen als an ihrer eigenen Tochter. Jennifer lag die Frage auf der Zunge, ob es denn irgendetwas gegeben hatte, das ihre Mutter in Lemanshain hätte halten sollen – oder irgendjemanden. Dass Charlotte für diese Rolle nicht infrage kam, war offensichtlich.

Letztlich war es aber sinnlos, noch länger bei dem Thema zu verharren. Was auch immer Charlottes Gefühl genährt hatte, dass ihrer Mutter etwas zugestoßen war – ob es nachvollziehbare Gründe dafür gegeben hatte oder nicht –, sie hatte recht behalten.

Jennifer lenkte die Unterhaltung in eine etwas andere Richtung. »Erinnern Sie sich daran, ob Ihre Mutter einmal erwähnt hat, dass sie sich verfolgt fühlte? Oder gab es irgendjemanden, der ihr zu nahe kam?«

»Nein.«

»Lebte Ihre Mutter zum Zeitpunkt ihres Verschwindens in einer Beziehung?«

»Nicht, dass ich wüsste.«

Jennifer biss sich auf die Unterlippe. Wann hatte sie zum letzten Mal ein derart zähes Gespräch geführt? Langsam kam ihr der Verdacht, Mutter und Tochter könnten so wenig Kontakt gehabt haben, dass Charlotte ihnen kaum brauchbare Informationen geben konnte.

Die junge Frau bestätigte diese Vermutung im nächsten Moment, als sie zögerlich hinzufügte: »Meine Mom und ich standen uns nicht sehr nahe.« Nur ein Hauch von Bedauern lag in ihrer Stimme.

Jennifer hatte das Gefühl, irgendetwas darauf antworten zu müssen, ihr fiel jedoch nichts ein. »Wir würden uns gerne ein genaueres Bild von der Lebenssituation Ihrer Mutter machen.

Das könnte für unsere weiteren Ermittlungen sehr wichtig sein. Hatte sie Freunde oder Bekannte, mit denen wir sprechen könnten?«

»Sie hat nie jemanden erwähnt.«

»Wo arbeitete Ihre Mutter?«

Charlotte versteifte sich.

Eine Reaktion, die Jennifer nicht verwunderte. Aus der Vermisstenanzeige ging hervor, dass der Beamte aufgrund der vagen Angaben der Tochter davon ausging, dass Katharina Seydel als Prostituierte gearbeitet hatte. Jennifer hatte diese Annahme im Gegensatz zu dem Beamten überprüft und hatte einige Einträge in den Berichten der Kollegen von der Sitte gefunden, die diese Vermutung bestätigten.

Zumindest hatte sich Katharina Seydel ab und zu ihre Kasse mit Diensten im ortsansässigen Bordell aufgebessert. Ob sie ausschließlich als Professionelle gearbeitet hatte, war noch nicht geklärt. Sozialleistungen hatte sie vor ihrem Verschwinden zumindest schon seit über einem Jahr nicht mehr bezogen.

Charlotte zuckte die Schultern. »Mir sagte sie, sie hätte einen Job in einem Schnellrestaurant.«

»Sagte sie, wo oder in welchem?«, hakte Grohmann nach.

»Nein. Aber da sie aus Lemanshain normalerweise nur selten herauskam, dachte ich, bei McDonald's.«

»Sie haben sie dort aber nie gesehen?«

»So oft esse ich dort nicht, *Mister*.« Erneut eine Provokation in Grohmanns Richtung. Es schien Charlotte nicht zu gefallen, dass sie seinen Rang und seine Stellung noch immer nicht kannte. Allerdings verfehlte die Bemerkung ihre Wirkung, der Staatsanwalt zeigte nicht die geringste Reaktion.

Jennifer machte sich eine Notiz. »Haben Sie einen Schlüssel zur Wohnung Ihrer Mutter? Wir würden uns dort gerne umsehen.«

Die junge Frau schüttelte den Kopf. »Ich musste die Wohnung auflösen. Es gab Ärger mit dem Vermieter wegen der ausstehenden Miete. Ich habe das dann geregelt, die Möbel verkauft, die Konten eingefroren und das alles. Hat mir die Dame von der Rechtsberatung am Gericht empfohlen.«

Sie war tatsächlich davon ausgegangen, dass ihre Mutter niemals zurückkehren würde. Keinerlei Hoffnung lag in ihrer Stimme, nur Resignation. Trotzdem war es ein Detail, das Jennifer ihrer stichpunktartigen Liste hinzufügte.

»Ich habe aber Fotos von der Wohnung gemacht, so, wie ich sie vorgefunden habe. Die kann ich Ihnen auf CD brennen, wenn Ihnen das weiterhilft.«

Noch eine verblüffende Information – und überraschende Kooperationsbereitschaft. Charlotte Seydel schien langsam ein wenig aufzutauen.

»Das wäre super. Haben Sie noch Ihre persönlichen Sachen? Unterlagen, Kontoauszüge, Korrespondenz etc.?«

»In einer Umzugskiste in einem Schließfach.«

Jennifer und Grohmann runzelten gleichzeitig die Stirn.

»Sie haben gesehen, wo ich wohne. Da ist für eine Umzugskiste kein Platz.«

»War irgendetwas dabei, was Ihre Aufmerksamkeit erregt hat?« Jennifer bezweifelte es.

Und behielt recht. »Nein. Da war nichts Besonderes. Sie können die Kiste haben, wenn Sie sie brauchen.«

Jennifer nickte. »Sie bekommen sie selbstverständlich zurück.« Sie glaubte nicht, dass Charlotte daran überhaupt Interesse hatte. Und wie erwartet, sagte sie auch nichts dazu.

Jennifer wechselte das Thema. »Wie sieht es mit Verwandtschaft aus? Wir haben keine Informationen über die Familie Ihrer Mutter gefunden.«

»Ich kenne niemanden. Die Eltern meiner Mutter sind früh

gestorben.« Leiser, kaum zu bemerkender Zweifel begleitete ihre Antwort.

»In Ihren Akten steht, dass Ihre Mutter Sie alleine großgezogen und den Vater niemals angegeben hat.« Jennifer sah sie fragend an. Nachdem Charlotte nun etwas gesprächiger geworden war, versuchte sie, ihr nicht mehr nur direkte Fragen zu stellen.

»Ich kenne meinen Vater nicht, und ich weiß nicht einmal, ob meine Mutter ihn kannte.« Charlottes Blick wanderte zur Tischplatte. Dieses Thema war ihr offensichtlich unangenehm. »Sie wollte nie über ihn sprechen.«

Für ein paar Sekunden herrschte bedrücktes Schweigen.

Langsam begann Jennifer zu verstehen, warum das psychologische Gutachten, das während der Ermittlungen zu der von Charlotte begangenen Körperverletzung erstellt worden war, den Ursprung ihrer Probleme in ihrer Kindheit sah. Ein liebevolles, funktionierendes Familienumfeld sah definitiv anders aus.

Seit ihrer Jugend hatte Charlotte Seydel mehr als einen Therapeuten aufgesucht, teils freiwillig, doch erst die Polizeipsychologen hatten ihrem markanten Verhalten einen Namen gegeben: emotional instabile Persönlichkeitsstörung, Borderline-Typus.

Die Beschreibung dieser von Impulsivität und mangelnder psychischer Stabilität gekennzeichneten Störung las sich fast wie eine Liste der bei Charlotte Seydel beobachteten Auffälligkeiten: eingeschränkte bis hin zu fehlender Aggressionskontrolle, intensive und schädliche Beziehungen, ausgeprägtes Schwarz-Weiß-Denken, Drogenmissbrauch, häufig ungeschützt ausgelebte Promiskuität, Selbstverletzung.

Ihr Lebensweg war ähnlich wie ihre Erkrankung verlaufen: ein ständiger Wechsel von Höhen und Tiefen. Wenn sie in Therapie war und diese ernsthaft verfolgte, hatte sie meist länger andauernde gute Phasen gehabt, denen irgendeine schlecht verlaufende Beziehung dann aber nachhaltig ein Ende gesetzt hatte.

Die Schule hatte Charlotte ein Jahr vor dem Abitur wegen eines zwanzig Jahre älteren, verheirateten Mannes verlassen. Nachdem sie sich – dank einer Einweisung in die Psychiatrie wegen ihres selbstverletzenden Verhaltens – soweit gefangen hatte, dass sie Ziele entwickeln und die Hochschulreife nachholen konnte, hatte sie sich mithilfe ihres damaligen Therapeuten sogar einen Platz an der Privatuni in Lemanshain erkämpft.

Danach war alles in für Charlotte Seydels Verhältnisse nahezu perfekten Bahnen verlaufen. Bis erneut ein Mann in ihr Leben getreten war und das Ganze von vorne begonnen hatte.

Es betrübte Jennifer jedes Mal aufs Neue, wenn sie mitbekam, was eine unglückliche Kindheit auf Dauer anrichten konnte. Zwar stellten Charlottes aktuelle Therapeutin und ihre Bewährungshelferin der jungen Frau im Moment günstige Prognosen, doch auch die standen auf wackeligen Beinen.

Als sie spürte, dass sie Mitleid mit Charlotte zu empfinden begann, lenkte Jennifer ihre Konzentration auf das Gespräch zurück. Sie deutete auf das Amulett, das noch immer in dem Beweismitteltütchen zwischen ihnen lag. »Auf dem Anhänger stehen die Namen Heinz und Ursula sowie die Jahresangabe 1966. Wissen Sie, wer Heinz und Ursula sind?«

Charlotte zuckte die Schultern. »Ich habe meine Mutter danach gefragt, aber sie sprach nicht gerne darüber. Das waren, glaube ich, meine Großeltern. Sie werden 1966 geheiratet haben, nehme ich an.«

Jennifer äußerte sich nicht dazu. Sie hatte das schon überprüft, hatte alle möglichen Quellen angezapft, jedoch keinerlei Verwandte aufspüren können.

Die Familiengeschichte von Katharina Seydel war ohnehin ein kleines Mysterium. Genauer gesagt, sie war nicht existent.

Jennifer hatte schon von vielen Fällen gehört, in denen die behördlichen Dokumente während des Digitalisierungsverfahrens verloren gegangen waren, ihr Gefühl sagte ihr jedoch, dass auch Anfragen an die Archive nichts erbringen würden.

Schuld daran war ein kleines Detail. Eine Aktennummer, die beim Einwohnermeldeamt vermerkt worden war, als Katharina Seydel 1988 nach Lemanshain gezogen war. Eine Aktennummer, die Jennifer keiner Behörde hatte zuordnen können. Eine erste Suche in den Systemen dazu hatte keinerlei Ergebnisse geliefert.

Möglicherweise vollkommen unbedeutend. Aber es blieb ein Rätsel, das bisher ungelöst war. Jennifer gefiel es nicht, wenn derartige Unbekannte in einem Fall bestehen blieben. Manchmal verbarg sich dahinter mehr, als man anfänglich vermutete.

»Ihre Mutter hat nicht viel über ihre Vergangenheit gesprochen, nehme ich an«, hakte sie vorsichtig nach.

Charlotte zuckte die Schultern. »Das hat mich auch nicht sonderlich interessiert.«

Trotzdem schob Jennifer der jungen Frau einen Zettel über den Tisch zu, auf dem die Aktennummer vermerkt war. »Sagt Ihnen diese Nummer zufällig etwas?«

Charlotte schüttelte den Kopf. »Hat das was mit dem Mord an meiner Mutter zu tun?«

»Wir verfolgen viele mögliche Spuren.«

Wieder breitete sich Schweigen zwischen ihnen aus, und diesmal ließ Jennifer es zu. Es war an der Zeit, die Unterhaltung auf andere, möglicherweise unangenehmere Themen zu lenken. Außerdem wollte sie Charlotte Seydel die Möglichkeit zum Nachdenken geben. Wie jemand nach einigen Momenten der Stille den Gesprächsfaden wieder aufnahm, war mitunter sehr aufschlussreich.

»Kann ich meine Mutter sehen?«, fragte Charlotte schließlich.

Jennifer schüttelte den Kopf. »Es tut mir sehr leid, Frau Seydel. Aber der Zustand der Leiche ...«

»Scheiße!«, fluchte Charlotte, noch bevor Jennifer ausgeredet hatte. »Die anderen hat er doch auch nicht einfach verrotten lassen.«

Die heftige Reaktion überraschte die beiden Beamten. »Wer?«

»Der ›Künstler‹, wer denn sonst?«

Grohmann konnte sein Misstrauen nicht mehr verbergen. »Wie kommen Sie zu dieser Schlussfolgerung?«

Charlotte warf ihm einen Blick zu, der ihn wortlos einen Idioten nannte. »Logischer Menschenverstand. Die Zeitung wird noch ein bisschen brauchen, doch wenn man eins und eins zusammenzählen kann und sich für gewisse Dinge interessiert, braucht es nicht viel, um zu begreifen, dass meine Mutter ein weiteres Opfer dieses Irren ist.«

Der Staatsanwalt setzte zu einer Erwiderung an. Jennifer konnte ihn bereits »Und Sie interessieren sich für solche Dinge?« fragen hören, weshalb sie schnell dazwischen ging. »Wie auch immer. Leider haben Sie recht, Frau Seydel.«

Die junge Frau lehnte sich zufrieden zurück, verzichtete aber darauf, einen triumphierenden Blick in Grohmanns Richtung zu werfen. Sie wandte sich wieder Jennifer zu. »Was hat der Bastard ihr angetan?«

Jennifer war nicht darauf aus, diese Frage auch nur ansatzweise zu beantworten, weshalb sie sie überging. »Wie Sie selbst bereits festgestellt haben, gibt es bei Ihrer Mutter einige Abweichungen zum bisherigen Vorgehen des Mörders.«

Charlotte forderte sie stumm auf fortzufahren.

»Ich muss Sie ausdrücklich darauf hinweisen, dass diese und alle folgenden Informationen streng vertraulich zu behandeln sind. Wenn Sie irgendetwas davon preisgeben sollten, an wen auch immer, gefährdet das den Erfolg der Ermittlungen.«

Charlotte nickte, schenkte Jennifer jedoch ein spitzes Lächeln. *Welchen Erfolg?*

»Wir werden Sie im Anschluss eine Verschwiegenheitserklärung unterzeichnen lassen«, erklärte Grohmann. Eine kaum wahrnehmbare Warnung lag in seiner Stimme.

Charlotte zuckte die Schultern. »Wie Sie wollen.«

Jennifer wusste nicht, ob eine derartige Erklärung wirklich notwendig war, aber wenn sich der Staatsanwalt auf diese Weise absichern wollte, würde sie ihm auch nicht im Wege stehen.

Sie fuhr fort: »Ich nehme an, dass Ihnen bekannt ist, warum der Täter den Spitznamen ›Künstler‹ trägt.« Ihr Blick ruhte auf der jungen Frau. Dass sie keine Reaktion zeigte, sagte Jennifer bereits genug. Natürlich wusste sie es.

»Seine Kunstwerke spielen eine zentrale Rolle für ihn. Er stellt sie förmlich aus, gemeinsam mit den getöteten Frauen. Ihm ist sehr daran gelegen, dass die Bilder so gut wie unbeschadet, also auch sehr bald gefunden werden. Und er tötet die Frauen sogar auf eine Weise, die möglichst wenig äußeren oder sichtbaren Schaden hinterlässt.«

Für Charlotte schienen diese Details nichts wirklich Neues zu sein. »Meine Mutter hat er allerdings im Wald verrotten lassen, gut versteckt, damit sie nicht gefunden wird.« Sie schwieg kurz, bevor sie eine Vermutung äußerte: »Aber nicht ohne Bild.«

Wenigstens darüber wusste sie noch nicht Bescheid. »Andernfalls hätten wir die Tote dem ›Künstler‹ überhaupt nicht zuordnen können.«

»Dass meine Mutter nicht gefunden und somit auch nicht als sein Opfer identifiziert wird, war ihm also wichtiger als seine Kunst.« Charlotte Seydel nickte langsam. »Deshalb glauben Sie, dass es eine Verbindung zwischen meiner Mutter und dem Täter gibt, die Ihnen als Spur dienen könnte. Eine starke Verbindung.«

Charlotte überraschte Jennifer mit ihrem messerscharfen Verstand. Die Kommissarin hatte selten mit Menschen zu tun, die derart schnell perfekte Schlüsse zogen. Die Einträge in Charlotte Seydels Akte hätten ihr eine Warnung sein sollen. Vor ihr saß eine junge Frau, deren Intelligenzquotient selbst die örtliche Privatuniversität beeindruckt hatte – und zwar so sehr, dass ihr trotz eines holprigen Lebenslaufs ein Stipendium bewilligt worden war. Dort hatte Charlotte ihr Biologiestudium begonnen, bevor sie wegen ihrer Verurteilung exmatrikuliert worden war.

»So ist es. Wir glauben, dass er Ihre Mutter nicht zufällig ausgewählt hat«, erklärte Jennifer. »Er hat alles dafür getan, dass sie nicht gefunden und eine Identifizierung erschwert wird. Allerdings hat er den Anhänger bei der Leiche hinterlassen.«

»Ein Fehler, Absicht, oder war es ihm egal?« Charlotte schüttelte den Kopf. »Ich würde davon ausgehen, dass es ihm scheißegal war.«

»Möglich.« Jennifer zuckte die Schultern. Diskutierte sie hier gerade wirklich ihre Theorien mit einer vierundzwanzigjährigen Studentin mit einschlägiger Vergangenheit? Plötzlich fühlte sie sich manipuliert und überrumpelt.

Sie lehnte sich zurück, und ihre Stimme klang kühl und distanziert, als sie fragte: »Wären Sie bereit, sich die Bilder, die der ›Künstler‹ hinterlässt, anzusehen?«

Eigentlich hätten sie sich diesen Teil schenken können. Das Gespräch hatte nur allzu deutlich gezeigt, dass Charlotte ihrer Mutter nicht besonders nahe gestanden hatte. Es war unwahrscheinlich, dass sie irgendetwas entdecken würde, irgendein Detail, irgendeine Verbindung, vielleicht zu einem Mann, den ihre Mutter gekannt hatte. Aber die Hoffnung starb bekanntlich zuletzt.

Grohmann schien der gleichen Meinung zu sein. Er runzelte die Stirn, sagte jedoch nichts.

»Wieso nicht?«

Jennifer öffnete eine Aktenmappe, holte sechs Fotos heraus und breitete sie auf dem Tisch aus.

Charlotte ließ ihren Blick über die Bilder schweifen und musste unwillkürlich schlucken. Bisher hatte sie geglaubt, dass der Spitzname des Mörders entstanden war, weil er seinen Opfern etwas eintätowierte. Die Informationen der Medien waren diesbezüglich nicht allzu genau gewesen. Nun sah sie, dass die Bilder in die Haut geschnitten worden waren.

Jennifer deutete auf das Foto, das Katharina Seydels gespannte Rückenhaut zeigte. »Ihre Mutter«, sagte sie nur.

Charlotte nahm das Foto und studierte das Bild, das der Mörder gefertigt hatte.

Er hatte den Bereich, den er zu seiner Leinwand auserkoren hatte, mit einem Rahmen umgeben. Die Schnitte waren gerade und ordentlich ausgeführt. Kein Zittern, keine Aufregung oder Erregung, sondern konzentriertes Arbeiten. Die Szenerie wirkte skizziert und war nicht sehr detailliert, was dem einfachen Umstand geschuldet schien, dass mehr nicht möglich war, wenn man mit derart ungewöhnlichem und morbidem Material arbeitete.

Trotzdem war genügend zu erkennen. Ein Baum in der Mitte des Bildes. In der Krone, die eher an ein wolkiges Gewölbe erinnerte, hingen runde Früchte, vielleicht Äpfel. Auf einem Ast war eine Gestalt dargestellt, ein kleiner Junge vielleicht. Am Boden zu beiden Seiten des Stammes knieten ein Mann und eine Frau, die Hände nach oben in Richtung des Jungen gereckt.

Charlotte musste unwillkürlich an den Apfel aus der Bibel denken, an Adam und Eva und den Sündenfall. Nur die Schlange fehlte, und der Junge im Baum ergab keinen Sinn.

Sie sah sich ein Bild nach dem anderen an.

Das zweite: Ein Säulengang, der in den Himmel zu reichen schien und an dessen Ende eine Gestalt kauerte. Zu klein und zu ungenau, um Alter oder Geschlecht zu bestimmen. Wieder zwei Personen im Vordergrund, die sich diesmal jedoch an den Händen hielten.

Eine übergroße Schale dominierte das dritte Bild. Das Chaos aus Schnitten oberhalb der Schale ließ erst beim wiederholten Hinsehen die Interpretation zu, dass sie mit Obst und Menschen gefüllt war. Rechts und links von der Schale wieder zwei Gestalten, klein mit nach oben gereckten Händen.

Die anderen drei Bilder zeigten teilweise skurril wirkende Szenarien, die jedoch alle eines gemeinsam hatten: zwei Personen, die von den anderen Gestalten – manchmal nur eine, manchmal mehrere, ob es Kinder waren, ließ sich nicht mit Sicherheit sagen – getrennt waren. Mann und Frau, ein Paar. Auf manchen der Bilder erweckten sie den Eindruck, als sehnten sie sich danach, zu den anderen dazuzugehören.

Auch wenn Charlotte selbst nicht glaubte, dass es irgendetwas brachte, ließ sie die Bilder einige Minuten lang auf sich wirken, wobei sie dem Bild vom Rücken ihrer Mutter besonders viel Aufmerksamkeit schenkte.

Doch nichts. Es regte sich kein Gefühl in ihr, ihre Erinnerung blieb dunkel und leer. Auch ihr Verstand meldete sich nicht.

Schließlich schüttelte sie den Kopf. »Sorry ...«

»Okay.« Jennifers Enttäuschung war groß, obwohl sie sich keine besonderen Hoffnungen gemacht hatte. Sie sammelte die Fotos wieder ein und holte fünf weitere Bilder hervor. Sie zeigten die fünf anderen Opfer, als sie noch unter den Lebenden geweilt hatten.

Jennifer präsentierte der jungen Frau eines nach dem anderen und nannte Namen und Beruf in der klammheimlichen Hoffnung, dass die Tochter des sechsten Opfers jemanden erkennen würde. Dass sie ihnen irgendeine Verbindung offenbaren würde, die sie verfolgen konnten.

Jeder der Namen war mit einer eigenen traurigen Geschichte, mit Eltern, Kindern, Ehemännern, Verwandten, Freunden und Kollegen verknüpft. Mit Trauer und Schmerz.

Marie Burgmann, Carola Wöhler, Anja März, Elke Geiling, Denise Jeschke.

Jeder der Namen schien Jennifer selbst tief im Innern einen Stich zu versetzen. Sie war sich nur allzu bewusst, dass weitere Namen hinzukommen würden, wenn es ihr nicht gelang, den »Künstler« zu stoppen, den Mann, der nicht nur das Leben dieser Frauen, sondern auch das ihrer Familien zerstört hatte.

Doch Charlotte reagierte bei jedem Foto mit einem Kopfschütteln. Sie war still geworden. Mit den Opfern konfrontiert, schien sie tatsächlich doch noch so etwas wie Bedauern oder Mitleid zu entwickeln.

Schließlich waren sie am Ende angelangt. Jennifers Blick schweifte über die Notizen, die sie sich während des Gesprächs gemacht hatte. Dürftig.

Sie unterdrückte ein Seufzen. »Ich denke, das war es dann für heute. Es würde uns sehr helfen, wenn Sie direkt mit uns zu dem Schließfach fahren würden, in dem Sie die Unterlagen ihrer Mutter aufbewahren.« Die persönlichen Habseligkeiten des Opfers zu durchstöbern würde sie vielleicht doch noch weiterbringen.

Charlotte reagierte auf die Bitte nicht wie erwartet. Sie löste einen kleinen Schlüssel von ihrem Schlüsselbund und reichte ihn Jennifer über den Tisch. »Böttcher Lageristik.«

In den Schlüssel war eine kurze Folge von Buchstaben und Zahlen eingraviert, vermutlich die Bezeichnung des Schließfaches. Jennifer legte ihn auf dem Block mit ihren Notizen ab. »Sind Sie sicher, dass Sie nicht mitkommen wollen?«, fragte sie. »Wir würden Sie anschließend auch nach Hause bringen.«

Charlotte schüttelte den Kopf. »Nein, danke. Ich komme zurecht.«

Jennifer nickte nur und beschloss, die Kiste in diesem Fall erst morgen früh zu holen.

Anschließend erledigten sie den Papierkram, der für die freiwillige Herausgabe von Katharina Seydels Habseligkeiten notwendig war. Grohmann bestand darauf, dass die junge Frau eine Verschwiegenheitserklärung unterschrieb, unterließ es jedoch, sie auf die Folgen eines Verstoßes hinzuweisen.

Jennifer übergab der Studentin ihre Visitenkarte. »Rufen Sie mich an, falls Ihnen noch etwas einfällt, selbst wenn Sie es für unbedeutend halten.«

Charlotte nickte.

Sie stand schon in der Tür, als sie sich noch einmal umdrehte. »Was passiert mit … den Überresten meiner Mutter?«

»Wir könnten noch einen DNS-Abgleich in Auftrag geben, um sicherzugehen«, erklärte Jennifer. »Auch wenn wir die Identifikation als ausreichend ansehen. Aber falls Sie auf einem Abgleich bestehen …«

Charlotte schüttelte erwartungsgemäß den Kopf.

»Dann werde ich direkt morgen früh das Bestattungsinstitut über die Freigabe informieren. Sie müssten dann allerdings noch eine Verzichtserklärung unterschreiben.«

»Klar.«

Jennifer suchte das entsprechende Formular heraus und füllte es mit den notwendigen Daten aus, obwohl die Ungeduld der jungen Frau deutlich spürbar war.

Charlotte unterschrieb noch im Stehen. Dann war sie verschwunden.

7

Als Charlotte gegangen war, kamen Jennifer und Oliver Grohmann überein, dass sie den Fall an diesem Abend nicht weiter diskutieren wollten. Das Gespräch mit der Tochter ihres neuesten Opfers war anstrengend gewesen, und es war schon so spät, dass sie heute ohnehin nichts mehr erreichen würden.

Also packten sie zusammen und gingen beide ihrer Wege, nachdem sie sich für neun Uhr am nächsten Morgen in Jennifers Büro verabredet hatten.

Es sah nicht so aus, als würde Marcel Meyer bald wieder zum Dienst erscheinen, und Grohmann wollte die Chance nutzen, noch etwas länger in die direkte Ermittlungsarbeit hineinzuschnuppern.

Sobald Marcel zurückkehrte, wären sie offiziell einer zu viel im Team. Außerdem konnte es durchaus sein, dass es dem Kommissar missfiel, wenn sich Grohmann derart in seinen Zuständigkeitsbereich drängte.

Jennifer fuhr nach Hause, duschte heiß und versuchte, etwas Schlaf nachzuholen. Sie konnte jedoch nicht abschalten und ging im Geiste immer wieder die Liste mit all den Punkten durch, die sie am nächsten Tag abarbeiten musste.

Irgendwann mitten in der Nacht tauchte Gaja auf und schmiegte sich schnurrend an sie. Vermutlich hatte sie den Thunfisch in ihrem Napf gefunden und bedankte sich für die Unfähigkeit ihres Frauchens, ungeliebtes Katzenfutter zu besorgen, mit intensiver Anhänglichkeit.

Viel Schlaf hatte Jennifer nicht bekommen, als sie am Freitagmorgen um fünf Uhr wieder aufwachte. Obwohl sie sich wie gerädert fühlte, entschied sie sich aufzustehen. Ihr Kopf ließ ihr ohnehin keine Ruhe, also fuhr sie um sechs ins Büro.

Die Zeit bis zu Grohmanns Eintreffen nutzte sie, um ein paar eilige Dinge in anderen Fällen zu erledigen.

Dann rief sie beim Bestattungsunternehmen an und ließ den Anrufbeantworter wissen, dass die Tote identifiziert worden war und sie eine Verwandte aufgespürt hatten. Charlotte hatte es abgelehnt, ihre Handynummer herauszugeben. Sie würde sich im Laufe des Tages selbst mit dem Bestatter in Verbindung setzen.

Anschließend schrieb Jennifer eine Zusammenfassung des Gesprächs mit Charlotte Seydel und sendete sie per E-Mail an Peter Möhring, ihren direkten Vorgesetzten.

Die rätselhafte Aktennummer, die beim Einwohnermeldeamt registriert war, übergab sie Freya, die häufig derartige Recherchen übernahm und immer schon um halb acht im Büro war. Jennifer versah diesen Auftrag jedoch nur mit geringer Priorität, denn die Assistentin hatte noch einige wichtigere Anfragen auf dem Tisch.

Auf der Homepage der Böttcher Lageristik GbR fand Jennifer die Information, dass die Privatlager und Schließfächer von neun bis achtzehn Uhr auf dem Firmengelände im Industriegebiet uneingeschränkt zugänglich waren. Für dringende Fälle, die außerhalb der Geschäftszeiten lagen, war eine Handynummer angegeben.

Der Mann, der Jennifers Anruf entgegennahm, war alles andere als begeistert, als sie ihm sagte, dass sie um acht kommen würde, um etwas aus einem Schließfach abzuholen. Er wollte sie erst auf neun Uhr vertrösten, die Erwähnung einer polizeilichen Ermittlung ließ ihn allerdings sehr schnell seine Meinung ändern.

Wenig später traf sie auf dem Gelände ein. Als ihr der Mann, der offenbar als Nachtwächter für die Lagerfirma tätig war, eröffnete, dass sie drei ausstehende Monatsmieten von insgesamt fünfundvierzig Euro bezahlen müsse, bevor sie den Inhalt des Schließfaches mitnehmen könne, wurde ihr klar, warum Charlotte Seydel ihr einfach den Schlüssel übergeben hatte. Auch eine Art, seine Schulden zu begleichen. Zähneknirschend zahlte sie den Betrag.

Zurück im Büro, stellte Jennifer die Umzugskiste auf Marcels Schreibtisch und warf einen kurzen Blick hinein. Der Karton war bis zum Rand mit einem heillosen Durcheinander von Papieren gefüllt. Jennifer seufzte. Immerhin wusste sie jetzt, wie ihre Wochenendbeschäftigung aussehen würde.

Sie erledigte noch die beiden Anrufe bei dem Psychologen und dem Kunstexperten, denen sie das Foto mit dem neu aufgetauchten »Werk« des Mörders zugeschickt hatte. Sie hatte Glück, dass beide schon so früh erreichbar waren, leider konnte jedoch weder der eine noch der andere neue Erkenntnisse beisteuern.

Auch von der Spurensicherung gab es nichts Neues.

Anschließend erfasste Jennifer die noch offenen Punkte unsortiert auf dem Whiteboard, gerade so, wie sie ihr in den Sinn kamen: Die Nachbarn von Katharina Seydel befragen. In das Bordell fahren, in dem sie zumindest gelegentlich gejobbt hatte. Die Hinterbliebenen der anderen Opfer nach einer Verbindung zu Katharina Seydel befragen. Erkundigungen bei den örtlichen Ärzten und Kliniken einholen, ob sie dort in Behandlung gewesen war. Die Unterlagen des Opfers durchgehen. Katharina Seydel und ihre Lebensumstände in der Opfermatrix erfassen, die sie erstellt hatten, um mögliche Überschneidungen zu finden. Wo hatte sie gearbeitet, gegessen, eingekauft? Freunde, Bekannte und sonstige Kontakte des Opfers finden. Telefondaten anfordern.

Jennifers Blick fiel auf den Umzugskarton. Hatte Katharina Seydel ein Notebook oder ein Handy gehabt? Wenn ja, müsste sich beides in der Kiste befinden. Sie notierte: Handy, eventuelle Internetaktivitäten und einen möglicherweise vorhandenen Computer überprüfen. Falls sie in der Kiste keinerlei elektronisches Gerät fand, würde sie noch einmal mit Charlotte sprechen müssen. Es war durchaus denkbar, dass sich die klamme Tochter PC oder Handy ihrer Mutter unter den Nagel gerissen hatte.

Gestern war Jennifer nicht auf die Idee gekommen, danach zu fragen. Hoffentlich hatte die junge Frau nicht alles zu Geld gemacht und dadurch mögliche Hinweise vernichtet.

Als Grohmann wenig später erschien, musterte er Jennifers Liste mehrere Minuten lang. Schließlich sagte er: »Sie haben zwei wichtige Punkte vergessen.«

Jennifer runzelte die Stirn. »Und die wären?«

»Erstens: Eine Streife wegen des Marihuanas und des Fernsehers in der Bude vorbeischicken, in der Charlotte Seydel wohnt.«

Jennifer schüttelte lächelnd den Kopf. »Bringt überhaupt nichts.«

Grohmann ignorierte ihren Einwand. »Zweitens: Der Dame nochmals kräftigst auf den Zahn fühlen.«

»Wieso das?«

»Ihre Schlussfolgerungen, ihr Interesse an dem Fall, offensichtlich bereits bevor ihre Mutter starb ... Sie kommt mir mehr als nur verdächtig vor.«

Jennifer ließ erneut ein Lächeln aufblitzen. »Charlotte Seydel ist mit Sicherheit nicht unser Täter.«

»Richtig«, stimmte Grohmann zu, »aber es könnte eine Verbindung geben, eine Verbindung zu ihr. Vielleicht kennt sie den Typen. Sie weiß definitiv zu viel.«

»Sie haben ihre Akte nicht gelesen, oder?«, fragte Jennifer.

»Doch, ihre Kriminalakte, und die spricht eine ziemlich deutliche Sprache. Seit ihrer Jugend ist sie immer wieder auffällig geworden: Diebstahl, Drogen und nicht zu vergessen: ihre Verurteilung wegen schwerer Körperverletzung.«

»Ich meine die Unterlagen der Bewährungshelferin.«

Jetzt war es an Grohmann, die Stirn zu runzeln. »Ehrlich gesagt, nein. Das war ein ziemlich dickes Dossier. Ich habe mich auf die Mutter konzentriert.« Dem Staatsanwalt entging Jennifers Blick nicht. Sie hätte ebenso gut »Da haben Sie's!« sagen können. »Finden Sie das Wissen, mit dem die Kleine um sich geworfen hat, nicht ein wenig ... erschreckend?«

»Zugegeben, sie hat mich ein- oder zweimal überrascht, aber alles in allem sind weder ihre Interessen noch ihre Schlussfolgerungen besonders verwunderlich. Forensik ist so gesehen Charlotte Seydels Fachgebiet.«

»Tatsächlich?« Grohmann war verblüfft. »Ich dachte, sie studiert in Würzburg Biologie.«

»Ursprünglich hat sie sich nach dem Abitur bei der ESC, der Schule für Kriminalwissenschaften an der Universität Lausanne, beworben, wurde aber abgelehnt«, erklärte Jennifer. »Daraufhin hat sie sich ein Stipendium an der Privatuni hier in Lemanshain erarbeitet. Mit einem Bachelor in Biologie von dort hätte die ESC sie ohne Weiteres genommen.«

»Und dann hat sie es verbockt«, vermutete Grohmann.

Jennifer nickte. »Nach der Verurteilung hatte sie ihren Bonus an der hiesigen Privatuni verspielt, und das Stipendium wurde widerrufen. Im Moment macht sie ihr letztes Jahr Biologie in Würzburg. Die Bewährungshelferin hat notiert, dass Charlotte sich privat noch immer ausführlich mit dem Thema Forensik beschäftigt. Sie besucht außerdem Vorlesungen in Psychopathologie und forensischer Psychologie. Wohin die Reise letztendlich geht, scheint sie allerdings selbst noch nicht zu wissen.«

Grohmann war ehrlich überrascht. Jetzt ärgerte er sich, noch keinen Blick in das Dossier der Bewährungshelferin geworfen zu haben. »Ich verstehe nicht, wie jemand, der doch offensichtlich intelligent ist und keine geringen Ziele verfolgt, alles so leichtfertig aufs Spiel setzen kann.«

»Leichtfertigkeit spielte da wohl keine Rolle. Eher ihre bescheidene Kindheit. Das Fehlen elterlicher Führung, Fürsorge und Förderung, was vermutlich alles mit dafür verantwortlich ist, dass sie eine Borderline-Persönlichkeit und weitere psychische Auffälligkeiten entwickelt hat.«

»Das wurde im Zuge der Strafverfolgung festgestellt«, erinnerte sich Grohmann. »Ich finde es allerdings etwas kurzsichtig, allein elterliche Verfehlungen für eine derartige Entwicklung verantwortlich zu machen.«

Jennifer fragte sich unwillkürlich, ob er Kinder hatte. So dachten normalerweise nur Eltern. »Lesen Sie das Dossier der Bewährungshelferin, vor allem die Berichte von Charlotte Seydels Psychotherapeutin. Die Mutter war Charlottes einzige Bezugsperson, und von ihr erhielt sie vollkommen gegensätzliche, hauptsächlich jedoch negative Signale. Ihre Mutter hat sie in ihrer Kindheit emotional und psychisch vernachlässigt. Sie war auf sich allein gestellt, seit sie laufen konnte.«

Dem Staatsanwalt entging nicht, dass seine Bemerkung Jennifer etwas verstimmt hatte. »Jetzt ist sie ja in Behandlung«, sagte er deshalb in versöhnlichem Tonfall.

Jennifer nickte. »Sie nimmt ihre Therapie offenbar sehr ernst. Diesmal. Der Akte zufolge ist sie allerdings auch bis oben hin vollgepumpt mit Antidepressiva und anderen Wundermitteln.«

»Und dann nimmt sie noch Drogen?«

Grohmann überraschte Jennifer. Sie hätte nicht gedacht, dass er sich zu derart schnellen Schlussfolgerungen hinreißen lassen würde. »Sie wohnt offensichtlich mit Leuten zusammen, die Drogen konsumieren, hat das Zeug aber selbst seit Jahren nicht mehr angerührt. Ihre Bewährungsauflagen sehen regelmäßige Tests vor ... alle negativ.«

»Ich verstehe es trotzdem nicht«, wiederholte Grohmann seufzend. »Sie kann offenbar nicht gut mit Polizisten, und dann will sie selbst Polizistin werden?«

Jennifer warf ihm einen abschätzenden Blick zu. »Forensiker sind keine Polizisten. Außerdem hätte sie mit einem Master von der ESC in jedes Land ihrer Wahl gehen können. Nicht überall lässt einen der Arbeitsmarkt immer und ewig für seine Fehler büßen. Wenn Sie in Deutschland kein sauberes Führungszeugnis haben, bekommen Sie ja nicht mal die niedrigsten Jobs.«

»In Zeiten, in denen für einen Job als Sekretärin schon Abitur verlangt wird, gehen die niedrigsten Arbeiten nun mal an die Leute mit Realschulabschluss und Berufsausbildung.«

»Sicher«, erwiderte Jennifer mit gelangweiltem Tonfall. Sie hatte keinerlei Interesse an einer politischen Diskussion. »Und die Hauptschüler müssen angeblich ohnehin nur noch lernen, wie man die Antragsformulare für Hartz IV richtig ausfüllt.«

»Leider gibt es Leute, die das glauben«, kommentierte Grohmann.

Jennifer zuckte die Schultern. »Es gibt immer Grauzonen, nicht nur Schwarz und Weiß. Leider trifft man in unserem Job zu viele Menschen, die den schwarzen Farbtopf erwischt haben und mit jedem Tag tiefer darin versinken.«

Die Unterhaltung hatte sich erschöpft, und der Staatsanwalt kehrte zum Ausgangsthema zurück. Mit einem Blick auf das Whiteboard sagte er: »Ich beuge mich Ihrer Expertise und streiche Charlotte Seydel von der Liste der Verdächtigen, in der Annahme, dass ihr überdurchschnittliches Wissen und ihr Interesse an unserem Fall tatsächlich rein fachlicher Natur ist. Auch wenn ich sie jetzt noch mehr als zuvor für eine tickende Zeitbombe halte. Sie hat einen Fahrradfahrer zusammengeschlagen, weil er über einen Fußgängerüberweg gefahren ist und sie angerempelt hat. Was kommt wohl als Nächstes?«

Als Jennifer darauf nicht reagierte, fragte er schließlich: »Okay, wo wollen wir anfangen?«

Charlotte setzte sich auf das weiße Ledersofa und verschränkte die Hände im Schoß. Obwohl sie jeden Freitagmorgen hier saß, brauchte sie immer ein paar Minuten, um sich an die hellen, freundlichen Farbtöne und das Plätschern des Zimmerbrunnens zu gewöhnen.

Aus irgendeinem Grund war sie nicht gern allein in diesem Raum. Das schien auch Alina Noack inzwischen aufgefallen zu sein, denn sie ließ Charlotte regelmäßig mit irgendeiner fadenscheinigen Begründung ein paar Minuten hier zurück, bevor sie mit ihrer Akte wiederkam und das Gespräch eröffnete.

Diesmal ließ sich die Therapeutin wieder besonders viel Zeit. Charlottes Blick wanderte über die Buchrücken der in einem Regal aufgereihten Fachliteratur. Sie hatte sich schon mehrere dieser Bücher selbst besorgt, und auch jetzt prägte sie sich zwei davon ein, die sie allein wegen ihrer Titel ansprachen: »Der Luzifer-Effekt« und »Vergiftete Kindheit«.

Dann tauchte endlich Alina Noack mit Charlottes Akte auf und ließ sich in einem Sessel nieder, der der Couch gegenüberstand. Ihr Blick streifte den Glastisch zwischen ihnen, auf dem eine Wasserkaraffe und Gläser standen, bevor sie ihre Patientin kritisch musterte. Sie hatte es längst aufgegeben, Charlotte etwas zu trinken anzubieten, denn die junge Frau lehnte grundsätzlich ab.

»Wie fühlen Sie sich?«, fragte Alina Noack schließlich.

Die immer gleiche Frage, auf die Charlotte die immer gleiche

Antwort gab. »Ganz okay«, verbunden mit einem Schulterzucken. Dieser Gesprächsauftakt hatte schon beinahe Tradition.

Ebenso war es Tradition, dass die Psychologin sie damit nicht einfach davonkommen ließ. »Was ist aus Ihrer depressiven Stimmung geworden, die Sie letzte Woche beklagt haben?«, fragte sie. »Sie sehen nicht mehr so betrübt aus.«

Charlotte nickte. »Es geht mir besser.« Was tatsächlich stimmte.

»Warum geht es Ihnen besser?«, hakte die Therapeutin nach. »Haben Sie herausgefunden, was der Auslöser für Ihre Verstimmung war?«

Charlotte schüttelte den Kopf. Sie konnte selten einen Grund für ihre plötzlich auftretende tiefe Betrübnis nennen. Die dunklen Wolken zogen ohne Vorwarnung auf, setzten sich fest, und dann verzogen sie sich irgendwann wieder. Sich über das Warum und Wieso den Kopf zu zerbrechen führte zu nichts.

Auf Alina Noacks Gesicht erschien ein verständnisvolles Lächeln. Für eine Psychotherapeutin war sie noch jung, Anfang vierzig, und sie gehörte zu den wenigen Menschen, deren Freundlichkeit nicht aufgesetzt wirkte.

»Nehmen Sie Ihre Medikamente, Frau Seydel?« Wenn ihre Bewährungshelferin diese Frage stellte, klang das immer misstrauisch bis anklagend, ganz anders bei ihrer Therapeutin.

Woher wusste die Frau nur immer, wohin sie gerade abdriftete? Charlotte nickte. »Ja.«

Alina Noacks Blick wurde kritisch. »Regelmäßig?«

Charlotte zögerte eine Sekunde zu lange. »Frau Seydel, Sie wissen, dass es Ihnen nichts bringt, mich anzulügen. Wir haben doch beide keine Lust, eine Blutabnahme zu veranlassen.«

Die Drohung wirkte. Anfangs hatte Charlotte geflunkert, was ihre Tabletten anging; sie war einfach nicht zum Pillenschlucken geboren. Bis sie feststellen musste, dass Alina Noack genauso wie die Ärzte in der Psychiatrie einen Bluttest anordnen konnte, der die Lügen ihrer Patientin zielsicher entlarvte.

»Meistens regelmäßig«, gestand sie ein.

Ihr Gegenüber machte sich seufzend eine Notiz, doch offenbar war ihre Medikation heute nicht das bevorzugte Thema. »Was hat sich während der letzten Woche so ereignet? Irgendetwas Neues?«

»Nichts, eigentlich ...«

»Gibt es etwas, das Sie gerne mit mir besprechen möchten?«

Charlotte schüttelte den Kopf. »Eigentlich nicht.«

»Eigentlich?« Aus irgendeinem Grund versuchte Alina Noack, ihrer Patientin den Gebrauch dieses Wortes auszutreiben. Allerdings benutzte sie es dafür selbst noch viel zu oft.

»Nein, nichts.«

Wieder machte sich die Psychologin Notizen. Charlotte hätte zu gerne gewusst, was sie sich während der Sitzungen aufschrieb. Ihr war sogar schon einmal der Gedanke gekommen, einfach aufzuspringen und Alina Noack die Akte aus der Hand zu reißen. Doch auch heute gelang es ihr, den Impuls zu unterdrücken.

»Wie läuft das Studium?«

Ausgerechnet! Charlotte seufzte. »Könnte besser sein.«

Diese Antwort weckte das Interesse der Therapeutin. »Inwiefern? Nehmen Sie an allen Veranstaltungen teil?«

Charlotte fühlte sich mit einem Mal richtig unwohl. Als sie bemerkte, dass sie verräterisch auf dem Leder herumrutschte, war es bereits zu spät, die Reaktion zu unterdrücken. »An fast allen. Ich versuche mein Bestes.«

Alina Noack forderte sie mit einem Nicken auf fortzufahren.

»Mir fehlt in letzter Zeit häufiger die Motivation. Ich ... ich bin mir einfach nicht sicher, ob Biologie wirklich das Richtige für mich ist. Es erscheint mir auf einmal so ... sinnlos. Das Lernen an sich macht mir ja Spaß, aber es kommt mir alles vollkommen nutzlos vor ... Als würde ich meine Zeit vergeuden.«

Die Therapeutin nickte verständnisvoll. »Dieses Problem tritt nicht zum ersten Mal auf. Wir haben schon sehr oft darüber gesprochen, Frau Seydel. Über Ihre immer wiederkehrenden Zweifel an dem, was Sie tun.«

Charlotte nickte. »Sicher, ja, aber zu wissen, dass die Zweifel meiner Persönlichkeit entsprechen und ich nicht auf sie hören sollte, macht es nicht leichter. Ich kann sie nicht einfach abschalten.«

»Das ist keine leichte Aufgabe, aber Sie können sie genauso gut bewältigen wie andere Menschen auch. Solche Zweifel quälen jeden Studenten vermutlich dutzende Male im Jahr. Sie müssen sich im Klaren darüber sein, dass Sie nur noch ein Jahr vor sich haben, dann haben Sie einen Abschluss. Sie müssen an Ihren Zielen festhalten. Sie haben doch noch die Karte, auf denen Sie Ihre Ziele formuliert haben, oder?«

Zu Beginn der Therapie hatten sie gemeinsam Charlottes Ziele formuliert. Charlotte hatte sie auf die Rückseite einer Ansichtskarte mit einer wunderschönen Landschaft schreiben müssen und diese gut sichtbar in ihrem Wohnwagen aufhängen sollen. Dort, an der Schranktür, hing sie noch immer. »Ja, natürlich.«

»Hilft sie Ihnen?«

Wenn sie an die dämliche Karte gedacht und sie gelesen hätte, dann vielleicht. Doch meistens starrte sie einfach nur auf die Landschaft und wünschte sich, dort zu sein. In der unberührten Natur, friedlich eingelullt vom Rauschen des Baches und dem Zwitschern der Vögel, dem Geruch von Blüten und frischem Gras.

»Frau Seydel?«

Charlotte kehrte in die Realität zurück. Sie dachte daran, wie sie früher die Karte zur Hand genommen hatte, wenn sie wieder einmal an allem und jedem gezweifelt hatte. »Manchmal, manchmal nicht ... Diese Ziele kommen mir oft so vor, als wären sie gar nicht mehr meine eigenen. Als würde ich die Karte einer völlig fremden Person lesen.«

»Sie erinnern sich aber doch daran, dass Sie sich damals ganz bewusst für das Biologiestudium entschieden haben.«

Ja, natürlich erinnerte sie sich daran. Aber damals waren die Voraussetzungen doch noch ganz andere gewesen. Damals hatte man ihr noch nicht die größte Chance ihres Lebens einfach weggenommen. Der Gedanke machte Charlotte von einem zum anderen Moment unglaublich wütend. »Aber mit einer anderen Zielsetzung! Ich wollte an die ESC! Das kann ich mit einem Bachelor aus Würzburg doch vollkommen vergessen! Und was soll ich dann schon mit einem Biologieabschluss anfangen? Was denn?! Am liebsten würde ich einfach hinschmeißen und was ganz anderes machen, verdammt noch mal!«

Der Ausbruch beeindruckte Alina Noack nicht im Geringsten. Sie blieb vollkommen ruhig. »Hatten Sie denn eigentlich jemals an diesem Ziel Zweifel?

Charlotte runzelte die Stirn. »An welchem?«

»Forensik an der ESC zu studieren.«

»Nein, nie.«

»Dieses Ziel haben Sie nie aus den Augen verloren, und dass es sich zurzeit als unerreichbar darstellt, macht Sie unsagbar wütend. Haben Sie schon einmal hinterfragt, warum es das einzige Ziel ist, das niemals an Bedeutung für Sie verloren hat, das Sie nie in Zweifel gezogen haben?«

Charlottes Antwort bestand lediglich aus einem Kopfschütteln.

»Denken Sie, dass Sie es durchgezogen hätten?«, fragte Alina Noack. »Das Biologiestudium an der Praetorius-Universität hier in Lemanshain, die neuerliche Bewerbung an der ESC, das

Forensikstudium, das zu einem Großteil auf Französisch abgehalten wird, einer Sprache, die Sie bisher, soweit ich weiß, nicht unbedingt beherrschen?«

»Sie scheinen Ihre Zweifel zu haben.«

»Bedenken, Frau Seydel. Ich habe ein wenig den Eindruck, dass Sie eine Sache umso intensiver und ernsthafter verfolgen können, desto unerreichbarer sie erscheint.«

»Blödsinn«, konterte Charlotte sofort.

»Möglicherweise. Ich behaupte nicht, dass ich recht habe. Allerdings frage ich mich, warum Ihnen beispielsweise nie der Gedanke gekommen ist, sich etwas anderem aus Ihrem Interessensspektrum zuzuwenden, beispielsweise der Psychopathologie, ein Fachgebiet, das sie ohne größere Probleme studieren könnten. Das sind aber auch nur meine Gedanken. Unabhängig davon sollten Sie sich vielleicht doch einmal fragen, warum Sie sich immer wieder unerreichbare Ziele aussuchen.«

Charlotte verschränkte die Arme vor der Brust, eine nur allzu deutliche Antwort.

»Sie sagen, Sie wollen etwas ganz anderes als Biologie machen«, nahm die Psychologin den Faden an anderer Stelle wieder auf. »Was genau schwebt Ihnen denn vor?«

Die junge Frau zuckte die Schultern. »Keine Ahnung.«

»Denken Sie, dass es ein annehmbarer Vorschlag wäre, erst einmal bei Biologie zu bleiben, solange Sie nicht genau wissen, was Sie sonst machen wollen?«

»Das kann ich Ihnen nicht versprechen.«

»Denken Sie an die möglichen Konsequenzen.«

Charlotte runzelte die Stirn. »Welche Konsequenzen?«

Wieder dieses verständnisvolle Lächeln. Diesmal befeuerte es allerdings eher Charlottes Wut. »Je nachdem, wie man Ihre Bewährungsauflagen deutet, könnte man annehmen, dass das ernsthafte Verfolgen Ihres Studiums Teil davon ist. Ich muss

Ihnen doch nicht erklären, was ein Widerruf Ihrer Bewährung bedeuten würde, oder?«

Mist! Daran hatte Charlotte noch gar nicht gedacht. Falls sie ihr Studium abbrach, ohne eine andere Perspektive vorweisen zu können, würde sie vermutlich recht schnell in den Knast wandern. Ihre Wut fiel mit einem Mal wie ein Kartenhaus in sich zusammen.

Die plötzliche Erkenntnis stand ihr wohl ins Gesicht geschrieben, denn die Psychologin wechselte abrupt das Thema. »Liegt Ihnen sonst noch irgendetwas auf dem Herzen?«, fragte sie.

Normalerweise hakte sie nicht so oft nach. Charlottes Misstrauen war sofort geweckt. Alina Noack wollte auf irgendetwas hinaus.

»Wir könnten über Ihre Mutter sprechen.«

»Das haben wir doch wohl schon oft genug getan.«

Dann ließ die Psychologin die Bombe platzen. »Aber nicht, seitdem Sie wissen, dass sie tot ist.«

Charlottes Miene erstarrte. »Wer hat Ihnen davon erzählt?«

»Frau Seydel, Sie wissen doch genau, wie das abläuft. Die Kripo redet mit Ihnen, dann rufen die Beamten bei Ihrer Bewährungshelferin an, und die wiederum informiert mich über das, was passiert ist.« Sie zuckte die Schultern.

Charlotte knirschte mit den Zähnen, und ihre Finger gruben sich in das weiße Leder des Sofas. Diese verdammten Vollidioten! Leitner und ihr Kompagnon hatten tatsächlich ihre Bewährungshelferin über den Tod ihrer Mutter informiert?!

»Das scheint Sie wütend zu machen«, stellte ihre Therapeutin ungerührt fest.

Und ob es das tat! Hatte Alina Noack etwas anderes erwartet? Charlotte biss die Zähne noch fester aufeinander. Alles, was jetzt aus ihrem Mund kommen würde, wäre eine Tirade übelster Beschimpfungen.

Die Psychologin machte sich eine Notiz, ohne jedoch den Blick von ihrer Patientin zu nehmen. War das wirklich Zufriedenheit, was Charlotte in ihren Augen sah?

»Niemand will Ihnen etwas Böses, Frau Seydel. Weder die Polizeibeamten noch Ihre Bewährungshelferin noch ich. Dieser Informationsaustausch dient ausschließlich dazu, Ihnen zu helfen.«

Ja, sicher doch. Was Alina Noack anging, wollte Charlotte daran glauben, alle anderen standen aber auf ihrer schwarzen Liste.

»Wir haben noch Zeit. Wollen Sie wirklich nicht über den Tod Ihrer Mutter sprechen? Was löst diese Gewissheit in Ihnen aus?«

Sekunden vergingen, in denen Charlotte bemüht war, ihren Zorn in den Griff zu bekommen. »Sie ist weg. Es hat sich nichts geändert. Sie ist nicht mehr da, aber das war sie ja noch nie, irgendwie ...« Sie zuckte die Schultern.

Die Psychologin nickte. Sie verstand. »Haben Sie mit irgendjemandem darüber gesprochen?«

Charlotte blockte erneut ab. Alina Noack versuchte, etwas intensiver nachzubohren, doch aus der jungen Frau war nichts mehr herauszubekommen. Die Therapeutin verlor den Kampf, doch sie nahm es sportlich.

»Es ist schade, dass Sie nicht darüber sprechen möchten, aber Sie machen trotzdem sehr erfreuliche Fortschritte.«

Charlotte hatte nicht den Eindruck, dass sie irgendeine Art von Entwicklung zeigte, doch sie widersprach nicht. Sie fühlte sich noch immer in einer Sackgasse gefangen, aus der es kein Entrinnen gab.

»Ich bin zuversichtlich, dass Sie die nächsten beiden Wochen auch sehr gut ohne mich zurechtkommen werden.«

Charlotte hob ruckartig den Kopf. »Wie bitte?«

»Das haben Sie nicht vergessen, oder?«, fragte Alina Noack. »Die nächsten beiden Wochen bin ich im Urlaub.«

Charlotte öffnete den Mund und schloss ihn wieder. Das

hatte sie vollkommen verdrängt. Ein plötzliches Gefühl der Verzweiflung ergriff von ihr Besitz. Was, wenn sie ihre Therapeutin in diesen zwei Wochen unbedingt brauchte? Wie sollte sie das überstehen?

Ihre plötzliche Niedergeschlagenheit blieb der Psychologin nicht verborgen. »Sie können sich während meines Urlaubs jederzeit an die psychiatrische Ambulanz in Hanau wenden. Ich glaube aber nicht, dass das notwendig sein wird. Machen Sie sich einfach nur bei jeder Ihrer Entscheidungen die Folgen Ihres Handelns bewusst. Und zwar, bevor Sie handeln.«

Das übliche Mantra. Charlotte kannte es in- und auswendig. Würden ihr diese guten Ratschläge jemals wirklich helfen? Sie bezweifelte es.

Als Jennifer und Grohmann am Freitagabend von der letzten Befragung ins Präsidium zurückkehrten, war es bereits kurz vor neun. Trotzdem checkte Jennifer noch einmal die eingegangenen Nachrichten und hämmerte eine letzte Zusammenfassung der dürftigen Ergebnisse des Tages in den Computer.

Der Staatsanwalt blieb ebenfalls noch im Büro, obwohl er effektiv nichts mehr beizutragen hatte – aus falsch verstandener Solidarität, wie Jennifer annahm. Seine Anwesenheit störte sie aber auch nicht. Der Tag hatte gezeigt, dass sie sehr gut miteinander arbeiten konnten. Bis auf den einen oder anderen Punkt, bei dem sie nicht einer Meinung waren, bildeten sie kein schlechtes Team. Jennifer vermisste nicht einmal Marcel, was wohl Beweis genug war.

Es war weit nach zehn, als sie endlich ihren Rechner herunterfuhr und sich die Umzugskiste mit Katharina Seydels Habseligkeiten schnappte.

Sie rechnete es Grohmann hoch an, dass er gar nicht erst versuchte, sie davon abzubringen, dass sie die Arbeit mit ins

Wochenende nahm. Eine Lektion über sie hatte er offenbar bereits gelernt.

Als sie an ihm vorbeigehen wollte, trat er ihr trotzdem in den Weg und streckte die Arme nach der nicht gerade leichten Kiste aus. »Darf ich?«, fragte er mit einem Lächeln, das eigentlich keinen Widerspruch duldete.

Sie verweigerte sich ihm dennoch. »Ich packe das schon.«

»Sie haben aber etwas Wichtiges vergessen.«

Jennifer runzelte die Stirn und sah ihn fragend an. »Was denn?«

Grohmann trat an ihren Schreibtisch und hob den Stapel mit den Berichten hoch, die Freya Olsson ihr gestern Morgen gegeben hatte. Sie hatte sie heute mehrfach daran erinnert, das Gegenlesen und Abzeichnen nicht zu vergessen.

»Ach, verdammt! Wären Sie so freundlich?«

Der Staatsanwalt konnte sich ein Grinsen nicht verkneifen. »Sicher.«

Schweigend beobachtete er Jennifer dabei, wie sie sich wenig später mit der Kiste abmühte, während sie versuchte, die Bürotür hinter ihnen abzuschließen. Das gleiche Spiel wiederholte sich an ihrem Auto, doch Jennifer blieb standhaft. Sie wollte ihm auf keinen Fall die Genugtuung gönnen, dass sie ihm den Karton doch noch überließ.

Als die Kiste endlich in ihrem Kofferraum verstaut war, reichte ihr Grohmann mit einer lässigen Geste die Papiere. Seine blaugrauen Augen blitzten schelmisch auf, als sie ihm den Stapel mehr oder weniger aus der Hand riss und einfach zu der Kiste warf. »Danke.«

»Sollten Sie mit Ihrer Wochenendarbeit nicht ein klein wenig sorgfältiger umgehen?«

Jennifers Blick steinigte ihn für seine Bemerkung, das Zucken ihrer Mundwinkel verriet sie allerdings. Noch ein Pluspunkt für ihn, wie sie in Gedanken feststellte: Sie hatten einen ähnlich gelagerten Humor. »Übertreiben Sie es nicht. Sonst verpflichte ich Sie noch dazu, das Wochenende mit mir und diesen Papieren zu verbringen.«

»Ich kann mir Schlimmeres vorstellen. Schlimmer als die Papiere, meine ich.«

Sie hatte heute schon mehrfach daran gedacht, ihn zu fragen, ob er ihr bei der Sichtung von Katharina Seydels Habseligkeiten nicht Gesellschaft leisten wollte. Vier Augen sahen für gewöhnlich mehr als zwei. Kai würde nicht begeistert sein, aber wenigstens konnte er ihr dann nicht mehr vorwerfen, die Einzige zu sein, die freiwillig Wochenenddienst leistete. »Dann sind Sie hiermit offiziell eingeladen. Morgen früh, zehn Uhr, Marie-Curie-Straße 5. Bringen Sie Frühstück mit.«

Grohmann dachte kurz darüber nach, dann schüttelte er jedoch bedauernd den Kopf. »Ein andermal gerne. Meine Wochenenden sind mir nur selten wirklich heilig, aber diese Woche kann ich meine Bandkollegen nicht hängen lassen.«

»Ihre Bandkollegen?«, fragte Jennifer überrascht. Einen Musiker hatte sie nicht in ihm vermutet. Sie wollte gerade zu einer weiteren Frage ansetzen, als ihr Handy klingelte. Es war Kai. Einen kurzen Moment lang war sie unschlüssig, ob sie das Telefonat überhaupt entgegennehmen sollte.

Grohmann nahm ihr die Entscheidung ab. »Gehen Sie ruhig ran. Wir sehen uns Montag.« Dann drehte er sich um und machte sich auf den Weg zu seinem Auto, das am anderen Ende des Geländes parkte.

Jennifer drückte die Annahmetaste. »Ja, was ist?«

»Wieso so gereizt?«, fragte Kai verblüfft. »Alles in Ordnung bei dir?«

»Ja, schon, sorry ...« Sie sah noch immer dem Staatsanwalt hinterher. Eine Band? Ernsthaft? »Wir sehen uns gleich. Ich habe die Freisprecheinrichtung nicht an.«

Eine glatte Lüge, die ihr wie selbstverständlich über die Lippen kam – und mit der sie die Verbindung unterbrach. Ein Verhalten, das ihr einige Sekunden lang selbst ein Rätsel war.

Dann wurde ihr plötzlich eiskalt bewusst, dass sie jetzt viel lieber Grohmann über seine interessante Freizeitbeschäftigung ausgefragt hätte, als sich mit Kai zu treffen. Sie war sogar verstimmt darüber, dass er ihr durch seinen Anruf die Möglichkeit genommen hatte.

»Verdammte Scheiße«, murmelte sie.

Das sagte wohl genug über die Qualität ihrer Beziehung zu Kai aus. Er hatte wirklich recht. Sie zog ihm alles und jeden vor. Eine Tatsache, vor der sie bisher die Augen verschlossen hatte.

Sie sah die Rücklichter von Grohmanns Wagen, als er vom Parkplatz fuhr.

»Verdammte Scheiße!« Dieses Mal fluchte sie laut.

8

Für Montagmorgen um neun Uhr hatte Peter Möhring zur wöchentlichen Einsatzbesprechung der Kripo geladen. Jennifer betrat pünktlich den Konferenzraum, doch von ihrem Chef fehlte noch jede Spur. Er kam zu spät, wie immer.

Jennifer ließ den Blick über die Anwesenden schweifen.

Jarik Fröhlich, der als Vertreter der Spurensicherung in unregelmäßigen Abständen an den Montagsbesprechungen teilnahm, war in eine Unterhaltung mit Freya Olsson vertieft. Sie kicherte gerade über irgendetwas, das er gesagt hatte, und das Blut in ihren Wangen ließ sie noch lebhafter als sonst wirken.

Die beiden hätten gegensätzlicher nicht sein können. Jarik trug seine schwarzen Haare lang, lief meist in dunklen Jeans und T-Shirt herum, liebte sein Motorrad, und weder das Metal-Festival in Wacken noch »Rock am Ring« durften jemals ohne ihn stattfinden. Freya hingegen mochte bunte, verspielte Kleidung, die sie mit auffälligem Modeschmuck kombinierte, interessierte sich für Promi-Klatsch und Esoterik und war in ihren kleinen Sohn vernarrt.

Außerdem war sie verheiratet. Jarik hingegen war dafür bekannt, kein Verfechter monogamer Beziehungen zu sein. Einige seiner Abenteuer waren im Präsidium schon beinahe legendär. Freya spielte mit dem Feuer. Hoffentlich verbrannte sie sich nicht.

Frank Herzig, Kriminalkommissar und Mitglied des zweiten, für Vermögens- und Drogendelikte zuständigen Kripo-Teams, saß mit verschränkten Armen auf seinem angestammten Platz und starrte missmutig auf die Tischplatte. Jennifer konnte sich nicht erinnern, ihn jemals gut gelaunt erlebt zu haben, dabei konnte der Dreißigjährige angeblich sogar ein richtiger Witzbold und Charmeur sein.

Herzig sah auf. Ihre Blicke trafen sich, doch keiner von ihnen gab zu erkennen, den anderen gesehen zu haben. Sie begrüßten sich nur, wenn Möhring anwesend war, und dann auch nur mit einem Nicken.

Frank Herzig und Jennifer Leitner konnten sich nicht ausstehen. Dafür gab es nicht einmal einen speziellen Grund. Seit ihrer ersten Begegnung verband sie einfach diese ursprüngliche Art von Antipathie, gegen die es keinerlei Mittel gab.

Ganz im Gegensatz zu seiner Partnerin Katia Mironowa, die aufgestanden war und zu Jennifer hinüberging, als die sich gerade an den Kaffekannen auf dem Beistelltisch zu schaffen machte.

Katia war zwei Jahre älter als Jennifer und arbeitete bereits viele Jahre in Lemanshain. Zusammen mit Frank Herzig bearbeitete sie außer den Vermögens- und Drogendelikten auch den Bereich Sitte.

Die Chemie zwischen den beiden Frauen stimmte, und obwohl sie sich nur im Dienst begegneten, konnten sie doch über fast alles miteinander reden.

»Wie war dein Wochenende? Du siehst scheiße aus.« Die gebürtige Ukrainerin war um direkte Feststellungen niemals verlegen.

Jennifer hatte eigentlich gehofft, dass ihr ihre Laune nicht allzu deutlich anzusehen war. So viel dazu. »Reden wir nicht drüber.«

Sie hatte sich noch am Freitagabend heftig mit Kai gestritten. Keiner von ihnen hatte es offen ausgesprochen, doch inzwischen war wohl beiden klar, dass es zwischen ihnen so gut wie aus war.

Es gab nicht mehr viel, was ihre Beziehung noch zusammenhielt. Hatte es vielleicht nie gegeben.

Jennifer mochte Kai zwar noch immer, doch über die Monate hatte sich nicht mehr daraus entwickelt. Sie begehrte ihn nicht mehr, sie vermisste ihn nicht, und so gerne sie das alles auch auf ihre Arbeitsbelastung geschoben hätte, wusste sie es doch besser.

Sie hätte sich lieber mit Grohmann über sein Privatleben unterhalten, als sich mit ihrem Freund zu treffen, Herrgott noch mal! Wem wollte sie eigentlich noch etwas vormachen? Wenn sie fair gewesen wäre, hätte sie Kai längst angerufen und ihm gesagt, dass Schluss war. Doch noch hatte sie diesen letzten, endgültigen Schritt einfach nicht über sich gebracht. Die beiden Telefonate mit ihrer Mutter hatten auch nicht gerade dazu beigetragen, ihre Laune zu verbessern.

Katia respektierte, dass sie nicht über ihr Wochenende sprechen wollte. »Wo steckt Marcel? Noch immer krank?«

Jennifer verzog den Mund zu einem säuerlichen Lächeln. »Reden wir nicht drüber.« *Ähnlicher Mist, andere Ausrichtung*, dachte sie.

»Hm«, machte Katia, ließ es aber nicht ganz darauf beruhen. »Wir sollten mittags mal wieder zusammen essen gehen.«

»Schön wär's.« Das wäre es wirklich gewesen. Das letzte Mal, dass Jennifer sich Zeit für ein richtiges Mittagessen genommen hatte, noch dazu mit Kollegen, die nicht direkt mit einem aktuellen Fall zu tun hatten, war Monate her. »Schnapp diesen kranken Scheißkerl für mich, und ich gehe jeden Mittag mit dir raus.«

Katia zog beide Augenbrauen hoch. »Wow, so weit ist es also schon, dass du mir deinen Fall anbietest?«

Jennifer zuckte nur die Schultern. Sie wussten beide, dass das nicht ernst gemeint war. Jennifer war schlecht gelaunt und resigniert, ein Zustand, der sich im Laufe des Tages wieder ändern würde. Einen Fall abzugeben käme für sie nie infrage, zumindest nicht freiwillig.

»Was hältst du von unserem neuen Staatsanwalt?«, fragte die hochgewachsene Kommissarin, während sie ihre Kaffeetasse auffüllte. Katia war extrem schlank. Wenn Jennifer sie nicht schon Berge von Essen hätte vertilgen sehen, hätte sie das Gerücht, die Blondine ernähre sich nur von Kaffee und Kaugummi, vielleicht sogar geglaubt. »Ich selbst hatte bisher noch nicht die Ehre. Er ist doch hoffentlich ein wenig entspannter als Norbert.«

Grohmanns Vorgänger war mit Katias Art, die Dinge im Zweifel recht derb beim Namen zu nennen, nicht besonders gut klargekommen. Dass sie ihm einmal sogar vor Gericht einen hochroten Kopf beschert hatte, hatte ihn auch nicht unbedingt für sie eingenommen.

»Das wirst du selbst herausfinden müssen. Aber er scheint ganz okay zu sein«, erwiderte Jennifer. Nur weil sie und Katia auf einer Wellenlänge lagen, bedeutete das noch nicht, dass sie dieselben Menschen mochten. Frank Herzig war dafür das beste Beispiel. »Kein reiner Schreibtischtäter.«

»Das hört sich doch schon mal gut an. Was weißt du über ihn?«

»Nur das, was Freya über ihn auftreiben konnte.«

Katia neigte sich ein wenig zur Seite, um nach der Büroassistentin zu spähen. Die war aber immer noch in ihr Gespräch mit Jarik vertieft. »Erzähl.«

»Da gibt es eigentlich nicht viel zu erzählen«, wiegelte Jennifer ab. »Jurastudium, StA Frankfurt, Kassel, Gießen, Lemanshain.« Sie zuckte die Schultern. »Das einzig Bemerkenswerte ist vielleicht, dass er es in Gießen bis zum Gruppenleiter geschafft hatte.«

Was bedeutete, dass Grohmanns Wechsel nach Lemanshain einen Rückschritt in seiner Karriere darstellte. »Lass mich raten. Politische Querelen?«

»Mit Politik scheint er nichts zu tun zu haben. Aber gerüchteweise war er dem leitenden Oberstaatsanwalt in Gießen ein Dorn im Auge.« Jennifer schüttelte den Kopf. »Freya hat leider keine Beziehungen nach Mittelhessen. Er könnte kaltgestellt worden sein ... oder auch nicht.«

»Oder er sieht in der straffen Organisation hier eine gute Gelegenheit, es schneller bis nach oben zu schaffen.«

»Auf mich macht er nicht den Eindruck eines Karrieristen. Er ist gerne nah am Geschehen dran.« Wenn Jennifer ehrlich war, konnte sie sich Oliver Grohmann nicht in einer leitenden Position vorstellen. Allerdings galt das bisher ebenfalls für den Gerichtssaal.

»Klingt zumindest sympathisch.« Katia rührte in ihrem Kaffee, dann warf sie einen Blick auf ihre Armbanduhr und seufzte. »Unser Chef lässt sich mal wieder besonders viel Zeit.«

Darauf gab es nichts zu erwidern. Jennifer hatte irgendwann aufgegeben, die Zeiten zusammenzurechnen, die sie alle damit zubrachten, montagmorgens auf Peter Möhring zu warten.

Schließlich sagte Katia: »Weißt du, manchmal denke ich, der ›Künstler‹ könnte einer von uns sein. Ich meine, einer aus den oberen Abteilungen.«

Jennifer runzelte die Stirn und musterte ihre Kollegin, konnte aber nicht so recht erkennen, wie ernst ihr diese Aussage war. »Wie kommst du denn darauf?«

»Wegen dir. Ich meine, erst holen sie dich aus Frankfurt, und dann fängt diese ganze Scheiße an.« Katia zuckte die Schultern. »Ganz so, als hätte sich jemand erst eine Herausforderung beschafft, bevor er mit dem lustigen Morden anfing.«

Jennifer hätte am liebsten aufgestöhnt. Jetzt wusste sie, worauf Katia hinauswollte. Sie konnten zwar über vieles miteinander reden, doch es gab auch Themen, die sie bewusst aussparten. Von Jennifers Seite aus war ihre Versetzung nach Lemanshain eines davon.

Ihre Kollegin brannte darauf, zu erfahren, wieso Jennifer ausgerechnet im hessischen Spessart gelandet war. Katia hatte zwar irgendwann aufgegeben, sie direkt danach zu fragen, doch in unregelmäßigen Abständen brachte sie die Thematik trotzdem wieder auf den Tisch. Katia hatte vom ersten Tag an nicht an die offizielle Version geglaubt, die lautete, dass die hochengagierte Beamtin aus Frankfurt aus freien Stücken in das – zumindest damals noch – ruhige und langweilige Städtchen gekommen war, weil sie vom Highlife in der Großstadt entschieden genug hatte.

Natürlich hatte Katia recht. Trotzdem war es ein Kapitel, an das Jennifer nicht unbedingt gerne zurückdachte. Es machte sie noch immer wütend, selbst nach über einem Jahr.

Sie erinnerte sich nur zu genau an den betreffenden heißen Augustmorgen, an dem ihr damaliger Chef sie in sein Büro zitiert hatte. Er hatte sie gemustert mit dem für ihn typischen Blick, bei dem er seine Augenbrauen zu einer einzigen Linie zusammenzog.

»Setzen Sie sich.« Schon sein Tonfall hatte ihr zu verstehen gegeben, dass das kommende Gespräch nicht angenehm werden würde. »Können Sie mir verraten, warum Sie heute anstelle Ihres Kollegen zum Dienst erschienen sind? Hatte ich Sie nicht in Urlaub geschickt?«

»Sie meinten, ich könnte mir Urlaub nehmen«, hatte sie so unschuldig wie möglich erwidert. Natürlich hatte sie gewusst, dass sie gegen eine Anweisung verstoßen hatte. »Es sind Sommerferien. David hat im Gegensatz zu mir Familie. Er braucht den Urlaub wesentlich dringender als ich.«

»Im Gegensatz zu Ihnen hat er aber über die Jahre weder Hunderte Überstunden angesammelt, noch hat er so viele Urlaubstage verfallen lassen wie Sie.«

Jennifer hatte die Schultern gezuckt. »Ich sehe da kein Problem.«

»Ich aber, Leitner, und zwar kein geringes.« Er war sauer gewesen, richtig sauer. Das war der Moment gewesen, in dem sie begriffen hatte, dass sie ihre Bewährung verspielt hatte. Doch noch ahnte sie nicht, welche Folgen das haben würde.

Ihr damaliger Chef hatte eine dünne Aktenmappe hochgehalten. »Wissen Sie, was das ist?«

»Nein.«

»Der Bericht der Psychologin.«

Ein kleiner, kalter Klumpen hatte sich in ihrer Magengegend gebildet. Nach dem Vorfall auf dem Frankfurter Campus, auf den Grohmann bei der Obduktion in der letzten Woche angespielt hatte, hatte ihr Chef darauf bestanden, dass sie einige Termine bei der Polizeipsychologin wahrnahm. Bisher hatte ihr Bericht allerdings noch nicht vorgelegen. »Und?«

Er hatte aufgeseufzt. »Das sollten Sie eigentlich wissen, oder? Sie haben kooperiert, mit ihr gesprochen, doch nur bis zu dem Punkt, der Ihnen genehm war. Allen Fragen, die Ihr Privatleben oder Ihre Persönlichkeit auch nur gestreift haben, sind Sie aus dem Weg gegangen oder haben sie abgeblockt.«

»Ich dachte, das wäre mein gutes Recht. Sie ist schließlich nicht meine Privattherapeutin.«

»Verdammt, Leitner!« Er hatte geschrien, etwas, das bei ihm nur äußerst selten vorgekommen war. »Verstehen Sie denn überhaupt nicht, dass Sie sich nur noch tiefer reinreiten?!«

Sie war einfach nur verblüfft gewesen. In was, zum Teufel, sollte sie sich reinreiten? Es hatte nicht einmal ein offizielles dienstliches Verfahren gegen sie gegeben. Niemand hatte sich ernsthaft darum geschert, ob sie dem Kerl, der über Wochen hinweg Studentinnen angegriffen und sexuell belästigt hatte, den Kiefer in Notwehr oder absichtlich gebrochen hatte.

»Ich habe Sie dort nicht hingeschickt, weil ich Ihnen etwas anhängen will, und ich habe Sie auch nicht zum Spaß angewiesen, sich ein paar Wochen Urlaub zu nehmen. Ich mache mir Sorgen um Sie.«

Sie hatte den Mund geöffnet und wieder geschlossen. Wo sollte dieses Gespräch eigentlich hinführen?

»Sie sind eine verdammt gute Polizistin, und ich müsste lügen, wenn ich behaupten würde, Ihren Einsatz nicht zu schätzen. Aber Sie gehen viel zu weit. Sie brennen nicht nur an zwei Enden, Sie stehen komplett in Flammen. Seit Monaten, seit Jahren.« Er hatte den Kopf geschüttelt. »Das wird nicht auf ewig gut gehen. Und dieser kleine Vorfall auf dem Campus ist der beste Beweis dafür.«

»Das ist doch ...«

»Unterbrechen Sie mich nicht! Ich weiß, dass Sie das anders sehen. Wissen Sie, ich hatte gehofft, dass die Psychologin vielleicht dahinterkommen würde, wieso Sie nur für Ihre Arbeit leben. Und dass sie eine Strategie entwickeln könnte. Doch sie ist genau wie ich und jeder andere hier gegen eine Betonmauer gerannt.«

»Ich fürchte, daran wird sich kaum etwas ändern«, hatte Jennifer trotzig erwidert.

Ihr Chef hatte genickt. »Doch, daran wird sich etwas ändern.«

In diesem Moment hatten ihre Alarmglocken ernstlich zu schrillen begonnen. Ihr Vorgesetzter war plötzlich vollkommen ruhig geworden und hatte gefragt: »Erinnern Sie sich noch an die Anfrage aus Lemanshain von vor zwei Monaten?«

Jennifer hatte kaum noch den Mund aufbekommen. »Ja.«

»Die wollen Sie haben, Jennifer. Sie haben gestern ein Angebot geschickt.«

»Ich habe Ihnen bereits bei deren erster Anfrage gesagt, was ich davon halte.«

»Und ich sage Ihnen, das ist mir egal.«

»Was soll das heißen? Dass Sie mir nahelegen, das Angebot anzunehmen?«

»Ja.« Keine Erklärung, keine Begründung. Einfach nur dieses eine endgültige Wort.

»Das kann nicht Ihr Ernst sein.« Jennifers Verblüffung war schnell ihrem Zorn gewichen. »Lemanshain ist ein reiches Provinzkaff, das mich wegen meiner Aufklärungsquote als Aushängeschild will. In welchen Fällen werde ich dort ermitteln? Weil irgendein Kleinkind einem anderen im Sandkasten die Schaufel übergezogen hat?«

Ihr Chef hatte die Schultern gezuckt. »Schon möglich. Wenigstens werden Sie dort zur Ruhe kommen. Zwangsweise.«

»Vergessen Sie's. Niemals.«

»Sind Sie sicher? Vielleicht sollten Sie sich erst einmal Ihre Wahlmöglichkeiten anhören.«

»Wahlmöglichkeiten?« Sie hatte das Wort kaum aussprechen können.

»Ich habe es im Guten versucht. Sie lassen mir keine andere Wahl. Entweder Sie stimmen Ihrer Versetzung nach Lemanshain zu ... oder ich nehme Sie für unbestimmte Zeit aus dem aktiven Außendienst.«

Sie hatte sagen wollen, dass er das nicht tun könne. Doch die einfache Wahrheit war, dass er es konnte. Und es tun würde.

»Für wie lange?«

»Diese Frage können Sie sich selbst beantworten. Wie viele Kollegen kennen Sie, die es vom Schreibtisch zurück nach draußen geschafft haben?«

Null. Nullkommanull. »Das ist ein Abstellgleis. Beide Optionen sind ein Abstellgleis.«

Er hatte den Kopf geschüttelt. »Lemanshain nicht. Gehen Sie dorthin, drei oder vier Jahre lang, und wenn Sie zur KHK befördert worden sind, rufen Sie mich an. Dann nehme ich Sie zurück.«

»Nach dieser Aktion werde ich darauf sicherlich verzichten.«

»Ich kann Ihre Wut nachvollziehen.« Er hatte bedauernd den Kopf geschüttelt. »Aber ich hoffe, dass Sie irgendwann verstehen werden, warum ich das tun muss.«

Jennifer hatte ihm daraufhin über eine Minute lang schweigend gegenübergesessen und über ihre Optionen nachgedacht, ohne jedoch einen Ausweg zu finden. Sie stand kurz davor, zu betteln, Besserung zu geloben, in den Urlaub zu fahren, noch einmal mit der Psychologin zu sprechen – doch ihr Stolz obsiegte. »Ich hoffe, Sie haben denen in Lemanshain wenigstens ehrlich gesagt, was sie bekommen werden.«

»Ich denke schon. Eine ausgezeichnete Kommissarin, die sich nicht unbedingt an alle Vorschriften hält und unausstehlich sein kann, die die Ehre der Anfrage einer Stadt wie Lemanshain aber zu schätzen weiß.«

Jennifer hatte sich auf die Zunge beißen müssen, um ihm nicht deutlich zu sagen, was sie von ihm hielt. Auch wenn er ihr das vermutlich in dieser Situation nicht einmal angelastet hätte.

Sie hatte keine andere Wahl gehabt, als ihrer Versetzung zuzustimmen. Das war die bittere Wahrheit, die sie nicht einmal Marcel anvertraut hatte.

Und sie war noch immer wütend auf ihren ehemaligen Vorgesetzten, auf die Art und Weise, wie er sie auf einen Posten abgeschoben hatte, auf dem sie sich für einige Monate mit pünktlichem Feierabend, ein paar Körperverletzungen und ansonsten Ruhe und Frieden hatte arrangieren müssen. Das war ihr letztlich sogar einigermaßen gelungen, auch wenn sie nicht behaupten konnte, wirklich glücklich mit der Situation gewesen zu sein.

Und dann war der »Künstler« aktiv geworden. Jennifer war von einem zum anderen Tag wieder in ihrem Element gewesen. Es machte ihr nichts aus, lange zu arbeiten, ihre Wochenenden und ihr ohnehin nicht vorhandenes Privatleben zu opfern. Nicht einmal, dass Kai auf der Opferliste immer weiter nach oben rückte, störte sie.

Ein kleiner, leiser Zweifel in ihrem Kopf war trotzdem geblieben. Tief in ihrem Inneren wusste Jennifer, dass ihr ehemaliger Chef recht hatte, zumindest teilweise. Doch sie war noch immer nicht bereit, den Ursachen auf den Grund zu gehen.

Deshalb hatte sie Katia auch nie die Wahrheit erzählt, sich nie für die Offenheit ihrer Kollegin, was deren eigenes Leben betraf, revanchiert. Jennifer hatte Angst, Katia könnte versuchen, sie dazu zu zwingen, ihre Art zu leben ernsthaft infrage zu stellen.

An diesem Montagmorgen blieb ihr wieder einmal erspart, die wahre Geschichte ihrer Versetzung nach Lemanshain zu offenbaren. Denn noch bevor sie auf Katias Anspielung reagieren konnte, traf endlich Peter Möhring ein, mehr als eine halbe Stunde zu spät.

Oliver Grohmann folgte ihm.

Katias Aufmerksamkeit fand ein anderes Ziel. Sie musterte den Staatsanwalt eingehend. »Netter Anblick«, murmelte sie, dann nahmen sie ihre Plätze am Konferenztisch ein.

Die Besprechung brachte für Jennifer nichts wirklich Neues. Peter Möhring ließ sich wie üblich einen kurzen Statusbericht seiner Kommissare geben, Informationen, die er ohnehin schon auf anderem Wege erhalten hatte.

Wie immer war durch sein Zuspätkommen die zur Verfügung stehende Zeit auf ein Minimum zusammengeschrumpft. Bis Peter Möhring zu seinem nächsten Termin losmusste, blieb für gewöhnlich nicht genug Zeit, Probleme zur Sprache zu bringen. Böse Zungen behaupteten, dass sich dahinter pure Absicht verbarg.

Diesmal kam zu den Berichten noch die Vorstellung des neuen Staatsanwalts hinzu, sodass sich für Jennifer wieder keine Gelegenheit ergab, die desolate Personalsituation anzusprechen.

Von Katia wäre sie mit Sicherheit unterstützt worden, ebenso von Grohmann. Frank hätte sich entweder enthalten, oder er hätte – einfach nur, weil sie es war, die das Thema angesprochen hatte – die personelle Knappheit und ihre Folgen heruntergespielt.

Dabei hatte Jennifer ihm und seiner Partnerin nach dem neuesten Leichenfund zwei ihrer anderen Fälle übergeben müssen. Eine Körperverletzung und eine sexuelle Belästigung. Außerdem arbeiteten Katia und Frank gerade an einem ziemlich komplizierten Fall von Internetbetrug, in dem sie es mit mehreren Verdächtigen zu tun hatten.

Wahrscheinlich kam ihm die Mehrbelastung aber gar nicht mal so ungelegen. Seitdem er bei der Kripo angefangen hatte, war die Zuständigkeit für Gewaltverbrechen sein erklärtes Ziel. Frank Herzig hatte Gelegenheit gehabt, seine diesbezüglichen Fähigkeiten unter Beweis zu stellen, als er und Katia Anfang des Jahres die Kollegen bei den Ermittlungen im »Künstler«-Fall unterstützt hatten. Frank hatte ziemlich ungehalten reagiert, als sie wieder abgezogen worden waren, weil ihr eigener Zuständigkeitsbereich nicht länger vernachlässigt werden konnte. Jennifer gestand es sich nur ungerne ein, aber vielleicht waren sie und Frank Herzig sich einfach in vielem zu ähnlich, um sich leiden zu können.

Jedenfalls entkam Peter Möhring ihr wieder einmal geschickt. Während er mit Grohmann im Schlepptau auf dem Weg zum nächsten Meeting durch die Tür verschwand, rief er Jennifer nur zu, sie solle sich von seiner Sekretärin einen Termin geben lassen. Dabei wusste Möhring genau, dass es an diesem Drachen kein Vorbeikommen gab, zumindest nicht, wenn es um ein Anliegen ging, das er bereits höchstpersönlich abgelehnt hatte.

Der Staatsanwalt zuckte nur hilflos die Schultern, bevor er aus Jennifers Blickfeld verschwand. Er hatte bisher also genauso wenig Erfolg gehabt. Prima.

Manchmal hätte sie ihrem Vorgesetzten wirklich gerne die Leviten gelesen, andererseits wusste sie auch, dass er sich Zeit für sie genommen hätte, wenn er irgendeine Möglichkeit gesehen hätte, etwas an der Personalsituation zu ändern. Möhring konnte auch nicht mehr tun, als sich bei seinem eigenen Vorgesetzten, dem Polizeidirektor von Lemanshain, der leider der politischen Elite der Stadt ein wenig zu nahestand, die Zähne auszubeißen.

Er mochte selten zu fassen sein und ging dem wiederholten Lamentieren seiner Kommissare nur allzu gerne aus dem Weg, wenn es jedoch wirklich darauf ankam, war Peter Möhring grundsätzlich zur Stelle, setzte sämtliche Hebel in Bewegung und hielt seinen Leuten den Rücken frei. Im Grunde mochte Jennifer ihn.

Zurück in ihrem Büro, wandte sie sich direkt dem nächsten nicht unbedingt erfreulichen Punkt auf ihrer heutigen Liste zu: dem Anruf bei Charlotte Seydel.

»Ja?« Die junge Frau klang, als hätte sie irgendeinen ungebetenen Vertreter oder ein Meinungsforschungsinstitut am anderen Ende der Leitung erwartet.

»Jennifer Leitner von der Kriminalpolizei. Frau Seydel?«

Selbst durch das Telefon hindurch war die Versuchung der jungen Frau spürbar, einfach zu verneinen und aufzulegen. »Woher haben Sie meine Nummer?«, fragte Charlotte barsch.

»Aus den Unterlagen Ihrer Mutter.« Jennifer war überrascht gewesen, dass die Studentin nicht daran gedacht hatte, als sie ihnen den Umzugskarton überließ. Wenn Jennifer es darauf angelegt hätte, wäre sie an die Nummer zwar so oder so herangekommen, doch Charlotte Seydel hatte es ihr überraschend einfach gemacht.

Das wurde ihr vermutlich gerade selbst klar, denn sie antwortete nicht, weshalb Jennifer schließlich fortfuhr: »Wir haben den Besitzstand Ihrer Mutter durchgesehen und Kopien von den Unterlagen gemacht. Es ist nichts darunter, was wir als Beweismittel deklariert haben, Sie können die Kiste also auf dem Revier abholen, wenn Sie wollen. Sie sollten allerdings nichts davon in nächster Zeit vernichten.«

»Warum nicht?«, fragte Charlotte sofort, gab der Kommissarin aber keine Gelegenheit zu antworten. Sie war eindeutig nicht in bester Stimmung. »Behalten Sie die verdammte Kiste doch einfach, solange Sie sich nicht sicher sind, ob Sie sie vielleicht noch mal brauchen.«

Jennifer entschied, erst gar nicht auf den Vorschlag einzugehen oder sogar den Fehler zu machen, ihr Vorgehen zu erklären. »Sie können die Kiste jederzeit bei Freya Olsson abholen. Fragen Sie am Eingang nach ihr. Sie ist meistens zwischen halb acht und sechzehn Uhr im Büro.«

Ein ärgerliches Schnauben war zu hören. »Wie Sie wissen sollten, habe ich kein Auto. Es wäre also am einfachsten, wenn Sie den Karton wieder in das Schließfach zurückbringen würden.«

»Und eine Monatsmiete oder mehr im Voraus für Sie bezahlen?«, erwiderte Jennifer. »Sicher nicht.«

Darauf wiederum ging Charlotte nicht ein, was Jennifer der Einfachheit halber als Schuldeingeständnis wertete. »Wie Sie meinen. Irgendwann finde ich dafür vielleicht die Zeit. Haben Sie sich etwa deshalb die Mühe gemacht, mich anzurufen?«

Jennifer tat ihr nicht den Gefallen, sich auf einen weiteren Schlagabtausch einzulassen. Sie blieb ruhig, auch wenn es sie Mühe kostete. »Ich wollte Sie noch fragen, ob sich ein Notebook im Besitz Ihrer Mutter befand?«

Die Antwort kam sofort. »Nein.«

»Sind Sie sicher?« Sie hörte die junge Frau scharf einatmen, als sie offenbar begriff, worauf die Beamtin hinauswollte. Jennifer wusste, dass das Gespräch jetzt nur noch eskalieren konnte, weshalb sie einer Erwiderung zuvorkam: »Es geht darum, ob der Täter möglicherweise in der Wohnung war und es mitgenommen hat.«

Hörbares Ausatmen. »Meine Mutter hatte kein Notebook und auch keinen Computer. Noch nie.«

»Wissen Sie etwas über Internetaktivitäten?«

Selbst wenn Katharina Seydel keinen eigenen Computer gehabt hatte, fand Jennifer es merkwürdig, dass sie eine vollkommen internetabstinente Person gewesen sein sollte. Sie war Anfang vierzig gewesen, alleinstehend, im Erotikgewerbe tätig. Gewöhnlich eine Konstellation, in der Internetpräsenz schon fast obligatorisch war.

Doch die Überprüfung aller einschlägigen Seiten – Partnerschaftsbörsen, Kontaktvermittlungen – sowie der sozialen Netzwerke hatte keine Treffer ergeben. Einige Antworten, unter anderem von Versandhändlern und Jobbörsen, standen noch aus, doch Jennifers Gefühl sagte ihr, dass sich auch dort keine Spur von Katharina Seydel finden würde.

Bereits am Wochenende hatte sie alle Internetcafés im Umkreis der Wohnung des Opfers abgeklappert, doch niemand dort konnte sich an die Frau auf den Fotos erinnern. Deshalb überraschte Jennifer Charlottes Antwort nicht besonders.

»Meine Mutter hatte keinerlei Interesse am Internet.«

Woran hatte Katharina Seydel überhaupt Interesse gehabt, fragte sich Jennifer stumm. Sie war die Kontoauszüge und Telefonrechnungen durchgegangen, die sie in dem Umzugskarton mit den Habseligkeiten gefunden hatte. Sie hatte sich die Fotos angesehen, die Charlotte von der Wohnung gemacht und die sie am Samstag über die Mitbewohner der jungen Frau in Empfang genommen hatte.

Das Einzige in der Wohnung, was auf irgendeine Art von Persönlichkeit hingewiesen hatte, war der liebevoll eingerichtete Hamsterkäfig und sein – zum Zeitpunkt der Fotos bereits toter – Bewohner gewesen. Jennifer verstand inzwischen, warum der unnatürliche Tod des Tieres sofort zu Charlottes Schlussfolgerung geführt hatte, ihrer Mutter müsse etwas zugestoßen sein.

Es gab keine Hinweise auf Freunde, Bekannte oder sonstige Kontakte. Keinerlei Anhaltspunkte für Hobbys, Kino- oder Restaurantbesuche. Die Wohnung wirkte schon beinahe steril, keine Bücher, keine CDs, nichtssagende Kunstdrucke an den Wänden. Nichts, was darauf hindeutete, dass sie in ihrer Wohnung als Prostituierte gearbeitet und Freier empfangen hatte.

All das stimmte mit den Aussagen der Nachbarn in dem Mietshaus überein. Keiner kannte Katharina Seydel näher, alle beschrieben sie als freundliche, zurückgezogen lebende Frau, mit der es nie irgendwelche Probleme gegeben hatte. Einige erinnerten sich kaum noch an sie. Vollkommen unscheinbar.

Das Geld, das sie im Bordell als Prostituierte und Bardame verdient hatte, war zwar bar ausgezahlt, die Sozialversicherungsbeiträge und Steuern waren jedoch ebenfalls abgeführt worden. Die Unterlagen des Freudenhauses waren makellos. Auch hier hatte man nur Gutes und nichts Ungewöhnliches über das Opfer zu berichten, allenfalls hatte man sich darüber gewundert, dass Katharina ihr Privat- und Arbeitsleben derart strikt voneinander getrennt hatte, dass außer oberflächlichem Smalltalk nie ein Gespräch mit ihren Kolleginnen zustande gekommen war.

Ihren Verdienst hatte Katharina Seydel regelmäßig auf ihr Konto eingezahlt. Sie arbeitete immer gerade so viel, wie sie für ihre fixen Ausgaben und zum Leben brauchte, was beides nicht besonders viel war. Ein Notgroschen in Höhe von tausendfünfhundert Euro lag unangetastet auf einem Tagesgeldkonto.

Bis auf die Tatsache, dass sie gerne per EC-Karte bezahlt hatte – was es Jennifer glücklicherweise leicht gemacht hatte, ihre Ausgaben nachzuvollziehen –, erweckte Katharina Seydel den Eindruck eines Menschen, der versucht hatte, nicht aufzufallen und möglichst keine bleibenden Spuren zu hinterlassen.

Ein Punkt, der unwillkürlich die Frage aufwarf, ob es dafür einen konkreten Grund gegeben hatte oder ob sie einfach nur ein sehr zurückhaltender Mensch gewesen war.

Zumindest hatte sie keine Medikamente genommen, die irgendeine behandlungsbedürftige Krankheit nahelegten. Charlotte hatte die Packungen, die sie in der Wohnung gefunden hatte, mit in den Karton gepackt. Es waren jedoch nur Aspirin, ein Abführmittel und Nasentropfen gewesen, nichts, was man nicht in jeder Hausapotheke fand.

Trotzdem war Jennifer gespannt, ob die geplanten Anfragen bei der Lemanshainer Ärzteschaft irgendetwas ergeben würden. Noch fehlten ihr dafür aber die notwendigen Beschlüsse des Ermittlungsrichters, um deren Beantragung sich Grohmann heute kümmern wollte.

Jennifer stieß ein leises Seufzen aus. »Das dachte ich mir. Aber immerhin ist damit eine weitere Möglichkeit eliminiert, wie der Mörder mit Ihrer Mutter in Kontakt gekommen ist.«

»Haben Ihre Ermittlungen sonst schon irgendetwas ergeben?«, fragte Charlotte zögernd.

»Leider nicht besonders viel«, gestand Jennifer, nachdem sie entschieden hatte, die Frage aufrichtig und nicht nur mit einer Phrase zu beantworten. »Dank Ihrer Weitsicht, die Post zu bündeln, die sich noch im Briefkasten befand, konnten wir den Todeszeitpunkt etwas genauer eingrenzen. Das hilft uns im Moment zwar nicht weiter, aber ohne die Gefriertüte und die Beschriftung wäre diese Information verloren gegangen.«

Falls Charlotte über die anerkennenden Worte verblüfft war,

ließ sie es sich nicht anmerken. Dabei meinte Jennifer ihr Lob ehrlich.

Normalerweise hätte der Beamte, der damals mit Charlotte zusammen die Wohnung besichtigt hatte, als es um das Verschwinden des Opfers gegangen war, diese Details bereits feststellen müssen. Es war eine verdammte Schlamperei, dass er sich nichts davon notiert hatte. Doch Jennifer behielt diesen Gedanken für sich.

Sie verschwieg auch, dass sie durch die Auskunft der Bordellchefin, wann Katharina Seydel das erste Mal nicht wie verabredet zur Arbeit erschienen war, inzwischen eine sehr genaue Vorstellung vom Zeitpunkt ihres Verschwindens hatte. Sie wollte die junge Frau nicht unnötig mit dem Beruf ihrer Mutter konfrontieren.

»Es gibt aber noch genug zu tun«, fuhr Jennifer fort, als Charlotte immer noch nichts sagte. Sie zögerte kurz, bevor sie fragte: »Soll ich Sie anrufen, wenn wir etwas Neues haben?« Sie wusste, dass die Beziehung zwischen Mutter und Tochter schlecht gewesen war, glaubte aber auch, dass der Tod ihrer Mutter der jungen Frau näher ging, als sie sich selbst einzugestehen bereit war.

Zwei Atemzüge. Verkehr im Hintergrund. Noch ein Atemzug.

»Ja, warum eigentlich nicht?« Dann unterbrach Charlotte die Verbindung.

9

Montagmorgen, der mit Abstand unangenehmste Zeitpunkt der Woche. Die Nachwirkungen des Wochenendes und die Last des Wochenbeginns waren überall spürbar. Der Verkehr auf den Straßen schien anders zu fließen, langsamer, zäher, gleichzeitig kam es zu unzähligen gefährlichen Situationen und Beinahe-Unfällen, weil keiner so richtig bei der Sache war.

Auch Charlotte fühlte sich noch immer wie gerädert, als sie es um zehn Uhr morgens endlich schaffte, sich in Richtung Bushaltestelle aufzumachen und ins Stadtzentrum zu fahren. Sie war übermüdet und hatte das Gefühl, ihr Kopf würde ihr jeden Moment von den Schultern fallen.

Das Wochenende war höllisch gewesen.

Am Samstag hatte sie wie üblich Nachhilfeunterricht gegeben. Allerdings privat, nicht in einem Institut. Die beiden ortsansässigen Schülerhilfen hatten sie wegen ihrer Vorstrafe abgelehnt, weshalb sie Privatunterricht geben musste.

Und das bedeutete, dass sie samstags sechs verschiedene Haushalte besuchte, um dem Nachwuchs den Satz des Pythagoras oder die korrekte Verwendung des Present Perfect zu erklären. Wie die Termine nun einmal lagen, durchkreuzte sie dafür zweimal das gesamte Stadtgebiet.

Die Bezahlung hätte durchaus schlechter ausfallen können, ihr Verdienst reichte aber bei Weitem nicht aus, um neben ihren Lebenshaltungskosten auch noch die Studiengebühren zu bezahlen.

Ihr war weder BAföG noch ein Studentenkredit bewilligt

worden. Offenbar traute man ihr nicht zu, ein Studium zum Abschluss zu bringen und irgendwann einmal genug zu verdienen, um die Schulden zurückzubezahlen. Außerdem sah man wohl auch die Gefahr, dass sie die noch ausstehenden Schmerzensgeldzahlungen mit den öffentlichen Geldern begleichen könnte – obwohl es dafür keine rechtliche Grundlage gab und die Forderungen außerdem bis auf Weiteres gestundet waren.

Selbst ein Schreiben ihrer Bewährungshelferin hatte nichts genutzt, das zwar lieblos und standardisiert aufgesetzt worden war, aber immerhin eine positive Entwicklung festgestellt und weitere Fortschritte prognostiziert hatte. Wenn sie studieren wollte, um nicht den Rest ihres Lebens in einem Wohnwagen festzusitzen, war sie auf sich allein gestellt.

Deshalb schob sie jeden zweiten Sonntag Zehn-Stunden-Schichten in der Möbelmanufaktur, einem der größten Arbeitgeber in Lemanshain. Je nach Auftragslage und Bedarf verrichtete sie die unterschiedlichsten Hilfsarbeiten. Manchmal blieb sie länger, um beim Putzdienst einzuspringen und sich so noch den einen oder anderen Euro zusätzlich zu verdienen. Wie auch an diesem Wochenende.

Irgendwie kam sie jeden Monat aufs Neue über die Runden. Sie schaffte es, zur Seite zu legen, was ihr die Uni jedes Semester an Gebühren abknöpfte, und kratzte zusammen, was sie für die Fachliteratur benötigte, die in der Würzburger Unibibliothek nur in völlig überholten und zerfledderten Ausgaben zu finden war. Wenn überhaupt.

Trotzdem gab es Tage, an denen sie daran dachte, alles hinzuschmeißen und sich beim Sozialamt zu melden. Heute war einer dieser Tage. Sie hatte Kopfschmerzen von den Dämpfen, die sie in der Manufaktur eingeatmet hatte. Außerdem war sie am Wochenende wegen ihrer Jobs mal wieder nicht dazu gekommen, für die Uni zu lernen, obwohl sie in der nächsten Woche einen wichtigen Klausurtermin hatte. Und dann hatten auch noch ihre Mitbewohner von Samstag auf Sonntag mit einigen Nachbarn aus der Siedlung die ganze Nacht durchgefeiert. Natürlich bei ihnen zu Hause.

Dennis und Gisèle nahmen an den Wochenenden nur selten Rücksicht auf Charlottes Bedürfnisse, aber sie führten auch ein gänzlich anderes Leben. Beide hatten die Schule abgebrochen. Gisèle verdiente sich ihr Geld überwiegend mit Betteln, während Dennis in irgendwelche obskuren Geschäfte verstrickt war, über die Charlotte lieber gar nicht so genau Bescheid wissen wollte.

Dass sie mit den beiden zusammenwohnte, beruhte auf einer ihrer berühmten unbedachten Bauchentscheidungen. Sie hatte in »Garten Eden« nach einer Bleibe gesucht und sich zum selben Zeitpunkt wie Dennis und Gisèle die Behausung Haselbusch Nummer neun angesehen. Sie waren ins Gespräch gekommen und hatten festgestellt, dass weder sie noch das Paar alleine für die Kosten aufkommen konnten. Sie waren sich einigermaßen sympathisch, die Idee zum Zusammenzug war innerhalb weniger Minuten geboren und ebenso schnell besiegelt worden.

Dass sie sich Hals über Kopf in dieses Abenteuer gestürzt hatte, bereute Charlotte des Öfteren. Zumindest, wenn es zwischen ihr und dem Paar mal wieder schlecht lief, denn dann herrschte Kriegszustand und Geschrei. Nach ein paar Tagen oder Wochen vertrugen sie sich dann wieder, und die Streitpunkte verloren mit der Zeit an Bedeutung oder wurden begraben, ohne je wirklich geklärt zu werden.

Dennis und Gisèle waren sicher keine vorbildlichen WG-Partner, aber sie ignorierten Charlottes Stimmungsschwankungen, waren nicht nachtragend und verurteilten sie nicht. Das Paar bot ihr außerdem die einfache Möglichkeit, einige Vorlieben auszuleben, ohne sich in irgendwelche Beziehungskisten verstricken lassen zu müssen.

Der Preis dafür war nun mal, dass sie mit den Macken der beiden leben und akzeptieren musste, dass es ihnen egal war, ob Charlotte für ihre Prüfungen lernen konnte oder nicht. Immerhin waren sie unter der Woche nur selten zu Hause; dass Charlotte diese Zeit nicht unbedingt nutzte, war schließlich nicht ihre Schuld.

Trotzdem war heute einer dieser Tage, an denen Charlotte die Möglichkeit von Hartz IV oder Grundsicherung, einer Einzimmerwohnung in einem Sozialbau und Essen von der Tafel sehr verführerisch erschienen.

Anstatt jedoch zum Amt zu fahren und die Waffen zu strecken, hatte sie lediglich entschieden, die Vorlesung in Würzburg sausen zu lassen, sie heute Abend online nachzuholen und tagsüber zum Lernen in die Bibliothek der Privatuni von Lemanshain zu fahren. Im Hörsaal wäre sie aller Wahrscheinlichkeit nach ohnehin eingeschlafen.

Der Bus hielt an der Haltestelle vor dem Gelände der Privatuni. Charlotte war die einzige Passagierin, die ausstieg.

Die Praetorius-Universität war eine eigene kleine Stadt für sich. Sie lag im Herzen von Lemanshain, war jedoch von Zäunen und Mauern umgeben und kapselte sich vom Rest der Welt durch Zugangsbeschränkungen ab, die vom hauseigenen Wachdienst streng überwacht und durchgesetzt wurden.

Neben den Gebäuden der unterschiedlichen Fakultäten befanden sich dort Studenten- und Angestelltenwohnheime, eine Wäscherei, ein kleiner Einkaufsladen mit privat geführtem Postamt und sogar eine Bäckerei, die unter anderem die Mensa belieferte.

Charlotte passierte den Zugang, der aus einem Wachhäuschen, einem geschlossenen Zufahrtstor und zwei mit Kartenlesern ausgestatteten Personenzugängen bestand, und betrat das Universitätsgelände.

Die Bibliothek befand sich in dem mit Abstand ältesten Gebäude auf dem ganzen Campus. Das Haupthaus war Ende des achtzehnten Jahrhunderts im Barockstil errichtet worden und wirkte wie eine etwas kleinere Ausgabe von Schloss Belvedere in Wien, an das man zwei Flügel im gleichen Stil angebaut hatte.

Das eindrucksvolle Gebäude galt als die ursprüngliche Heimat der elitären Privatuniversität von Lemanshain. Im Inneren herrschte im Sommer angenehme Kühle und im Winter wohlige Wärme. Die Bibliothek war in drei Haupthallen und unzählige kleinere Bereiche unterteilt, von denen viele Zugangsbeschränkungen unterlagen. Die drei großen Haupthallen waren für jedermann geöffnet und boten in einem Meer aus riesigen Regalen einen Fundus an Büchern, der die größten Sammlungen öffentlicher Universitäten in den Schatten stellte.

Abgesehen von dem überlegenen Angebot an Literatur für ihr Studium und ihre anderen Interessen, spendeten die altehrwürdigen Mauern und die hohen Regale Charlotte eine innere Ruhe, die sie sonst nirgendwo fand – erst recht nicht in ihrem Wohnwagen.

Zwischen den Regalen waren Tische, Stühle und Sessel derart angeordnet, dass selbst das hektische Tastengeklapper der Notebooks verschluckt wurde. Neben Stromanschlüssen für die tragbaren Computer war an jedem Platz auch ein drahtloses Hochgeschwindigkeitsnetzwerk eingerichtet, das nicht nur Zugang zum digitalen Archiv der Bibliothek und dem Uni-Netz erlaubte, sondern auch uneingeschränkten Zugriff aufs Internet.

Solange niemand bemerkte, dass ihr ehemaliger Professor aus irgendeiner Laune heraus »vergessen« hatte, ihre Zugangskarte einzuziehen, als man ihr das Stipendium gestrichen hatte, sah Charlotte keinen Grund, das Angebot der Bibliothek nicht auch weiterhin zu nutzen.

Sie suchte sich einen der abgelegenen Plätze, die nur selten besetzt waren. Im Gegensatz zu den meisten anderen Studenten liebte Charlotte gerade diese Abgeschiedenheit. Als sie noch auf dem Unigelände im Wohnheim gelebt hatte, war sie vor den ausschweifenden Partys ihrer deutlich jüngeren Mitstudenten nachts oft in das durchgehend geöffnete, aber vollkommen verlassene Bibliotheksgebäude geflohen.

Zwischen ihr und den anderen hatte es eine unsichtbare, allerdings bis tief ins Erdinnere reichende Kluft gegeben, die nicht nur durch Status oder finanzielle Mittel, sondern auch unterschiedliche Lebenserfahrung geprägt war.

Über die Art von Veranstaltungen, die diese unreifen Jungs und Mädels – kaum der mütterlichen Fürsorge und väterlichen Überwachung entflohen – als wilde Partys bezeichneten, war Charlotte längst hinaus. Sie war wegen der Gleichgültigkeit ihrer Mutter schon früh auf sich allein gestellt gewesen und hatte tun und lassen können, was sie wollte.

In ihrer Jugend hatte das dazu geführt, dass sie viel zu früh und viel zu oft sturzbetrunken mit irgendwelchen Kerlen im Bett gelandet, ausgenutzt worden und mit Drogen in Kontakt gekommen war. Mit nicht einmal vierzehn Jahren wäre sie beinahe zur Hure eines Typen geworden, der sich seinen Lebensunterhalt mit krummen Geschäften verdiente. Diesem Schicksal dank seiner Verhaftung nur knapp entkommen, hatte sie sich einer Mädchengang angeschlossen, deren einziges Ziel es gewesen war, ihre Grenzen auszutesten – und die dabei mehr als einmal um Längen über die Ziellinie hinausgeschossen war.

Als Charlotte schließlich alt genug gewesen war, um ihr Leben einigermaßen eigenverantwortlich in die Hand zu nehmen, war sie kaum noch dazu in der Lage gewesen. Die Therapien und ein Aufenthalt in der Psychiatrie hatten mehr oder weniger gut geholfen, wirkliche Freiheit konnten sie ihr allerdings nicht schenken. Seit ihrem achtzehnten Lebensjahr war sie viel zu sehr damit beschäftigt, ihren Lebensunterhalt zu verdienen und ihre Probleme in den Griff zu bekommen, als dass sie die Vorteile des Erwachsenseins so unbeschwert hätte genießen können wie ihre wohlhabenden Kommilitonen.

Mit dieser Ungerechtigkeit klarzukommen, hatte sie letztlich die Evolutionstheorie gelehrt. Wenn die Welt irgendwann im Laufe ihres Lebens untergehen sollte, wären ihre Chancen, zu der kleinen Anzahl von Überlebenden zu gehören, um ein Vielfaches höher als die der anderen. Sie hatte gelernt, sich in einer feindseligen Welt zu behaupten. Sie war nicht von anderen abhängig und konnte in Sekunden entscheiden, wer Freund oder Feind war. Und sie hatte keine Skrupel, mit allen ihr verfügbaren Mitteln zu kämpfen.

Sie lud ihren Rucksack auf dem Tisch ab, schlenderte zwischen den Regalen hindurch, die dem Fachbereich Biologie zugeordnet waren, und machte auch noch einen Abstecher in die Biochemie, bevor sie mit drei schweren Bänden und einer Liste weiterer Werke, die in die engere Auswahl zum Durcharbeiten kamen, zu ihrem Platz zurückkehrte. Während sie sich immer tiefer in den pflanzlichen Stoffwechsel einarbeitete, glitt der Tag dahin.

Charlotte verließ ihren Platz nur, um Bücher auszutauschen, einen Abstecher auf die Toilette zu machen oder sich an einem der beim Eingang postierten Automaten Nervennahrung zu besorgen.

Sie war derart tief in die Materie eingestiegen, dass sie ihre Umgebung kaum noch wahrnahm. Erst als jemand durch eine der Regalreihen auf sie zukam, direkt vor ihrem Tisch stehen blieb und sein Schatten auf sie fiel, schaute sie hoch.

Vor ihr stand ein großer, schlanker Kerl und lächelte sie an. Sie schenkte ihm gerade genug Beachtung, um zu entscheiden, dass sie ihn nicht kannte. Charlotte war nicht nach Konversation zumute, weshalb sie den Blick gleich wieder senkte.

Doch der Typ ging nicht. Sagte jedoch auch nichts. Er schien zu zögern.

Sie bemerkte, dass er nervös am Tragegurt seines Rucksacks herumfummelte. Schon war ihre Konzentration dahin. Mit einem genervten Seufzen sah sie erneut auf.

Noch bevor sie ein Wort herausbrachte, fragte er: »Hast du etwas dagegen, wenn ich mich einen Moment zu dir setze?«

Charlotte runzelte die Stirn. Sie wollte ihm gerade mit aller Deutlichkeit zu verstehen geben, dass er sich gefälligst einen anderen Platz suchen sollte, als ihr auffiel, dass er sich von den anderen Studenten unterschied.

Er war ordentlich gekleidet, trug wie die meisten anderen Jeans und T-Shirt. Es fehlten jedoch die üblichen Statussymbole wie die teure Uhr am Handgelenk oder der protzige Ring mit Gravur des angeblichen Familienwappens. Auch konnte sie kein einziges Designerlogo an seiner Kleidung oder seinem Rucksack entdecken.

Er wirkte auffallend normal, sah auf den zweiten Blick jedoch alles andere als durchschnittlich aus. Sein Körper war zwar nicht von irgendwelchem Training gestählt, aber Charlotte gefielen die dunklen Haare und das außergewöhnliche Grün seiner Augen.

Er gehörte außerdem zu den älteren Studenten, war keiner der kaum dem Gymnasium entkommenen Milchgesichter. Vermutlich machte er gerade seinen Master oder sein Diplom. Vielleicht war er auch Doktorand. Sponsored by Daddy.

Charlotte wusste selbst nicht, welcher Laune oder welchen Hormonen ihr plötzlicher Meinungsumschwung geschuldet war, doch sie grummelte schließlich: »Meinetwegen.«

Er setzte sich.

Ihre abwegige Hoffnung, dass er sich einfach nur setzen und ebenfalls lernen würde, erfüllte sich natürlich nicht. Immerhin ließ er sich zwei Minuten Zeit, bevor er sagte: »Du siehst müde aus. Wildes Wochenende gehabt?«

Sie schenkte ihm lediglich einen Seitenblick.

»Du redest wohl nicht viel.«

Ihr Blick streifte die Bücher und das Notebook auf dem Tisch. Mit einem Tonfall, der andeutete, dass eine Erklärung eigentlich unnötig sein sollte, antwortete sie: »Ich lerne.«

»Das sehe ich. Aber du lernst schon den ganzen Tag ohne Unterbrechung. Solltest du dir da nicht mal eine Pause gönnen?«

»Hast du mich etwa den ganzen Tag beobachtet?«, konterte Charlotte misstrauisch.

»War geraten.« Seine Stimme war tief, irgendwo zwischen Bass und Bariton.

Genau ihr Fall. Verdammt.

»Aha.«

Endlich schien er ihre Ablehnung als eben solche zu interpretieren, denn er hielt die nächsten Minuten den Mund. Er machte jedoch keine Anstalten zu gehen oder sich mit irgendetwas Sinnvollem zu beschäftigen. Sein Blick wanderte über die Regale, kehrte aber immer wieder zu ihr zurück.

Charlotte fühlte sich beobachtet. Und ertappte sich dabei, dass ihr das gar nicht mal so unrecht war. Ihre Konzentration schweifte zunehmend von der molekularen Ebene der Photosynthese zu dem mehr oder minder ungebetenen Gast an ihrem Tisch.

Eine Bibliothekarin kam mit einem Wagen voller Bücher den Gang entlang. Alle paar Meter blieb sie stehen und sortierte Bücher ein. Der Kerl beobachtete sie dabei und warf der Frau, die gut zehn Jahre älter als er war, ein Lächeln zu, das sie mit einem Kopfschütteln erwiderte.

Als sie eine Regalreihe weiter und außer Hörweite war, fragte er leise: »Wusstest du, dass alle Bibliothekare, also die Frauen, lesbisch sind?«

Charlotte sah mit einer spöttisch hochgezogenen Augenbraue von ihrem Buch auf. »Ja, klar.«

»Die auf jeden Fall.«

Ein Teil von ihr wollte antworten, ein anderer Teil wollte ihn einfach nur weiterhin ignorieren. Oder es zumindest versuchen.

»Und woran glaubst du, das erkannt zu haben?«

»Ich weiß es.« Er bemerkte ihren zweifelnden Blick. »Ehrlich. Ich hab sie schon mal zusammen mit einer Frau gesehen.«

Charlotte sah in die Richtung, in der die Bibliothekarin verschwunden war. »Hm. Wenn das so ist, sollte ich sie vielleicht doch mal anmachen.«

Sein Lächeln deutete an, dass er ihr kein Wort glaubte. »Du bist doch nicht lesbisch.«

»Ach, nein?«

»Und selbst wenn, glaube ich kaum, dass deine Wahl auf unsere Frau Jasinski fallen würde.«

Da mochte er durchaus recht haben. Zumindest äußerlich machte die Bibliothekarin nicht besonders viel her, und ihre Kleidung entsprach dem Musterbeispiel der verschlossenen, konservativen Bücherfrau.

Charlotte sah sich selbst aber auch nicht gerade als Schönheit oder kleidete sich besonders ansprechend. Meistens trug sie praktische Cargohosen oder Jeans, die sie mit engen Oberteilen kombinierte. Farblich bewegte sie sich in den Bereichen schwarz, grau, weiß und sandfarben. Als einzige Farbtupfer kamen allenfalls Dunkelblau oder Military-Grün in Betracht. Die dunkel geschminkten Augen taten ein Übriges. Wenn sie es recht bedachte, würde sie äußerlich ohne Weiteres als Lesbe durchgehen.

»Stille Wasser sind tief«, erklärte sie und erwiderte zum ersten Mal sein Lächeln.

»Trotzdem versuchst du auf die Art nur, mich loszuwerden.«

Charlotte zuckte die Schultern. »Vielleicht.« Sie spielte mit dem Gedanken, das Buch zuzuklappen, ließ es aber bleiben. Eine Art Rückversicherung. »Und du bist nicht so schüchtern, wie du dich anfangs darzustellen versucht hast.«

Er grinste jetzt. »Ist eine meiner Maschen. Die klappen nur meistens nicht.«

»Das wundert mich nicht. Du bist gerade dabei, dir ein weiteres Mal eine blutige Nase zu holen.« Das glaubte Charlotte in diesem Moment allerdings schon selbst nicht mehr. Irgendetwas hatte der Kerl an sich, das auf sie einen gewissen Reiz ausübte.

»Wirklich? Wieso?«, fragte er überrascht. »Erteilst du immer so schnell Abfuhren?«

Normalerweise wäre das der Moment gewesen, in dem sie gesagt hätte, dass sie eine Beziehung hatte. Um Typen loszuwerden, hatte sie sogar schon behauptet, verheiratet zu sein. Doch sie tat es nicht. Irgendetwas brachte sie dazu, ihn nicht abblitzen zu lassen. Zumindest nicht sofort und nicht auf die kalte Art und Weise.

Ihr inneres Alarmsystem hatte einen Gang zurückgeschaltet, war jedoch noch immer aktiv. Und dafür gab es ein paar gute Gründe. Sie nannte den in diesem Moment vermutlich entscheidendsten. »Weil du zu der Art von Typen gehörst, mit der ich nichts mehr zu tun haben will.«

»Und welche Art von Typen meinst du?«

Sie sah sich um und machte eine Handbewegung, die die Bibliothek und eigentlich das ganze Universitätsgebäude mit einschloss. »Ich habe hier noch nie jemanden getroffen, der es ernst gemeint hat. Auch wenn der eine oder andere gerne mal so tat.«

»Wer meinte es denn nicht ernst?« Der Typ behauptete nicht,

dass er es ernst meinte, was in diesem Stadium ihres Kennenlernens oder eher gegenseitigen Abklopfens auch vollkommen unangemessen gewesen wäre.

Pluspunkt. Hieß aber noch gar nichts.

Charlotte zögerte, antwortete dann jedoch ehrlich. Ihre Stimmlage blieb dabei nicht ganz so kühl, wie sie beabsichtigt hatte. »Mein letzter Freund. Er hatte nur was mit mir, um seinen Eltern eins auszuwischen. Leider wussten seine Kumpels nicht, dass die Aktion nicht mit mir abgesprochen, sondern ich nur eine Figur auf seinem Spielbrett war. Irgendwann kamen sie zu mir und fragten mich, ob ich auch ihre Scheinfreundin spielen würde, um ihre alten Herrschaften zu schocken.«

»Autsch.« Er sah ehrlich erstaunt aus, sprang aber nicht sofort in die Bresche, indem er über ihren Exfreund herzog, um bei ihr Eindruck zu schinden.

Sie zuckte die Schultern. Natürlich hatte es wehgetan, verdammt wehgetan sogar. Die Episode hatte sie derart aus der Bahn geworfen, dass sie ihr Leben – mal wieder – gegen die Wand gefahren hatte. Inzwischen war sie aber darüber hinweg und hatte ihre Lektion gelernt. Oder doch nicht? »Das kommt davon, wenn man sich mit Leuten aus einer anderen Liga einlässt.«

Er zögerte einen Moment lang, so als ob er überlegen müsste, was er darauf erwidern sollte. Fast schon hoffte Charlotte, er würde sagen, dass er nicht zu der Elite gehörte, die in diesen Mauern die Standards setzte. Leider tat er das nicht.

»Du hast ein Stipendium?«, fragte er schließlich, sich offenbar dafür entscheidend, keine Diskussion über die herablassende Art und Weise anzufangen, die seine Gesellschaftsschicht für gewöhnlich der Normalbevölkerung entgegenbrachte.

Glaubte er wirklich, dass jemand wie sie, die schon allein wegen ihrer offen zur Schau getragenen Tattoos und des bald fünf Jahre alten Notebooks deutlich sichtbar aus der üblichen

Studentenschaft herausstach, kein Stipendiat sein konnte? Nicht an dieser Universität. »Sieht so aus.«

»Du studierst Biologie.«

Das war eine Feststellung, die aufgrund der Literatur auf dem Tisch leicht zu treffen war. Charlotte nickte.

Er lächelte, doch es wirkte unecht, einen Hauch nervös. »Als ich dich hier sitzen sah, dachte ich erst, du wärst die Studentin, die sie letztes Jahr exmatrikuliert haben, weil sie wegen Körperverletzung verurteilt wurde. Die Story macht heute noch die Runde.«

Charlotte versuchte, sich nichts anmerken zu lassen. Er klang unsicher, weshalb sie es darauf ankommen ließ und sich unwissend stellte. »Sehe ich so aus, als wäre ich rausgeflogen?«

»Dann würdest du nicht hier in der Bibliothek sitzen.«

»Eben.«

»Es sei denn, man hätte vergessen, deinen Ausweis einzuziehen«, sagte er mit neutraler Stimme. »Deren Gültigkeit ist unbegrenzt.«

Charlotte sah ihm direkt in die Augen. »Willst du mir Probleme machen?«

Er hob abwehrend die Hände und schüttelte den Kopf. »Nein.«

»Gut für dich.« Gut für sie beide.

Einige Sekunden lang herrschte Schweigen. Während Charlotte einzuschätzen versuchte, ob er eine Gefahr für sie darstellte, schien er sich ähnlich gelagerte Fragen zu stellen. Immerhin konnte er Probleme bekommen, wenn herauskam, dass er von einer Studentin gewusst hatte, die de facto der Uni verwiesen worden war, sich mit ihrem alten Studentenausweis aber noch regelmäßig auf dem Gelände herumtrieb.

»Dann habe ich also recht«, stellte er schließlich mit einem sanften Lächeln fest.

»Recht womit?«

»Dass du überhaupt nicht hier sein dürftest.«

Er wusste es. Ob er es nun lediglich erraten oder von Anfang an gewusst hatte, spielte keine Rolle mehr. »Und wenn schon.«

»Cool.« Er nickte und schien das tatsächlich ernst zu meinen. »Du bist risikobereit. Gefällt mir.«

Auch wenn ihre innere Stimme ihr zuflüsterte, dass er sie nicht verraten würde, hatte Charlotte plötzlich das dringende Bedürfnis, die Unterhaltung zu beenden.

Sie warf einen Blick auf die Uhr ihres Notebooks und schenkte ihm dann ein entschuldigendes Lächeln. Irgendwie war es ihr wichtig, ihm zu signalisieren, dass ihre plötzliche Flucht nicht seine Schuld war. Zumindest nicht seine alleinige. »Ich muss los.«

Sie klappte den Bildschirm des Computers zu, stand auf und stopfte das Gerät in ihren Rucksack. Ihr Blick streifte kurz die Bücher, die sie eigentlich in die Regale zurückstellen musste. Verdammt!

»Das kann ich für dich erledigen.« Er lächelte. Er lächelte tatsächlich, obwohl so offensichtlich war, dass sie ihm zu entkommen versuchte.

»Äh … Ja, danke, das wäre … nett.« Sie schulterte ihren Rucksack.

»Werde ich dich wiedersehen?«

Sie verharrte in der Bewegung, überrascht von der Frage. Erneut blieb sie an seinen Augen hängen und erwiderte sein Lächeln unwillkürlich. »Vielleicht.«

Charlotte hatte das Ende der Regalreihe fast erreicht, als er ihr hinterherrief: »Würdest du mir zum Abschied noch deinen Namen sagen?«

Sie drehte sich um, ging rückwärts und musste grinsen. Wieso, verdammt noch mal, brachte sie diese Frage zum Grinsen? »Verrate ich dir beim nächsten Mal. Vielleicht.«

10

Charlottes Wochenplan sah eigentlich vor, dass sie an diesem Mittwoch nach Würzburg an die Uni fuhr.

Ihre Pläne änderten sich jedoch schlagartig, als sie am Morgen einen Umschlag aus dem Briefkasten vor dem Grundstück zog. Er musste am späten Abend eingeworfen worden sein, denn sie hatte den Kasten gewohnheitsmäßig überprüft, als sie um halb acht nach Hause gekommen war.

Der Brief war nicht abgestempelt und trug keinen Absender. In Druckbuchstaben stand lediglich ihr Name darauf: Charlotte Seydel. Und darunter wie eine Feststellung: Tochter.

Dieses eine Wort berührte sie unerwartet heftig. Ihr Herz begann zu rasen. Auf die Gefahr hin, ihren Bus zu verpassen, blieb sie auf dem Kiesweg stehen. Sie öffnete den Umschlag und zog einen Zeitungsausschnitt heraus.

Verwirrt starrte sie auf den unvollständig ausgeschnittenen Artikel, dann kam sie auf die Idee, ihn umzudrehen.

Sie hielt die Todesanzeige ihrer Mutter in der Hand.

Eine einfache, kleine, zweifach gerahmte Anzeige mit Name, Geburts- und Sterbejahr sowie dem Hinweis, dass die Beerdigung im engsten Familienkreis erfolgen werde und man von Kondolenzschreiben absehen solle.

Charlotte spürte, wie sich etwas in ihrer Brust schmerzhaft zusammenzog. Ihre Hand zitterte.

Es war die am Ende der Anzeige stehende Signatur, die sie derart aus der Fassung brachte.

»Ch. Seydel, liebende Tochter«, stand dort.

Unvermittelt schossen ihr Tränen in die Augen. Die Kehle schnürte sich ihr zu, und der Druck in ihrer Brust machte ihr das Atmen zusätzlich schwer. Sie versuchte mit aller Kraft dagegen anzukämpfen, aber vergeblich.

Ihre Hand krampfte sich um die Anzeige und zerknüllte das Papier. Jede Faser ihres Körpers schien wehzutun. Ihre Beine drohten nachzugeben, und die Welt um sie herum geriet ins Wanken. Mit einem kaum wahrnehmbaren Schrei, der ihr trotzdem schmerzhaft in den Ohren klang, brach sie schließlich vollends zusammen.

Als Charlotte irgendwann am Nachmittag aufwachte, wusste sie nicht einmal mehr, wie sie in ihren Wohnwagen gekommen war.

Sie verstand nicht, was überhaupt mit ihr los war. Bisher hatte sie nicht getrauert. Keine einzige Träne hatte sie um ihre Mutter vergossen. Zwar hatte sie ein gewisses Bedauern gespürt und sogar Mitleid, weil es nicht besonders schwer war, sich vorzustellen, dass ihre Mutter vor ihrem Tod Höllenqualen erlitten hatte. Doch eigentlich hatte Charlotte geglaubt, dass sie zu echter Trauer nicht imstande war.

Schließlich hatten sie und ihre Mutter sich nie nahegestanden. Ihre Mutter hatte ihr von Anfang an weder Liebe noch Fürsorge entgegengebracht und sich auch nicht wirklich um sie oder ihre Probleme gekümmert. Sie hatte ihr lediglich Kleidung, Essen und ein Zimmer (Zuhause wollte sie es nicht nennen) zur Verfügung gestellt.

Tief in ihrem Innern hatte Charlotte die Ablehnung ihrer Mutter gespürt, auch wenn sie sie nie verstanden hatte.

Als Charlotte vierzehn wurde und ihre Mutter nicht länger mit Ausflüchten davonkommen lassen wollte, sondern direkt auf ihre Teilnahmslosigkeit ansprach, kam es unweigerlich zur Konfrontation. Am Ende war Katharina Seydel weinend zusammengebrochen und hatte Charlotte auf Knien angefleht, sie niemals mehr danach zu fragen.

Zwar wütend, aber auch resigniert, sprach Charlotte das Thema tatsächlich nie wieder an. Sie hatte sich damit abgefunden, dass sie mit ihrer Mutter wie mit einer Fremden zusammenlebte. Katharina duldete sie irgendwie in ihrem Leben, und Charlotte tat es ihr gleich, bis sie alt genug war, um auszuziehen und eigene Wege zu gehen.

Charlotte hatte ihre eigenen Methoden entwickeln müssen, um mit ihrer inneren Zerrissenheit, den Gefühlen der Leere und der Einsamkeit zurechtzukommen. Nicht alle waren gesund oder legal gewesen. Weder der übermäßige Konsum von Hasch oder die größeren Dosen Beruhigungsmittel noch die unzähligen Sexualpartner, die ihr zumindest für ein paar Stunden das Gefühl vermittelt hatten, geliebt zu werden und etwas wert zu sein.

Inzwischen war sie sich im Klaren darüber, dass die Narben auf ihrer Seele und ihrem Körper niemals ganz verschwinden würden. Jeden Tag sah sie, trotz der Tätowierungen, die unzähligen Schnitte auf ihren Armen, konnte sie das Blut, das aus der Platzwunde an ihrer Augenbraue geflossen war, über ihr Gesicht rinnen spüren. Auch ohne hinzusehen, wusste sie genau, wo das Skalpell der Chirurgen ihren Bauch geöffnet hatte, um ihr den Blinddarm zu entnehmen, nachdem sie tagelang über imaginäre Schmerzen geklagt hatte, weil sie sich im Krankenhaus geborgener fühlte als zu Hause.

Charlotte gab ihrer Mutter noch immer die Mitschuld an ihrem verkorksten Leben. Sie hasste sie, weil sie zugelassen hatte, dass Dämonen von ihrer Tochter Besitz ergriffen, die sie niemals mehr gänzlich würde abschütteln können. Ihre Mutter hatte nicht nur tatenlos zugesehen, sie hatte die Dämonen förmlich eingeladen.

Trotzdem hatte Charlotte es nie geschafft, ihre Mutter vollständig aus ihrem Leben zu verbannen. Schließlich war sie trotz allem die einzige Konstante in ihrem Leben, der einzige Mensch, an den sie irgendeine Art von Bindung hatte.

An diesem Mittwoch entdeckte Charlotte auf schmerzhafte Art, dass sich diese Bindung wider Erwarten nicht auf Genetik und Reproduktion reduzieren ließ.

Sie hasste und sie liebte ihre Mutter. Sie hasste sie, weil sie tot war. Weil sie aus dem Leben geschieden war und sie, ihre Tochter, ohne Erklärungen und ohne Antworten zurückgelassen hatte. Sie liebte sie, weil sie ihre Mutter war. Sie liebte sie, weil sie irgendwo tief in ihrem Innern hoffte, dass ihre Mutter sie trotz allem auch geliebt hatte.

Dass Katharina Seydel nicht mehr am Leben war, sondern inzwischen nur noch verbrannte Asche in einer Urne, brachte Charlotte an diesem Tag beinahe um den Verstand. Die plötzlichen Gefühle waren ihr derart fremd, dass sie sie völlig überwältigten.

Und es gab niemanden, dem sie sich hätte anvertrauen oder der ihr hätte helfen können. Nicht einmal ihre Therapeutin. Nachdem Charlotte sie zu Beginn ihrer Therapie fast täglich angerufen hatte, hatte Alina Noack ihr zu verstehen gegeben, dass sie zwar für sie da sei, Charlotte sich aber nicht von ihr abhängig machen dürfe. Was auch immer das hieß. Charlotte wusste nicht, wann es in Ordnung war, ihre Therapeutin außerhalb der regulären Sitzungen zu kontaktieren. Zurzeit war sie außerdem im Urlaub. Also ließ Charlotte es bleiben. Und fühlte sich im Stich gelassen.

Still und beinahe bewegungslos blieb sie auf ihrem Bett liegen und versuchte, ihre Gedanken zu ordnen und die unzähligen Fragen aus ihrem Kopf auszusperren, die sich immer wieder in den Vordergrund drängten und auf die sie wohl niemals eine Antwort bekommen würde.

Sie fand an diesem Nachmittag Schuldige für ihren Absturz.

Zum Beispiel den Bestatter Emmerich. Sie hatte ihm gesagt, sie wolle keine Todesanzeige, doch er hatte nicht locker gelassen, bis sie irgendwann zugestimmt hatte, nur um ihn endlich loszuwerden.

Er hatte ihr die Anzeige zugeschickt – nein, er hatte sich sogar die Mühe gemacht, sie in ihren Briefkasten zu werfen –, obwohl sie ihm gesagt hatte, dass das nicht nötig sei. Hätte sie seine Frage, ob sie den *Stadtanzeiger* las oder die kostenlosen Zeitungen bekam, in denen die Anzeige ebenfalls erschien, doch bloß bejaht.

Emmerich schien darauf erpicht zu sein, ihr zu beweisen, dass er die Leistungen auch erbrachte, die er abrechnete, indem er ihr den Zeitungsausschnitt zukommen ließ. Oder er war der Auffassung, dass sie es irgendwann bereuen würde, ebenso wie er ihr auch nahegelegt hatte, sich eine anonyme Bestattung gut zu überlegen.

Er war ein konservativer, überkorrekter Mensch, der nicht verstehen konnte oder wollte, dass sie auch keine andere Bestattungsform gewählt hätte, wenn sie es sich hätte leisten können. Die Todesanzeige schien für ihn eine Art heiliges Erinnerungsstück zu sein, das man in irgendeiner Schublade aufbewahrte oder vielleicht sogar in ein Album klebte.

Und obwohl sie erst überhaupt keine Signatur in der Anzeige hatte haben wollen und sich dann widerstrebend mit ihrem abgekürzten Namen einverstanden erklärt hatte, hatte er einfach »liebende Tochter« hinzugefügt. Verdammter Idiot!

Noch dazu ein Idiot, der in gewisser Weise recht hatte.

Ein anderer Schuldiger auf ihrer Liste war der Mörder. Dieser dreckige Bastard, der ihre Mutter brutal aus dem Leben getilgt hatte zu seiner eigenen perversen Freude. Der Mensch, der ihr ihre Mutter so endgültig weggenommen hatte.

Charlotte war erst fähig, das Bett zu verlassen, als es draußen bereits dunkel geworden war.

Im Zelt zwischen den Wohnwagen lief der Fernseher.

Sie überlegte, zu den anderen beiden nach draußen zu gehen und sich mit ihnen gemeinsam vom Fernsehprogramm berieseln zu lassen. Es war jedoch Mittwochabend, die Zeit der Krimiserien und von *Comedy Central*. So gerne sie *Law & Order* und die McFarlane-Zeichentrickserien auch sah, heute Abend war ihr definitiv weder nach Mord und Totschlag noch nach überdrehten Amerikanern und sprechenden Fischen zumute.

Aus dem Bauch heraus entschied sie, sich an den einzigen Platz zurückzuziehen, an dem sie sich annähernd geborgen und sicher fühlte: die Bibliothek der Praetorius-Universität.

Nach der Begegnung mit dem Typen, dessen Namen sie noch nicht mal kannte, hatte sie kurzzeitig überlegt, ihre Zugangskarte nicht mehr zu nutzen und der Privatuni fortan fernzubleiben. Doch allein der Gedanke an den Fundus der Bibliothek hatte sie gleich wieder davon Abstand nehmen lassen.

Dieser Abend war eine gute Gelegenheit, zwei Bücher zurückzugeben und ihre Verzugsgebühren zu begleichen. Der Stand ihres Bibliothekskontos hätte die Universität gemäß den allgemeinen Bedingungen längst zu einer Sperrung ihrer Ausleihkarte berechtigt. Es war wirklich Zeit, sich darum zu kümmern.

Charlotte zog sich an und gab Dennis und Gisèle beim Hinausgehen nicht einmal ansatzweise die Möglichkeit, sie zu fragen, was los war oder wohin sie wollte.

Der letzte reguläre Bus fuhr gerade noch, bevor der Fahrplan auf Nachtbetrieb umgestellt wurde. Eine halbe Stunde später betrat Charlotte die Bibliothek.

Auch hier herrschte bereits Nachtbetrieb, was bedeutete, dass nur ein einziger Bibliothekar anwesend war, der die ganze Nacht über hinter dem Tresen der Büchereiverwaltung saß und – allerdings mit Kopfhörern – fernsah. Für die Überwachung war er nicht zuständig. Das übernahm der campuseigene Wachdienst mithilfe unzähliger Kameras.

Der junge Mann verdrehte die Augen, als er Charlotte auf den Tresen zukommen sah. Missmutig nahm er die Kopfhörer ab, schenkte ihr aber trotzdem allenfalls die Hälfte seiner Aufmerksamkeit. Er schien von der Sendung gefesselt zu sein, die über den kleinen Flachbildschirm flackerte.

Charlotte öffnete ihren Rucksack und packte die schweren Bücher auf den Tresen. »Diese beiden möchte ich gerne zurückgeben«, sagte sie höflich.

Der Mann grummelte irgendetwas, nahm die Wälzer und legte sie nicht gerade sanft auf einen Wagen voller Bücher, die darauf warteten, in die Regale zurückgeräumt zu werden. Dass er sie nicht einfach achtlos hinwarf, war vermutlich nur ihrem Gewicht zu verdanken.

Als der Bibliothekar sich wieder umdrehte, sah er Charlotte verblüfft an. Er hatte offenbar nicht damit gerechnet, dass sie noch immer dort stand. »Ist noch was?« Sein Tonfall hätte nicht deutlicher machen können, dass er ihre Anwesenheit als böswillige Störung seiner Nachtruhe ansah.

»Für die beiden Bücher sind Überziehungsgebühren fällig.«

Eigentlich hätte er die Rückgabe sofort ins System eintragen und die Gebühren einfordern müssen, die im Falle einer Ausleihdauer von über vierzehn Tagen fällig wurden. Beides schien er jedoch nicht vorzuhaben. »Und wenn schon. Morgen ist auch noch ein Tag.«

Dem hätte sie normalerweise sofort zugestimmt, doch schon alleine seine abweisende Reaktion ließ sie an ihrem ursprünglichen Vorhaben festhalten.

Charlotte schenkte dem Mann ein zuckersüßes Lächeln: »Ich möchte die Gebühren aber gerne bezahlen, außerdem wollte ich noch meine Schulden tilgen.« Er setzte zu einer Erwiderung an, sie ließ ihn jedoch nicht zu Wort kommen. Mit kalter Endgültigkeit fügte sie hinzu: »Jetzt sofort.«

Der Bibliothekar dachte zwei Sekunden lang nach und kam dann offenbar zu dem Schluss, dass es sich nicht lohnte, sich mit der jungen Frau anzulegen und womöglich einen Verweis seiner Chefin zu riskieren, falls sie sich beschwerte. »Also schön.«

Er setzte sich auf den Bürostuhl und rollte zum Computer hinüber. »Name?«

»Charlotte Seydel.«

Er tippte ihren Namen ein, und Charlotte hielt die Luft an. Das System der Bibliothek war zwar mit dem Hauptnetz der Universität verbunden, doch hier scherte sich niemand darum, ob die Studenten noch eingeschrieben waren oder nicht. Es sei denn, in den letzten beiden Tagen wäre irgendein Hinweis eingegangen.

Offenbar war das nicht der Fall.

»Die einzigen beiden Bücher, die Sie derzeit ausgeliehen haben«, bemerkte der Bibliothekar stoisch und trug sie aus, ohne zu überprüfen, ob sie auch wirklich diese beiden Bücher zurückgebracht hatte. Entweder hatte er kein Interesse daran, seinen Job zu behalten, oder er war aus irgendeinem Grund unkündbar.

Er klickte sich durch die verschiedenen Menüs des Systems, dann wandte er sich wieder Charlotte zu. »Das macht dann zwei Euro achtzig Überziehungsgebühren.«

Charlotte stutzte. »Sind Sie sicher? Das können nur die Gebühren für diese beiden Bücher sein.«

»Das ist der Betrag, der hier steht«, erwiderte er genervt.

Sie schüttelte den Kopf. »Es müssten über zwanzig Euro sein.« Im ersten Moment hätte sie sich für diese unbedachte Bemerkung am liebsten selbst geohrfeigt. Wenn es ein Problem im System gab, das zur Tilgung ihrer Schulden geführt hatte, sollte sie einfach den Mund halten und gehen.

Der Mann verdrehte erneut die Augen und stieß ein Seufzen aus. »Ich kann ja mal nachsehen.« Er schien zu hoffen, dass sie das nicht für nötig hielt, denn er ging die Historie erst durch, als sie ihm nicht den Gefallen tat, darauf zu verzichten. Ihr Interesse war jetzt geweckt.

Ein verärgertes Schnauben und ein missbilligendes Kopfschütteln seitens des Angestellten folgten. »Der ausstehende Betrag wurde heute Nachmittag beglichen.« Sein Blick fragte sie wortlos, ob sie ihn eigentlich auf den Arm nehmen wolle.

Sie war zu verblüfft, um darauf reagieren zu können. Es war also kein Systemfehler. »Das ... das ist unmöglich ... Ich war heute Nachmittag gar nicht hier.«

Der Angestellte zuckte die Schultern. »Steht hier aber. Zumindest, dass die Schulden bezahlt wurden. Von wem, weiß ich nicht, und es interessiert mich auch nicht. Macht also zwei Euro achtzig.«

Charlotte war noch immer verwirrt. Wer hatte ihre Schulden für sie beglichen? Ihr ehemaliger Professor? Wohl kaum. Und Freunde hatte sie an der Universität nie gehabt. Mit Ausnahme von dem Kerl, den sie vor zwei Tagen hier getroffen hatte. Und schon allein der Gedanke war vollkommen absurd.

Oder hatte er sie vielleicht verraten, und man hatte ihre Schulden einfach gelöscht? Gab es im System irgendeinen Hinweis, den der Typ hinter dem Tresen aus Bequemlichkeit ignorierte? Das ergab eigentlich auch keinen Sinn, trotzdem war sie einen Moment lang versucht, ihn zu fragen.

Als sie jedoch den Blick des Angestellten sah, entschied sie sich dagegen, bezahlte wortlos die restlichen Überziehungsgebühren und wandte sich ab.

Hinter ihrem Rücken hörte sie noch, wie der Angestellte

irgendeinen abfälligen Kommentar murmelte. Sie war versucht, zu ihm herumzufahren und ihn zur Rede zu stellen. Charlotte hasste es, wenn man ihr nicht ins Gesicht sagte, was man über sie dachte. Sie kämpfte jedoch erfolgreich gegen den Impuls an. Ihre Therapeutin wäre stolz auf sie gewesen.

Sie fläzte sich in einen der gemütlichen Sessel weitab des Tresens, aktivierte ihren MP3-Player und genoss mit geschlossenen Augen die Musik. Später zog sie sich eine heiße Schokolade aus dem Getränkeautomaten beim Eingang und las in einem bereits mehr als zerfledderten Exemplar *Amokjagd* von Jack Ketchum.

Charlotte vergaß die Zeit. Erst als sie deutlich spürte, wie Müdigkeit an ihr zehrte, warf sie einen Blick auf die Uhr und erschrak. Es war bereits kurz nach zwei. In wenigen Minuten würde der Nachtbus fahren, den sie hatte erwischen wollen. Der nächste kam erst in eineinhalb Stunden.

Sie sprang aus dem Sessel, stopfte Buch und Player in den Rucksack und lief los, ohne sich um die Bibliotheksregeln zu kümmern, die schon zu schnelles Gehen verboten. Sie war ohnehin die einzige Besucherin, allenfalls drückte sich noch irgendwo ein Pärchen herum, dem es um den Nervenkitzel ging, vom Wachdienst beim Sex beobachtet oder entdeckt zu werden.

Auf der Außentreppe nahm sie zwei Stufen auf einmal, dann rannte sie auf die Drehkreuze am Ausgang zu. Die Mauer, die das Unigelände umgab, verhinderte, dass sie sehen konnte, ob sich der Bus schon näherte. Nachts fuhr er immer überpünktlich.

Charlotte passierte das Drehkreuz und schlug den kürzesten Weg zur Bushaltestelle ein. Sie warf einen Blick über die Schulter und sah den Bus die Straße entlang kommen.

Zu winken hatte keinen Sinn, das wusste sie. Wenn niemand an der Haltestelle stand, fuhren die Fahrer einfach durch, jedes Zeichen und jeden panisch heranlaufenden Passagier ignorierend. Für die Busfahrer schien es der ultimative Spaß zu sein, sich an der Wut und der Verzweiflung jener zu ergötzen, die ihren Bus um ein Haar verpassten.

Doch Charlotte würde es schaffen. Gerade so.

Plötzlich sah sie eine Bewegung aus dem Augenwinkel, eine Veränderung in den Schatten bei der Mauer. Sie drehte gerade noch rechtzeitig den Kopf zur Seite, um eine aus dem Nichts auftauchende Gestalt wahrzunehmen, bevor sie unsanft mit ihr zusammenstieß. Sie hatte das Gefühl, mit einer Betonwand zu kollidieren, strauchelte und stürzte.

Schmerz zuckte durch ihr rechtes Bein und ihre Schulter, als sie unsanft auf dem Pflaster aufschlug. Die Welt begann, sich um sie herum zu drehen. Sie wollte den Schwindel ignorieren, ging aber direkt wieder zu Boden, als sie aufspringen wollte.

Eine Sekunde verging, zwei Sekunden.

Dann rappelte sie sich hoch, vorsichtiger diesmal, und schaute sich um.

Niemand war zu sehen.

Das Einzige, was sie wahrnahm, waren die Rücklichter des Busses, der die Haltestelle bereits passiert hatte.

»Verdammte Scheiße!«, brüllte sie.

Wieder sah sie sich um, doch wer auch immer sie angerempelt hatte, war so schnell verschwunden, wie er aufgetaucht war. So als wäre er gerade neben ihr aus dem Boden gewachsen und genau dort auch wieder verschwunden. Fast schon wie ein Geist.

In ihrer Nähe befand sich nicht einmal ein Straßenschild oder sonst irgendein Hindernis, mit dem sie hätte kollidieren und das sie in ihrer Hast fälschlicherweise für eine Gestalt hätte halten können.

Der Typ war verschwunden, wer auch immer es gewesen war.

Wie zum Teufel hatte er sie auf dem breiten, relativ gut beleuchteten Bürgersteig übersehen können? Der Verdacht, er könnte sie absichtlich angerempelt haben, keimte in ihr auf.

Doch eine schnelle Überprüfung ergab, dass ihre Geldbörse noch da war und sich auch niemand an ihrem Rucksack vergriffen hatte.

Vielleicht nur irgendein betrunkener Student. Während sie auf dem Boden gelegen hatte, hätte er durch den Universitätseingang verschwinden können.

Einen Moment lang stand Charlotte unschlüssig auf der Straße. Sollte sie in die Bibliothek zurückgehen? Nein. Es war zwar ziemlich kalt und ihre Jacke zu dünn, die frische Luft würde ihr aber guttun.

Sie überlegte sogar, nach Hause zu laufen. In den eineinhalb Stunden, die sie auf den nächsten Bus würde warten müssen, war die Strecke allemal zu schaffen. Allerdings nicht mit einem Bein, das bei jedem Schritt Schmerzen bis in ihre Hüfte jagte. Vermutlich hatte sie es sich bei dem Sturz irgendwie verdreht.

Charlotte humpelte zur Haltestelle, zu der auch ein beleuchtetes Häuschen mit Sitzgelegenheiten gehörte, und machte es sich bequem. Sie holte das Taschenbuch aus dem Rucksack, es gelang ihr jedoch nicht, sich auf den Krimi zu konzentrieren und ihre Umgebung auszublenden. Auf ihren MP3-Player verzichtete sie von vornherein.

Der Zusammenstoß mit dem Unbekannten steckte ihr in den Knochen. Zwar wollte sie glauben, dass es nur irgendein Student gewesen war, der sich inzwischen bereits in sein Bett im Wohnheim hatte fallen lassen, aber ein unbestimmtes Gefühl warnte sie davor, sich in Sicherheit zu wiegen.

Manchmal versuchten finstere Gestalten nachts ihr Glück vor den Toren der Universität. Bei den Privatstudenten gab es immer irgendetwas zu holen. Vielleicht war der Kerl dreist oder unerschrocken genug, sich während ihrer Wartezeit noch einmal zu zeigen, falls er zu dieser Kategorie gehörte.

Charlotte sah immer wieder von ihrem Buch auf und ließ den

Blick unauffällig schweifen. Sie wusste nicht, wann ihr das Taxi, das in einer Parkbucht mindestens fünfzig Meter entfernt stand, zum ersten Mal aufgefallen war. Beachtung schenkte sie dem Fahrzeug jedoch erst, als sie bemerkte, dass es nicht leer war.

Jemand saß auf dem Fahrersitz und rauchte. Sie sah das regelmäßige Aufglimmen einer Zigarette hinter der Frontscheibe, konnte jedoch weder Gesichtszüge noch sonst irgendwelche Merkmale erkennen. Es gab hier keinen Taxistand. Vermutlich wartete der Fahrer auf jemanden, der ihn hierher bestellt hatte. Möglicherweise war er nicht einmal im Dienst. Das Schild auf dem Dach war nicht beleuchtet.

Vielleicht nur eine weitere verlorene Seele auf der Suche nach Antworten. So wie sie.

Zehn Minuten verstrichen, in denen sie versuchte, sich auf die Geschichte in ihrem Buch zu konzentrieren, doch ihr Blick wanderte unwillkürlich immer wieder zu dem Taxi zurück. Wenn der Fahrer auf jemanden wartete, kam derjenige jedenfalls nicht.

Im Geiste kalkulierte sie den Preis für eine Taxifahrt in die Siedlung. Der Gedanke war verlockend, doch sie entschied sich trotzdem dagegen. Die Kosten für die Fahrt hatten den Gegenwert einer halben Woche Verpflegung. Definitiv zu viel, nur um eine knappe Stunde früher zu Hause zu sein.

Ihr Interesse war dem Fahrer offenbar nicht verborgen geblieben. Denn wenige Minuten später leuchtete das Taxischild plötzlich auf. Vom leisen Surren des Motors begleitet, lenkte er den Wagen auf die Straße und rollte gemächlich auf die Bushaltestelle zu.

Charlotte bereitete sich innerlich darauf vor, ihn abzuwimmeln. Bevor es jedoch dazu kam, dass er ihr eine Fahrt anbieten, Charlotte ablehnen und er ihr irgendeinen Fluch entgegenschleudern konnte, weil sie ihm angeblich falsche Signale gesendet hatte, wurde sie von einem unerwarteten Samariter gerettet.

Ein alter, getunter VW Polo kam mit etwas zu hoher Geschwindigkeit aus der anderen Richtung. Durch das geöffnete Fenster auf der Fahrerseite erhaschte Charlotte einen Blick auf den Studenten, den sie vor zwei Tagen in der Bibliothek kennengelernt hatte.

Sie sah den Ausdruck des Wiedererkennens in seinem Gesicht, dann legte er eine quietschende Vollbremsung hin. Das Taxi schien jetzt zu beschleunigen, doch der junge Kerl schnitt das andere Fahrzeug mit einem widerrechtlichen U-Turn und fuhr direkt vor ihm in die Haltebucht, die eigentlich nur für Busse gedacht war.

Während er das Fenster auf der Beifahrerseite hinunterließ und die Musik leiser drehte, kroch der andere Wagen an ihm vorbei. Fast rechnete Charlotte damit, dass der Taxifahrer irgendwie noch seinen Unmut loswerden würde, dann beschleunigte er aber und verschwand.

Der junge Mann hinter dem Steuer grinste sie an. »Hey, brauchst du eine Mitfahrgelegenheit?«

Sein plötzliches Auftauchen ließ ein Gefühl in ihrer Magengegend entstehen, das Charlotte gerne unterdrückt hätte. Ebenso wie das Lächeln, das sie ihm unwillkürlich schenkte.

»Ich warte auf den Bus.« Selbst ihre Stimme klang nicht so abweisend wie beabsichtigt. *Verdammt, Charlie, mit dieser Art von Typ bist du doch längst durch*, sagte ihr Verstand. *Dieser hier ist aber anders*, widersprach sofort ihr Bauchgefühl. *Shit*.

Er warf einen theatralischen Blick auf das Armaturenbrett. »Wenn sie die Fahrpläne nicht geändert haben, musst du noch gut eine Stunde hier warten. Ich kann dich auch fahren.«

Sie zögerte. »Das ist nett, aber ich wohne gut zwanzig Minuten von hier und …«

»Ich fahre gerne durch die Gegend«, erklärte er. »Und ich beiße dich bestimmt nicht.«

»Bereits im Kindergarten habe ich gelernt, nicht zu Fremden ins Auto zu steigen.«

»Gerade das würde ich ja gerne ändern. Das mit dem Fremden, meine ich.«

Sich zu zieren war ausgereizt. Und sie wollte ihn näher kennenlernen, allen schlechten Erfahrungen zum Trotz. Also gab sie dem einladenden Blick seiner grünen Augen und den zurückhaltenden, wenn auch spürbaren Schmetterlingen in ihrem Bauch nach und stieg ein.

Er fuhr los, bevor er fragte: »Wohin darf die Reise denn gehen?«

»Garten Eden.« Charlotte beobachtete seine Reaktion aus den Augenwinkeln. Sie fiel anders aus, als sie erwartet hatte, denn für gewöhnlich schlug ihr in solchen Momenten Verwunderung oder unverhohlene Ablehnung entgegen.

Er jedoch schien ehrlich begeistert zu sein. »Ein geiles Fleckchen Erde.«

»Ist nicht dein Ernst.« Mehr brachte sie nicht heraus.

»Doch. Ein Kumpel von mir hat dort gewohnt, bevor er nach Hamburg gezogen ist.« Er konzentrierte sich auf die Straße, warf ihr zwischendurch aber immer wieder kurze Blicke zu, in denen sie keinerlei Lüge oder gar Hinterlist entdecken konnte. »Die Zeit, die ich bei ihm in seinem ausgebauten Gartenhäuschen verbracht habe, schmeckte immer irgendwie nach Freiheit und Unabhängigkeit …«

»Und Widerstand gegen Autoritäten und staatliche Gewalt«, fügte Charlotte hinzu.

»Ja, das stimmt.« Er nickte. »Kein Jahr vergeht, in dem die Stadtverwaltung nicht mit der Dampfwalze droht, oder? Die kapieren einfach nicht, dass es hundertmal besser ist, in der Siedlung zu wohnen, als sich in irgendeinen städtisch subventionierten, zwanzigstöckigen Sozialbau pferchen zu lassen.«

Charlotte schenkte ihm einen skeptischen Blick. »Versuchst du gerade, dich bei mir einzuschleimen?«

»Nein, wieso sollte ich?« Ihr Argwohn schien ihn zu amüsieren. Offenbar hatte er genau diese Reaktion von ihr erwartet. »Bei dir würde das doch überhaupt keinen Sinn machen. Ich würde auf meiner eigenen Schleimspur ausrutschen und voll auf der Fresse landen.«

Charlotte hüllte sich in Schweigen. Es war besser, ihm nicht zu bestätigen, dass er sie vollkommen richtig einschätzte. Sie mochte es nicht, so schnell durchschaut zu werden.

Sie hatten »Garten Eden« fast erreicht, als Charlotte, einer plötzlichen Eingebung folgend, in die entstandene Stille hinein sagte: »Danke, dass du meine Schulden in der Bibliothek beglichen hast.«

Er wirkte eine Sekunde lang verwirrt und schien zu zögern, bevor er antwortete: »Keine Ursache.«

Er war also tatsächlich derjenige, der ihre Überziehungsgebühren bezahlt hatte. Irgendwie wollte das nicht so recht in das Bild passen, das sie sich bisher von ihm gemacht hatte. Er glaubte wohl kaum, dass er sie dadurch würde beeindrucken können. Oder vielleicht doch?

Abhaken, dachte sie. Es war nicht so wichtig. Der Betrag fiel selbst in ihrer finanziellen Lage noch unter die Kategorie ›Gefallen‹.

Im Licht der Scheinwerfer tauchte die Einfahrt der Siedlung mit dem verblassten Schriftzug darüber auf.

»Du kannst mich am Tor absetzen.«

»Sicher?«

Charlotte nickte. »Zu Fuß ist man in der Siedlung wesentlich schneller als mit dem Auto.«

Er widersprach nicht, sondern fuhr rechts ran und machte den Motor aus.

Ihre Blicke trafen sich im dämmrigen bläulichen Licht des Radiodisplays.

Dann hielt er ihr plötzlich die Hand hin. Sie ergriff sie nur zögerlich, überrascht über die Geste.

»Joshua«, stellte er sich vor. »Meine Freunde nennen mich Josh.«

Charlotte schenkte ihm nur ein Lächeln.

»Sagst du mir auch deinen Namen?«, fragte er sanft.

»Den kennst du doch längst.«

Er nickte. »Ja, schon. Aber ich fände es trotzdem schöner, wenn du ihn mir sagen würdest.«

»Charlotte. Meine Freunde nennen mich Charlie.«

»Darf ich dich morgen Abend zum Essen einladen, Charlie?« Er hielt noch immer ihre Hand. Jetzt strich sein Daumen zärtlich über ihre Fingerknöchel.

Sie ließ einige Sekunden verstreichen, obwohl sie längst wusste, was sie antworten würde. »Okay. Morgen Abend.« Sie entzog ihm ihre Hand, und schon stand sie draußen und warf die Autotür hinter sich zu. Das Fenster war noch immer heruntergelassen. »Ich esse gerne Italienisch. Nichts Extravagantes, Jeans und T-Shirt erlaubt.«

Er grinste beinahe wie ein Schuljunge. »Ich hole dich um halb acht hier ab.«

Ohne jede Bestätigung verschwand sie durch das Tor und wurde von der Dunkelheit verschluckt.

11

Jennifer öffnete die Tür zu Peter Möhrings Vorzimmer und wartete nicht einmal, bis seine Sekretärin den Kopf gehoben hatte. »Wo zum Teufel steckt er?«

Heidrun Ketzer legte ihren Kugelschreiber beiseite und bedachte den Eindringling mit dem für sie typischen, desinteressierten Blick. »Guten Morgen, Kommissarin Leitner«, sagte sie betont langsam. »Ich nehme an, dass Sie auf der Suche nach unserem Chef sind?«

»Das habe ich doch gerade gesagt!« Jennifers Geduld war bereits stark strapaziert, und die Arroganz der Sekretärin trug nicht gerade zu ihrer Beruhigung bei. »Er hat jetzt einen Termin.«

»Nicht, dass ich wüsste.«

Jennifer beschlich eine unangenehme Vorahnung. »Wir haben da unten einen Vertreter des Stadtmagistrats sitzen, der angeblich einen Termin mit Möhring und den leitenden Beamten wegen des, ich zitiere, ›Serienkiller-Problems‹ hat. Im Namen des Bürgermeisters will er sich über den Stand der Ermittlungen informieren.«

Heidrun Ketzer zuckte die Schultern. Sie wirkte immer irgendwie steif, was nicht nur an ihren biederen Kostümen lag, und ließ sich durch fast nichts aus der Ruhe bringen. »Tja, davon weiß ich leider nichts.«

»Ich wusste davon bis vor wenigen Minuten auch noch nichts. Fakt ist aber, dass der Herr in unserem Besprechungszimmer sitzt und der festen Überzeugung ist, einen Termin mit Möhring zu haben. Der noch dazu angeblich abgesprochen ist.«

»Das muss er dann wohl vergessen haben, mir zu sagen.«

»Sie haben ja noch nicht einmal in seinem Kalender nachgesehen.« Jennifer deutete auf den Computerbildschirm der Sekretärin und bereute es sofort.

»Wenn es Sie glücklich macht.« Heidrun Ketzer war seit ihrer Ausbildung bei den Behörden in Lemanshain tätig. Einst mochte sie eine perfekte Sekretärin gewesen sein, doch das Zeitalter der Computer war vollkommen an ihr vorbeigegangen.

Sie brauchte für alles Ewigkeiten, beschwerte sich dauernd über das System und die Programme, obwohl das eigentliche Problem vor dem Bildschirm saß. Trotzdem lehnte sie es kategorisch ab, Computerkurse zu belegen, was die Jungs der IT-Abteilung noch mehr aufregte als ihre beinahe täglichen Anrufe.

Allein die Art, wie sie die Maus hin- und herschob, verriet, dass die Storys keinesfalls erfunden oder übertrieben sein konnten. Die Sekunden verstrichen.

»Mich würde es glücklich machen, wenn Sie mir sagen würden, wo er steckt.«

Die Sekretärin reagierte nicht, sondern starrte weiterhin konzentriert auf den Bildschirm. »Hier ist keinerlei Termin eingetragen, wie ich schon sagte.«

»Wo ist er?«, fragte Jennifer erneut. »In seinem Büro?«

Als sie eine Bewegung in Richtung der Tür machte, hinter der das Reich ihres Chefs lag, setzte sich Heidrun Ketzer sofort alarmiert auf. »Er ist im Moment nicht zu sprechen.«

»Aber Sie sagten doch vor nicht einmal zwei Minuten, dass er gerade keinen Termin hat.« Jennifer dachte ernsthaft darüber nach, ob sie nicht einfach sein Büro stürmen und nachsehen sollte, ließ es dann aber doch bleiben. Nichts machte ihren Chef wütender als unangemeldete Besucher.

»Zumindest nicht mit Ihnen, Kommissarin.« Die Sekretärin verschränkte die Arme vor der Brust. »Ich würde daher vorschlagen, dass Sie jetzt nach unten gehen und den Vertreter des Magistrats nicht noch länger warten lassen.«

»Mich mit Politikern herumzuärgern, zählt aber eigentlich nicht zu meinem Aufgabenbereich.« Das war ein Seitenhieb auf die Sekretärin, die sich prinzipiell weigerte, irgendetwas zu tun, das nicht explizit in ihrem Arbeitsvertrag stand.

Doch Heidrun Ketzer verstand den versteckten Hinweis nicht einmal. »Zu meinem erst recht nicht. Sie kriegen das schon hin. Unser Chef wird Ihren Einsatz mit Sicherheit zu würdigen wissen.«

Ob er es auch zu würdigen wüsste, wenn Jennifer seiner Sekretärin den Hals umdrehen würde? Gerüchteweise war er schon lange nicht mehr glücklich mit ihr. Sie nach mehr als dreißig Dienstjahren loszuwerden, war allerdings so gut wie unmöglich.

Jennifer gab auf und trat unverrichteter Dinge den Rückzug an. Sie hoffte wirklich, dass Möhring verdammt gute Gründe hatte, sie in dieser Situation hängen zu lassen.

Grohmann wartete vor der Tür zum Besprechungszimmer auf sie. Immerhin würde sie mit dem Politiker nicht gänzlich alleine sein.

»Und?«, fragte der Staatsanwalt, obwohl der Umstand, dass sie ohne Möhring zurückkehrte, schon mehr als genug sagte.

»Ich würde einen Tausender darauf wetten, dass er in seinem Büro sitzt. Dieses Miststück von Sekretärin ist ein Abfangjäger erster Klasse.«

»Dann ziehen wir das eben ohne ihn durch«, erwiderte der Staatsanwalt aufmunternd. »Wird schon nicht so schlimm werden.«

Jennifer verzog das Gesicht. »Hatten Sie schon mal mit irgendeinem Stadtabgeordneten oder überhaupt einem politischen Beamten von Lemanshain zu tun?«

Grohmann schüttelte den Kopf. »Nein, eigentlich nicht.«

Sie lächelte grimmig. »Na dann, willkommen in einer meiner persönlichen Höllen.«

»Sie haben also nichts, habe ich das richtig verstanden?«

Jennifer und Grohmann verschränkten fast gleichzeitig die Arme vor der Brust, taten dem Mann am Ende des Konferenztisches jedoch nicht den Gefallen, allzu zerknirscht zu wirken.

»Ja, das haben Sie richtig verstanden«, erwiderte der Staatsanwalt schließlich.

Der Abgesandte des Bürgermeisters stieß ein verärgertes Seufzen aus und schüttelte den Kopf. »Das heißt, Sie tappen nach wie vor im Dunkeln. Und mit dieser Information soll ich ins Rathaus zurückkehren?«

Jennifer blinzelte in die sie blendende Morgensonne und biss die Zähne aufeinander. Sie wusste, welche Litanei ihnen jetzt bevorstand, denn sie hörte sie nicht zum ersten Mal.

»Ihnen scheint nicht ganz klar zu sein, wie sehr wir auf Ergebnisse in diesem Fall angewiesen sind. Ist Ihnen überhaupt bewusst, was es bedeuten würde, wenn die nationale Presse von unserem klitzekleinen Problemchen noch einmal Wind bekommt und die Sache aufbauscht?«

Der Mann, der sich ihnen als Dr. jur. Dr. phil. Alexander Schäffer vorgestellt hatte, faltete die Hände auf dem Tisch und beugte sich vor. »Jeden Tag rufen der Universitätspräsident und der Schulleiter beim Bürgermeister an und fordern Resultate.«

Er brauchte nicht zu erwähnen, dass er die privaten Institutionen meinte. Die öffentlichen Bildungseinrichtungen brachten der Stadt schließlich kein Geld. »Sie können sich hoffentlich ausmalen, was es für den Ruf unserer Stadt bedeutet, wenn die breite Öffentlichkeit darauf aufmerksam wird, dass da draußen noch immer ein Serienkiller frei herumläuft und unsere Kripo bisher nicht den kleinsten Ermittlungserfolg vorzuweisen hat.«

Jennifer ballte die Hände zu Fäusten. Sie hatte entschieden genug von diesem eitlen Bürohengst, der ihnen einerseits die Schuld an allem zuschieben wollte, andererseits aber auch jeden Verbesserungsvorschlag, den sie gemacht hatte, bisher vollkommen ignoriert hatte.

Die Herrschaften hätten ein Amtshilfeersuchen nach Hanau schicken und damit zumindest die Personalengpässe bei der Kripo etwas abmildern können. Sie hätten ihren Einfluss einmal außerhalb des stadteigenen Golfplatzes zur Geltung bringen und vielleicht den einen oder anderen Vorgang, beispielsweise beim LKA, beschleunigen können. Doch davon wollten Magistrat und Bürgermeister selbstverständlich nichts hören.

Grohmann trat Jennifer unter dem Tisch auf den Fuß – nicht besonders fest, jedoch deutlich spürbar. Er hatte bemerkt, dass sie kurz davor war, zu explodieren. Erleichtert sah er, wie die Anspannung aus ihren Händen wich.

»Was soll ich dem Bürgermeister sagen?«, wiederholte Schäffer. »Dass die Leiche, in die Sie all Ihre Hoffnungen gesetzt und wegen der Sie eine ganze Lichtung im Wald haben umgraben lassen, kaum mehr hergibt als einen beschissenen Namen auf einem Stück Papier?!«

Noch bevor Jennifer die Zähne auseinanderbekam, bemerkte Grohmann mit eisiger Stimme: »Ihr Name war Katharina Seydel.«

»Macht ihr Name irgendeinen Unterschied?!« Schäffer stand auf und vergrub die Hände in den Taschen seiner Anzughose. »Nächstes Frühjahr stehen die Bürgermeisterwahlen an. Glauben Sie, Bürgermeister Siebert ist erpicht darauf, seinen Wahlkampf mit Bundesthemen zu führen, nur weil die Unfähigkeit der hiesigen Polizei ihm keine andere Wahl lässt?!«

Ein frei herumlaufender Serienkiller machte sich sicher nicht besonders gut als Punkt im Wahlprogramm. Dachte der Typ aber wirklich, er könnte sie mit diesem Gerede unter Druck setzen? Was scherte Jennifer oder Grohmann die Bürgermeisterwahl?

»Ich denke nicht, dass Sie ehrlich daran interessiert sind, zu erfahren, was ich glaube«, erwiderte Jennifer. Ihr Lächeln hätte Wasser zu Eis gefrieren lassen können.

Schäffer sah sie verblüfft an. »Ist das etwa Ihre Entschuldigung?«

Jennifer fuhr aus ihrem Stuhl hoch. »Ich muss mich für überhaupt nichts entsch …«

Grohmanns Hand schloss sich wie ein Schraubstock um ihren Unterarm und brachte sie zum Schweigen.

»Was KOK Leitner eigentlich sagen will, ist, dass wir die Bedenken des Bürgermeisters selbstverständlich verstehen und ernst nehmen. Leider konnten wir beim Fund der Leiche von Katharina Seydel nicht wissen, dass alle Hinweise, die eine mögliche Schlüsselrolle des Opfers in diesem Fall nahelegten, in Sackgassen enden würden.«

Er spürte, wie sich die Muskulatur in Jennifers Arm etwas lockerte, und ließ sie los. »Im Augenblick haben wir leider nicht allzu viel vorzuweisen, was aber auch dem professionellen Vorgehen des Täters zuzuschreiben ist. Er hat bisher keine Fehler begangen und keine Spuren hinterlassen. Daran kann die beste Ermittlungsarbeit nichts ändern.«

Schäffer fixierte Grohmann, nachdem sein Blick kurz Jennifer gestreift hatte. »Ich will, dass Sie Ihre Bemühungen verdoppeln. Der Bürgermeister und einige angesehene Bürger dieser Stadt erwarten Ergebnisse, bevor die ganze Angelegenheit aus dem Ruder läuft.«

Hieß übersetzt: Wählerstimmen oder Spenden kostete oder – Gott bewahre – das nächste Opfer womöglich der städtischen Elite angehörte.

»Richten Sie das auch Ihren Chefs aus.«

Jennifer biss die Zähne so fest aufeinander, dass es wehtat. Jedes weitere Wort, das sie diesem Idioten ins Gesicht geschleudert hätte, hätte sie aller Voraussicht nach ihren Job gekostet.

Schäffer machte sich nicht einmal die Mühe, sich zu verabschieden, sondern rauschte wortlos aus dem Konferenzraum.

Fast eine Minute lang blieben Grohmann und Jennifer still nebeneinander sitzen, bevor sie sich erhoben und in Jennifers Büro zurückkehrten.

Jennifer versuchte mit allen Mitteln, ihre Wut zu kontrollieren, war jedoch nicht besonders erfolgreich. Mehrmals ging sie vor ihrem Schreibtisch auf und ab, bevor sie ans Fenster trat und die Arme vor der Brust verschränkte. »Dieses Arschloch sollte uns mit seinen selbstherrlichen Ansprachen und Schuldzuweisungen nicht auch noch Zeit stehlen, wenn er unbedingt will, dass wir das Unmögliche möglich machen.«

Grohmann seufzte zustimmend, sagte aber nichts. Er wusste, dass er abwarten musste, bis sie wieder runtergekommen war.

Diesmal dauerte es fast zehn Minuten, bis sie endlich ruhig atmete und keine Verwünschungen und Flüche mehr vor sich hin murmelte.

Schließlich setzte sie sich wieder an ihren Schreibtisch. Grohmann saß ihr gegenüber auf Marcels noch immer freiem Platz. Sie suchte seinen Blick, zögerte dann aber doch, bevor sie sagte: »Danke, dass Sie mich vorhin zurückgehalten haben. Sie haben mir das Leben gerettet.«

Grohmann lächelte. »Ich dachte zwar eigentlich, dass Sie mir dafür noch den Kopf abreißen würden, aber: gern geschehen.«

Sie biss sich auf die Unterlippe und stieß ein resigniertes Seufzen aus. »Sie verstehen es weitaus besser als ich, sich mit der Politikergarde herumzuschlagen. Mir fehlt dafür einfach die Geduld. Ich kann dieses scheinheilige, von Lügen verseuchte Gelaber einfach nicht ertragen.«

»Ich glaube, das lernt man im Jurastudium. Seien Sie froh, dass Ihnen das erspart geblieben ist.«

Das war kein besonderer Trost. »Dieser Schäffer und vermutlich auch der Bürgermeister stellen ihre politische Karriere über das Leben der Opfer. Das kotzt mich einfach nur an.«

Grohmann nickte. »Dito.«

Einige Minuten lang versank Jennifer in Grübeleien. »Das Problem ist nur, dass er zumindest in einem Punkt recht hat. Wir haben nichts, absolut überhaupt nichts, rien, niente, nada, nothing.«

»Nihil, niets, ingenting?«

Ihre Antwort bestand aus einem Blick, der mit dem einer Sphinx problemlos hätte konkurrieren können.

Sie wusste, er wollte sie nur aufmuntern, doch sie war für diese Art von Humor – für jede Art von Humor – in diesem Moment einfach nicht empfänglich. »Ich dachte, nein, ich hatte gehofft, dass Katharina Seydel unser Joker wäre, endlich der Durchbruch. Alles deutete darauf hin, und dann stellt sie sich als Niete heraus, als universelle Niete.«

Grohmann nickte. Er konnte ihre Resignation verstehen, denn es ging ihm ähnlich. »Ich weiß.«

Sie standen mit leeren Händen da.

Alle Ermittlungsansätze waren im Treibsand aus Kopfschütteln, Verneinungen und Schulterzucken versunken. Die Anfragen bei Ärzten und Kliniken, die Telefondaten des Opfers und auch die schmerzlichen Besuche bei den Familien und engen Freunden der anderen Opfer – nichts davon hatte sie auch nur einen winzigen Schritt weitergebracht.

Insofern stimmte, was Schäffer gesagt hatte. Katharina Seydel war tatsächlich nicht mehr als ein Name auf einem Blatt Papier.

Alles in allem bedeutete das für ihren Fall einen kompletten Neustart.

Jennifer schüttelte den Kopf. »Wir können nicht einfach wieder bei Null anfangen. Wir können auch nicht darauf warten, bis uns der Scheißkerl die nächste Leiche serviert. Der letzte Mord liegt schon fast zwei Monate zurück.«

Und es würde nicht aufhören. Darüber waren sich sämtliche Psychologen und Gutachter, die sie konsultiert hatten, einig.

»Er könnte jeden Tag wieder zuschlagen, Grohmann! Herrgott, vielleicht hat er bereits die nächste Frau in seinen Klauen!«

Das war Grohmann klar. Ebenso gut wusste er, dass Jennifer seine nächsten Worte nicht sonderlich beruhigend finden würde. »Wenn wieder eine Vermisstenanzeige reinkommt, kämmen wir das gesamte Stadtgebiet durch. Er hält die Frauen immer ein paar Tage am Leben, das ist unsere Chance. Wir werden jedes Haus, jeden gottverdammten Keller auseinandernehmen. Und wenn ich persönlich nach Hanau fahren muss, um die dafür notwendigen Kräfte zu mobilisieren.«

Sie seufzte. »Dazu muss das Verschwinden des nächsten Opfers erst einmal rechtzeitig bemerkt werden.«

Es gab nichts, was er darauf antworten konnte.

Jennifer richtete sich auf und versuchte, nicht wie ein Häufchen Elend in ihrem Stuhl zu hängen. »Also. Das heißt dann wohl, dass wir uns auf die Opfermatrix konzentrieren und noch einmal alles durchgehen müssen. Von den möglichen Orten, an denen er auf die Frauen aufmerksam wird, bis hin zu seinem Vorgehen bei der Verfolgung und Entführung.«

Sie massierte sich die Schläfen. Eine neuerliche Migräne kündigte sich an.

»Ich habe da vielleicht noch eine andere Idee«, sagte der Staatsanwalt.

Jennifer warf ihm einen fragenden Blick zu.

»Ist vielleicht etwas vage und ein bisschen weit hergeholt, aber wie stehen unsere Möglichkeiten, den Täter aus der Reserve zu locken und ihn zu einem Fehler zu verleiten?«

Jennifer schüttelte den Kopf. »Bin ich alles schon mit den Experten durchgegangen. Er ist viel zu beherrscht. Wir werden ihn, solange wir seine wunden Punkte nicht kennen, weder dazu verleiten, impulsiv und fehlerhaft zu handeln, noch dazu, seine Deckung aufzugeben. Er will nicht gefasst werden, deshalb spielt er auch keine Spielchen mit uns. Er weiß genau, was er tut.«

»Dann sollten wir ihm vielleicht suggerieren, dass er einen Fehler gemacht hat.«

»Das würde ihn nicht einmal ansatzweise nervös machen«, erwiderte Jennifer. »Er ist sich der Möglichkeit einer Verhaftung bewusst. Für ihn ist es ein kalkuliertes Risiko, aber es beunruhigt ihn nicht. Sollte jemals der Zeitpunkt seiner Festnahme kommen, wird er sich wie ein Tier dagegen zur Wehr setzen. Eher würde er Selbstmord begehen, als sich festnehmen zu lassen. Vorher würde er jedoch versuchen, jeden aus dem Weg zu räumen, der ihm zu nahe kommt.«

»Also hat er Angst vorm Gefängnis«, stellte Grohmann fest.

»Die meisten Täter, die einigermaßen klar bei Verstand sind, haben Angst vorm Gefängnis. Nur ganz wenige fühlen sich hinter Gittern sicher und geborgen.« Jennifer zuckte die Schultern. »Falls er tatsächlich Angst vor einem Leben im Knast hat, wüsste ich nicht, wie wir das gegen ihn verwenden könnten. Die Psychiater sind der einhelligen Meinung, dass er sich alle Eventualitäten sehr genau überlegt hat. Kopfloses Verhalten ausgeschlossen.«

»Was ist mit der Öffentlichkeit? Er hat einmal angerufen, um dafür zu sorgen, dass sein Opfer gefunden wird. Vielleicht hat er sich auch zu anderen Gelegenheiten anonym an die Polizei oder die Medien gewandt.«

»Fehlanzeige. Haben wir alles überprüft und wird auch laufend im Auge behalten. Er sucht keinerlei Kontakt. Er will einfach nur in Ruhe seine Arbeit erledigen.«

»Das heißt, er ist an Publikum nicht interessiert. Für wen sind dann aber die Bilder gedacht? Für ihn selbst?«

»Das ist eine der großen Preisfragen.« Jennifer schüttelte den Kopf. »Alle Ansätze, die vom Täter ausgehen, sind im Moment ausgereizt.«

»Haben die Hinweise aus der Bevölkerung in den letzten Tagen irgendwas ergeben?«, fragte Grohmann.

Um die Erstüberprüfung eingehender Hinweise kümmerte sich inzwischen Thomas Kramer von der Schutzpolizei. »Nein, nur das Übliche.« Jennifer zählte die markantesten Neuigkeiten auf: »Ein Nachbar, der plötzlich seinen Garten umgräbt, obwohl er das angeblich noch nie vorher getan hat. Letztlich ging es nur darum, den ungeliebten Nachbarn anzuschwärzen, den man ohnehin schon wegen irgendwelcher Lappalien mehrfach vor Gericht gezerrt hat. Dann eine Ehefrau, die darum gebeten hat, ihren Mann zu überprüfen, weil er immer wieder verschwindet, ohne ihr zu sagen, wohin. Außerdem habe er erst Anfang des Jahres eine merkwürdige Vorliebe für geschmacklose Pornos entwickelt, und sein Jeep sei immer wieder verdreckt, er könne die Verschmutzungen aber nie erklären.«

»Lassen Sie mich raten«, bat Grohmann. »Geliebte?«

»Nein, besser. Geliebter.«

»Nett.«

»Allerdings«, stimmte Jennifer ihm zu. »Seitdem konnte Thomas dreimal wegen nächtlicher Ruhestörung und häuslicher Gewalt dorthin fahren. Gestern hat er die Frau des Hauses verwiesen.«

»Wow. Da scheint jemand äußerst sauer zu sein. Sonst noch irgendetwas?«

»Zwei Frauen, die sich beobachtet bis verfolgt gefühlt haben. Thomas hat es noch in der Überprüfung, die Damen stehen erst einmal unter Bewachung.«

Grohmann nickte. »Sehr gut.« Er schwieg kurz, bevor er mit einem Seufzen sagte: »Also zurück zur Matrix. *Take the red pill and see how deep the rabbit hole goes.*«

Im ersten Moment sah Jennifer ihn nur fragend an, dann grinste sie breit. Das erste Lächeln seit der Besprechung mit Schäffer. »*Remember ... all I'm offering is the truth. Nothing more.*«

Zwischenzeitlich hatte Jennifer auf Marcels Rechner ein eigenes Benutzerkonto für Grohmann einrichten lassen. Er war oft in ihrem Büro und nutzte den Computer teilweise über Stunden, sodass sie sich irgendwann unwohl dabei gefühlt hatte, ihn jedes Mal über ihren Account anzumelden.

Er fuhr den Computer hoch und öffnete die Excel-Datei, in der sie alle verfügbaren Daten über die Opfer gesammelt und geordnet hatten, um sie auszuwerten. Es war ein riesiges Sammelsurium von Fakten über Arbeitsplätze, Bekannte, Verwandte, Freizeitaktivitäten, Vereinsmitgliedschaften, Gewohnheiten, Fortbewegung innerhalb der Stadt und vieles mehr.

Als Grohmann die Datei zum ersten Mal geöffnet hatte, war er so beeindruckt gewesen, dass er minutenlang nur schweigend auf den Bildschirm gestarrt hatte. Es hatte ihn Stunden gekostet, die Datenmenge und Vielfalt zu erfassen, doch inzwischen war er mit der Datei mehr als vertraut.

Noch stärker hatte ihn die unglaubliche Anzahl richterlicher Beschlüsse beeindruckt, die notwendig gewesen war, um all diese Informationen zusammentragen zu können. Es war ein Wunder, dass Jennifer Leitner seinen Vorgänger und den Ermittlungsrichter dazu hatte bewegen können, alle diese Dokumente zu beantragen und auszustellen.

»Was stellt die bedeutendste Verbindung zwischen den Opfern dar?«, fragte Grohmann, eine eher rhetorische Frage, denn sie wussten es beide.

»Das Lemanshainer Einkaufszentrum.« Beide klicken sich durch die Datei. »Vier der Opfer haben dort regelmäßig eingekauft, bei den zwei anderen wissen wir, dass sie zumindest letztes Jahr dort waren.«

Grohmann arbeitete sich durch die Matrix, die das Einkaufszentrum darstellte und die in immer detaillierteren Informationen mündete. »Wir haben dreiunddreißig verschiedene Geschäfte, aber keine nennenswerte Überschneidung.«

»Was daran liegen könnte, dass die meisten unserer Opfer auch häufiger bar bezahlt haben. Bei zweien von ihnen gibt es beträchtliche Barabhebungen an einem der Bankautomaten im Zentrum.«

»Einkaufszettel?«

Jennifer schüttelte den Kopf. »Die Haushaltsbuchführung mit Aufbewahrung irgendwelcher Belege ist absolut out. Erst recht bei Hausfrauen, die nicht wollen, dass ihre Männer zufällig darüber stolpern, wie viel sie mal wieder für Schuhe und Kleidung ausgegeben haben.« Sie seufzte. »Ich habe ein Wochenende lang gemeinsam mit Freya versucht, anhand von Labeln und Marken herauszufinden, ob die Opfer möglicherweise Kundinnen desselben Shops waren. Ein unmögliches Unterfangen.«

»Die Überprüfung der Mitarbeiter des Einkaufszentrums hat nichts ergeben?«, fragte der Staatsanwalt. Sie gingen Informationen durch, die ihnen eigentlich beiden bekannt waren, nur hatten sie sie noch nie zusammen einer genaueren Betrachtung unterzogen.

Auf Jennifers Gesicht erschien ein Ausdruck, den Grohmann nur schwer deuten konnte. »Dreiunddreißig Geschäfte mit durchschnittlich fünf Mitarbeitern und dann noch mal um die zwanzig Angestellte der Verwaltung. Wir haben sie einem

Schnellcheck unterzogen, aber eine richtige Überprüfung ohne irgendeine Eingrenzung ist nicht zu machen. Von der Mitarbeiterfluktuation mal ganz abgesehen.«

Grohmann überflog die Liste aller Shops mit den wichtigsten Daten wie Branche und Standort innerhalb des Zentrums. Er unterteilte sie in drei Kategorien. Zur ersten Kategorie zählten Geschäfte, die überwiegend oder ausschließlich weibliche Kundschaft ansprachen, zur zweiten all jene Shops, die Männer und Frauen gleichermaßen zu ihren Kunden zählten. Auf die dritte Kategorie – Geschäfte, die ausschließlich auf Männer zugeschnitten waren – entfielen erwartungsgemäß nicht viele Läden.

Jennifer bemerkte, dass Grohmann konzentriert mit der Maus beschäftigt war, und warf ihm über die Bildschirme hinweg einen fragenden Blick zu.

»Sind Sie einmal grundsätzlich dem Ansatz nachgegangen, alle Geschäfte zu durchleuchten, die sich auf Frauen als Kundinnen spezialisiert haben? Ganz unabhängig davon, ob unsere Opfer als Kundinnen zugeordnet werden konnten oder nicht?«

Jennifer runzelte die Stirn, was einer Verneinung gleichkam, dann hellte sich ihr Gesicht auf. »Gute Idee. Es könnte möglicherweise irgendein Produkt geben, das jede Frau braucht und das es in ganz Lemanshain nur in einem oder sehr wenigen Geschäften gibt.«

»Für den Fall, dass unser Täter sich irgendwo eingenistet hat, wo er mit Frauen in Kontakt kommt, wäre das ein bevorzugter Ort«, meinte Grohmann.

»Dagegen spricht aber seine Abneigung gegen das weibliche Geschlecht. Er würde sich keinen Job suchen, bei dem er ständig mit Frauen zu tun hat.«

»Zumindest nicht direkt«, stimmte Grohmann zu. »Aber einen Versuch ist es trotzdem wert.« Er schaute auf den Bildschirm und öffnete den Internetbrowser.

Jennifer stand auf, umrundete die Schreibtische und zog sich einen Stuhl heran. »Auf der Homepage der Stadt gibt es eine sehr gute Aufstellung über alle Geschäfte vor Ort.«

Die nächsten drei Stunden waren sie damit beschäftigt, Grohmanns Liste der ersten Kategorie weitere Läden hinzuzufügen, die nicht im Einkaufszentrum angesiedelt waren, und die Angebote, sofern es Internetauftritte gab, miteinander zu vergleichen. Insgesamt kamen sie auf elf Geschäfte.

Grohmann warf Jennifer einen Seitenblick zu. »Das ist heute noch zu schaffen. Wir klappern die Läden ab, klopfen höflich an ein paar Türen und geben Freya parallel schon mal auffällige Kandidaten zur Überprüfung durch.«

Jennifer nickte. »Gute, alte Polizeiarbeit. Packen wir es an.«

12

Als Charlotte am frühen Donnerstagabend von der Uni nach Hause kam, erwartete sie in ihrem Wohnwagen eine Überraschung. Auf dem schmalen Tisch in der Sitzecke, der gerade groß genug war, um einen einigermaßen akzeptablen Arbeitsplatz abzugeben, stand ein Geschenk.

Sie ließ ihren Rucksack zu Boden gleiten und nahm die in durchsichtige Folie gewickelte Flasche hoch. Es war Shampoo einer Firma, die ihr nichts sagte. Das Design der Flasche und die französische Bezeichnung legten den Schluss nahe, dass es ein Produkt der höheren Preiskategorie war.

Shampooing Réveil. Produit naturel et végétal.

Ein Shampoo auf natürlicher und pflanzlicher Basis. *Réveil* bedeutete Erwachen und war vermutlich eine Art Sortenbezeichnung.

Sie drehte die Flasche um und versuchte, die Inhaltsstoffe zu übersetzen. Doch wie bei derartigen Produkten üblich, hielt sich das Etikett über die duftgebenden Stoffe bedeckt.

Une touche de bergamote, de jasmin et de vanille. Ein Hauch von Bergamotte, Jasmin und Vanille.

An dem Band, das die Folie zusammenhielt, hing ein kleines Kärtchen. Die Handschrift war ihr unbekannt, machte aber den Eindruck, als hätte sich der Schreiber besondere Mühe mit der geschwungenen Schreibschrift gegeben.

Ein einfacher Satz, keine Unterschrift: »Dir wird der Duft gefallen.«

Es war eine Feststellung, keine Hoffnungsbekundung.

Charlotte musste lächeln, als sie an Joshua und seine außergewöhnlich grünen Augen dachte.

Er war tatsächlich anders als seine Kommilitonen. Anstatt zu ihrem Date Blumen mitzubringen, schickte er ihr vorab ein Shampoo. Das war riskant, denn sie hätte das Geschenk durchaus falsch verstehen oder nicht angemessen finden können. Vielleicht würde sie den Geruch hassen.

Allein, weil er dieses Wagnis eingegangen war, hatte er für sie die richtige Wahl getroffen.

Blieb nur die Frage, warum er die Karte nicht unterzeichnet hatte, aber das war eigentlich auch unwichtig.

Sie ließ sich auf die Sitzbank sinken, öffnete zuerst die Folie und dann die Flasche. Ein intensiver, aber natürlicher Duft nach Jasmin und Vanille stieg ihr in die Nase. Sie atmete zweimal bewusst und mit geschlossenen Augen ein. Die Aromen vermischten sich zu einer schweren, süßlichen Note.

Normalerweise mochte sie eher frische Düfte, doch die einzelnen Nuancen waren perfekt aufeinander abgestimmt. Ein wenig erinnerte sie der Geruch an das Lieblingsparfüm ihrer Mutter, doch dieses Shampoo roch wesentlich leichter und feiner. Wahrscheinlich waren die Duftkomponenten nicht so konzentriert wie in einem Parfüm.

Jedenfalls mochte sie es.

Charlotte warf einen Blick auf die Uhr. Sie hatte noch genügend Zeit für eine Dusche. Ihre Haare wären trocken, bevor sie aufbrechen musste, um pünktlich am vereinbarten Treffpunkt zu sein. Außerdem konnte sie ihm auf keine andere Art und Weise besser zeigen, dass sein Geschenk Anklang gefunden hatte, als es direkt zu benutzen.

Sie sprang mit dem Shampoo unter die Dusche und wusch sich die Haare.

Die Entscheidung für Spitzenunterwäsche war schnell gefallen, auch wenn ihre Therapeutin sie dafür mit Sicherheit gerügt hätte. Eines ihrer erklärten Ziele war es, dass Charlotte die Anzahl ihrer Abenteuer einschränkte. Ein Thema, bei dem sie sich vermutlich niemals einig werden würden. Wenn es einen Bereich in ihrem Leben gab, in den sie sich absolut nicht hineinreden ließ, dann war es der Sex.

Charlotte stieg nicht gleich mit jedem ins Bett, wenn sich ihre Verabredung aber entsprechend entwickelte, zierte sie sich auch nicht, ihren Spaß zu haben. Alina Noack war allerdings der Meinung, dass Charlottes Kriterien, nach denen sie Verabredungen als positiv gelaufen bewertete, viel zu niedrig angesetzt waren.

Sie brachte etwas länger als gewöhnlich vor ihrem vollkommen überladenen, im Chaos versinkenden Schrank zu und entschied sich dann für ein schwarzes T-Shirt mit einem dunkelgrauen Drachen auf dem Rücken und für eine enge Jeans mit ausgestellten Beinen, die sie mit hochhackigen schwarzen Lackpumps kombinierte.

Das Make-up fiel dunkel, für ihre Verhältnisse jedoch zurückhaltend aus.

Charlotte betrachtete sich im Spiegel und fuhr noch einmal kurz mit den Fingern durch ihre Haare, die einen schwachen Blumenduft verströmten, dann war sie fertig.

Sie hätte noch Zeit gehabt, etwas Ordnung in ihre enge Behausung zu bringen, beließ es aber dabei, den Stapel dreckigen Geschirrs in der Spüle noch um die Schüsseln und Teller zu erhöhen, die sich rund um ihr Bett und die Sitzecke angesammelt hatten.

Zehn Minuten vor der verabredeten Zeit brach sie auf und stöckelte über die Kieswege bis zur Einfahrt von »Garten Eden«. Jede andere Frau hätte sich vermutlich die Knöchel gebrochen, doch sie hatte lange genug geübt, und der Schotter hatte ihre Gehfähigkeit auf hohen Absätzen derart trainiert, dass sie mit jedem Supermodel auf dem Laufsteg hätte mithalten können.

Eine ihrer wenigen echt weiblichen Attribute, fand Charlotte.

Joshua war pünktlich und begrüßte sie mit einem breiten Lächeln.

Während der ersten Minuten der Fahrt saßen sie schweigend nebeneinander. Charlotte musterte Joshua von der Seite, sah aber jedes Mal beiläufig nach draußen, wenn er seinerseits seinen Blick von der Straße nahm, um sie unauffällig zu mustern.

Er sah mit seinen dunklen Haaren und den tiefgrünen Augen unverschämt gut aus. Seiner geheimnisvollen Ausstrahlung konnte sie sich nur schwer entziehen.

Sie musste ein Grinsen unterdrücken, als ihr auffiel, dass sie sich wie zwei Teenager bei ihrem ersten Date verhielten.

Als ob er ihre Gedanken gelesen hätte, brach er das Schweigen mit einem Kompliment, das aus seinem Mund jedoch weder aufgesetzt noch plump wirkte: »Du siehst verdammt gut aus.«

»Danke.« Charlotte wusste nicht, was sie sonst darauf antworten sollte. Objektiv betrachtet hatte sie sich weder besondere Mühe gegeben, noch entsprach sie irgendwelchen gängigen Schönheitsidealen.

Doch vielleicht war es genau das, was sie für ihn so interessant machte.

Joshua fuhr in die Altstadt von Lemanshain und lenkte das Auto durch enge Gassen.

Charlotte fragte sich, wo er eigentlich hin wollte oder ob er sich aus Versehen oder gar absichtlich verfahren hatte.

Dann bog er jedoch in eine Gasse ein, die zwischen zwei Fachwerkhäusern hindurch in einen runden, kopfsteingepflasterten Platz mündete. In der Mitte erhob sich ein alter, mit Efeu überwucherter Brunnen, und gesäumt wurde der Platz von schiefen Häuschen und einer kleinen Kapelle, vor denen mit weißer Farbe Parkplätze auf dem Boden markiert waren.

Joshua hielt auf einem der letzten freien Parkplätze und deutete auf ein windschiefes Haus, das teils aus Stein und teils aus Fachwerk erbaut war. Efeu und andere Kletterpflanzen rankten an den Wänden empor. Die Fenster waren allesamt erleuchtet. Ein Metallschild, so stark verwittert und von Grünspan überzogen, dass es kaum noch lesbar war, hing über der Eingangstür.

Charlotte glaubte, »Zur alten Taverne« zu entziffern.

»Warst du schon mal hier?«, fragte Joshua.

Sie schüttelte den Kopf, während sie den Sicherheitsgurt löste.

»Der beste Italiener in Lemanshain und weit über die Stadtgrenzen hinaus.«

Bereits als sie ausstiegen, wehte ihnen ein verführerischer Duft nach Knoblauch und mediterranen Gewürzen entgegen. Charlottes Magen meldete sich sofort mit einem leisen Knurren.

Joshua führte sie in die Taverne. Die Inneneinrichtung war rustikal gehalten, aber gemütlich. Die notwendigen Modernisierungen waren so durchgeführt worden, dass sie das alte, beinahe mittelalterliche Flair nicht zerstörten.

Der Wirt war ein stämmiger kleiner Mann, dessen italienische Abstammung ihm nicht nur anzusehen, sondern auch seinem Akzent anzuhören war. Er begrüßte Joshua wie einen Stammkunden und reichte Charlotte mit einem charmanten Lächeln die Hand, bevor er sie zu einem Tisch in einer abgelegenen, dämmerigen Steinnische geleitete.

Charlotte studierte in Ruhe die Karte, dann bestellte sie einen Vorspeisensalat und eine ungewöhnliche Lasagne-Variation mit Lachs und Krabben, dazu eine Cola. Sie verzichtete bewusst auf Alkohol, obwohl Weißwein wohl die passendere Wahl gewesen wäre. Joshua wählte Antipasti, Kalbmedaillons mit einer Weinsauce und dazu Weinschorle. Er war definitiv kein Kostverächter.

Nachdem der Wirt gegangen war, legte sich Schweigen über die Nische. Sie musterten sich gegenseitig, vermieden aber direkten Blickkontakt.

Die Getränke kamen. Nachdem sie beide einen Schluck getrunken hatten, fand Joshua endlich seine Stimme wieder.

»Ich bin froh, dass du diesem Treffen zugestimmt hast. Du bist nicht leicht zu überzeugen.«

Charlotte lächelte verschmitzt. »Du bist auch nicht unbedingt taktisch klug vorgegangen, sondern hast alles auf eine Karte gesetzt.«

»Wann habe ich alles auf eine Karte gesetzt?«

»Na ja ... Als klar war, dass du weißt, dass ich eigentlich nicht in der Bibliothek, geschweige denn auf dem Universitätsgelände sein dürfte, hättest du mir versprechen können, es niemandem zu sagen. Oder hättest dir ein Wiedersehen erpressen können. Stattdessen hast du mich im Unklaren gelassen und riskiert, dass ich nicht mehr zurückkomme.«

Joshua schmunzelte. »Das stimmt. Aber ich wollte wissen, wie sehr du an mir interessiert bist. Außerdem bist du nicht der Typ, der sich von so etwas abschrecken lässt. Du wärst auf jeden Fall wiedergekommen.« Er beugte sich etwas vor und flüsterte: »Der Nervenkitzel hat dir doch außerdem gefallen, oder?«

Einen Moment lang war sie versucht, sich nicht auf dieses Spielchen einzulassen. Dann gab sie jedoch zu: »Ja, das tut es noch immer.«

Er lehnte sich zufrieden zurück. »Gut.«

Charlotte versuchte, ihr Lächeln zu unterdrücken. Sie wollte ihm eigentlich nicht zeigen, dass und wie sie auf ihn reagierte. Noch nicht.

Doch sie hatte sich nicht so gut unter Kontrolle, wie sie es gerne gehabt hätte. Deshalb lenkte sie die Unterhaltung auf ein unverfängliches Thema. »Was studierst du eigentlich?«

Joshua blickte von seiner Weinschorle auf. Die Frage schien ihn zu überraschen. Er zögerte. »Geschichte, Philosophie und Literaturwissenschaften.«

»Wow.« Charlotte war ehrlich beeindruckt. »Das ist eine Menge Stoff und eine interessante Kombination.«

»Findest du?«

»Ja.« Sie musterte ihn kurz, versuchte zu durchschauen, warum ihm das unangenehm zu sein schien. Dann lächelte sie. »Ich weiß, der gottgegebene Konflikt zwischen Dichtern und Denkern auf der einen und Technikern und Naturwissenschaftlern auf der anderen Seite. Aber ich halte von diesen ideologischen Feindschaften nichts.«

»Ich auch nicht.«

Aber was war es dann? Vielleicht sollte sie das Thema auf sich beruhen lassen, doch Charlotte hatte einen Hang zur Hartnäckigkeit. »Deine Familie ist nicht so glücklich über deine Entscheidungen«, mutmaßte sie.

Seine Fächerkombination war für die Gesellschaftsschicht, der er offenbar angehörte, schon außergewöhnlich. Die meisten Söhne und Töchter an der Praetorius-Universität studierten entweder Betriebswirtschaftslehre oder Jura oder strebten in einer Naturwissenschaft den Doktortitel an, sofern irgendein Vorfahre diesen Weg bereits glorreich beschritten hatte. In solchen Familien wurden auch Ingenieurwissenschaften und Informatik gerne gesehen.

Joshua schüttelte jedoch den Kopf. »Nein, für die ist das schon okay.«

Seinem Tonfall nach zu urteilen, war seine Familie ebenfalls kein gutes Thema.

»Ich selbst bin auch glücklich mit der Kombination«, fügte er hinzu, »es ist zurzeit nur superstressig.«

Charlotte hoffte, das Gespräch in andere Bahnen lenken zu können, indem sie sich auf das Fachliche konzentrierte. »Du machst gerade deinen Master?«

Erst glaubte sie, er würde versuchen, sein Studium ganz von

der Liste der Gesprächsthemen zu streichen. Bevor er jedoch antworten konnte, wurden die Vorspeisen serviert.

Nachdem er einige Oliven und eingelegte Zucchini gegessen hatte, wirkte er schon wesentlich entspannter. Er griff ihre Frage von zuvor wieder auf. »Unter anderem mache ich gerade meinen Master, du hast recht. Ich habe die Themen für meine Abschlussarbeiten jedoch bisher nur eingegrenzt. Es wird aber wohl auf altgriechische Philosophen und zeitgenössische Literatur in Beziehung zu aktuellen Medien hinauslaufen.«

»Was ist mit Geschichte?«

»Geschichte habe ich eigentlich nur belegt, weil geschichtliche und politische Hintergründe für die anderen beiden Fächer sehr wichtig sind. Es hilft ungemein, wenn man einen Überblick über die jeweiligen Verhältnisse hat, in der ein Werk entstanden ist.«

Charlotte nickte. Wenn sie ehrlich war, fand sie es ein wenig übertrieben, sich deshalb noch mit einem dritten Studienfach herumzuschlagen, behielt ihre Meinung jedoch für sich. Ein erstes Date war nicht dazu geeignet, Diskussionen loszutreten.

»Was ist mit dir? Hast du schon die Themen für deinen Master?«, fragte Joshua, nachdem zwei Sekunden verstrichen waren.

»Nein, ich bin noch am Bachelor dran.«

Joshua war überrascht. »Ohne dir zu nahe treten zu wollen, ich weiß, man sollte das Alter einer Frau niemals und schon gar nicht zu hoch einschätzen, aber …«

Sie lächelte über seine gespielte Zurückhaltung. »Stimmt schon, ich bin vierundzwanzig.«

»Und?«

Charlotte fragte sich, ob er auf ihre Verurteilung anspielte. »Das gehört nicht unbedingt zu den Glanzleistungen in meinem Leben«, erwiderte sie schließlich. »Ich habe das Gymnasium in der zwölften Klasse geschmissen, um eine Ausbildung anzufangen. Die habe ich dann aber auch abgebrochen und das Abitur anschließend auf der Abendschule nachgeholt.«

»Was für eine Ausbildung?«, fragte Joshua.

»Hotelfachfrau.« Das war nicht einmal die halbe Wahrheit, sondern eine Lüge, die sie schon seit Längerem benutzte. Sie wollte niemandem erzählen, warum sie die Schule tatsächlich abgebrochen hatte. Nicht, weil sie sich schämte, sondern weil die Episode immer noch dazu geeignet war, ihr Blut zum Kochen zu bringen.

Clemens war eines der größten Arschlöcher, die auf diesem Planeten wandelten. Zwanzig Jahre älter als Charlotte, hatte er fast ein Jahr lang mit ihr gespielt. Es hatte Monate gedauert, bis sie gemerkt hatte, dass der perfekte Gentleman, der vorgab, ihr die Welt zu Füßen zu legen, wenn sie sich dafür im Bett unterwerfen ließ, dass dieser perfekte Gentleman Frau und Kinder hatte. Mehrmals hatte er sie von sich gestoßen und wieder zu sich herangeholt, immer mit den gleichen Versprechungen, die sie ihm geglaubt hatte – bis er sie unter heftigstem Nachtreten endgültig aus seinem Leben verbannte.

Er hatte sie damals als Wrack zurückgelassen, am Boden zerstört und ohne einen Funken Glauben an das Gute im Menschen. Es war ihm scheißegal gewesen, dass er ihre Seele in kleinste Stückchen zerfetzt hatte. Als sie versucht hatte, ihn mit einer erfundenen Schwangerschaft zurückzugewinnen, hatte er ihr einfach mehrere Hundert Euro in die Hand gedrückt und ihr die Adresse einer Abtreibungsklinik in Holland genannt.

Erst da war ihr klar geworden, dass sie weder die Einzige noch die Erste war, die auf diesen Scheißkerl hereingefallen war.

»Irgendwie habe ich den Eindruck, dass das nicht zu dir passt.«

Charlotte blinzelte. Sie brauchte eine Sekunde, bis sie in das Gespräch zurückfand und begriff, dass Joshua ihre erfundene Ausbildung zur Hotelfachfrau meinte.

»Das habe ich nach eineinhalb Jahren auch festgestellt.« Sie zuckte die Schultern. Tatsächlich war sie eineinhalb Jahre nach dem endgültigen Aus mit Clemens in der Psychiatrie gelandet. »Eigentlich wusste ich es von Anfang an, es war aber die einzige Ausbildungsstelle, die zu kriegen war, und das Arbeitsamt war der Meinung, dass meine Eignung und Vorlieben nicht zählten. Die wollten mich nur aus dem Bezug raushaben.«

Als die Hauptgerichte vor ihnen auf dem Tisch standen, wandte sich ihre Unterhaltung den Themen zu, die für gewöhnlich einem ersten Kennenlernen dienen. Letztlich ging es darum, herauszufinden, welche Gemeinsamkeiten sie teilten und welche Gegensätze bestanden. Und ob sich unter den Freizeitaktivitäten oder Ansichten des anderen bereits absolute Ausschlusskriterien befanden.

Auf Joshuas Liste der Hobbys stand Lesen, Musik hören, Kino und schnelle Autos. Charlotte wartete ebenfalls mit Lesen und Musik auf, mit Filmen konnte sie weniger anfangen, dafür war sie leidenschaftliche Computerspielerin. Zu Autos hatte sie keine bestimmte Meinung, da sie zwar über Fahrpraxis verfügte, jedoch weder einen Wagen noch einen Führerschein ihr Eigen nannte.

Bei Büchern bevorzugte er Klassiker, historische Romane und zeitgenössische Krimis. Sie mochte psychologischen Horror und möglichst blutige Thriller.

Beim Musikgeschmack gab es einige Überschneidungen, jedoch auch ein paar signifikante Unterschiede. Sie diskutierten kurz die Musikentwicklung der letzten Jahre und einigten sich darauf, dass sie beide das sich ständig wiederholende Chartgedudel der Mainstream-Radiosender für maximal zwei Stunden am Tag ertrugen.

Sport empfand Joshua als notwendiges Übel. Er joggte gelegentlich und war ein- bis zweimal im Monat auf dem Fitnesspfad im Wald von Lemanshain unterwegs. Das Sportstudio auf dem Universitätsgelände hatte er nur einmal von innen gesehen. Im Sommer machte er gerne ausgiebige Fahrradtouren.

Charlotte war nie in die Verlegenheit gekommen, etwas für ihre Figur tun zu müssen, allenfalls ging sie mal im Wald spazieren.

Was das Fernsehen betraf, so hatten sie beide nicht genügend Zeit, um regelmäßig Serien zu verfolgen. Wenn Joshua doch mal dazu kam, sich vom Fernsehprogramm berieseln zu lassen, zog er amerikanische Reality-Shows oder Dokumentationen vor. Charlotte erzählte von dem Crime & Comedy-Abend, den Dennis und Gisèle jeden Mittwoch veranstalteten, und an dem sie meistens teilnahm.

Joshuas Stirn legte sich in Falten. »Du wohnst also mit einem Pärchen zusammen?«

»Ja.« Charlotte zögerte kurz, doch es erschien ihr angebracht, möglichst früh die Karten auf den Tisch zu legen. »Sie leben allerdings eine sehr offene Beziehung. Wir wohnen nicht nur zusammen, wir haben auch Sex miteinander.«

Joshua wirkte kein bisschen geschockt, allenfalls überrascht. »Dein Versuch, mich davon zu überzeugen, dass du lesbisch bist, war also lediglich ein Manöver.«

Wäre sie sonst hier? Entweder war er das Risiko eingegangen, sich mit einer Lesbe zu verabreden – was sie bezweifelte –, oder er versuchte, ihr auf die Art weitere Informationen zu entlocken.

»In Teilen, ja.« Charlotte war vorsichtig, denn man konnte nie wissen, wie selbst aufgeschlossen wirkende Menschen auf gewisse Tatsachen reagierten. »Ich bin beiden Geschlechtern zugetan. Besagte Bibliothekarin würde ich trotzdem im Traum nicht anbaggern.«

Joshua lachte, und sie spürte, wie sich die zuvor aufgebaute Spannung löste. Es war offenbar kein Problem für ihn.

Der Wirt räumte die leer gegessenen Teller ab. Sie bestellten beide noch einen Espresso und genossen schweigend den Kaffee.

Schließlich brachen sie auf und fuhren nach »Garten Eden« zurück. Diesmal fuhr Joshua jedoch durch das Tor und hielt auf dem Schotterparkplatz vor dem ehemaligen Verwaltungsgebäude des Campingplatzes, in dem sich inzwischen ein kleiner Kiosk befand.

Der Motor erstarb, und nur noch das Display des Radios spendete Licht. Aus den Lautsprechern drang leise Rockmusik.

Charlotte löste ihren Sicherheitsgurt, blieb aber sitzen und versuchte, Joshuas Gesichtsausdruck im blauen Dämmerlicht zu erkennen. »Das war ein schöner Abend«, sagte sie schließlich. »Und ich muss sagen, ich teile deine Einschätzung, was die Taverne angeht. Echt ein super Restaurant.«

Seine Mundwinkel hoben sich. »Das freut mich. Nur schade, dass du auf ein Dessert verzichtet hast. Die sind klasse, alles hausgemacht.«

»Ich war in Versuchung.«

Joshua sah ihr in die Augen. »Vielleicht beim nächsten Mal.«

»Ja, vielleicht.«

Charlotte kam ihm entgegen und spürte im nächsten Moment seine Lippen auf ihren. Als sie sich von ihm löste, begegnete sie seinen grünen Augen. Eigentlich hatte sie vorgehabt, ihn zu küssen und dann auszusteigen. Doch sein Blick hielt sie gefangen.

Keine Sekunde später lagen sie sich in den Armen. Joshua löste seinen Gurt, zog sie dicht an sich und küsste sie leidenschaftlich. Sie versanken im Mund des anderen und vergaßen Ort und Zeit. Als sie endlich wieder voneinander ließen, ging beider Atem stoßweise.

Charlotte spürte die Erregung wie Feuer in ihrem Schoß, dabei hatte Joshua sie kaum berührt. Sie wollte ihn, auf der Stelle. Und in seinen Augen stand dasselbe Verlangen.

Keiner von beiden verlor ein Wort. Sie stiegen aus dem Wagen, Joshua schlang seinen Arm um ihre Hüfte und ließ sich von ihr die Kieswege entlang bis zu ihrem Heim führen.

Charlottes Mitbewohner waren anscheinend nicht da. Joshua folgte ihr durch das Wohnzimmer in den Wohnwagen.

Die Tür hatte sich kaum hinter ihm geschlossen, als sie ihn bereits Richtung Bett zog. Ihre Shirts landeten auf dem Boden, noch ehe sie an der kleinen Küchenzeile vorbei waren. Unter leidenschaftlichen Küssen ließen sie sich aufs Bett fallen. Joshua vergrub sein Gesicht in ihrer Halsbeuge und übersäte sie mit zärtlichen Küssen und Bissen.

Genüsslich atmete er den Duft ihrer Haare ein und murmelte kaum hörbar: »Du riechst so gut.«

Charlotte stieß mit einem Seufzen die Luft aus, als Joshua ihren BH nach unten zerrte und ihre Brüste befreite. Seine Hände wanderten, ohne innezuhalten, zu ihrem Gürtel. Sie war kaum noch fähig zu antworten. »Dein Shampoo.«

Joshua gab einen unverständlichen Laut von sich, den sie als Zustimmung deutete.

Seine Lippen schlossen sich um ihre rechte Brustwarze, während seine Hand zielgerichtet in ihre Jeans drängte. Als seine Finger die hervorquellende Feuchtigkeit und ihren Lustpunkt fanden, stöhnte Charlotte auf.

Das Shampoo war vergessen.

Ihre Hose und ihre Unterwäsche folgten dem T-Shirt. Noch mit einem Finger in ihr, dirigierte Joshua sie auf den Bauch und auf die Knie. Während er seinen Gürtel löste, schaffte es Charlotte, die oberste Schublade des Schränkchens neben dem Bett zu öffnen.

Er verstand ohne Worte, fischte ein Kondom heraus und riss die Verpackung mit den Zähnen auf. Im nächsten Moment war er bereits über und dann mit einem Stoß in ihr. Stöhnend passte sich Charlotte seinem kräftigen Rhythmus an und drückte den Rücken durch, um ihn noch tiefer in sich zu spüren.

Sie stützte sich mit dem linken Arm auf der Matratze ab und ließ die rechte Hand zwischen ihre Beine gleiten. Sie brauchte nicht einmal mehr eine halbe Minute, bis sich ihr Schoß zusammenzog und sie mit einem Aufschrei kam.

In ihrer Ekstase bemerkte sie kaum, dass Joshua darum kämpfte, seinen Höhepunkt noch hinauszuzögern, jedoch von den zuckenden Wellen ihres Geschlechts mitgerissen wurde. Er stieß ein letztes Mal in sie, bevor er sich tief in ihrem Innern ergoss.

Der große Zeiger der Uhr bewegte sich wieder ein Stück weiter. Zwei Minuten vor neun. Jennifer zupfte nervös an ihrer Armbanduhr und verfluchte sich dafür, Kai nicht sofort zu sich bestellt zu haben. Sie hatte sich selbst eine letzte Gnadenfrist eingeräumt, die sich jetzt allerdings als Werkzeug der Selbstgeißelung entpuppte.

Gaja lag wie üblich auf dem Sofa. Nach dem Fressen hatte sie sich ausgiebig geputzt und machte nun einen äußerst zufriedenen Eindruck. Es wirkte fast so, als wüsste der Stubentiger bereits, dass er den ungeliebten Mann an der Seite seines Frauchens heute Abend endgültig loswerden würde.

Jennifers Anspannung war so groß, dass sie zusammenzuckte, als es klingelte. Sie stand auf, ging zur Tür und öffnete. Kai war pünktlich erschienen und begrüßte sie zurückhaltend. Nur am Rande nahm sie den misstrauischen Ausdruck in seinen Augen wahr, denn sie brachte es nicht über sich, seinem Blick zu begegnen.

Kai folgte ihr ins Wohnzimmer, legte seine Jacke auf dem freien Sessel ab, setzte sich jedoch nicht. Auch Jennifer blieb stehen. Er verschränkte die Arme vor der Brust. »Du sagtest, wir müssten miteinander reden.« Seine Stimme verriet, dass er nicht ahnungslos war.

Jennifer nickte und biss sich auf die Unterlippe. Sie war in solchen Dingen noch nie gut gewesen. »Ich ... Ich wollte dich fragen, was du über unsere Beziehung denkst ... Wo wir stehen und wohin wir steuern.«

Er versuchte, ihren Blick einzufangen. Erfolglos. »Ich kann dir nur sagen, wie es von meiner Seite aus aussieht. Ich übe mich in Geduld. Was nicht immer einfach ist. Aber ich habe die Hoffnung noch nicht aufgegeben.« Er seufzte. »Das heißt, ich hatte sie noch nicht aufgegeben, bis dein Anruf heute kam.«

»Es tut mir leid, Kai, aber ich ...« Jennifer verstummte.

»Was?«

Er wusste längst, was sie sagen wollte, warum machte er es ihr dann so schwer? »Ich denke nicht, dass das mit uns noch Sinn hat.« Jetzt war es raus. Endlich ausgesprochen. Trotzdem verspürte sie keine Erleichterung, auch wenn sich ihre Entscheidung noch immer richtig anfühlte.

Kai nickte langsam. Seine Kinnpartie zitterte, doch noch hatte er seine Emotionen unter Kontrolle. »Und wie lange ist dir das schon bewusst?«

»Ich ... nicht allzu lange.«

»Und was bedeutet ›nicht allzu lange‹ genau?« In seine Stimme hatte sich ein leicht zorniger Unterton geschlichen.

Jennifer trat instinktiv einen Schritt zurück. Wieso fühlte sie sich plötzlich schuldig? Sie hatte nicht den geringsten Grund dazu. »Ich dachte nicht, dass das von Bedeutung ist.«

»Für mich schon, Jennifer. Weil ich irgendwie das Gefühl habe, dass du schon verdammt lange weißt, dass du von mir nichts mehr wissen willst.«

Sie schüttelte den Kopf. »Das ist nicht wahr.«

»Ach, nein?« Kai lächelte bitter. »Dann sag mir doch mal,

wann wir uns das letzte Mal wie ein Paar begegnet, als Paar aufgetreten sind. Wann waren wir zum letzten Mal zusammen im Bett? Aufgrund deiner Initiative?«

Wieso musste er jetzt schon wieder damit anfangen? »Du weißt, dass das damit überhaupt nichts zu tun hat. Meine Arbeit ...«

»Deine Arbeit!«, rief er aus und schüttelte den Kopf. »Ich schätze, deine Arbeit hat damit weniger zu tun, als du uns beide glauben machen willst!«

Jennifer spürte deutlich, wie sich seine Wut langsam aber sicher auf sie übertrug. Sie atmete tief durch. Sie wollte keinen Kampf, keine Auseinandersetzung. Er sollte ihre Entscheidung einfach akzeptieren und gehen. »Es hat keinen Sinn, jetzt noch darüber zu diskutieren.«

»Findest du?« Kai deutete mit dem Finger auf sie. »Du denkst also, wir sollten nicht darüber sprechen, dass du mich seit Wochen hinhältst? Für wie blöd hältst du mich eigentlich?!«

»Ich habe dich nicht hingehalten, Kai.«

»Nein, hast du also nicht? Glaubst du wirklich, mir wäre nicht aufgefallen, wie ich in deiner Gunst immer weiter abgerutscht bin? Du hattest doch kaum noch Zeit für uns!« Er deutete auf Gaja, die den Streit bisher vollkommen entspannt verfolgt hatte, Kai jetzt aber, kaum dass er ihr seine Aufmerksamkeit zuwandte, anfauchte. »Selbst deine Katze ziehst du mir noch vor!«

»Gaja war eben auch schon ein paar Jahre vor dir hier.« Es würde verdammt viel dazu gehören, dass Jennifer irgendeinem Mann vor ihrer pelzigen Mitbewohnerin den Vorzug gab. Eigentlich ging sie davon aus, dass das niemals passieren würde. »Damit hättest du so oder so leben müssen.«

»Schön! Gut zu wissen! Das gehört also auch zu den Dingen, die du mir vielleicht schon vor ein paar Monaten hättest sagen können!«

Jennifer schüttelte den Kopf. Ein letzter Versuch, ihre Emotionen zu kontrollieren, doch er schlug fehl. Wer gab ihm das Recht, ihr Vorwürfe zu machen? Sie hatte sich verdammt noch mal nichts zuschulden kommen lassen! »Was zum Teufel willst du eigentlich von mir, Kai?! Es ist vorbei, okay? Aus, Ende!«

»So einfach ist das also für dich?«, fragte er. »Aus und vorbei?«

»Ja, das ist es!« Ganz so einfach war es natürlich nicht, doch was brachte es schon, jetzt noch darüber zu diskutieren?

Als sie nichts weiter sagte, erstarrte Kais Gesicht zu einer Maske. »Verstehe. Schon klar.« Er nahm seine Jacke vom Sessel. »Das war es dann wohl.«

Jennifer brachte kaum die Lippen auseinander, während sie flüsterte: »Ja, das war es dann wohl.«

Kai ließ sie im Wohnzimmer stehen, kam aber kurz darauf noch einmal zurück. In seinen Augen glühte kalter Zorn. »Ich weiß jetzt wenigstens, warum dein werter Exmann dich betrogen hat. Wenn du in deiner Ehe genauso frigide warst, ist es wirklich kein Wunder, dass er in der Gegend herumgevögelt hat.«

»Wie bitte?« Zielsicher hatte er ihren wunden Punkt getroffen. Jennifer spürte unbändige Wut in ihrer Brust auflodern. Kai stand noch immer in der Tür, und die plötzliche Genugtuung in seinem Gesicht war zu viel für sie.

Jennifer machte eine unbestimmte Handbewegung in Richtung Wohnungstür. Ihre Stimme hatte den Klang von Eis. »Raus mit dir. Bevor ich mich vergesse.«

Kai warf ihr ein bösartiges Grinsen zu, bevor er aus der Wohnung floh. Er hatte erreicht, was er wollte.

Ohne recht zu wissen, was sie eigentlich vorhatte, verfolgte sie ihn, die Hände zu Fäusten geballt. Einen Moment lang war sie sogar versucht, ihm bis auf die Straße nachzulaufen, ließ ihre Wut dann aber doch an der Wohnungstür aus. Mit einem lauten Krachen fiel sie ins Schloss.

Minutenlang blieb Jennifer im Flur stehen, starrte auf das weiß lackierte Holz und versuchte, ihre Wut zumindest so weit zu zügeln, dass die Tränen es nicht schafften, den Damm ihrer Selbstbeherrschung zu durchbrechen. »Du Arschloch«, flüsterte sie schließlich. »Du verdammtes Arschloch.«

Gerade als sie ins Wohnzimmer zurückgehen wollte, meldete sich ihr Handy. Der Klingelton verriet ihr, dass es mal wieder ihre Mutter war. Perfektes Timing.

Jennifer zog das Telefon aus der Tasche ihrer Jeans und warf es quer durch den Flur, sodass es gegen die Wohnungstür und anschließend auf die Bodenfliesen krachte.

Als Joshua am nächsten Morgen aufwachte, schien die Sonne bereits durch die Vorhänge vor dem Fenster neben dem Bett. Er lag alleine auf der Matratze, als er jedoch in die morgendliche Helligkeit blinzelte, entdeckte er Charlotte am anderen Ende des Wohnwagens am Tisch.

Zufrieden wälzte er sich auf die Seite und ließ die Nacht in Gedanken an sich vorüberziehen. Sie waren nach dem ersten Akt noch zweimal übereinander hergefallen, und es war beide Male nicht weniger wild und animalisch als beim ersten Mal zugegangen. Obwohl Joshua vollauf befriedigt war, spürte er, wie ihm bei der bloßen Erinnerung daran sofort wieder das Blut in die Lenden schoss.

Er überlegte, Charlotte für einen Quickie zurück ins Bett zu locken, bemerkte aber, dass sie in eigenartig ernster Stimmung in ein Buch versunken dasaß. Sie würde sich am frühen Morgen kaum bereits wieder der Fachliteratur zugewendet haben, warum schien sie dann aber derart geistesabwesend?

Als sie merkte, dass er wach war, drehte sie nur kurz den Kopf, um ihn anzulächeln. Danach versank sie sofort wieder in trübsinniger Nachdenklichkeit.

Joshua zog sich an, fuhr sich kurz mit den Fingern durch die Haare und schlenderte in den vorderen Bereich des Wohnwagens.

Dort herrschte ein kaum überschaubares Chaos: Überall waren Bücher gestapelt, und auf dem Boden lagen Klamotten herum, die er Charlotte definitiv nicht am Abend zuvor vom Leib gerissen hatte. In der Spüle fand sich ein heilloses Durcheinander von dreckigem Geschirr, das bereits einen etwas unangenehmen Geruch verströmte. Als Joshua den Schrank darüber öffnete, fand er kein einziges sauberes Stück Geschirr mehr, dafür aber eine kleine Sammlung von Medikamentenpackungen, die nicht nach Aspirin aussahen. Er schloss die Schranktür wieder, ohne seiner Neugier nachzugeben.

In der Kaffeemaschine, die in der kleinen Küchenzeile fast die gesamte Arbeitsplatte einnahm, stand eine halb gefüllte Kanne. Dem Duft nach zu urteilen, war der Kaffee frisch. Joshua befreite vorsichtig eine Tasse aus dem Turm in der Spüle, wusch sie aus und goss sich etwas von dem dampfenden Gebräu ein, bevor er sich Charlotte gegenüber an den Tisch setzte.

Sie schenkte ihm auch weiterhin keine Beachtung.

Er sah jetzt, dass sie nicht las, sondern in einem Fotoalbum blätterte. Die Bilder schienen schon älter zu sein und wiesen einen leicht rötlichen Farbstich auf. Die Fotos auf den beiden aufgeschlagenen Seiten zeigten ein Mädchen, erst im Kindergartenalter, dann etwas später mit einer Schultüte, das zurückhaltend und mit schiefen Zähnen in die Kamera lächelte.

Joshua musterte die Bilder. Das Mädchen machte einen alles andere als gelösten, sorgenfreien Eindruck. Irgendein unsichtbarer Schatten schien über den Aufnahmen zu liegen.

Charlotte blätterte weiter.

Die nächsten beiden Seiten zeigten zwei größere Porträtaufnahmen, die ebenfalls alt, aber von etwas besserer Qualität waren als die Bilder zuvor. Die junge Frau, irgendwo zwischen Teenager- und jungem Erwachsenenalter, blickte mit einem freundlichen und warmen Lächeln in die Kamera.

Sie war wunderschön. Ihre Haare fielen ihr in sanften Wellen auf die Schultern. Das Dunkelrot ihrer hochgeschlossenen Bluse betonte das intensive Haselnussbraun ihrer Augen. Die Ähnlichkeit mit Charlotte war sichtbar, jedoch nicht allzu auffällig.

Charlotte schniefte, und erst jetzt bemerkte Joshua, dass sie offenbar geweint hatte. Er wollte die Hand ausstrecken und ihren Arm berühren, doch irgendetwas hielt ihn im letzten Moment zurück.

»Deine Mutter?«, fragte er schließlich sanft.

Sie nickte und wischte sich mit dem Taschentuch, das sie zuvor in ihrer Hand zusammengeknüllt hatte, die Feuchtigkeit von den Wangen. Es schien ihr unangenehm zu sein, dass er sie so sah. »Sorry ...«

»Ist schon okay.« Joshua griff jetzt doch über den Tisch und nahm ihre Hand.

Sie spürte die Wärme seiner Haut. Der Reflex, sich ihm zu entziehen, erstarb urplötzlich. »Wusstest du, dass sie tot ist?«

Joshua zögerte, nickte dann aber. »Ich habe die Anzeige in der Zeitung gesehen und mir meinen Teil gedacht. Ich wollte dich nicht darauf ansprechen. Ich hatte das Gefühl, dass du von dir aus darüber reden solltest, wenn dir danach ist. Tut mir leid.«

Sie schüttelte den Kopf. »Schon okay ...« Ihre Beziehung stand noch ganz am Anfang, und eigentlich wollte sie sich ihm nicht jetzt schon so weit ausliefern. Doch ihre Hilflosigkeit und die Sehnsucht, das verwirrende Chaos in ihrem Inneren mit jemandem zu teilen, waren an diesem Morgen einfach zu groß.

Vielleicht würde Joshua dann zu dem Schluss kommen, dass er sie doch nicht so anziehend fand, und es würde bei einem Date und einer leidenschaftlichen Nacht bleiben. Überrascht über sich selbst stellte sie fest, dass sie bereit war, dieses Risiko einzugehen.

»Sie war niemals für mich da, weißt du? Nie! Immer nur war sie mit sich selbst beschäftigt ... Es sollte mir nichts ausmachen, dass sie tot ist ... Ich sollte sie hassen, sie hätte es verdient ...« Charlotte schüttelte heftig den Kopf, während sie erneut mit den Tränen kämpfte. »Dieses verdammte Schwein! Er hat sie mir weggenommen! Warum?! Warum ausgerechnet sie?! Warum jetzt?! Es ist verdammt noch mal nicht fair!«

Charlotte starrte auf das Album hinunter, ihr Blick ging jedoch durch die Seiten hindurch. Sie spürte den sanften Druck von Joshuas Hand. Sein Daumen streichelte sanft über ihre Fingerknöchel. Er sagte kein Wort. Er teilte ihr Schweigen, und sie war ihm mehr als dankbar dafür.

Minuten vergingen, dann entzog sie ihm ihre Hand, lehnte sich zurück und schlug das Album zu. Sie hob nur zögerlich den Blick, doch die offene Anteilnahme, die in seinen Augen lag, entspannte sie sofort. Er hatte ihr zugehört, ohne über sie zu urteilen und ohne in Mitleid zu versinken.

Als sie ihn anlächelte, lächelte er zurück.

Sie packte das Album auf die Ablage beim Fenster. »Ist nicht der perfekte Auftakt nach so einer Nacht.«

Joshua grinste. Er war erleichtert, dass sich ihre Miene etwas aufgehellt hatte. »Nicht perfekt, aber besser als peinliches Schweigen oder der Versuch, sich gegenseitig zu versichern, dass man ja normalerweise nie schon beim ersten Date mit jemandem ins Bett steigt.«

Sie zog eine Augenbraue hoch. »Soso. Das heißt also, du tust das oft.« In ihrer Stimme lag gespielter Tadel.

»Kommt ganz drauf an.«

Charlotte war versucht zu fragen, worauf es ankam, schluckte die Frage aber herunter. »Musst du heute in die Uni?«, fragte sie.

»Willst du mich schon loswerden?« Gespielte Empörung seinerseits.

»Nein, ich wäre aber an einer Mitfahrgelegenheit interessiert.«

»Ist das alles?«

Sie lächelte und ging auf sein Spiel ein. »Ich bin nicht so leicht zu haben, wie du vielleicht denkst. Aus einer Nacht muss noch nichts Ernstes werden.«

Joshua nickte mit einem frivolen Gesichtsausdruck. »Du willst dir alle Optionen offenhalten.«

»Dafür schränke ich auch deine nicht ein.«

»Einverstanden.« Mit einem vielsagenden Lächeln reichte er ihr die Hand. »Wenn es ernst wird, verhandeln wir neu.«

Sie schlug ein. »Deal.«

13

Die Dusche im Wohnwagen war leider zu klein für sie beide. Da Joshua ohnehin noch frische Klamotten brauchte, setzte er Charlotte vor dem Haupteingang des Unigeländes ab und fuhr weiter, um zu Hause zu duschen und sich umzuziehen.

Er erklärte ihr, er habe einen stressigen Tag mit Vorlesungen vor sich und müsse noch eine Hausarbeit vorbereiten, die er am Montag abgeben solle. Anstatt sich erneut zu verabreden, einigten sie sich darauf, dass Joshua sie anrufen würde, wenn er am Wochenende Zeit fände, sie irgendwo zwischen Platon und Sokrates unterzubringen.

Charlotte lieh sich drei Bücher zum Thema Pflanzenstoffwechsel aus und suchte sich wieder ein ruhiges, abgelegenes Plätzchen in der Bibliothek. Sie arbeitete sich durch die gebundenen Ausgaben und machte sich Notizen in ihrem Notebook, das sie am Netzwerk angemeldet hatte, um Referenzen zu überprüfen und fragliche Passagen mit neuesten Forschungsergebnissen abzugleichen.

Um dreizehn Uhr holte sie sich ein Eiersalat-Sandwich und eine Cola aus der Mensa und legte eine kurze Mittagspause ein, während der sie im Internet surfte.

Sie ertappte sich dabei, wie sie immer wieder ihr lautlos gestelltes Handy überprüfte.

Es war schon verrückt. Sie hatte sich geschworen, sich nie wieder mit einem Typen von der Privatuni einzulassen, doch Joshua hatte all ihre Vorsätze innerhalb kürzester Zeit ins Wanken gebracht. Zwar würde sie nichts überstürzen, doch tief in ihr keimte die leise Hoffnung, dass sich mit ihm etwas Längerfristiges ergeben würde. Sie mochte ihn. Zu seiner besonderen Ausstrahlung und seinem Mut waren in der Nacht noch ein paar andere Qualitäten gekommen, die sie mehr als nur zu schätzen wusste. Hoffentlich würde er am Wochenende Zeit für sie finden – und wenn es nur für eine Stunde wäre ...

Charlotte musste unwillkürlich grinsen, aß den Rest von ihrem Sandwich und wandte sich wieder ihren Büchern zu.

Sie arbeitete noch nicht wieder eine halbe Stunde, als sie auf ein blinkendes Icon auf ihrem Bildschirm aufmerksam wurde. Jemand hatte ihr über Skype eine Nachricht geschickt.

Charlotte runzelte die Stirn und legte den Block mit den Indexklebern beiseite, die sie zum Markieren von Seiten benutzte, die sie später kopieren wollte.

Sie war schon eine halbe Ewigkeit mit niemandem mehr über Skype in Kontakt getreten. Ein Wunder, dass das Programm überhaupt noch auf ihrem Notebook installiert und aktiv und sie darüber hinaus auch noch angemeldet war.

Als sie sich vorbeugte und nach der Maus griff, spürte sie, wie ihr Magen einen kleinen, hoffnungsvollen Satz machte. Sie seufzte leise. Das musste sie möglichst bald in den Griff bekommen, sonst wäre auch ihre Absicht, es mit Joshua zumindest auf der Gefühlsebene langsam anzugehen, schnell dahin.

Ein Doppelklick auf das Icon öffnete das Programm.

»Hallo, Charlie.«

Die Nachricht stammte von einem User mit dem Namen StudiPr@etorius. Sie kannte ihn nicht. Der Name war nicht sehr aussagekräftig. Jemand, der anonym bleiben oder sich zumindest die Option offenhalten wollte. Jemand, der anscheinend an der Praetorius-Universität studierte. Josh? Irgendjemand anderes? Seinem Profil war nicht mehr als sein Skype-Name und seine bevorzugte Sprache zu entnehmen.

Zumindest jemand, der ihren Namen kannte, sonst hätte sie ihn sofort geblockt. Es kam immer mal wieder vor, dass Leute Fremde anschrieben. Meist ging es darum, ihnen irgendwelche kostenpflichtigen Dienste anzubieten. Wer aber war StudiPr@etorius? Zurückzuschreiben konnte jedenfalls nicht schaden.

CharlieHarperRocks schrieb: »Hi.«
StudiPr@etorius antwortete: »Hey.«
CharlieHarperRocks: »Who's there?«
StudiPr@etorius: »Niemand und jeder.«

Ihr fiel in ihrem engeren und weiteren Bekanntenkreis niemand ein, der einen Hang zu solch tiefschürfenden Antworten hatte. Wer auch immer es war, schien Spielchen spielen zu wollen. Sie hatte keinerlei Verlangen danach.

CharlieHarperRocks: »Keine Zeit. Also?«

Sie würde ihm nur noch maximal zwei Nachrichten einräumen, um ihr Interesse zu wecken. Er schaffte es allerdings bereits mit der nächsten.

StudiPr@etorius: »Du hattest deinen Spaß letzte Nacht.«
Charlotte runzelte die Stirn. Josh? Dennis oder Gisèle?
StudiPr@etorius: »Schlampe.«

Überrascht starrte sie auf den Bildschirm. Über einen Chat übermittelt klang das Wort hart und herablassend. Allerdings kannte sie mindestens zwei Personen, die sie in einem leidenschaftlichen Moment auch schon so genannt hatten.

StudiPr@etorius: »Du magst Jasmin und Bergamotte, oder?«

Ein Lächeln trat auf ihr Gesicht. Eindeutig Joshua. Doch wie kam er dazu, sie als Schlampe zu bezeichnen? Einen Moment lang war sie versucht, verärgert zu reagieren, dann fiel ihr jedoch ein, dass sie in der letzten Nacht durchaus ein paar Dinge getan hatte, die diesen Ausdruck durchaus rechtfertigten.

Der Gedanke beschäftigte sie lange genug, um ihren Gesprächspartner seine nächste Nachricht übermitteln zu lassen.

StudiPr@etorius: »Bestimmt magst du die schweren, süßen Düfte. Alle Schlampen mögen es schwer, blumig und süß.«

Charlotte begann, eine Antwort zu schreiben. Es musste Joshua sein.

Sein Tonfall gefiel ihr jedoch überhaupt nicht.

Doch noch bevor sie ihre Antwort absenden konnte, erschien bereits die nächste Nachricht auf dem Bildschirm.

StudiPr@etorius: »Ich sehne mich nach deinem Duft. Du riechst jetzt wie sie.«

Wie *sie*? Ein mulmiges Gefühl beschlich Charlotte. Wen meinte er?

StudiPr@etorius: »Bald schon … bald wieder … Bis dahin muss ich mich noch mit deinem Anblick begnügen.«

Charlotte hob den Kopf und sah sich um. Es war eine reflexartige Reaktion und vollkommen sinnlos, denn sie wusste, dass es nichts und niemanden zu sehen gab, mit Ausnahme von Regalen und Büchern.

StudiPr@etorius: »Du hast die Augen deiner Mutter.«

Das mulmige Gefühl in ihrem Bauch wurde zu einem schmerzhaften Krampfen.

StudiPr@etorius: »Willst du mit mir spielen? So wie ich mit deiner Mutter gespielt habe?«

Charlotte starrte reglos auf den Bildschirm. Übelkeit stieg in ihr auf, verwandelte sich jedoch unvermittelt in Wut. In heißen, beinahe schmerzvollen Zorn, der ihr Tränen in die Augen trieb. Sie biss die Zähne aufeinander.

»Du Bastard«, flüsterte sie. Dann schlug sie mit einer einzigen Bewegung das Notebook zu, schnappte sich ihren Rucksack, stopfte den Computer hinein und rannte aus der Bibliothek. Die Bücher blieben auf dem Tisch zurück.

Sie spürte, wie ihr Herz lautstark gegen ihren Brustkorb hämmerte, und ihre Fingernägel gruben sich in ihre Handflächen.

Die Wut schnürte Charlotte schier die Kehle zu, und sie hastete nach draußen. Auf der Treppe des alten Gebäudes nahm sie mehrere tiefe Atemzüge. Die Luft roch schwer nach Herbstblumen.

Sie setzte bewusst einen Fuß vor den anderen und versuchte dabei, ihre Konzentration auf die Geräusche in ihrer Umgebung und fort von ihrer Wut zu lenken. Sie wusste, was sie in diesem Moment am liebsten getan hätte, worauf sich jede Faser ihres Körpers vorbereitete, was sie aber nicht tun durfte. Auf keinen Fall durfte sie zulassen, die Beherrschung zu verlieren.

Es fiel ihr schwer, vielleicht schwerer als jemals zuvor. Doch sie schaffte es bis zur Bushaltestelle und zwang sich schließlich auch erfolgreich, in den Bus zu steigen, der sie nach »Garten Eden« zurückbringen würde.

Die Fahrt half ihr, sich etwas zu beruhigen, doch noch war sie weit davon entfernt, ihren Zorn zur Gänze zu kontrollieren. Mehrfach hielt sie ihr Handy unschlüssig in Händen, nur um es dann doch wieder wegzustecken.

Keine weiteren Reize. Jeder Reiz mehr konnte das Fass zum Überlaufen bringen.

Zu Hause angekommen, warf sie ihren Rucksack achtlos aufs Bett. Die Decke lag noch genauso ungeordnet auf der Matratze wie am Morgen, als sie aufgestanden waren.

Sie konnte Joshua noch immer riechen. Seinen Körper, sein Aftershave, den Schweiß und ihre Vereinigung.

Wütend riss sie die Fenster beim Bett und am anderen Ende des Wohnwagens bei der Sitzgruppe auf. Es fehlte nicht viel und sie hätte an einem der Fenster den Hebel abgerissen.

Als endlich frische Luft hereinströmte, ließ sich Charlotte auf die Sitzbank fallen und vergrub das Gesicht in beiden Händen.

Wie hatte sie sich nur derart irren können? Wie konnte dieser

Idiot ihr das antun? Wusste er überhaupt, was er getan hatte, oder fand er die ganze Sache vielleicht sogar noch witzig?

Verdammter Scheißkerl! Er war kein bisschen besser als ihr letzter Freund von der Uni, eher noch schlimmer. Wie konnte er es nur wagen, ihre Mutter zu erwähnen ...

Charlotte wurde ganz schlecht bei dem Gedanken, dass er ihre Mutter tatsächlich gekannt haben könnte, auf diese Art und Weise ... Ob er sie, Charlotte, womöglich nur deshalb angesprochen hatte, weil er wusste, dass sie die Tochter seiner bevorzugten – und jetzt toten – Prostituierten war?

Sie war versucht, ihn anzurufen und anzubrüllen. Andererseits würde sie ihm damit vielleicht nur in die Hände spielen, weil es genau das war, worauf er es abgezielt hatte. Irgendwelche Beteuerungen wollte sie ebenfalls nicht hören. Oder gar Ausflüchte oder die Behauptung, er habe damit nichts zu tun. Er war der Einzige, der infrage kam.

Joshua zu konfrontieren würde nur eher dazu führen, dass sie ihren Aggressionen nachgab und tat, wonach es sie am meisten in diesen Momenten verlangte: zuzuschlagen und irgendeinen Knochen brechen zu hören.

Charlotte lehnte sich zurück und schloss für einen Moment die Augen. Sie musste runterkommen, sich erst einmal beruhigen. Sie musste tief durchatmen, bis hundert oder noch besser bis tausend zählen. Sich ganz von den Geschehnissen abwenden und morgen oder am besten erst nach dem Wochenende erneut darüber nachdenken.

Als sie die Augen öffnete, fiel ihr Blick auf das Fotoalbum, das in der Mitte des Tisches lag.

Charlotte stutzte. Sie erinnerte sich noch genau daran, dass sie das Album am Morgen auf die Ablage beim Fenster gelegt hatte. Oder doch nicht? Auf einmal war sie sich nicht mehr sicher.

Ein unangenehmes Kribbeln lief ihre Wirbelsäule hinunter.

Sie sah sich im Wohnwagen um. Erst ließ sie den Blick nur über die altbekannte Einrichtung schweifen, dann schaute sie genauer hin.

Das Bett mit dem Schränkchen daneben, der Schrank, die Küchenzeile. Das dreckige Geschirr in der Spüle, das Poster am Kühlschrank. Die Ablagen und Regale, auf denen sich überwiegend Fachliteratur stapelte.

Hatte sich irgendetwas verändert?

Der Umzugskarton mit den Habseligkeiten ihrer Mutter, den ihr Jennifer Leitner überraschend am Dienstagabend vorbeigebracht hatte, weil ihr wohl klar geworden war, dass Charlotte ihn niemals abholen würde, stand auf der hinteren Sitzbank und wartete darauf, zurück ins Schließfach gebracht zu werden. Sie hatte das Fotoalbum erst am Morgen herausgenommen.

Die Kiste war verschlossen, doch irgendetwas kam ihr anders vor. War es die Art, wie sich die Papplaschen überlappten, die den Karton geschlossen hielten?

Charlotte schüttelte den Kopf.

Ihre Erinnerung trog sie. Es konnte nicht anders sein.

Verdammte Gefühle.

Verdammter Joshua.

Mit einem Seufzen nahm sie das Fotoalbum vom Tisch und öffnete den Umzugskarton. Als sie das Album auf den chaotischen Stapel aus Unterlagen gleiten lassen wollte, rutschte ein einzelnes Foto heraus. Es segelte zu Boden und landete zielsicher unter der Sitzbank.

»Scheiße.«

Im ersten Moment war Charlotte versucht, es einfach liegen zu lassen, rang sich dann aber doch dazu durch, unter den Tisch zu kriechen. Zwischen ein paar Staubflusen und uralten, vertrockneten Brotkrümeln fand sie den Flüchtling. Als sie sich aufrichtete, stieß sie sich den Kopf an der Tischplatte.

Im Tageslicht sah sie jetzt, warum sich das Papier so merkwürdig dünn angefühlt hatte. Es war gar kein Foto, sondern ein vergilbter Zeitungsartikel.

Mit gerunzelter Stirn überflog sie den kurzen Text, der mit »Mädchen im Wald aufgefunden« überschrieben war.

Am Wochenende wurde ein verstörtes Mädchen von Wanderern im Wald aufgefunden. Untersuchungen im Krankenhaus ergaben, dass die Jugendliche vergewaltigt worden ist. Zu den genauen Umständen dieser schrecklichen Tat wollte sich die Polizei am Montagmorgen noch nicht äußern. Internen Informationen zufolge handelt es sich bei dem Opfer aber um die Herzheimerin Lena F. Unsere Gedanken sind bei Dir und Deiner Familie, Liebes. VSH.

Charlotte war verwirrt.

Ihr war dieser Ausschnitt im Fotoalbum ihrer Mutter zuvor nicht aufgefallen. Aber sie hatte es auch nie ganz durchgeblättert und auch nicht allen Seiten die größte Aufmerksamkeit geschenkt. Tatsächlich hatte sie am Morgen zum ersten Mal einen mehr als flüchtigen Blick hineingeworfen und war nicht besonders weit gekommen.

Was aber hatte dieser Artikel im Album ihrer Mutter zu suchen?

Konsterniert drehte Charlotte den Zeitungsausschnitt um. Auf der Rückseite befand sich ein zerschnittener Text und ein Teil von einem Foto. Und am unteren rechten Rand, schon fast unleserlich, Name und Ausgabe der Zeitung.

Herzheimer Anzeiger. 18/86

Wofür stand 18/86? Für Ausgabe 18 aus dem Jahr 1986? Möglich.

Doch welche Verbindung gab es zwischen ihrer Mutter und diesem Artikel? Man hob Zeitungsausschnitte nicht in einem Album auf, wenn sie nicht von besonderer Bedeutung waren.

Welche Verbindung hatte ihre Mutter nach Herzheim? Charlotte hatte noch nie von diesem Ort gehört. Und wer war Lena F.? Kannte ihre Mutter das Mädchen aus der Zeitung? Eine Freundin von ihr, vielleicht aus Kindertagen?

Charlotte las den Artikel noch einmal durch.

Irgendetwas in ihrem Innern zog sich zusammen. Sie kannte das Gefühl.

In den Tiefen ihres Gehirns war ein verborgener Teil ihres Verstandes der Meinung, dass dieser Artikel eine signifikante Bedeutung hatte, die sich ihr nur noch nicht erschloss. Eine Bedeutung, die sie möglicherweise ergründen sollte.

Sie zog das Fotoalbum aus dem Umzugskarton und blätterte es Seite für Seite durch. Gab es noch mehr Zeitungsausschnitte? Ein Foto, das ihre Mutter gemeinsam mit einer Freundin zeigte? Einen Hinweis auf irgendeine Verbindung nach Herzheim? Sie fand nichts von all dem.

Nicht einmal einen Platz, an dem der herausgefallene Artikel zuvor vielleicht geklebt haben könnte.

Charlotte holte ihr Notebook hervor und gab den Ort Herzheim bei Google ein. Es gab nur wenige Treffer.

Herzheim war eine kleine Gemeinde im nördlichen Schwarzwald, etwas südlich von Karlsruhe gelegen.

Die Homepage des Ortes gab nicht allzu viele Informationen preis und war nicht eben ein Musterbeispiel des Webdesigns. Trotzdem fand Charlotte nach einigen Klicks durch die umständliche Menüführung heraus, dass der *Herzheimer Anzeiger* von 1955 bis 1991 die Lokalzeitung der Gemeinde gewesen war.

Man konnte dem kurzen Hinweis, der in einer liebevollen, aber alles andere als übersichtlichen Liste geschichtlicher Fakten auftauchte, entnehmen, dass der *Herzheimer Anzeiger* mehr ein Informationsblättchen als eine richtige Zeitung gewesen war.

Herausgeber und Redaktion hatten auf ehrenamtlicher Basis gearbeitet.

Für Charlotte war der geschichtliche Hintergrund uninteressant. Was allerdings sofort ihr Interesse weckte, war die abschließende Information, dass alle Ausgaben des *Anzeigers* im Gemeindearchiv des örtlichen Rathauses eingesehen werden konnten.

Der Artikel über das Mädchen schrie geradezu nach einer Fortsetzung mit weiteren Informationen. In einer kleinen Gemeinde wie Herzheim würde es nicht bei einer einzigen Erwähnung geblieben sein. Die tragische Geschichte eignete sich mindestens als Story des Monats.

Der Entschluss, dem Artikel nachzugehen und herauszufinden, warum ihre Mutter ihn in ihrem Album aufgehoben hatte, kam Charlotte selbst verrückt vor. Möglicherweise nutzte sie das Auftauchen dieses vermutlich vollkommen unbedeutenden Zeitungsausschnitts nur als Ausrede für eine Flucht, aber es war eine willkommene Ablenkung. Gerade nach dem Desaster mit Joshua.

Charlotte googelte noch den Namen »Lena F.«, auch in Verbindung mit Herzheim, was jedoch keinerlei sinnvolle Treffer ergab.

Dann suchte sie auf der Homepage der Gemeinde nach der Telefonnummer des Archivs, fand aber nur eine allgemeine Rufnummer für das Rathaus.

Ein Blick auf die Uhr zeigte ihr, dass sie Glück oder Pech haben konnte. Auf der Internetseite waren nirgendwo Öffnungszeiten zu finden.

Sie wählte die Nummer, und nach dem dritten Klingeln nahm eine Frau ihren Anruf entgegen.

Charlotte erkundigte sich, ob es möglich sei, Rechercheanfragen an das Gemeindearchiv zu stellen. War es erwartungsgemäß nicht. Das Archiv war jedem Interessierten während der Öffnungszeiten zugänglich.

Als sie sich nach den Öffnungszeiten erkundigte, entstand für ein paar Sekunden Schweigen in der Leitung. Im Hintergrund war Papierrascheln zu hören. Dann: »Da müssen Sie Elisabeth Goldstein fragen. Sie ist für das Archiv verantwortlich.« Die Frau nannte ihr eine Telefonnummer, die keine Durchwahl innerhalb des Rathauses zu sein schien, jedenfalls gehörte sie nicht zur selben Telefonanlage.

Charlotte bedankte sich artig und wählte die Nummer von Elisabeth Goldstein.

»Goldstein«, meldete sich eine kratzige Stimme unwirsch nach dem vierten Klingeln.

»Spreche ich mit Elisabeth Goldstein?«

»Ja, wer will das wissen?«

Die ruppige Art der Frau überrumpelte Charlotte etwas. »Mein Name ist Seydel. Ich …«

»Wollen Sie mir etwas verkaufen, junge Frau? Dann legen Sie besser gleich wieder auf!«

»Nein, nein … Keineswegs. Ich rufe wegen des Gemeindearchivs an.«

Zwei Sekunden lang herrschte Stille in der Leitung, dann war ein Husten zu hören. »Entschuldigung.« Die Stimme klang auf einmal viel sanfter, schon fast zuvorkommend. »Was möchten Sie denn wissen?«

»Ich rufe wegen der Öffnungszeiten an. Eine Dame aus dem Rathaus hat mir Ihre Nummer gegeben.«

»Sie stammen wohl nicht aus Herzheim?«

»Nein.«

»Dachte ich mir. Was wollen Sie denn in unserem Archiv?« Elisabeth Goldstein klang jetzt mehr als nur neugierig.

Irgendwie hatte Charlotte ihre barsche Art besser gefallen.

Sie war alles andere als erpicht darauf, der Dame im Detail zu erklären, warum sie einen Besuch in Herzheim in Erwägung zog. »Es geht um Recherchen in einer Privatangelegenheit. Ich interessiere mich unter anderem für die archivierten Ausgaben des *Herzheimer Anzeigers*.«

»Aha.« Elisabeth Goldstein schien zu zögern. Charlotte glaubte schon, sie würde ihr eine Abfuhr erteilen, als sie schließlich fragte: »Und wann wollen Sie vorbeikommen?«

Auch wenn sie ihren Lieblingstermin eigentlich bereits als Utopie abgehakt hatte, antwortete sie: »Am liebsten wäre mir natürlich morgen, aber ...«

»Morgen klingt wunderbar.«

Charlotte blieb vor Überraschung einen Moment lang der Mund offen stehen. Sie hatte nicht erwartet, an einem Samstag empfangen zu werden. »Wirklich?«

»Ja. Aber nur, wenn Sie Tee mitbringen und eine Schachtel Pralinen spendieren.«

Charlotte konnte ihr Glück kaum fassen. »Einverstanden.«

Sie verabredeten sich für elf Uhr am Samstagmorgen vor dem Herzheimer Rathaus.

Charlotte hatte eben aufgelegt, als ihr Handy klingelte.

Es war Joshua.

Sie zögerte nur kurz, dann drückte sie ihn weg und schaltete entschlossen das Gerät aus.

14

Ein Klingeln durchdrang die Schwärze ihres Tiefschlafs und zupfte an den Rändern ihres Bewusstseins. Zu früh. Nicht das gewohnte Geräusch des Weckers.

Sie drehte sich um, schlang die Decke fester um ihre Schultern und sank wieder in tiefere Sphären.

Erneutes Klingeln. Kurze Pause. Noch einmal, jetzt länger anhaltend, gegen die unterbewusste Abwehr ankämpfend.

Das Läuten gewann.

Jennifer blinzelte in die Dunkelheit ihres Schlafzimmers. Sie wusste im ersten Moment nicht, warum sie überhaupt aufgewacht war, dann erinnerte sie sich an das Klingeln.

Ein Blick auf die Uhr offenbarte ihr, dass es kurz vor fünf Uhr am Samstagmorgen war. Viel zu früh für den Wecker. Ihr Handy lag friedlich auf dem Nachttisch und zeigte keinerlei eingehende oder verpasste Anrufe an, genau wie das Festnetztelefon, das direkt neben dem Wecker stand.

Sie grummelte einen Fluch und ließ ihren Kopf wieder auf das Kissen sinken. Offensichtlich hatte sie sich das Läuten nur eingebildet oder geträumt.

Sie wollte liegen bleiben und weiterschlafen. An ihre Wohnungstür wollte sie gar nicht erst denken. Das Klingeln, das nur wenige Sekunden später erneut durch die Räume hallte, machte dies jedoch unmöglich.

Sie hatte es mit dem um diese Uhrzeit unangenehmsten Störfaktor zu tun: einem unangemeldeten und vermutlich auch unerwünschten Besucher. Hoffentlich nicht Kai.

Jennifer quälte sich aus dem Bett.

Auf dem Weg durch den Flur zupfte sie an ihrem Pyjama herum, stellte jedoch mit einem Seufzer fest, dass an dem verzogenen und ausgeblichenen Oberteil nichts mehr zu retten war. Ein Grund mehr, den Besucher vor ihrer Tür zu ignorieren.

Allerdings hatte er seine Beharrlichkeit bereits unter Beweis gestellt. Dass sie im nächsten Moment ihr Handy klingeln hörte, das sie auf dem Nachttisch zurückgelassen hatte, bestätigte nur, dass er oder sie nicht so bald aufgeben würde.

Es gab nicht viele Leute, die für so einen nächtlichen Besuch infrage kamen, trotzdem warf sie einen Blick durch den Spion. Ihre Augenbrauen schnellten überrascht nach oben.

Wieder ertönte die Klingel, verstummte jedoch, als sie den Schlüssel im Schloss drehte.

Jennifer öffnete die Tür und blinzelte in die Helligkeit des Flurs. »Was zum Teufel machen Sie denn hier?«

Grohmann grinste sie an. Doch das Lächeln konnte seine unterschwellige Aufregung nicht verbergen, als er die linke Hand hob und mit einer tragbaren Festplatte vor ihren Augen herumwedelte. »Ich habe da etwas gefunden, das Sie sich unbedingt ansehen müssen.«

Wenn sie seine Erregung nicht gespürt hätte, hätte sie ihn allein wegen der nachtschlafenden Uhrzeit hinausgeworfen. Was auch immer er entdeckt hatte, der Staatsanwalt signalisierte mit jeder Zelle seines Körpers, dass er einen extrem wichtigen Fund gemacht hatte.

Jennifer fühlte, wie ihr Körper die Nachwirkungen des Schlafs abschüttelte und sie von Grohmanns Euphorie angesteckt wurde. »Kommen Sie rein. Ich ziehe mir nur schnell etwas an.«

Sie drehte sich um und ging in Richtung Schlafzimmer, ohne Licht zu machen. Grohmann vereitelte allerdings ihren Plan, schnell in etwas Ansehnlicheres zu schlüpfen, bevor er ihre Aufmachung bemerken konnte, indem er den Lichtschalter umlegte.

Jennifer warf ihm über die Schulter einen nicht gerade freundlichen Blick zu und deutete auf den Durchgang zum Wohnzimmer. Als sie bemerkte, wie er ihre Gestalt musterte, hätte sie ihm am liebsten augenblicklich den Hals umgedreht. »Machen Sie es sich bequem.«

Nur zwei Minuten später erschien sie in Jeans und T-Shirt.

Der Staatsanwalt stand etwas unbeholfen in der Mitte des Raumes und sah sich erstaunt in dem großen, L-förmigen Zimmer um, das nicht nur als Wohnzimmer, sondern gleichzeitig als Büro und Esszimmer diente.

Die Wand rechts von der Tür hatte einen Durchbruch zur Küche, die es in Größe und Ausstattung ohne besondere Abstriche mit einer gehobenen Profiküche aufnehmen konnte. Die Wände des Wohnzimmers waren hell gestrichen, die Einrichtung bestand aus einer Mischung aus modernen und antiken Elementen und schuf zusammen mit dem großen Kamin eine gemütliche Atmosphäre.

Jennifer erriet Grohmanns Gedanken, bevor er mit fragendem Unterton sagte: »Beeindruckend. Ihre Wohnung und vor allem die Küche sind sehr … eindrucksvoll.«

Sie wusste, was er dachte: dass sie sich eine Wohnung mit dieser Ausstattung niemals von ihrem Gehalt hätte leisten können. Jennifer lehnte sich gegen den Türrahmen und ließ ihn noch ein paar Sekunden schmoren, bevor sie sagte: »Habe ich alles meinem Exmann zu verdanken.«

»Sie waren verheiratet?«

Sie fand seine Überraschung bemerkenswert. Also hatte er sich doch nicht so gut über seine neuen Kollegen informiert, wie sie angenommen hatte. »Ist schon länger her. Wegen seines Vermögens bestanden seine Eltern auf einem Ehevertrag, setzten ihr Vertrauen dabei aber leider in die falsche Person. Er hat mich im großen Stil betrogen und dafür bezahlt.« Sie zuckte die Schultern.

»Ich wünschte, ich wäre genauso klug gewesen. Ich meine, was den Ehevertrag angeht.«

»Geschieden?«, fragte Jennifer.

»Vor vier Jahren. Artete ziemlich aus.« Das Thema versetzte seiner Stimmung einen empfindlichen Dämpfer. »Haben Sie Kinder?«

Sie schüttelte den Kopf. »Sie?«

»Eine Tochter, die dank ihrer Mutter davon überzeugt ist, dass ich der Teufel in Person bin.«

Jennifer wusste nicht, was sie dazu sagen sollte. »Hört sich übel an.«

Er nickte. »War es auch. Das Einzige, was meine werte Ex davon abgehalten haben dürfte, mich mit falschen Anschuldigungen zu diskreditieren, war die taktische Überlegung, dass sie finanziell mehr davon hat, wenn ich meinen Job behalte.«

Jennifer fragte sich unwillkürlich, ob er seiner Frau einen Grund dafür gegeben hatte, ihn zu hassen. Für gewöhnlich gab es für derartige Rachefeldzüge irgendeinen, wenn auch nicht unbedingt für jedermann nachvollziehbaren Grund.

Es ging sie jedoch nichts an, und es war außerdem auch nichts, womit sie sich beschäftigen wollte. Sie hatte sich in dieser Nacht schon die Klagen eines anderen Mannes angehört, die von Marcel, dessen Ehe allerdings gerade erst im Begriff war, vor die Hunde zu gehen.

Immerhin hatte sie jetzt eine Vorstellung davon, warum Grohmann die Nacht von Freitag auf Samstag offenbar mit Recherchen zu ihrem Fall verbracht hatte. Sie lenkte das Thema auf den eigentlichen Grund für sein Kommen. »Was ist auf der Festplatte?«

»Die komplette Fotosammlung zu unserem Fall«, antwortete der Staatsanwalt. »Ich bin sämtliche Fotos noch einmal in Ruhe durchgegangen und habe etwas entdeckt. Eine mögliche Verbindung zwischen unseren Opfern.«

Jennifer konnte ihr Erstaunen nicht verbergen. Sie hatten über die Monate Tausende Fotos angesammelt. Es dauerte schon Stunden, sie einer einfachen Sichtung zu unterziehen, ohne dabei sonderlich auf Details achten zu können.

Jetzt, im Licht des Wohnzimmers, war es offensichtlich, dass der Staatsanwalt in dieser Nacht kein Auge zugetan hatte. Seine Haut war bleich, dunkle Schatten lagen unter seinen Augen, und seine schwarzen Haare standen noch ungezähmter als gewöhnlich von seinem Kopf ab.

Jennifers Puls beschleunigte sich, als ihr die Bedeutung seiner Worte bewusst wurde.

Was hatte Grohmann entdeckt? Welche Verbindung?

Wenn er morgens um fünf vor ihrer Wohnungstür auftauchte, musste es mehr als ein vager Verdacht sein. Allerdings brachte Schlafentzug auch manches hervor, was in den Augen eines ausgeschlafenen Betrachters keinerlei Bestand mehr hatte.

»Schießen Sie los«, forderte sie ihn mit einer Geste in Richtung Sofa auf.

Doch er spannte sie auf die Folter. »Das muss ich Ihnen zeigen. Sie müssen es vor Augen haben, ansonsten wird es schwierig zu erklären.« Wie zur Erinnerung wedelte er erneut mit der Festplatte.

»Ernsthaft? Sie könnten es immerhin versuchen.«

Er schüttelte den Kopf.

Jennifer seufzte ungeduldig, bedeutete ihm aber, ihr zu folgen. »Sie hätten die Festplatte nicht mitbringen müssen. Ich habe alles Wichtige zu dem Fall hier.«

Grohmann folgte ihr um die Ecke in den hinteren Teil des

Raums. Als sie das Licht in diesem Bereich anschaltete, stieß er hörbar die Luft aus.

Ein großer Schreibtisch thronte, gesäumt von Aktenschränken, in der Mitte des Zimmers. Die Wände waren, einer Kopie ihres Büros im Revier gleich, mit Informationen zu dem Fall übersät, wenn auch nicht ganz so penibel sortiert. Auf ein Whiteboard hatte sie wahllos Gedanken und Informationen gekritzelt und teilweise zu kleinen Diagrammen verbunden. Neben der Computertastatur, vor der gleich drei Flachbildschirme standen, stapelten sich Akten, Ausdrucke und Fotos. Dazwischen standen benutzte Kaffeetassen herum.

Es konnte kein Zweifel daran bestehen, wo Jennifer Leitner den Hauptteil ihrer ohnehin knapp bemessenen Freizeit verbrachte.

»Ich sehe schon, Sie haben tatsächlich alles hier«, murmelte Grohmann. »Sie haben auch kein Privatleben, oder?«

Jennifer lächelte müde. »Ich könnte Sie dasselbe fragen, nachdem sie frühmorgens hier bei mir aufgetaucht sind.«

Der Staatsanwalt zuckte die Schultern. Die Geste war ein Eingeständnis. Erst hatte er alles daran gesetzt, seinen alten Arbeitsplatz möglichst ohne zu viele offene Fälle zu verlassen, dann war er in Lemanshain direkt in die Ermittlungen zu einem Serienkiller geraten.

Jennifer schaltete den Computer und die Bildschirme ein, während sich Grohmann einen Stuhl vom Esstisch holte. Sie öffnete die Ordnerstruktur, in der sie die Fotos zu dem Fall abgespeichert hatte. Dann sah sie den Staatsanwalt fragend an.

Anstatt ihr zu sagen, was sie tun sollte, bemächtigte er sich der Maus. Er klickte sich durch die Ordner, in denen sich die Aufnahmen befanden, die Jarik Fröhlich und das Team der Spurensicherung in den Wohnungen und Häusern der Opfer gemacht hatten.

Es hatte Jennifers gesamte Überzeugungskraft erfordert, den Angehörigen und Familien die Genehmigung dafür abzuringen, immerhin waren ihre Heime weder Tat- noch Fundorte. Umso schwerer wog, dass keines der Bilder sie bisher auch nur einen Schritt weitergebracht hatte.

Grohmann klickte so schnell, dass sie nur verfolgen konnte, wie er verschiedene Fotos aufrief, ohne jedoch einen Blick darauf erhaschen zu können. Dann hatte er offensichtlich alle Aufnahmen gefunden, denn er hielt inne und lehnte sich etwas zurück.

Ein Foto von einem Badezimmer erschien. Jennifer hatte sich die Bilder schon so oft angesehen, dass sie allein an den Wandfliesen erkannte, dass das Bild im Bad von Carola Wöhler, dem zweiten Opfer, aufgenommen worden war. Zu sehen war eine in die Wand über der Badewanne eingelassene gefliesste Ablage, auf der Flaschen mit Shampoos und Duschgels standen.

Der Staatsanwalt deutete mit dem Mauszeiger auf ein Duschgel. »Achten Sie auf die Firmenbezeichnungen und die Sorten.«

»Okay.«

Nächstes Bild. Diesmal der Inhalt einer Handtasche. Elke Geiling, die sie als Vierte gefunden hatten. Der Mauszeiger deutete auf ein Fläschchen Parfüm.

Es folgte das Badezimmerschränkchen von Denise Jeschke, dem fünften Opfer. Hier war es ein Deodorant-Spray, auf das Grohmann ihre Aufmerksamkeit lenkte.

In einer kleinen Vitrine im Haus von Marie Burgmann befand sich eine umfassende Sammlung von Parfümproben. Mindestens einhundert kleinste Flakons standen säuberlich aufgereiht hinter einer Glastür.

Das letzte Bild war von wesentlich schlechterer Qualität als die vorherigen. Schon allein daran war ersichtlich, dass das Bild aus der Wohnung von Katharina Seydel stammte. Es war eines der Fotos, das die Tochter gemacht und ihnen übergeben hatte. Zu sehen war wieder ein Waschbecken. Grohmann deutete auf die Handseife, die auf dem Beckenrand stand.

Jennifer nahm dem Staatsanwalt die Maus ab und ging die Bilder noch einmal durch. Dann warf sie ihm einen fragenden Blick zu. »Das sind unterschiedliche Marken«, fasste sie ihre Beobachtungen zusammen.

Grohmann lächelte. »Das stimmt. Es geht nicht nur um die Marken, sondern auch um die Duftnuancen der Produkte. Blumig, schwer, süßlich.«

Die Opfer hatten also eine Vorliebe für ähnliche Düfte gehabt. Das konnte unmöglich alles sein, hoffte Jennifer. Bei der Anzahl von Pflegeprodukten, die Frauen für gewöhnlich horteten, sah sie dort keinen stichhaltigen Zusammenhang.

»Erklären Sie es mir«, bat sie.

»Ich kann Ihre zurückhaltende Reaktion verstehen. Mir ging es ähnlich, als ich zum ersten Mal das unbestimmte Gefühl hatte, dass es hier eine Überschneidung gibt.« Er deutete auf den Bildschirm. »Zuerst fiel mir auf, dass das Duschgel von Carola Wöhler und das Deodorant von Denise Jeschke von ein- und derselben Marke stammen. Sagt Ihnen diese Firma etwas?«

Jennifer schüttelte den Kopf.

»Eben. Man kennt doch die gängigen Pflegemittel, die Marken, selbst diejenigen, die die Discounter vertreiben. Die Werbung macht's. Ich fand es merkwürdig, dass sich diese Marke, die mir so gar nichts sagte, bei zwei Opfern fand. Noch dazu legt die Aufmachung der Etiketten und die Form der Behälter die Vermutung nahe, dass es sich nicht um Billigware handelt.«

Jennifer nickte. »Also haben Sie sich über die Marke schlaugemacht?«

»Exakt. Diese Marke wird von einer Firma mit Sitz in Frankreich vertrieben. Es handelt sich um exklusive Pflegeprodukte auf natürlicher Basis, hergestellt mit biologisch einwandfreien Rohstoffen, ohne Tierversuche und dergleichen. Der Punkt ist, dass diese Firma ihre Produkte nicht an Privatpersonen verkauft, sondern nur ausgewählte Shops beliefert. Diese wiederum müssen sich verpflichten, die Produkte nur im Direktverkauf anzubieten, kein Online- oder Versandhandel. Ketten werden ebenfalls nicht beliefert. Es handelt sich also um sehr exklusive Produkte.«

Jennifer verstand, worauf er hinauswollte. »Also bezogen beide Opfer diese Produkte aus ein und demselben Laden?«

Grohmann bestätigte mit einem Nicken. »Im Lemanshainer Einkaufszentrum gibt es ein kleines Geschäft, das Pflegeprodukte und Parfüms aller Art anbietet mit Schwerpunkt auf natürlichen Aromen und Inhaltsstoffen ... oder eben auch ausgefallenen Produkten. Es ist auf der Internetseite der französischen Firma als Bezugsadresse gelistet.«

»Und wie passen die anderen Opfer ins Bild?« Jennifer war noch nicht überzeugt. Er hatte eine Parallele zwischen zwei von sechs Opfern aufgedeckt. Das war nicht gerade als Durchbruch zu bezeichnen.

»Mir fiel unser Besuch bei Familie Burgmann wieder ein.«

Marie Burgmann, das erste Opfer. Die Frau mit der Parfümprobensammlung. »Sie hatte ein Faible für schwere, blumige Duftwässerchen.«

Grohmann nickte. »Ihr Mann war genervt davon, dass sie fast das gesamte Haus mit dem Geruch von Sandelholz, Rose und Maiglöckchen verpestete. Duftsprays, Öllampen und so weiter. Der Duft hing überall. Selbst die Sofakissen stanken förmlich danach.«

Jennifer hatte den Geruch anfangs zwar als auffällig, aber nicht als unangenehm oder penetrant empfunden. Frauen hatten diesbezüglich vermutlich eine andere Wahrnehmung als Männer.

»In dasselbe Schema passt das Parfüm von Elke Geiling. Ein

Klassiker.« Der Staatsanwalt schien sich auszukennen. Oder er hatte die halbe Nacht mit Recherchen zugebracht. Jennifer tippte auf Letzteres.

»Ich habe daraufhin alle Produkte, die mir auf den Fotos aufgefallen sind, überprüft und gegenübergestellt. Bei den Duftnoten gibt es einige signifikante Überschneidungen, alle werden als schwer, blumig und süßlich beschrieben. Ich konnte zwar bisher an keinem davon riechen, aber die Vergleiche der duftgebenden Stoffe lassen den Schluss zu, dass es sich um sehr ähnliche Düfte handelt.«

Der Gedankengang wirkte auf Jennifer ein wenig konstruiert und weit hergeholt, aber letztlich war es eine Gemeinsamkeit. Gerüche konnten bedeutsam sein. Möglicherweise hatten die Düfte für den Mörder bei der Opferwahl eine Rolle gespielt. Aber selbst wenn dem so war, brachte sie das erst mal keinen Schritt weiter.

»Das heißt, fünf unserer Opfer bevorzugten eine ähnliche Duftrichtung. Zwei von ihnen haben ihre Produkte vermutlich in dem Shop im Einkaufszentrum gekauft.« Jennifer schüttelte leicht den Kopf. »Mir fehlt immer noch der zündende Funke.«

»Eben nicht nur zwei, sondern fünf Opfer waren Kundinnen in diesem Laden«, widersprach Grohmann. »Mindestens sieben der Proben aus Marie Burgmanns Sammlung stammen mit an Sicherheit grenzender Wahrscheinlichkeit von dort. Ich habe eine Abbuchung des Geschäftes außerdem auf dem Gemeinschaftskonto von Elke Geiling und ihrem Mann gefunden.«

»Das macht vier. Was ist mit Katharina Seydel und Anja März?«

Grohmann klickte erneut in der Bildersammlung herum. Das Foto eines Jugendzimmers erschien.

Jennifer erkannte das Poster einer Popband über dem Bett. Es war das Zimmer von Anja März' Tochter. Auf dem Tisch neben dem Bett standen verpackte Geschenke.

Jennifer erinnerte sich, dass Marcel und sie ausgerechnet am fünfzehnten Geburtstag des Mädchens mit einer Nachricht vor der Tür gestanden hatten, die alle Hoffnungen der Familie zerstörten – ihre Mutter war tot. Sie hatte ihre Geschenke niemals ausgepackt.

Der Staatsanwalt vergrößerte das Bild und zoomte eine dunkelrote Tüte heran, wie man sie in vielen Parfümerien und Drogerien bekam. Jennifer kannte zwar weder das Symbol noch den Namen des Ladens, doch ihr wurde schlagartig klar, dass diese Tüte aus dem Geschäft im Lemanshainer Einkaufszentrum stammen musste.

Sie spürte, wie sich ihr Puls beschleunigte. »Sind das die Geschenke der Eltern?«

Grohmann nickte. »In den Akten habe ich irgendwo gelesen, dass ihr Mann angegeben hat, Anja März habe die Geschenke für ihre Tochter wenige Tage vor ihrem Verschwinden besorgt.«

Jennifer starrte noch immer auf den Monitor. Der Staatsanwalt hatte nicht nur hervorragende Ermittlungsarbeit geleistet, sondern auch das richtige Gespür bewiesen. Einmal mehr kam ihr der Gedanke, dass er seinen Beruf verfehlt hatte. Er gehörte weder hinter einen Schreibtisch noch in einen Gerichtssaal.

Sie begegnete dem Blick seiner Augen, die sie erwartungsvoll ansahen.

Konnte es sein? Konnte dieses kleine Geschäft, diese Parfümerie im Einkaufszentrum tatsächlich die Verbindung sein, die ihnen zum Durchbruch verhalf? Wenn es nur der Laden gewesen wäre, hätte sie größere Zweifel gehabt, doch irgendetwas sagte ihr, dass auch die ähnlichen Düfte eine Rolle spielen mussten.

Jennifer zügelte ihre eigene Euphorie. Noch wussten sie nichts mit Sicherheit. Möglicherweise hatte Grohmann nur eine weitere Spur entdeckt, die ins Nichts führte.

Sie nickte langsam. »Wir müssen den Laden inklusive Chef und Mitarbeiter überprüfen. Außerdem müssen wir verifizieren, ob tatsächlich alle unsere Opfer dort eingekauft haben und wenn, dann was.«

Sie hatten in den letzten beiden Tagen bereits einige Geschäfte überprüft, Besuche getätigt, eine Menge Fragen gestellt. Das waren jedoch alles Unternehmen gewesen, die in Lemanshain mehr oder weniger einmalig waren und ausschließlich weibliche Kundschaft hatten, darunter einige spezialisierte Bekleidungsgeschäfte.

Von Drogerien und Parfümerien konnte man das nur eingeschränkt behaupten. Dieser Laden im Einkaufszentrum wäre also vermutlich erst in zwei oder drei Wochen an der Reihe gewesen.

Der Staatsanwalt konnte sich ein Lächeln nicht verkneifen. »Das sollten wir tun. Das Einkaufszentrum öffnet um zehn Uhr, der Laden ebenfalls. Bis dahin sollten wir die vorhandenen Informationen sichten und uns den Inhaber und seine Angestellten ein wenig genauer ansehen. Anschließend könnten wir eine kleine Einkaufstour machen.«

Jennifer warf einen Blick auf die Uhr. Es war noch nicht einmal eine Stunde vergangen, seitdem er aufgetaucht war. Einen Moment lang überlegte sie, kurz unter die Dusche zu springen, entschied sich dann aber dagegen. So würden sie und Grohmann wenigstens ein einigermaßen gleich derangiertes Bild abgeben.

»Ich habe hier leider keinen Zugriff auf alle Systeme. Wir müssen ins Büro«, erklärte sie.

Grohmann hielt seinen Autoschlüssel hoch. »Etwas dagegen, wenn ich fahre?«

Hatte sie nicht. Immerhin hatte sie vor nicht einmal drei Stunden ihr letztes Bier getrunken. »Nicht im Geringsten.«

Auf dem Weg ins Revier saßen sie stumm nebeneinander.

Jennifer ging in Gedanken noch einmal die Informationen durch, die ihnen bisher zur Verfügung standen. Ihre Zweifel rangen mit ihren Hoffnungen.

Dass fünf von sechs Opfern höchstwahrscheinlich Kundinnen in diesem Laden gewesen waren, konnte vieles oder rein gar nichts bedeuten. Dass sie noch dazu denselben Geschmack hatten, was ihre bevorzugten Duftnoten anging, war schon auffälliger.

Wie ähnlich sich die Düfte tatsächlich waren, mussten sie allerdings erst noch mittels Duftproben herausfinden. Doch Jennifer vertraute darauf, dass Grohmann sich das nicht einfach zusammenphantasiert, sondern durch Recherchen abgesichert hatte.

Waren die Düfte also eine Verbindung zu ihrem Täter?

Jennifer dachte an die Bilder, die der Mörder seinen Opfern in den Rücken geritzt hatte, und versuchte irgendeinen Zusammenhang zwischen blumigen, schweren, süßlichen Düften und den Motiven herzustellen.

Nichts.

Je länger sie die verschiedenen Möglichkeiten durchging und auch die abwegigsten Konstellationen bedachte, die die Überschneidung zwischen den Opfern, dem Geschäft und dem Killer erklärten, desto überzeugter war sie, dass der Mörder in direkter Verbindung mit dem Shop im Einkaufszentrum stehen könnte.

Ein Angestellter? Der Chef persönlich? Sie hoffte, dass ihnen bereits die ersten Überprüfungen einen brauchbaren Hinweis liefern würden.

Bei dem Gedanken, dass sie sich möglicherweise doch nur an einen weiteren Strohhalm klammerten, überrollte sie eine Welle der Erschöpfung. Das Brummen des Motors schien sie förmlich in den Sitz zu drücken, und sie spürte, wie ihre Lider schwer wurden.

Wieso musste Grohmann diese Verbindung ausgerechnet jetzt entdecken?

Die Nacht war ereignisreich und dafür umso kürzer gewesen. Am späten Abend hatte sie noch mit Gaja zusammen auf dem Sofa gelegen und durch das nächtliche Fernsehprogramm geschaltet, als ihr Handy geklingelt hatte. Der Anrufer war Marcel. Er hatte in einem billigen Motel unweit der A66 Zuflucht vor seiner Ehefrau gesucht und war nicht nur niedergeschlagen, sondern auch sturzbetrunken gewesen.

Kurzerhand hatte Jennifer sich ins Auto gesetzt und war zu ihm gefahren. Sie hatte ihren Kollegen in einem bemitleidenswerten und besorgniserregenden Zustand vorgefunden. Da Jennifer ohnehin nichts für ihn tun konnte, hatte sie ihm zugehört, während er ihr die gesamten lausigen Details seines immer mehr ausufernden Ehestreits berichtet und sich noch weiter betrunken hatte.

Letztlich hatte sie selbst ein Bier gebraucht, um die Kriegsmethoden von Marcels Frau einigermaßen verdauen zu können. Das Repertoire reichte von der Zerstörung gemeinsamer Erinnerungsstücke bis hin zum Aufhetzen von Freunden, Nachbarn und sogar Marcels Eltern. Selbst vor den gemeinsamen Kindern machte seine Frau nicht Halt.

Jennifer war mehr als nur wütend gewesen. Nicht zuletzt deshalb, weil Marcel seiner Frau nicht den geringsten Grund gegeben hatte, derart zu reagieren.

Nachdem Marcel betrunken auf dem Bett zusammengesunken und eingeschlafen war, wäre sie am liebsten zu seiner Frau gefahren und hätte ihr die Leviten gelesen. Doch sie wusste, dass ihr Kollege und Freund sie nur als Zuhörerin gebraucht und nicht darum gebeten hatte, einzugreifen.

Es fiel ihr schwer, sich zurückzuhalten, vor allem, weil Marcel innerhalb kürzester Zeit in ein so tiefes Loch gefallen war, dass sie nicht wusste, ob er jemals wieder herauskommen würde. Noch konnte sie ihn schützen. Solange er krankgeschrieben war, hatte er nicht mit dienstlichen Konsequenzen zu rechnen.

Aber sie kannte ihren Chef. Wenn Möhring auch nur ansatzweise der Verdacht käme, dass einer seiner Kommissare auf dem besten Weg zum Trinker war, würde er sich von ihm trennen. Ohne mit der Wimper zu zucken.

Es war ein Problem, doch ein Problem, um das Jennifer sich derzeit nicht kümmern konnte. Erst wenn sie diesem verrückten Typen ein Gesicht gegeben hatte und ihn hinter Schloss und Riegel wusste, konnte sie sich um Marcel kümmern. Ob er wollte oder nicht.

Unbewusst stieß sie einen Seufzer aus.

»Versuchen Sie gerade, das alles irgendwie in einen logischen Zusammenhang zu bringen?«, fragte Grohmann und bog in die Straße ein, in der das Revier lag. »Habe ich auch schon versucht. So richtig will es mir aber noch nicht gelingen.«

Im ersten Augenblick wusste sie gar nicht, was der Staatsanwalt meinte. Dann nickte sie nur.

Wenige Minuten später betraten sie ihr Büro. Das Hochfahren des Computers dauerte wesentlich länger als bei Jennifer zu Hause. Sie ging die Informationen auf dem Rechner durch und fand schließlich die Daten, die sie bisher über den besagten Shop im Einkaufszentrum erfasst hatten.

Es war nicht viel.

Nur die wenigen Informationen, die die Verwaltung des Zentrums zur Verfügung gestellt hatte, sowie knappe Vermerke über die Ergebnisse der schnellen Überprüfung, der sie jeden einzelnen Mitarbeiter des Einkaufszentrums auf der Suche nach einer Verbindung zwischen den Opfern vor knapp zwei Monaten unterzogen hatten.

Es war ein kleines Geschäft mit einem Verkaufsraum, einem

Lagerraum und einem Büro. Von der Verwaltung wurde es unter der Kategorie »Drogerie & Parfümerie« geführt.

Als Mitarbeiter gab es nur den Inhaber, der die Geschäftsräume gepachtet hatte und gleichzeitig als Geschäftsführer auftrat, und eine Angestellte, die seit der Eröffnung vor drei Jahren dort arbeitete. Sie hatten ein paar Grunddaten über Chef und Angestellte wie Name, Anschrift, Geburtsdatum und Sozialversicherungsnummer.

Die Überprüfung hatte bei der Angestellten nichts ergeben.

Freya hatte aber vermerkt, dass der Inhaber vorbestraft war. Es konnte keine große Sache gewesen sein, sonst hätte die Büroassistentin sie informiert und es nicht bei einem oberflächlichen Screening belassen.

Jennifer startete die notwendigen Systeme und gab den Namen und die Daten des Ladenbesitzers ein.

Nach wenigen Minuten wusste sie, warum die Überprüfung seiner Person trotz der Vorstrafe nicht weiter in die Tiefe gegangen war. Seine Verurteilung lag eine halbe Ewigkeit zurück, und die Strafe war zur Bewährung ausgesetzt worden. In einem offiziellen Ausdruck seines Strafregisters würde die Verurteilung nicht einmal mehr auftauchen.

Jennifer forderte die Akte an. Was früher einen Haufen Papierkram und wochenlanges Warten bedeutet hatte, erforderte im gut vernetzten Zeitalter, zumindest bei Fällen, die bereits entsprechend erfasst worden waren, nur noch die Identifikation ihrer Person über das System und ein paar Klicks.

Da die Verurteilung so lange zurücklag und auch die Bewährungszeit längst verstrichen war, grenzte es an ein Wunder, dass überhaupt noch Informationen ihren Weg ins System gefunden hatten. Jennifer konnte sich glücklich schätzen, eine in Stichworten verfasste Skizzierung des Falles und der vorliegenden Beweise zu finden.

Was sie las, gefiel ihr nicht und ließ dennoch Hoffnung in ihr aufkeimen. Die gespeicherten Informationen machten den Ladenbesitzer zu einem potentiellen Verdächtigen. Ihren ersten Verdächtigen auf der Suche nach dem »Künstler«.

15

Charlotte machte sich am Samstagmorgen zeitig auf den Weg, nachdem sie sich per E-Mail und SMS bei den Eltern ihrer Nachhilfeschüler krankgemeldet hatte. Es war noch dunkel, als sie den Wohnwagen verließ. Die Siedlung erstreckte sich friedlich schlummernd zu beiden Seiten des Kieswegs. Es gab keine Straßenlaternen, nur hier und dort fand sich eine einzelne Lampe – meist solarbetrieben – an einem Häuschen oder in einem kleinen Vorgarten.

Herbstliche Kühle hatte sich in der Nacht ausgebreitet, und Charlotte zog die dünne Jacke fest um ihre Schultern, als sie den Weg zur Bushaltestelle einschlug. Die Stille wurde nur von ihrem Atem, der kleine Nebelwolken vor ihr in die Luft malte, und dem knirschenden Schotter unter ihren Stiefeln durchbrochen.

Sie war in Gedanken versunken. Es gab so vieles, was ihr durch den Kopf ging.

Der Zeitungsartikel und ihre bevorstehenden Recherchen.

Joshua.

Mit Ersterem versuchte sie sich zu beschäftigen, um sich Letzterem nicht zuwenden zu müssen. Doch das ständige Wiederkäuen der wenigen ihr vorliegenden Informationen konnte sie nicht davon abhalten, immer wieder an den Mann zu denken, der sie mit seinem Verhalten in tiefste Verwirrung gestürzt hatte.

Was er getan hatte, war unverzeihlich. Sie wollte ihn dafür hassen. Gleichzeitig versuchte ihr Verstand immer wieder, ihr Date und die darauffolgende Nacht mit dem in Einklang zu bringen, was Joshua am nächsten Tag getan hatte.

Er hatte zwei Seiten, zwei Gesichter.

Sosehr sie sich auch anstrengte, sich nur auf das eine Gesicht zu konzentrieren und es zum perfekten Feindbild zu stilisieren, es gelang ihr nicht. Sie konnte den Teil ihrer Gefühlswelt, der sich ihm geöffnet und in ihm jemand Besonderen gesehen hatte, einen Menschen, dem sie gerne nicht nur körperlich nähergekommen wäre, nicht einfach abschalten.

Schuld daran waren auch seine Versuche, sie zu erreichen.

Sie hatte das Handy die ganze Nacht ausgeschaltet gelassen. Am Morgen hatte das Display zwölf Anrufe in Abwesenheit angezeigt. Alle von Joshua.

Er hatte ihr zwei Nachrichten hinterlassen.

Charlotte war versucht gewesen, sie einfach zu löschen. Sie wollte nicht hören, was er zu sagen hatte.

Sie hatte Angst.

Angst davor, dass er ihr verstörende Nachrichten hinterlassen hatte, die nur dazu angetan waren, sie weiter zu quälen. Die ihre schlimmsten Befürchtungen bestätigten: dass er sie nur benutzt hatte, aus welchem Grund auch immer, und sie jetzt noch dafür geißeln wollte, dass sie so bescheuert gewesen war, sich ihm anzuvertrauen.

Sie hatte Angst davor, dass er sich erklären würde. Behaupten würde, nicht für die Nachrichten verantwortlich zu sein, die man ihr geschickt hatte. Dass er sie betören würde, dass sie sich an ihre Hoffnungen klammern und ihm noch eine Chance geben würde.

Letztlich hatte sie die Nachrichten doch angehört, aber sie gaben beide nicht viel her. In der ersten fragte Joshua, wo sie stecke und warum sie ihr Handy ausgeschaltet habe. Er klang besorgt, eine Tönung, die sich in seiner zweiten Nachricht noch verstärkte. Was los sei. Er mache sich Sorgen, weil ... Innehalten. Sie solle ihn zurückrufen. Bitte.

Sein Tonfall berührte sie zutiefst. Sie war drauf und dran, ihn tatsächlich anzurufen, als sie wie aus einem Traum erwachte.

Mein Gott! Bist du wahnsinnig?

Charlotte schüttelte den Kopf. Was war nur mit ihr los? Sie hatte das Gefühl, sich selbst nicht mehr zu kennen. Ihre Gedanken, ihre Gefühle und Reaktionen schienen nicht mehr die ihren zu sein. Sie fühlte sich beinahe wie ferngesteuert. Hätte sie sich Joshua doch nur nicht anvertraut! Sie selbst hatte ihn immerhin erst in die Lage versetzt, Macht über sie zu erlangen.

Sie erreichte den Parkplatz am Eingang von »Garten Eden«. Die Beleuchtung war mal wieder bis auf eine einzelne flackernde Lampe ausgefallen.

Charlottes Augen hatten sich an die Düsternis bereits angepasst und hatten nun Schwierigkeiten, sich an das flackernde Licht zu gewöhnen. Deshalb entdeckte sie das Auto, das im Halbschatten des ehemaligen Verwaltungsgebäudes des Campingplatzes stand, erst, als sie den Parkplatz schon zur Hälfte überquert hatte.

Ein alter, getunter VW Polo.

Joshuas Wagen.

Ihr erster Impuls war, stehen zu bleiben und sich umzusehen. Dann zwang Charlotte ihre Beine jedoch, sich vorwärtszubewegen.

Das Auto lag in völliger Dunkelheit. Verlassen.

Vielleicht war er gerade auf dem Weg zu ihrem Wohnwagen? Möglicherweise hatte sie ihn nur knapp verfehlt?

Es gab mehrere Wege zu ihrem Heim, und Joshua war nur einmal mit ihr dorthin gegangen. Nachts. Im Dunkeln. Während er sie an sich gedrückt und es irgendwie geschafft hatte, dass sie seine Erregung durch den Stoff ihrer beider Hosen an ihrem Oberschenkel spürte.

Dann hörte sie hinter sich das Knirschen von Kies. Ihr Herz machte einen Sprung und fing gleichzeitig an zu rasen.

Sie lief schneller. Die Schritte auf dem Kies beschleunigten sich ebenfalls.

Charlotte erreichte das Tor und wandte sich nach rechts.

Die Bushaltestelle. Kein Taxi.

Verdammt!

Sie hatte gehofft, sich Joshua entziehen zu können, indem sie in das bestellte Taxi sprang und davonbrauste.

Der Asphalt verschluckte ihre Schritte und die ihres Verfolgers. Trotzdem lief sie weiter, die rechte Hand unsicher zur Faust geballt.

Charlotte erreichte die Bushaltestelle.

Und wirbelte herum.

Die Straße war leer. Kein Joshua. Niemand sonst, der ihr folgte.

Sie sah sich verwirrt um, drehte sich einmal um sich selbst. Da war niemand.

Aber sie hatte doch Schritte hinter sich gehört. Oder nicht? Hatte ihr Verstand ihr einen miesen Streich gespielt, als sie das Auto von Joshua erblickt hatte? Zweifel keimten in ihr auf. War es tatsächlich Joshuas Polo gewesen?

Das Brummen eines Motors näherte sich. Im nächsten Augenblick tauchten zwei Lichtkegel auf der Straße auf und das beruhigende gelbe Leuchten des Taxilichts.

Charlotte wähnte sich schon in Sicherheit, auch wenn sie sich fragte, wovor sie eigentlich davonlief. Was hatte sie zu befürchten?

Im nächsten Moment tauchte in der Durchfahrt zu »Garten Eden« eine Gestalt in dunkler Kleidung auf, die mit den Händen in den Hosentaschen auf sie zugeschlendert kam. Noch bevor das Licht der Scheinwerfer ihn richtig erfasst hatte, erkannte sie Joshua.

Er nahm jetzt seine Hände aus den Hosentaschen, drehte den Kopf und erblickte das Taxi.

Im selben Moment wurde ihm offenbar bewusst, dass er kurz davor stand, sie zu verlieren, denn er beschleunigte seine Schritte. Das Taxi hatte die Bushaltestelle fast erreicht, als er etwa einenhalb Meter vor ihr stehen blieb und sie mit einem Blick ansah, der zwischen Verwirrung und Besorgnis schwankte.

»Charlie?« Er machte einen kleinen Schritt zurück. Was er in ihrem Gesicht sah, schien ihn ernstlich zu überraschen. »Hast du Angst vor mir? Was ist denn los?«

Das Taxi hielt.

Sie stand noch immer vollkommen starr da.

»Warum hast du meine Anrufe nicht beantwortet? Ist etwas passiert?« Irgendetwas in seiner Stimme verriet, dass er eine Ahnung hatte. Dass er genau wusste, warum sie ihn so ansah. Und es schien ihm selbst Angst zu machen. »Ich habe mir Sorgen gemacht.«

Charlotte war einen Moment lang hin und her gerissen, entschied sich dann aber dafür, schweigend ins Taxi zu steigen und die Beifahrertür zuzuschlagen.

Sie hatte nicht damit gerechnet, dass Joshua nicht einfach aufgeben würde. Er kletterte auf den Rücksitz und rutschte in die Mitte, sodass er sie ansehen konnte.

Erschrocken drehte sie sich zu ihm um.

»Bitte, lass mich erklären ...«

Der Taxifahrer unterbrach Joshua mit einem genervten Grummeln. »Steig aus!« Der Befehl schien nicht hundertprozentig in seine Richtung zu zielen, trotzdem war klar, wen der Fahrer meinte.

Joshua wandte sich mit flehendem Blick an Charlotte.

Sie reagierte nicht.

»Raus!« Diesmal mit mehr Nachdruck.

Charlotte warf dem Fahrer einen konsternierten Blick zu.

Sie bezahlte schließlich für die Fahrt, und das Taxameter lief bereits, obwohl sie sich gar nicht erinnern konnte, dass er es eingeschaltet hatte. Vor allem hatte sie mit der Taxizentrale noch am Vorabend einen festen Preis ausgehandelt. Selbst den konnte sie sich kaum leisten, aber zum Hanauer Hauptbahnhof gab es so früh am Samstagmorgen einfach keine Verbindung mit öffentlichen Verkehrsmitteln. Es war ganz allein ihre Entscheidung, ob sie Joshua rauswarf oder nicht. Stand ihr Unwille ihr etwa derart deutlich ins Gesicht geschrieben?

Einen Moment lang kämpfte sie mit sich, dann rief sie sich jedoch wieder seine Chat-Nachrichten in Erinnerung. Und ihr Zorn loderte erneut auf. Sie deutete auf die Tür. »Du hast ihn gehört. Raus mit dir.«

»Charlie ...«

»Verschwinde, verdammt noch mal!«

Sein ganzer Körper schien in sich zusammenzusacken, als er mit einem Kopfschütteln aufgab. Er öffnete die Tür, verharrte jedoch im letzten Moment. »So leicht lasse ich mich nicht abschütteln.«

Die Tür knallte zu.

Seine Drohung hing noch mehrere Sekunden in der Luft und wollte auch nicht weichen, als der Taxifahrer bereits losgefahren war.

Charlotte verschränkte die Hände in ihrem Schoß und drückte die Finger so fest zusammen, dass die Knöchel weiß hervortraten.

»Wohin wollen Sie denn von Hanau aus fahren?«, fragte der Taxifahrer plötzlich in die entstandene Stille hinein. »Für einen Samstag sind Sie verdammt früh unterwegs.«

Charlotte hatte gehofft, dass er nicht versuchen würde, Konversation mit ihr zu betreiben. Wenigstens sprach er sie nicht auf Joshua und seinen Auftritt an.

»Ich habe noch eine kleine Reise vor mir«, erwiderte sie aus purer Höflichkeit. Immerhin hatte er sie dabei unterstützt, Joshua loszuwerden.

»Tatsächlich?«, hakte er nach.

Sie musterte den Mann von der Seite. Das lange Haar fiel ihm bis auf die Schultern, und seine Baskenmütze verschmolz beinahe mit der viel zu groß wirkenden Brille. Irgendwie sah er merkwürdig aus, fast schon wie eine schlecht ausstaffierte Schaufensterpuppe.

»Ja, nach Baden-Württemberg«, erwiderte Charlotte. Sie versuchte, die richtige Mischung aus aufgesetzter Freundlichkeit und Abweisung zu finden. Er verstand offenbar, denn er sprach sie nicht noch einmal an.

Ihre Aufmerksamkeit wurde ohnehin immer wieder auf den Rückspiegel gelenkt, denn sie hatte nicht vergessen, wie Joshua sie in zorniger Verzweiflung angeschaut hatte, als er seine Drohung ausstieß. Sie hatten noch nicht die halbe Strecke nach Hanau zurückgelegt, als Charlotte seinen Polo entdeckte, der ihnen stetig folgte.

Vielleicht hätte sie in diesem Moment Angst verspüren sollen, doch seine Anhänglichkeit schürte nur ihre Wut. Wut auf sich selbst, weil sie ihn überhaupt an sich herangelassen hatte, und Wut auf ihn, weil er sich zu einem unberechenbaren Stalker zu entwickeln schien.

Sie dachte die ganze Zeit darüber nach, wie sie reagieren sollte, falls er einen neuerlichen Versuch unternahm, mit ihr zu reden. Spätestens am Hanauer Hauptbahnhof würde er seine Möglichkeit bekommen. Es sei denn, sie konnte den Fahrer dazu bringen, Joshua abzuhängen, aber das erschien ihr dann doch übertrieben.

Charlotte würde in den sauren Apfel beißen müssen. Dass sie sein Gerede über sich ergehen lassen musste, bedeutete noch nicht, dass sie ihm zuhörte. Und selbst wenn sie ihm zuhörte, bedeutete das noch nicht, dass sie seinen Ausführungen Glauben schenken würde.

Als der Taxifahrer auf den Parkplatz vor dem Bahnhof fuhr, klebte Joshuas Polo ihnen noch immer am Heck. Er blieb im Halteverbot stehen, stieg aus und wartete, während sie die Formalitäten der Bezahlung mit dem Fahrer regelte.

Obwohl das Taxameter einen wesentlich höheren Betrag anzeigte, hielt er sich an die mit der Zentrale vereinbarte Summe.

Als sie aus dem Auto gestiegen war, rollte das Taxi in Schrittgeschwindigkeit auf einen freien Platz beim nahen Taxistand. Offenbar wollte der Fahrer versuchen, seinen Verlust wenigstens teilweise auszugleichen, indem er eine Rückfahrt in Richtung Lemanshain ergatterte.

Charlotte schulterte ihren Rucksack und warf Joshua einen wütenden Blick zu.

Der junge Mann kam auf sie zu. In seinem Gesicht war von einer Drohgebärde nichts mehr zu sehen. Er wirkte eher wie ein geprügelter Hund.

Als sie sich abwandte, um doch noch einen Versuch zu unternehmen, von ihm fortzukommen und sich der Unterhaltung zu entziehen, hob er die Hand.

»Bitte, Charlie, ich will mit dir reden. Bitte!«

Sein Flehen berührte sie. Ein Teil von ihr wollte ihn einfach nur loswerden und ihn nie wiedersehen. Ein anderer Teil wollte ihm zuhören und ihm die Möglichkeit geben zu erklären, was eigentlich in ihn gefahren war.

Sie verschränkte die Arme vor der Brust und starrte ihn finster an. »Meinetwegen. Du hast genau eine Minute.«

Obwohl sie diese Beschränkung verdammt ernst meinte, vergrub er die Hände in den Taschen seiner Jeans. Während er nach Worten suchte, verlagerte er sein Gewicht von einem Bein auf das andere. »Ich ... ich will doch eigentlich nur wissen, was los ist ... Habe ich irgendwas falsch gemacht?«

Charlotte glaubte, nicht richtig zu hören. Meinte er das etwa ernst? Eine Faust aus blanker Wut ballte sich in ihrer Brust zusammen. »Verarsch mich jetzt bloß nicht noch einmal«, warnte sie mit vor Zorn leiser Stimme. »Tu das lieber nicht. Du weißt genau, was los ist.«

»Ich weiß nur, dass du gestern wie ein Blitz aus der Bibliothek gestürmt bist und seitdem nichts mehr von mir wissen willst ...« Joshua hob verzweifelt die Hände und ließ sie wieder fallen. »Ach, verdammte Scheiße, ich hätte nicht so weit gehen sollen ...«

Sie stieß ein verächtliches Lachen aus. »Diese Erkenntnis nützt dir nun auch nichts mehr.«

Er sagte nichts, blickte nur zu Boden und sah dabei jämmerlich schuldig aus.

»Auf Nimmerwiedersehen, Joshua«, sagte Charlotte mit eisiger Endgültigkeit und wandte sich ab.

Sie kam nur drei Schritte weit, als er hinter ihr herrief. »Charlie ... bitte ... Ich weiß, dass ich dich nicht hätte anlügen sollen ... Aber verdammt noch mal, ich konnte nicht anders ... Ich hätte dir von Anfang an sagen sollen, wer ich wirklich bin.«

Sie blieb stehen und erstarrte. Sie angelogen? Wer er wirklich war? Übelkeit stieg in ihr hoch. Er durfte ihre Mutter nicht gekannt haben, nicht auf diese Weise ... Als sie sich zu ihm umdrehte, lag in ihren Augen kalter Zorn. »Besser nicht, Josh ... Ich will das nicht hören.«

»Ich wollte das doch alles gar nicht. Es war einfach ...«

»Es ist einfach passiert?« Sie ging auf ihn zu und blieb wenige Zentimeter von ihm entfernt stehen. »Mit mir ins Bett zu steigen und mich am nächsten Tag anzuskypen und zu beschimpfen, ist also einfach so passiert?«

»Was?!« Joshua sah sie vollkommen perplex an. »Wovon redest du?!«

»Wovon soll ich wohl reden? Du weißt sehr genau, wovon ich rede, du verdammter Scheißkerl! Tu jetzt nicht so, als wenn du nichts damit zu tun hättest!«

»Aber ...«

Charlotte ließ ihn nicht zu Wort kommen. »Vergiss es, Josh! Du hast deinen kranken Spaß gehabt. Vielleicht hast du eine Wette auf meine Kosten gewonnen. Es ist mir egal! Spar dir deine Erklärungen für die nächste Idiotin auf, die dir auf den Leim geht!«

Joshua schüttelte bestürzt den Kopf, dann klärte sich sein Blick plötzlich. »Was ist in der Bibliothek passiert?«, fragte er. »Warum bist du weggelaufen?«

Sie spürte, wie ihre Wut förmlich hochkochte, bemerkte, wie sich ihre Rechte zur Faust ballte. Wie konnte er nur nach alldem noch behaupten, nichts damit zu tun zu haben? »Das weißt du nur zu gut.«

»Nein, verdammt noch mal! Ich weiß nur, was man mir erzählt hat. Dass du plötzlich aufgesprungen und aus der Bibliothek gerannt bist, als wäre der Teufel hinter dir her. Und die Bücher einfach hast liegen lassen. Mehr nicht!«

Charlotte schlug zu, bevor ihr überhaupt bewusst war, dass sie es vorgehabt hatte.

Sein Kopf flog zurück, sie hörte das Knirschen eines Knochens, dann sein schmerzerfülltes Aufheulen. Mit den Händen vor dem Gesicht fiel er rücklings auf den Asphalt. Blut quoll zwischen seinen Fingern hervor.

»Scheiße, Scheiße, Scheiße!« Joshua fluchte laut, als ihm bewusst wurde, dass sie ihm gerade die Nase gebrochen hatte.

Charlotte war fertig mit ihm, machte auf dem Absatz kehrt und floh in Richtung Bahnhofshalle.

Joshua schrie ihr wütend hinterher: »Bist du vollkommen verrückt geworden?! Das habe ich nicht verdient!«

Sie blieb stehen und warf ihm einen letzten Blick zu. »Und wie du das verdient hast, du Dreckskerl! Zeig mich an, wenn du willst. Die Polizei findet es allerdings bestimmt nicht lustig, wenn ich ihnen erzähle, dass du eine ziemlich kranke Vorliebe für die Frauen meiner Familie hast.«

»Was?! Deine Familie? Was zum Teufel …« Der Rest des Satzes ging in Näseln und einem neuerlichen Blutschwall unter. Sie hörte ihn schon nicht mehr.

Mit dem Ärmel seines Pullovers versuchte Joshua, sich das Blut aus dem Gesicht zu wischen. Dann kämpfte er sich trotz plötzlich einsetzenden Schwindels vom Boden hoch.

Während er noch immer versuchte zu verstehen, wie sich die Situation so hatte zuspitzen können, wurde ihm bewusst, dass einige Leute stehen geblieben waren und ihn wie ein Tier im Zoo anstarrten. »Was ist?!« Aggressiv streckte er ihnen den Mittelfinger entgegen. »Fickt euch doch!«

Mit einer gebrochenen Nase, aus der immer noch Blut floss, konnte er unmöglich in sein Auto steigen und nach Hause fahren. Joshua wandte sich dem Taxistand zu, fest entschlossen, dem Arschloch, das Charlie hierher gefahren hatte und ihn angegangen war, auf dem Weg in die nächste Klinik das verdammte Auto vollzubluten.

Doch das Taxi war bereits verschwunden.

Er brüllte einen Fluch über den gesamten Bahnhofsvorplatz.

16

Das kleine Geschäft mit dem klangvollen Namen *Un zeste de parfum* lag im zweiten Stock des Einkaufszentrums, zwischen einem Mobilfunkladen und einem Friseur. Im Schaufenster waren allerhand Parfüm- und Seifenfläschchen ausgestellt, effektvoll auf dunkelblauen Samt und goldene Tücher gebettet.

Jennifer und Grohmann blieben vor dem gegenüberliegenden Geschäft stehen. Jennifer ließ den Blick unauffällig über die Schaufenster und Eingangstüren schweifen. In der Glastür der Parfümerie hing ein Schild, auf dem in altertümlicher Schreibschrift »Geöffnet« stand. Der Verkaufsraum war beleuchtet, doch es waren keine Kunden zu sehen.

Eine Frau – wahrscheinlich die Angestellte des Mannes, den sie im Visier hatten – staubte gerade die schwarzen Holzregale ab.

Jennifer wartete und biss sich auf die Unterlippe. Angespannt überlegte sie, eine Runde durch das zweite Stockwerk zu drehen, bevor irgendjemandem auffiel, dass sie und der Staatsanwalt nur scheinbar unauffällig in der Gegend herumstanden.

Wo war der Ladeninhaber?

Der Verwaltung zufolge hielt er sich im Einkaufszentrum auf. Um in den Bereich der Tiefgarage fahren zu können, der den Angestellten des Zentrums vorbehalten war, musste man sich mit einer codierten Karte anmelden. Die Codierung war personalisiert und erlaubte es den Security-Leuten, in ihren Systemen nachzuvollziehen, wer sich im Einkaufszentrum befand – vor allem außerhalb der Öffnungszeiten eine wichtige Information.

Dass der Inhaber des *Un zeste de parfum* bereits um neun in die Tiefgarage gefahren war, bedeutete allerdings nicht, dass er sich in seinem Geschäft aufhielt.

Die Verwaltung des Einkaufszentrums scherte sich nicht um das Gebaren der Ladeninhaber oder ihren Geschäftserfolg. Zumindest solange sie ihre Miete zahlten, telefonisch erreichbar waren und nichts taten, was den guten Ruf des Zentrums und somit auch der anderen Pächter schädigen konnte.

Ihr Mann stand bei der Verwaltung auf der sogenannten blauen Liste, was bedeutete, dass er seine Angestellte oft allein im Geschäft zurückließ, um sich die Zeit in der Spielhalle im Untergeschoss zu vertreiben. Oder erst gar nicht auftauchte und dann auch nicht zu erreichen war.

Ein paar an sich harmlose Vorfälle hatten die Verwaltung auf diesen Umstand aufmerksam gemacht. Unter anderem hatte man versucht, ihn wegen seines nicht ordnungsgemäß gereinigten Schaufensters zu sprechen – vergebens. Das war ein Verstoß gegen den Pachtvertrag, der vorschrieb, dass ein Verantwortlicher während der Öffnungszeiten seines Geschäfts vor Ort ansprechbar sein musste oder innerhalb einer halben Stunde persönlich erscheinen konnte.

Dass der Inhaber der Parfümerie seit Anfang des Jahres immer wieder durch Abwesenheit aufgefallen war, fand Jennifer mehr als nur interessant. Es war eine Tatsache, die zumindest den Einwand entkräftete, dass er als Geschäftsmann kaum die Zeit gefunden haben konnte, Frauen zu beobachten, zu entführen und zu ermorden.

Es machte ihn aber natürlich auch nicht zum Mörder.

Was sie bisher erfahren hatten, kennzeichnete ihn lediglich als einen Mann mit einer unschönen Vergangenheit. Bisher gab es keinen überzeugenden Grund anzunehmen, dass er der »Künstler« war.

Vielleicht war seine Vorstrafe ein Zufall, wer wusste das schon? Letztlich konnten sie nur mit Sicherheit sagen, dass sein Geschäft eine mögliche Verbindung darstellte.

Sie waren gekommen, um mit ihm zu reden, ihm ein paar Fragen zu stellen und ihn mit den Fotos der Opfer zu konfrontieren. Ihm ein wenig auf den Zahn zu fühlen, abzuklopfen, ob er möglicherweise irgendetwas wusste oder sich durch seine Reaktion einen Platz im einsamen Kreis der Verdächtigen reservierte.

Andernfalls hätte sie statt Grohmann einen Kollegen mitgenommen, vielleicht sogar die Schutzpolizei alarmiert. Trotzdem spürte sie ein deutliches Kribbeln an ihren Nervenenden, das sie davor warnte, einfach in den Laden zu gehen und die Angestellte nach ihrem Chef zu fragen. Jennifer wollte wissen, wo er sich befand, bevor sie den nächsten Schritt tat.

Sie wollte dem Staatsanwalt gerade bedeuten, sie sollten noch eine kurze Runde drehen, als Gerhard Reisig in der Tür erschien, die hinter dem Verkaufstresen ins Lager und ins Büro führte. Grohmann neben ihr spannte sich unwillkürlich an. Auch er hatte ihn gesehen.

Jennifer nahm sich einige Sekunden, um den Mann zu mustern.

Er war groß und schlaksig, trug jedoch einen nicht zu verachtenden Bauch vor sich her, der bei einer Frau als sicheres Zeichen für eine Schwangerschaft gegolten hätte. Sein Gesicht war hager und eingefallen. Tränensäcke hatten sich unter seinen Augen gebildet. Er sah trotz seiner erst fünfundfünfzig Jahre alt und irgendwie gebrechlich aus.

Jennifer warf Grohmann einen Blick zu. »Sie warten draußen.«

Sein Gesicht verzog sich, doch sie kam ihm zuvor. »Keine Diskussion.«

Er verstummte, bevor er überhaupt die Gelegenheit gehabt hatte, etwas zu sagen.

Jennifer schlenderte auf die andere Seite und musste dabei um einige Kunden herum manövrieren, die, mit Einkaufstüten bepackt, blind ihrem nächsten Ziel entgegenrannten. Sie warf einen oberflächlichen Blick in die Auslage des Mobilfunkgeschäftes, bevor sie das *Un zeste de parfum* durch die relativ schmale Einkaufstür betrat.

Ihr schlug sofort eine intensive Geruchsmischung aus Blumen, Früchten und Kräutern entgegen. Selbst ein Blinder hätte erkennen können, womit hier gehandelt wurde. Für sich genommen mochten die Düfte angenehm sein, doch das geballte Gemisch überforderte Jennifers Geruchsnerven.

Sie waren ohnehin noch vollkommen übereizt von dem Geruchstest, den sie und Grohmann vor Öffnung des Einkaufszentrums in einer Parfümerie in Hanau durchgeführt hatten.

Es hatte Jennifer überrascht, wie genau Grohmanns auf Informationen aus dem Internet basierende Analyse gewesen war. Denn die Düfte der unterschiedlichen Produkte, die die Opfer benutzt hatten, waren sich so ähnlich, dass Jennifer nach zehn Minuten nicht mehr in der Lage gewesen war, die einzelnen Proben voneinander zu unterscheiden.

Möglicherweise hatten erst ihre Lieblingsdüfte die Frauen zu möglichen Opfern des Mörders gemacht. Doch wie wahrscheinlich ein derartiges Auswahlkriterium war, würde sie erst am Montag mit dem psychologischen Experten klären können. Informationen aus dem Internet und ihrer eigenen Logik wollte sie diesbezüglich lieber nicht trauen.

Die Angestellte drehte nur kurz den Kopf und lächelte sie an. Gerhard Reisig nahm keinerlei Notiz von ihr, während er hinter der Verkaufstheke in einem Katalog blätterte.

Jennifer ließ den Blick über die Regalreihen schweifen. Das Geschäft war gepflegt und ordentlich eingerichtet, doch es gab genügend Stellen, an denen das geübte Auge erkennen konnte, dass eine Renovierung überfällig war. Da half auch die üppige Dekoration nichts, die den Blick des Kunden von dem abblätternden Putz ablenken sollte.

Jennifer blieb einfach stehen und wartete.

Die Angestellte bemerkte schließlich, dass sich die potenzielle Kundin nicht umsah. Sie legte ihren Staubwedel beiseite, strich ihre Bluse glatt und schenkte ihr ein aufgesetztes Lächeln, für das sie einen Oscar verdient gehabt hätte. »Kann ich Ihnen helfen?«

Jennifer ging auf den Verkaufstresen zu und bedachte die Angestellte nur mit einem Seitenblick. »Eigentlich bin ich hier, um mit Ihrem Chef zu sprechen.«

Endlich hob Reisig den Blick. Seine dunklen Augen musterten sie von Kopf bis Fuß und sahen dabei alles andere als freundlich aus. »Ja?«, schnappte er.

Unwillkürlich fragte sie sich, ob und wenn ja, wie diese beiden überhaupt jemals etwas verkauften.

»Gerhard Reisig?«, fragte sie.

Seine Mundwinkel senkten sich, und in seine Augen trat ein beinahe feindlicher Ausdruck. Er erwartete offenbar Ärger. »Wer will das wissen?«

Jennifer zog ihren Ausweis hervor und hielt ihn ihm entgegen. »Kriminaloberkommissarin Jennifer Leitner. Ich möchte Ihnen ein paar Fragen stellen.«

Reisig kniff die Augen zusammen und beugte sich vor, offenbar versuchte er, die Schrift auf ihrem Ausweis zu entziffern. Mit einem theatralischen Seufzer schlurfte er um den Tresen herum und fummelte eine Lesebrille aus der Tasche seiner Cordhose.

Als er sich vorbeugte, sah Jennifer, wie sein Blick kurz die Tür in ihrem Rücken streifte. Unwillkürlich versteifte sie sich, doch er entwickelte in diesem Moment eine Schnelligkeit, die sie ihm niemals zugetraut hätte. Dasselbe galt für seine Kraft.

Er sprang vorwärts, stieß sie um und rannte los.

Jennifer taumelte und versuchte vergeblich, ihr Gleichgewicht zu halten. Dann krachte sie bereits in die Regale. Glas ging zu Bruch, Parfümfläschchen fielen zu Boden, und sie spürte, wie sich Feuchtigkeit auf ihrem Rücken ausbreitete.

Sie schaffte es irgendwie, den Sturz abzufangen und nicht zu Boden zu gehen.

Die Angestellte stand auf der anderen Seite des Verkaufsraums und starrte die Polizistin mit offenem Mund an. Ihr Arm hob sich und deutete mit einer beinahe anklagenden Geste auf die zerbrochenen Parfümflaschen und das heruntergerissene Regal.

Jennifer ignorierte sie und wirbelte zur Tür herum, durch die Reisig in diesem Moment flüchtete. Sie wollte ihm gerade hinterherrennen, als Grohmann wie aus dem Nichts auftauchte und dem Flüchtenden ein Bein stellte. Reisig flog der Länge nach auf die polierten Marmorfliesen der Einkaufsmeile.

Jennifer hörte das Krachen, als sein Kiefer auf dem Fußboden aufschlug.

Dann war sie bereits über ihm und jagte ihm ihr Knie in den Rücken, sodass er schmerzerfüllt aufschrie. Blut tropfte aus seinem Mund und aus einer Platzwunde am Kinn auf den Boden, wo bereits zwei seiner Zähne lagen. Er heulte wie ein Kleinkind, als sie ihm die Arme nach hinten riss und Handschellen anlegte.

Jennifer betrat den Verhörraum und warf das Handtuch, mit dem sie sich soeben das Genick abgetrocknet hatte, auf den schmucklosen Holztisch. Es roch genauso erbärmlich nach einer Mischung aus unterschiedlichen Parfüms wie sie selbst. Der Gestank klebte an ihrem T-Shirt und in ihren Haaren, und sie fürchtete, dass sie ihn nie wieder loswerden würde.

Gereizt ließ sie sich auf den Stuhl gegenüber von Gerhard Reisig fallen und unterdrückte einen Schmerzenslaut, als ihr Rücken sie qualvoll daran erinnerte, dass er mit kleinen, brennenden Schnitten überzogen war. Jennifer hatte es abgelehnt, ins Krankenhaus zu fahren, um sich zu vergewissern, dass nirgendwo ein Glassplitter feststeckte.

Grohmann setzte sich neben sie, den Blick die ganze Zeit auf das schmerzverzerrte, jedoch vollkommen verschlossene Gesicht Gerhard Reisigs geheftet.

Bisher hatte der Kerl nicht nach einem Anwalt verlangt.

Das konnte gut für sie sein.

Er hatte aber auch nichts gesagt. Die Aufklärung über seine Rechte hatte er stoisch über sich ergehen lassen. Keine Frage war über seine Lippen gekommen. Auf das Angebot von Kaffee, Wasser oder Zigaretten hatte er nicht reagiert.

Das konnte schlecht für sie sein.

Wenn er dicht machte, hatten sie bereits verloren. Denn abgesehen von seinem Fluchtversuch hatten sie nichts gegen ihn in der Hand.

Jennifer schlug den Aktendeckel auf, in den sie einige Ausdrucke und Fotos gelegt hatte. Sie blätterte in den bedruckten Seiten, ohne wirklich Notiz von dem zu nehmen, was dort stand, und beobachtete ihr Gegenüber unauffällig.

Reisig scharrte nervös mit den Füßen.

Sehr gut.

Sie schlug den Aktendeckel zu, warf ihm einen abschätzenden Blick über den Tisch hinweg zu und spielte währenddessen mit ihrem Kugelschreiber. Entspannt lehnte sie sich zurück, wurde von ihrem Rücken jedoch erneut daran erinnert, dass das keine gute Idee war.

»Haben Sie uns irgendetwas zu sagen, Herr Reisig?«, fragte sie schließlich kühl.

Keine Reaktion.

»Es wäre besser für Sie, wenn Sie mit uns kooperieren, das sollten Sie eigentlich wissen.«

Wieder scharrte er mit den Füßen. Offenbar war er sich dieser Reaktion seines Körpers nicht bewusst, obwohl das Geräusch schon fast unnatürlich laut in dem kleinen Raum widerhallte.

Jennifer stieß einen Seufzer aus und schickte sich an, aufzustehen. »Na gut, dann werden wir Sie eben dem Haftrichter vorführen.«

Das Wort »Haft« schien ihn dann doch davon zu überzeugen, dass es besser war, sie nicht den Raum verlassen zu lassen. »Haftrichter?«, fragte er. Er versuchte, seine Stimme tonlos klingen zu lassen, seine Überraschung war ihm jedoch deutlich anzuhören.

Sie setzte sich wieder. »Was dachten Sie denn?«, grummelte sie betont genervt.

»Ich ... wieso?«

»Was, wieso?«

»Wieso wollen Sie mich vor den Haftrichter zerren?« Die Aussicht schien ihn zu beeindrucken.

»Sagen Sie es mir.«

Er zuckte die Schultern und hob die Hände zu einer fragenden Geste, soweit die Handschellen ihm dies erlaubten. »Ich habe keine Ahnung, warum Sie mich verhaftet haben.«

»Ach, nein?« Jennifer warf ihm einen finsteren Blick zu und begann dann an den Fingern abzuzählen: »Tätlicher Angriff auf einen Polizeibeamten, gefährliche Körperverletzung, Widerstand gegen die Staatsgewalt, und wenn ich Ihr Fluchen mitrechne, kommt Beamtenbeleidigung auch noch hinzu.«

Seine Brauen zogen sich zusammen. »Wieso *gefährliche* Körperverletzung? Ich habe Sie geschubst.«

»Weil ich verdammt nachtragend bin«, erwiderte sie. »Und die Tatsache, dass sie mich gezielt in ein Regal mit Glasflaschen gestoßen haben, lege ich so aus, dass Sie das Regal sowie das Glas bewusst als Tatwaffe benutzt haben.«

Was natürlich vollendeter Quatsch war, aber irgendwie musste sie ihn aus der Reserve locken.

»Wollen Sie mich verarschen?«, fragte er mit einem Kopfschütteln. »Hat sich mal jemand mein Gesicht angesehen?«

Es war blau und verquollen, die Lippe und das Kinn waren von den Sanitätern vor Ort genäht worden. Jennifer war froh, dass der Arzt, der im Einkaufszentrum erschienen war, ihnen grünes Licht für die Verhaftung gegeben und nicht auf einem Ausflug ins Krankenhaus bestanden hatte.

Jennifer zuckte die Schultern. »Ein bedauerlicher Unfall.«

Reisigs Blick verdunkelte sich. »Das ist hoffentlich nicht Ihr Ernst. Selbst wegen dem, was sie da gerade alles aufgezählt haben, können Sie mich nicht in den Knast stecken!« Sein Tonfall war selbstsicher, doch seine gesamte Haltung verriet seine Nervosität. Er hatte eine Ahnung, warum er hier saß und sie ihm mit Untersuchungshaft drohte. »Ihr werter Haftrichter wird das sicherlich genauso sehen.«

Wieder zuckte sie mit den Schultern. »Wenn Sie ein unbeschriebenes Blatt wären, würde ich Ihnen zustimmen. Doch bei Ihrer Vergangenheit ...«

Ihm war anzusehen, dass seine Wut stetig zunahm. Zorn war gut. Er brachte Menschen dazu, Dinge zu sagen, die sie eigentlich für sich behalten wollten.

»Bullshit! Meine Vergangenheit hat damit nicht das Geringste zu tun!«

»Wenn Sie meinen.«

»Warum haben Sie mich verhaftet? Was wollen Sie von mir?«

Sie spielte wieder mit ihrem Kugelschreiber und sagte vollkommen ruhig: »Das wissen Sie doch selbst am besten, Herr Reisig.«

»Ich weiß überhaupt nichts.« Rot gefärbte Spucke flog aus seinem Mund und landete in feinen Tropfen auf der Tischplatte.

»Warum sind Sie dann geflohen?« Sie fixierte ihn.

»Ich … ich weiß nicht … Angst …«

»Weshalb?«

»Ich … Scheiße, Sie haben es doch gerade selbst gesagt!«, fuhr er sie an.

»Was habe ich gesagt?«

»Meine Vergangenheit. Die Verurteilung.«

Jennifer zog die Augenbrauen nach oben. »Darf ich Sie zitieren, Herr Reisig? Ihre Vergangenheit hat nicht das Geringste damit zu tun.« Sie beugte sich vor. »Zumindest müssen Sie nicht versuchen, mir das Märchen zu erzählen, Sie hätten seit … wie lange ist das her? Fünfzehn Jahre? Also seit fünfzehn Jahren, seit Ihrer Verurteilung damals, hätten Sie solche Angst vor Bullen, dass Sie jedes Mal die Beine in die Hand nehmen, wenn Sie einen sehen. Sie sind vollständig resozialisiert, oder etwa nicht?«

Er rutschte jetzt auf seinem Stuhl hin und her.

»Warum wollten Sie abhauen?«

Keine Antwort.

»Sie sind nicht nur abgehauen, Sie haben auch, wenn die Schätzung Ihrer Angestellten zutrifft, Ware im Wert von fast dreitausend Euro zerstört.« Sie faltete die Hände vor sich auf der Tischplatte und schlug einen versöhnlichen Tonfall an. »Ich muss Ihnen hoffentlich nicht erklären, welcher Eindruck dadurch entsteht?«

Er wich ihrem Blick aus.

»Was haben Sie erwartet, als ich mich als Kriminalbeamtin vorgestellt habe? Was hatten Sie zu befürchten?« Da er nicht den Eindruck machte, als wolle er antworten, schlug sie wieder den Aktendeckel auf. »Vielleicht hat Ihre Vergangenheit ja doch etwas damit zu tun …«, sinnierte sie.

Reisig reagierte, indem er auf das Blatt Papier vor ihr blickte. Er saß aber zu weit weg, um auch nur einen Buchstaben entziffern zu können.

»Wenn wir gerade dabei sind, können wir die Angelegenheit ja auch etwas näher beleuchten, oder ist Ihnen das unangenehm?«

Wieder blieb er ihr eine Antwort schuldig.

»Sie haben vor fünfzehn Jahren eine Kollegin vergewaltigt und ...«

»Ich habe sie nicht vergewaltigt«, stellte Reisig mit eisiger Stimme fest.

Jennifer spielte die Verblüffte. »Nein? Ich dachte ...«

Erneut unterbrach er sie. »Ich bin wegen sexueller Belästigung verurteilt worden.«

Sie nickte. »Dafür sind Sie verurteilt worden. Aber die ursprüngliche Anzeige Ihres Opfers lautete auf Vergewaltigung.«

»Es war ein Missverständnis zwischen ihr und mir. Während des Prozesses hat sie eingesehen, dass sie übertrieben reagiert hatte, und die Anklage wurde entsprechend verändert.« Er wiederholte ziemlich genau das, was noch an Informationen über den Fall zu finden war. Es war bemerkenswert, dass sich seine Argumentation innerhalb der letzten eineinhalb Jahrzehnte nicht geändert hatte.

»Aber Sie hatten damals doch zugegeben, mit ihr geschlafen zu haben«, hakte Jennifer mit gerunzelter Stirn nach. »Worauf basierte da das Missverständnis?« Sie hatte gelernt, auch in stichwortartigen Aufzeichnungen zwischen den Zeilen zu lesen. Seine Akte sprach eine sehr eindeutige Sprache.

Reisig machte Anstalten, die Arme vor der Brust zu verschränken, seine Handschellen ließen ihm jedoch keine Möglichkeit dazu. »Ich war einfach ein wenig zu forsch.«

»Passiert Ihnen das heute auch noch?« Sie machte keinen Hehl daraus, dass diese Frage eine Falle war. Sie hatte das Gefühl, dass er etwas ausgefressen hatte. Sein gesamtes Verhalten schrie »schuldig«, und sie wollte ihn glauben machen, dass sie sehr genau wusste, was er getan hatte. »Werden Sie auch heute gegenüber Frauen manchmal ein wenig zu ... forsch?«

Er erwiderte ihren Blick beinahe emotionslos, ohne auf die Frage zu antworten. Seine Augen verrieten allerdings, dass er innerlich keinesfalls ruhig und entspannt war.

Jennifer seufzte ungeduldig. »Herr Reisig, wir wissen doch beide, warum ich heute mit Ihnen reden wollte. Und warum Sie einen Fluchtversuch unternommen haben. Einen erbärmlichen Fluchtversuch zwar, aber trotzdem wollten Sie davonlaufen. Vor welcher meiner Fragen sind Sie geflohen?«

Reisig starrte sie an, sekundenlang. Er öffnete den Mund und schloss ihn dann wieder.

»Ich verstehe, dass Ihnen das unangenehm ist, aber wenn wir jetzt darüber sprechen, ersparen Sie sich eine Menge zusätzlichen Ärger.«

Sie konnte ihn noch immer nicht ermutigen, doch sie sah, wie es in seinem Kopf arbeitete. »Vielleicht wollen Sie es mir nicht erzählen. Würden Sie sich besser fühlen, wenn Sie mit meinem Kollegen allein sprechen könnten?« Sie nickte in Richtung Grohmann.

»Wieso sollte ich?«

»Weil Sie vielleicht ein Problem mit mir haben. Sie mögen Frauen nicht besonders. Leider können Sie aber auch nicht ohne sie. Deshalb sind Sie immer wieder in Situationen geraten, die Sie nicht beherrschen konnten.« Etwas flackerte in seinen Augen. »Und wenn das passiert, führt das unweigerlich zur Eskalation. Wie vor fünfzehn Jahren, nur dass man Sie damals erwischt und in Ihre Schranken verwiesen hat.«

Jennifer spürte, dass sie auf dem richtigen Weg war. Seine Hände zitterten unmerklich. »Eine Weile hat das geholfen, doch ich frage mich, was dazu geführt hat, dass Ihre dunkle Seite derart die Oberhand gewonnen hat. Was ist passiert? Welche Eskalation hat Sie so weit getrieben?«

Zuerst schien es, als wollte er sich weiterhin in Schweigen hüllen, dann öffnete er jedoch endlich den Mund. »Ich kann nichts dafür.«

»Ich bin geneigt, Ihnen zu glauben, Herr Reisig. Aber dazu müssen Sie mir erzählen, warum das alles passiert ist.«

Unvermittelt brach er zusammen. Seine Schultern sackten nach vorne, und Tränen rannen über sein Gesicht. Sein Körper erbebte unter den Schluchzern. Er gab eine jämmerliche Figur ab, doch weder Jennifer noch Grohmann empfanden auch nur eine Spur von Mitleid.

Jennifer war unsicher, ob sein Zusammenbruch echt oder gespielt war, trotzdem verspürte sie Zorn. Sie wollte über den Tisch greifen und ihn schütteln. »Was ist passiert, Herr Reisig? Sie sind zu weit gegangen, habe ich recht? Sie haben den einen Punkt überschritten, an dem es kein Zurück mehr gab?«

Er nickte heftig. »Ich wollte das doch nicht ...«

Sicher.

»Ich wollte ihr nicht wehtun ... Sie hätte verdammt noch mal nicht so ausrasten sollen.«

Grohmann warf Jennifer einen Blick zu.

»Sie hat Sie wütend gemacht?«

»Ja.«

»Sie haben die Kontrolle verloren?«

»Ja!«

»Sie haben ihr wehgetan.«

»Ich ... ich habe sie gewürgt ... Mein Gott, ich hatte plötzlich meine Hände um ihren Hals!«

»Sie haben zugedrückt«, stellte Jennifer sachlich fest.

Er nickte. »Als ich wieder zu mir kam, wieder ich selbst war, da war es schon geschehen … Ich wollte es rückgängig machen … aber …«

»Sie atmete nicht mehr.«

»Was?!« Er starrte Jennifer voller Entsetzen an. »Die Schlampe ist tot?«

Seine Reaktion überraschte sie, doch die Ermittler ließen sich nichts anmerken. Jennifer beschränkte sich auf einen emotionslosen Gesichtsausdruck.

Gerhard Reisig schüttelte den Kopf. »Das … aber das kann nicht sein … Als ich dort weggefahren bin, war sie noch am Leben! Sie war außer sich, sie hatte Verfärbungen am Hals und röchelte ein bisschen, aber sie lebte! Sie hat mich doch noch aus dem Zimmer gejagt. Irgendein anderer Freier nach mir muss der Nutte die Luft abgedreht haben!«

Jennifer behielt den ungerührten Blick bei, obwohl in ihrem Kopf die Gedanken ziemlich in Aufruhr gerieten. Er hatte etwas verbrochen, keine Frage. Doch es hörte sich nicht nach etwas an, das den Verdacht untermauerte, er könnte der »Künstler« sein.

Spielte er mit ihnen? Der Mann, den sie suchten, war nach Expertenmeinungen hochintelligent. Er konnte versuchen, seinen Kopf aus der Schlinge zu ziehen, indem er ihnen ein anderes Verbrechen gestand, um sie zu beschäftigen.

In Gedanken ging sie die Meldungen der letzten Tage und Wochen durch. Keine erwürgte Frau. Keine entsprechende Anzeige wegen Körperverletzung. Keine Meldung aus dem Bordell oder von einer Prostituierten.

Von welcher Frau er auch sprach, sie mussten davon ausgehen, dass sie noch am Leben war.

Jennifer wollte ihre Karten jedoch keinesfalls schon auf den Tisch legen. »Wir haben Beweise, die Sie mit dem Tatort in Verbindung bringen.«

»Mit dem ›Palace‹ lässt sich die halbe Stadt in Verbindung bringen«, erwiderte er mit einer Mischung aus Verzweiflung und Trotz.

Bingo! Sie hatte ihm eine wichtige Information entlockt. Es war ein guter Zeitpunkt, ihn reden zu lassen.

»Sie kommen zu mir, nur weil ich vor fünfzehn Jahren diesen beschissenen Fehler gemacht habe?!« Seine Wut brach jetzt erneut hervor, und er richtete sich wieder auf. »Ich habe die Nutte nicht umgebracht!«

»Niemand hat gesagt, dass sie tot ist.«

Verwirrung trat auf sein Gesicht. »Verarschen Sie mich nicht! Was soll der Mist?! Ist sie jetzt tot, oder hat sie mich angezeigt?! Verdammtes Flittchen!«

»Vielleicht haben Sie ja diese Frau nicht umgebracht, aber möglicherweise eine andere … Vielleicht sogar mehr als nur eine.«

Seine Gesichtszüge machten mehrere Veränderungen durch, bevor er puterrot anlief. Seine Stimme wurde zu einem verzerrten Kreischen. »Sind Sie irre?! Ich habe diese verdammte Nutte geprellt, sie ist ausgerastet, ich habe sie zur Raison gebracht, es ist etwas hässlich geworden … darum bin ich abgehauen, als Sie bei mir im Laden standen!«

Jennifer zuckte nur die Schultern.

»Deshalb sind Sie zu mir gekommen? Wegen dieser toten Frauen?! Das hängen Sie mir nicht an! Glauben Sie bloß nicht …«

»Niemand will Ihnen irgendetwas anhängen«, unterbrach ihn Jennifer kühl, dann verzog sie die Mundwinkel zu einem sanften Lächeln. »Dass aus dem Vorhaben, Ihnen nur ein paar harmlose Fragen zu stellen, ein Geständnis bezüglich Ihres kleinen Ausrasters im ›Palace‹ geworden ist, haben Sie sich ganz alleine zuzuschreiben. Leider macht Sie Ihr Geständnis nicht unbedingt sympathischer.«

Er starrte sie an. Sie konnte sehen, wie es in seinem Kopf ratterte und er das Puzzle zusammensetzte. »Scheiße«, fluchte er, als ihm endgültig klar wurde, dass er sich selbst ans Messer geliefert hatte – wegen einer Angelegenheit, von der die Polizei vorher vielleicht nicht einmal etwas geahnt hatte.

Jennifer wusste schon, was als Nächstes kommen würde, bevor er seine Forderung überhaupt aussprach.

»Ich will einen Anwalt.«

»Eine weise Entscheidung. Denn Sie sind ab sofort wegen versuchten Mordes verhaftet.«

17

Herzheim war ein abgelegenes Dorf in den nördlichen Ausläufern des Schwarzwalds. Die Häuser schmiegten sich entlang der engen Hauptstraße an einen Hang. Die gesamte Ortschaft war von dichtem Wald eingeschlossen.

Bei den meisten Gebäuden handelte es sich um alte, jedoch sehr gepflegte Fachwerkhäuser mit grün oder dunkelblau lackierten Holzläden und Blumenkästen vor den Fenstern. Nur in einigen Seitensträßchen konnte man einen Blick auf Häuser mit Betonfassaden oder auf ausgebaute Scheunen erhaschen.

Charlotte war sich im Klaren darüber gewesen, dass es keine Buslinie gab, die den Ort direkt anfuhr. Doch sie hatte die Strecke, die sie nicht mit öffentlichen Verkehrsmitteln zurücklegen konnte, vollkommen unterschätzt. Von Bad Herrenalb aus war sie nicht mehr weit gekommen.

Etwas zerknirscht musste sie sich eingestehen, dass ein Mietwagen doch die bessere und günstigere Alternative gewesen wäre. Eine Tatsache, die von dem Betrag noch unterstrichen wurde, den ihr die Taxifahrerin abknöpfte, als sie die von ihr angegebene Adresse erreicht hatten.

Charlotte stieg aus dem Wagen und schulterte ihren Rucksack.

Es war ein sonniger und milder Tag. Die Luft hatte eine ungewohnte Frische und duftete nach Herbstblumen und Wald. Herzheim lag friedlich und still da, und bis auf einen dicken Kater, der auf einem Torpfosten in der Sonne döste, war niemand zu sehen. Irgendwo bellte ein Hund.

Nur die Bewegung eines Vorhangs in einem Haus auf der

anderen Straßenseite verriet, dass der Ort weder verlassen noch ihre Ankunft unbemerkt geblieben war. Sie ahnte, dass sie in den nächsten Tagen ein erstklassiges Gesprächsthema abgeben würde – vermutlich war ihr Auftauchen die einzige Unregelmäßigkeit im Dorfleben seit Monaten. Schon allein wegen ihres Aussehens musste sie in der ländlichen Idylle auffallen wie ein bunter Hund. Die Dorfjugend trug vermutlich eher selten zerrissene Jeans und eine militärisch geschnittene Jacke zu hochhackigen Stiefeln.

Ein poliertes Metallschild neben einem geschlossenen Tor wies darauf hin, dass sie vor dem Gemeindehaus stand. Hinter dem Tor lag ein kleiner gepflasterter Hof, der allenfalls für zwei Autos Platz bot, heute aber ungenutzt war.

Charlotte spähte zu dem alten Fachwerkhaus hinüber, das einst vermutlich ein etwas größeres Bauernhaus gewesen war. Mit den bestickten weißen Vorhängen und den Blumen, die überall in Kästen und Kübeln wuchsen, sah es in keinster Weise wie ein Rathaus aus.

Sie probierte das Tor, doch es war abgeschlossen. Unter dem Schild war in den Betonpfosten ein Briefkasten eingelassen, neben dem sich ein unscheinbarer Knopf befand. Charlotte war sich nicht einmal sicher, dass es eine Klingel war, als sie draufdrückte.

Weder ertönte ein Läuten, noch passierte in der nächsten halben Minute irgendetwas.

Sie wollte gerade noch einmal klingeln, als die Haustür geöffnet wurde und das Gesicht einer alten Frau durch den Spalt lugte.

Die Alte musterte sie mehrere Sekunden lang mit zusammengekniffenen Augen und einem misstrauischen Gesichtsausdruck. Schließlich stemmte sie die Haustür auf, indem sie sich mit der Schulter dagegen lehnte, und kam, auf einen Stock gestützt, durch den Hof geschlurft.

Ohne weiter von Charlotte Notiz zu nehmen, fummelte sie mit einem Schlüsselbund herum. Sie brauchte fast eine ganze Minute, um das Tor aufzuschließen. Quietschend schwang es nach innen auf, und Charlotte war einer neuerlichen kritischen Musterung aus tief liegenden wässrigen Augen ausgesetzt.

»Sie sind Frau Seydel, nehme ich an?«

»Ja«, bestätigte sie mit einem Nicken. Sosehr sie sich auch bemühte, ihre Mundwinkel wollten ihre Verunsicherung einfach nicht überspielen.

Dann erschien jedoch ein Lächeln auf dem Gesicht der Frau. Sie wechselte den Gehstock in die Linke, um mit ihrer Rechten Charlottes Hand zu schütteln, die sie ganz automatisch ausgestreckt hatte. Die Hand der alten Frau war knochig und kühl. »Elisabeth Goldstein.«

Charlotte hatte damit gerechnet, dass die Archivarin nicht mehr die Jüngste war, doch ihr tatsächliches Alter überraschte sie. Sie musste weit über achtzig sein. Ihre Haare waren schneeweiß, und die Falten in ihrem Gesicht warfen im Sonnenlicht harte Schatten.

Elisabeth Goldstein gab einen merkwürdigen Laut von sich, als sie sich umdrehte. Es hätte ein Husten oder ein heiseres Lachen sein können. »Kommen Sie. Kommen Sie.« Sie kämpfte sich über den Hof zurück zum Haus und die Stufen hinauf.

Charlotte folgte ihr.

Im Innern des Hauses war es düster und kühl. Charlottes Augen brauchten eine Weile, um sich an die Beleuchtung zu gewöhnen.

Elisabeth Goldstein führte ihre Besucherin einen engen Flur entlang, der von restaurierten Holztüren gesäumt war. Bilder von Jagdimpressionen hingen an den Wänden, aber keinerlei Beschilderung, die darauf hinwies, was sich in den Räumen hinter den geschlossenen Türen befand.

Der Flur verbreiterte sich schließlich. Charlotte hatte den Eindruck, dass sie einen Anbau betraten, der nachträglich an das Haupthaus angefügt worden war, wahrscheinlich auch in längst vergangenen Zeiten.

Schließlich betrat Elisabeth Goldstein einen größeren Raum, der mit Regalen und Aktenschränken vollgestopft war. Ohne ein Wort zu sagen, setzte sie sich hinter einen Tisch, auf dem sich neben einer alten Schreibmaschine Karteikästen stapelten.

Charlotte stieg sofort der intensive Geruch nach Ringelblumen in die Nase. Einen Augenblick lang war sie nicht sicher, ob der Duft in der Luft lag oder von Elisabeth Goldstein ausging. Dann entdeckte sie jedoch die Vase mit frisch geschnittenen Blumen auf dem Fensterbrett.

Wortlos zog die alte Frau ein Notizbuch zu sich heran, blätterte langsam die Seiten durch, bis sie endlich zu einem Blatt kam, das noch nicht gänzlich vollgeschrieben war. Nachdem sie ihre Brille aufgesetzt und einen antiquierten Füller zur Hand genommen hatte, blickte sie zu Charlotte auf.

Einen Moment lang schien sie überrascht zu sein, dass überhaupt jemand vor ihr stand. Ihr Gesichtsausdruck erweckte den Eindruck, als hätte sie Charlottes Anwesenheit in den letzten Sekunden vergessen. »Ähm, Ihr Name war Seydel, richtig?«

»Ja.«

Elisabeth Goldstein bemerkte Charlottes Verwirrung. Wieder erklang dieses heisere Geräusch in ihrer Kehle, das Charlotte jetzt eindeutig als Lachen identifizierte. »Ich muss Sie eintragen. Ich registriere alle Personen, die das Archiv besuchen.«

»Ach so.«

Charlotte sah geduldig zu, wie die Archivarin langsam und mit übertrieben wirkender Sorgfalt das Datum und ihren Nachnamen in das Buch eintrug.

»Und weswegen wollten Sie noch mal in unser Archiv?«

»Private Ermittlungen«, erwiderte Charlotte. Ihr entging die Neugier der alten Dame keineswegs, und sie hoffte, dass sie sich mit dieser Auskunft zufriedengeben würde. »Unter anderem ging es um die alten Ausgaben ...«

»Des *Herzheimer Anzeigers*. Ich erinnere mich.« Wieder notierte sich Elisabeth Goldstein etwas in dem Buch. »Und wo genau kommen Sie her?«

»Lemanshain. Das liegt in Hessen, im Spessart, zwischen Hanau und Würzburg.«

»Sind Sie ein Privatschnüffler?«

Charlotte schüttelte den Kopf. »Nein.«

Elisabeth Goldstein stieß einen hörbar enttäuschten Seufzer aus. »Schade.«

Sie bemerkte Charlottes irritierten Blick, und ein schiefes Lächeln verzerrte ihr Gesicht. »Entschuldigen Sie meine Neugier, junge Frau. Besucher sind äußerst selten. Ich weiß gar nicht mehr, wann ich zum letzten Mal die Ehre hatte, irgendjemanden von außerhalb in meinem kleinen, bescheidenen Reich begrüßen zu dürfen. Ich hatte gehofft, Sie würden vielleicht die eine oder andere interessante Geschichte zu erzählen haben.«

Als sie sich jetzt erhob und sich wieder auf ihren Stock stützte, bemerkte Charlotte, dass sie die etwas verschroben wirkende Frau falsch eingeschätzt hatte. Sie war nicht nur neugierig, sondern für ihr Alter auch überraschend aufgeweckt und achtsam. Ihr Geist war noch vollkommen klar, es war nur ihr Körper, der nicht mehr so arbeitete, wie sie es sich wahrscheinlich wünschte.

»Tut mir leid. Damit kann ich leider nicht dienen. Aber ich bin Ihnen sehr dankbar, dass Sie mir heute bereits die Möglichkeit geben, Recherchen anzustellen.«

Elisabeth Goldstein winkte ab. »Ach, Mädchen, ich bin froh, wenn ich mal etwas zu tun bekomme. Kommen Sie, ich zeige Ihnen, wo Sie die alten Ausgaben unseres Dorfblättchens finden.«

Der Weg endete bereits eine Regalreihe später in der hintersten Ecke des Raumes. Neben einem klapprig wirkenden Tisch stand ein alter Holzschrank, an dessen Türen ein handgeschriebenes Schild klebte. »Anzeiger« stand darauf.

»Da drin finden Sie sämtliche Ausgaben. Auf den Ordnern stehen die Jahreszahlen, alles ordentlich sortiert.« Elisabeth Goldstein deutete auf den Tisch. »Hier können Sie sich hinsetzen.« Ein Holzstuhl mit geblümtem Polster stand davor. Charlotte hatte den Eindruck, ein paar Jahrzehnte in die Vergangenheit zurückversetzt worden zu sein.

Sie ließ ihren Rucksack von den Schultern gleiten und stellte ihn neben den Stuhl auf den Boden.

»Bringen Sie mir ja nur nichts durcheinander.«

Charlotte nickte und bedankte sich erneut.

»Wenn Sie mich brauchen, ich bin vorne an meinem Schreibtisch. Noch ein paar Akten sortieren.«

Charlotte wartete, bis die alte Frau wieder hinter den Regalen verschwunden war, bevor sie sich dem Schrank zuwandte.

Sie spürte deutlich, wie ihre Aufregung wuchs, als sie die Schranktüren öffnete. In den Regalen stand Ordner an Ordner, die Rücken ordentlich von Hand beschriftet. Jedes Jahr war auf zwei Aktenordner verteilt. Vor ihr standen sechsunddreißig Jahre Dorfgeschichte.

Zuerst nahm sie sich die beiden Ordner aus dem Jahr 1986 vor. Ihre Vermutung, dass der Zeitungsausschnitt, den sie gefunden hatte, aus Ausgabe 18 des Jahres 1986 stammte, bestätigte sich.

Die Zeitung war einigermaßen regelmäßig in ein- bis zweiwöchigem Abstand erschienen. Eine Ausgabe umfasste zwanzig bis dreißig Seiten. Es dauerte daher nicht allzu lange, bis sie die Seite mit dem Artikel fand, der sie hierher geführt hatte. Charlotte las ihn noch einmal durch.

Am Wochenende wurde ein verstörtes Mädchen von Wanderern im Wald aufgefunden. Untersuchungen im Krankenhaus ergaben, dass die Jugendliche vergewaltigt worden ist. Zu den genauen Umständen dieser schrecklichen Tat wollte sich die Polizei am Montagmorgen noch nicht äußern. Internen Informationen zufolge handelt es sich bei dem Opfer aber um die Herzheimerin Lena F. Unsere Gedanken sind bei Dir und Deiner Familie, Liebes. VSH.

Die nächste Ausgabe des Herzheimer Anzeigers ging Charlotte langsam und sorgfältig durch und fand den bereits vermuteten Anschlussartikel. Er enthielt jedoch nur noch einmal die Fakten, die bereits zuvor berichtet worden waren. Die einzigen Zusatzinformationen fanden sich am Schluss.

Die Polizei ermittelt noch. Offenbar gibt es aber bisher keine Hinweise auf den Täter. Anfragen, ob sich die Herzheimer Bevölkerung sorgen müsste, wurden nicht beantwortet. Ebenso wurden keine weiteren Informationen zu dem Verbrechen mit Hinweis auf die laufenden Ermittlungen gegeben.

Charlotte hoffte, dass es dabei nicht geblieben war. Und tatsächlich wurde sie in der nächsten Ausgabe mit einem größeren und ausführlicheren Artikel belohnt, der die Überschrift »Entführer und Vergewaltiger noch immer auf freiem Fuß!« trug.

Wie ich bereits zuvor berichtete, ist ein junges Mädchen aus unserer Mitte einem schrecklichen Verbrechen zum Opfer gefallen. Wie aus unterschiedlichen Kreisen nun bekannt geworden ist, wurde Lena F. bereits zwei Tage vor ihrem Auffinden von einem Unbekannten entführt und in ein Versteck verschleppt. Dort fiel der Täter offenbar mehrmals über sie her. Nur durch einen glücklichen Zufall konnte sie ihrem Peiniger entkommen.

Die Polizei tappt jedoch nach wie vor im Dunkeln. Weder konnte die 17-Jährige Angaben zu dem Mann machen, der sie überfallen hat, noch konnte sie ausreichende Hinweise auf den

Ort des Geschehens geben, wo sie festgehalten und vergewaltigt worden ist.

Leider war es nicht möglich, mit dem Opfer oder ihren Angehörigen zu sprechen. Auch die Wanderer, die das Mädchen gefunden haben, konnten wir nicht ausfindig machen. Man kann aber aufgrund des Vorgehens des Täters davon ausgehen, dass er wieder zuschlagen wird. Die Frage ist nur: Wer ist die Nächste?

Die Polizei führt die Ermittlungen fort. Es ist aber offensichtlich, dass man dem Fall keine allzu große Priorität zuweist. Deshalb können wir unseren Mitbürgern nur den Rat geben: Seid achtsam und achtet vor allem auf eure Kinder!

Charlotte notierte sich Nummer und Seitenzahl der Ausgabe, dann suchte sie weiter. Der Vorfall wurde jedoch in den nächsten Wochen nicht mehr erwähnt. Letztlich fand sich nur noch einige Zeit später ein Artikel, der kaum den Platz einer gewöhnlichen Todesanzeige einnahm.

Auf Rückfrage habe die Familie bestätigt, dass die Ermittlungen zu der Vergewaltigung ihrer Tochter eingestellt worden seien. Die Familie bitte dringend darum, von weiteren Anfragen abzusehen.

Charlotte lehnte sich auf dem Stuhl zurück und ließ das Gelesene einen Moment lang sacken. Professioneller Journalismus sah natürlich anders aus, und die letzte Zeile vermittelte ihr das unbestimmte Gefühl, dass die Opferfamilie alles andere als erfreut darüber gewesen war, dass der Vorfall in der Dorfzeitung mehrfach erwähnt wurde.

Möglicherweise hatte auch die Polizei nach dem zweiten Artikel eingegriffen, der durchaus reißerische Tendenzen aufwies.

Charlotte blätterte zu dem Artikel zurück und las ihn noch zweimal durch. Was hatten diese Geschehnisse mit ihrer Mutter zu tun? Standen sie überhaupt mit ihr in Verbindung? Wer war Lena F.?

Das Opfer der Vergewaltigung war 1986 siebzehn Jahre alt gewesen. Genauso alt wie ihre Mutter. Also vielleicht doch eine Jugendfreundin? Eine Freundin, die ihr besonders nahegestanden hatte?

Ein unangenehmes Gefühl beschlich Charlotte und verfestigte sich in ihrem Magen.

Sie las den Artikel noch ein weiteres Mal und sprang dann zur ersten Erwähnung der Vergewaltigung zurück, zu dem Artikel, den ihre Mutter in ihrem Album aufbewahrt hatte. Charlottes Augen blieben am Datum der Ausgabe 18/86 hängen. Ihr Gehirn stellte eine Rechnung an, bevor ihr überhaupt bewusst wurde, dass ihre Gedanken in diese Richtung gingen.

Das Opfer war zum Zeitpunkt der Tat siebzehn Jahre alt gewesen. Ihre Mutter war siebzehn Jahre alt gewesen.

Klick.

Die Tat war genau neuneinhalb Monate vor ihrer Geburt passiert.

Klick.

Eine Vergewaltigung.

Klick.

Charlotte spürte, wie sich das ungute Gefühl in ihrer Magengrube zu echter Übelkeit auswuchs.

»Oh, mein Gott ...«

Das war nicht möglich. Das konnte nicht möglich sein!

War sie – Charlotte – etwa das Produkt dieser Tat?

Sie schüttelte den Kopf und schloss für einen Moment die Augen. Das war verrückt! An den Haaren herbeigezogen! Sie wollte überhaupt nicht daran denken, dass es so sein könnte, und wünschte sich, sie hätte diese Schlussfolgerung niemals gezogen.

Dass sie neuneinhalb Monate später geboren worden war, hieß noch überhaupt nichts. Sie wusste ja nicht einmal, ob sie nicht eine Frühgeburt gewesen war.

Es war vollkommen ausgeschlossen!

Eine leise Stimme in ihrem Hinterkopf flüsterte ihr jedoch die Frage zu, ob dies nicht einiges erklären würde. Beispielsweise, warum ihre Mutter sich strikt geweigert hatte, über Charlottes Vater zu sprechen.

Nein. Niemals! Das konnte nicht sein.

Es durfte nicht sein.

Sie massierte sich die Schläfen und versuchte, sich zu beruhigen. Ihr Magen ignorierte ihre Anstrengungen jedoch völlig.

»Ganz ruhig, Charlie«, flüsterte sie sich selbst zu. »Du musst diese haarsträubende Theorie nur widerlegen.«

Und wie sollte sie das tun?

Verzweifelt ging sie die Möglichkeiten durch, die ihr für weitere Recherchen offenstanden. Sie hatte keinerlei Optionen.

Nun ja, eine vielleicht. Eine mögliche Informationsquelle befand sich gar nicht so weit von ihr entfernt. Sie saß direkt hier in diesem Raum.

Warum war sie nicht früher auf die Idee gekommen?

Charlotte fischte den Zeitungsartikel, der aus dem Fotoalbum ihrer Mutter gefallen war, aus ihrem Rucksack. Sie musste sich zusammenreißen, um die wenigen Meter um die Regale herum zu dem Schreibtisch am Eingang nicht zu rennen.

Elisabeth Goldstein saß am Tisch und ging einen Kasten mit Karteikarten durch. Sie hob den Blick, und ihre Augen verdunkelten sich, als sie die Erregung ihres Gastes bemerkte. Sie kam jedoch gar nicht mehr dazu, die junge Frau darauf anzusprechen, da diese ihr in der nächsten Sekunde bereits einen Zeitungsausschnitt vor die Nase hielt.

»Sagt Ihnen dieser Artikel etwas?«

Die alte Frau richtete ihren Blick verblüfft auf den Text. Die Sekunden, die sie zum Lesen brauchte, schienen zu Minuten zu werden. »Wann soll das passiert sein?«

»1986. Erinnern Sie sich daran? Sie leben doch seit Ihrer Geburt hier, oder?« Das hatte Elisabeth Goldstein zwar mit keinem Wort erwähnt, aber Charlotte ging in ihrer Verzweiflung einfach davon aus.

Sie konnte nicht warten. Diese Frau musste etwas wissen. Sie musste ihr irgendeinen Hinweis geben können, der bestätigte, dass Lena F. nicht ihre Mutter gewesen war.

Als die Archivarin den Kopf schüttelte, hätte Charlotte am liebsten aufgeheult. »Ich kann mich nicht daran erinnern. Was ist denn los, Schätzchen?«

»Erinnern Sie sich wirklich nicht daran?! Auch nicht an Lena F.?! Sie war damals siebzehn!« Charlotte schrie beinahe. Sie spürte ein Brennen der Verzweiflung hinter den Augen, ihr Herz raste, und sie hatte das Gefühl, dass sich ihr jeden Moment der Magen umdrehen würde.

»Tut mir leid, ich hatte einen Schlaganfall vor ein paar Jahren. Seitdem erinnere ich mich kaum noch an Dinge, die weiter zurückliegen.«

»Verdammt! Verdammt noch mal!« Charlotte wollte einfach nur noch an Ort und Stelle zusammenbrechen. Die Ungewissheit fraß sich schmerzhaft durch jede Zelle ihres Körpers.

»Aber Sie könnten mal in den Herzheimer Stammbüchern nachsehen.«

Charlottes Kopf ruckte herum. »Herzheimer Stammbücher? Was ist das?«

»Bis zum Jahr 1995 wurden traditionell alle neugeborenen Herzheimer mit ihren Eltern zusammen fotografiert und in sogenannte Stammbücher aufgenommen. Ein Buch umfasste zwar immer die Zeit von fünf Jahren, und irgendwann kümmerte sich niemand mehr um diese alte Tradition, aber ...«

»Diese Bücher sind hier im Archiv?«

»Ja. In der zweiten Regalreihe, glaube ich.«

Charlotte drehte sich auf dem Absatz um. Sie schritt die Regale mit Büchern und Ordnern ab und überflog die Titel.

Elisabeth Goldstein fragte sie erneut, was eigentlich los sei. Charlotte reagierte nicht. Bis sich die alte Frau von ihrem Platz erhoben hatte, war sie schon auf der anderen Seite der Regalwand.

Schließlich fand sie die Bände, die seit 1930 in fünfjährigen Abständen gedruckt worden waren. Das Stammbuch, das die Zeit von 1965 bis 1970 umfasste, war dünn und nicht in bestem Zustand. Als sie es aufschlug, fiel die Bindung beinahe auseinander. Nur durch beherztes Zugreifen konnte sie die Seiten davor retten, sich selbstständig zu machen und davonzusegeln.

Charlotte blätterte die Seiten zuerst fahrig durch, zwang sich dann aber zur Ruhe, als ihr bewusst wurde, dass bedachtes Handeln sie weit schneller ans Ziel bringen würde. Erneut ging sie Seite um Seite durch, überflog die Bilder und die Namen darunter.

Und fand, was sie gehofft hatte, nicht zu finden.

Ein Schwarz-Weiß-Foto eines jungen, lächelnden Paares mit einem schlafenden Baby auf dem Arm.

Die Überschrift verkündete Namen und Geburtsdatum des Kindes: Lena Funke, 8. Juli 1969.

Ihre Mutter war ebenfalls am 8. Juli 1969 geboren.

»Gott, bitte, nein.«

Doch die Namen der glücklichen Eltern vernichteten mit einem letzten grausamen Schlag all ihre Hoffnungen.

Ursula und Heinz Funke.

Ursula und Heinz. Heinz und Ursula.

Sie kannte diese Namen. Sie kannte sie sehr gut. Es waren die Namen, die auf dem Anhänger eingraviert waren, den ihre Mutter stets getragen hatte.

Es waren die Eltern ihrer Mutter. Ihre Großeltern.

Und ihr Vater …

Die Welt begann, sich um Charlotte zu drehen, als die letzten Puzzlesteine an ihren Platz fielen. Sie ließ das Buch fallen und taumelte rückwärts gegen die Wand.

Elisabeth Goldstein kam gerade um das Regal herum, als Charlotte auf die Knie fiel und sich heftig übergab.

18

Als Grohmann am frühen Samstagnachmittag in Jennifer Leitners Büro zurückkehrte, knallte sie gerade den Hörer aufs Telefon und stieß einen Fluch aus, wie man ihn sonst allenfalls in der Gosse zu hören bekam. Sie hob den Kopf, und als ihr bewusst wurde, dass der Staatsanwalt ihren verbalen Ausrutscher mitbekommen haben musste, murmelte sie eine kaum hörbare Entschuldigung.

Grohmann lächelte sie verständnisvoll an und stellte einen Becher mit dampfendem Kaffee auf ihrem Tisch ab, bevor er seinen Platz an Marcels Schreibtisch bezog. »Ich nehme an, Sie haben herausgefunden, welcher der Damen im ›Palace‹ er zu nahe gekommen ist?«

Jennifer nickte grimmig. »Allerdings. Ich habe gerade mit ihr telefoniert. Sie bestätigt seine Geschichte. Er wollte um die Bezahlung herumkommen, und als sie ihn angeschrien hat, ist er auf sie losgegangen und hat sie gewürgt. Die Security hat ihn rausgeworfen. Die Frau hat damals keine Anzeige erstattet und weigert sich auch jetzt, den Typen anzuzeigen. Eigentlich sei ja überhaupt nichts passiert.«

Grohmann seufzte. Es betrübte ihn jedes Mal aufs Neue, wenn Prostituierte sich selbst so klein machten, dass nichts, was ihnen zustieß, von irgendeiner Bedeutung zu sein schien. »Nur Betrug und Körperverletzung, woraus man leicht versuchten Totschlag und eine Vergewaltigung konstruieren könnte, wenn man wollte.«

Jennifers Blick veränderte sich nur leicht. Sie wusste, was

er ihr in diesem Augenblick mitteilte. »Es reicht nicht für den Haftrichter«, stellte sie fest.

»Nein, für ihn reicht es nicht.«

»Was ist mit den Durchsuchungsbefehlen für seine Wohnung und seinen Laden?«

Grohmann schüttelte den Kopf. »Solange ihn die Prostituierte nicht anzeigt und eine ausführliche Aussage macht, haben wir nicht genug in der Hand.«

Jennifer hatte damit gerechnet, trotzdem versetzte sie die Mitteilung in Wut. »Scheiße.«

Der Staatsanwalt erwiderte nichts.

»Der Typ ist gefährlich, Grohmann«, sagte Jennifer schließlich. »Er versucht, Nutten zu prellen, und würgt sie, wenn sie Widerstand leisten. Die Frau aus dem ›Palace‹ war mit Sicherheit nicht die erste und wird auch nicht die letzte sein. Irgendwann verliert er die Kontrolle.«

»Ich weiß. Das habe ich auch dem Haftrichter gesagt. Er ist sich dessen bewusst, doch bei dieser Beweislage sind ihm die Hände gebunden. Ein Einspruch oder eine Haftbeschwerde, und er müsste eine Menge unangenehmer Fragen beantworten.«

Jennifer seufzte. »Wir werden Reisig im Auge behalten müssen.« Sie sparte sich hinzuzufügen, dass sie dazu gar keine Möglichkeit hatten. Für eine Überwachung fehlte ihnen schlicht das Personal.

Doch sie würde sich seinen Namen sehr genau einprägen. Wenn jemals etwas passieren würde, das in sein Schema passte, wäre er der erste Verdächtige auf ihrer Liste. Sie konnte nur hoffen, dass dem Scheißkerl das ebenfalls bewusst war.

»Halten Sie ihn für den Killer?«, fragte Grohmann in die entstehende Stille hinein.

Das war eine Frage, über die Jennifer sich in den letzten Stunden den Kopf zerbrochen hatte. »Ich bin mir nicht sicher«, gestand sie schließlich. »Es gibt sicherlich einige Punkte, die ihn zu einem möglichen Verdächtigen machen, aber auch genügend, die dagegen sprechen. Zum Beispiel passt er nicht unbedingt ins Profil.«

Daran hatte Grohmann auch schon gedacht.

Gerhard Reisig war zwar geflohen, doch inzwischen kannten sie den Grund für seine Flucht. Und der war durchaus plausibel, wenn er ihn auch nicht wirklich entlastete. Reisig fiel in dieselbe Kategorie wie der »Künstler«. Er war ein Triebtäter, für ihren Serienmörder fehlte ihm aber definitiv die Selbstkontrolle. Ihr Täter war längst darüber hinaus, derart in Rage zu geraten, dass er wahllos Frauen würgte.

Allerdings konnte die Geschichte mit der Prostituierten auch dazu dienen, sie auf eine falsche Spur zu locken. Möglicherweise war sie sogar geschickt inszeniert.

»Er wird seine Gründe haben, warum er es entschieden ablehnt, mit einem unserer Psychiater zu sprechen.«

»Seit sein Anwalt ihm zur Seite gesprungen ist, bekommt er ohnehin nicht mehr den Mund auf«, fügte Jennifer hinzu. Sie konnte sich des Gefühls nicht erwehren, dass sie die ganze Angelegenheit verpatzt hatten. »Aus Reisig kriegen wir nichts mehr raus.«

Grohmann fühlte sich ähnlich schuldig, doch so oft er die Verhaftung und Vernehmung Reisigs auch Revue passieren ließ, er fand keinen Punkt, an dem sie rückwirkend betrachtet anders hätten handeln sollen.

»Was die Vorwürfe wegen der Prostituierten angeht, ist das sicher richtig«, sagte der Staatsanwalt. »Aber Reisigs Anwalt war immerhin so freundlich, seinem Mandanten nahezulegen, unsere Fragen bezüglich seiner Kundinnen, insbesondere der Opfer, zu beantworten. Natürlich nur in einem Rahmen, der nicht darauf abzielt, ihn mit den Morden in Verbindung zu bringen. Neuigkeiten sind hier also keine zu erwarten.«

Jennifer war überrascht. Sie kannte Reisigs Anwalt und hätte von ihm in dieser Situation keinerlei Entgegenkommen erwartet. In der Vergangenheit war er meist gut mit der Taktik gefahren, seinen Mandanten absolutes Stillschweigen abzuverlangen. Reisig zu erlauben, sich noch einmal den Fragen der Polizei zu stellen, barg durchaus Risiken für seine Verteidigung.

»Allerdings besteht er darauf, dass Sie nicht diejenige sind, die die Fragen stellt. Am liebsten wäre ihm, Sie würden überhaupt nicht an der Befragung teilnehmen.«

»Wie nett.«

»Das ist noch nicht alles.« Grohmann verzog das Gesicht. »Im Gegenzug dafür, dass sein Mandant überhaupt noch eine einzige Frage beantwortet, verlangt er, dass wir wegen seines Fluchtversuchs und des Angriffs auf Sie nichts unternehmen.«

Jennifer hätte es sich denken können. Dieser verdammte Aasgeier! Keine Strafverfolgung für ein paar einfache Informationen. Was für ein Geschäft! »Ich wusste gar nicht, dass wir uns auf einem Basar befinden.«

»Mir gefällt dieser Handel auch nicht«, bekannte Grohmann. »Aber andernfalls macht Reisig vollkommen dicht, und die Spur zu seinem Laden gefriert augenblicklich …«

Jennifer seufzte. Sie wusste, dass Grohmann recht hatte. Sie konnten Reisig jetzt entweder wegen Widerstands gegen die Staatsgewalt drankriegen oder Informationen erhalten, die sie vielleicht ein kleines Stück weiterbrachten.

Wenn er doch ihr Mann war, würde er ihnen vielleicht unbeabsichtigt irgendeine wichtige Information zukommen lassen. Wenn nicht, konnte er ihnen möglicherweise irgendetwas geben, mit dem sie weiterarbeiten könnten. Auch wenn sie jede Information, die von Reisig kam, mit Vorsicht würden genießen müssen.

»Meinetwegen«, sagte sie schließlich.

»Es gibt allerdings noch einen Haken.«

»Noch einen Haken?«

Grohmann nickte. »Gerhard Reisig wird erst mit uns reden, wenn er aus der Haft entlassen wurde und sich im Krankenhaus hat untersuchen und behandeln lassen.«

»Wegen der paar Kratzer?«, empörte sich Jennifer. »Der Typ schindet doch nur Zeit! Vielleicht versucht er dann noch mal abzuhauen! Auf gar keinen Fall!«

»Das habe ich seinem Anwalt auch vorgehalten, woraufhin der uns wortlos Personalausweis und Reisepass von Reisig übergeben hat.« Der Staatsanwalt lächelte säuerlich und beugte sich vor. »Wir haben leider keine andere Wahl.«

Das stimmte. Sie hatten nichts gegen Reisig in der Hand. Nicht mal seinen Ausweis und seinen Pass hätten sie verlangen können. Und das Druckmittel, die Ermittlungen gegen ihn doch nicht einzustellen, war nicht besonders stark. Letztlich würde nur ein Strafbefehl dabei herauskommen. Allerhöchstens. »Verdammt!«

Einige Minuten lang saßen sie nur schweigend da. Jennifer brütete über die verbleibenden Möglichkeiten, während sie von dem Kaffee trank und sich dabei auch noch den Gaumen verbrühte.

Dann erschien ein Lächeln auf ihrem Gesicht, und sie lehnte sich zurück. »Gut, dann eben so, wie es Herrn Reisig gefällt. Immerhin hindert uns niemand daran, die Zeit zu nutzen, in der er seine Wunden leckt und von seinem Anwalt instruiert wird.«

Grohmann warf ihr über die Tische hinweg einen fragenden Blick zu.

»Niemand kann uns davon abhalten, mit seiner Angestellten zu reden, mit seinen Bekannten und seinen Nachbarn. Die Prostituierte will nicht aussagen, aber vielleicht tut irgendjemand anders es an ihrer Stelle. Außerdem will sein Anwalt, dass wir Reisig keine Fragen stellen, die darauf abzielen, ihn mit den

Morden in Verbindung zu bringen. Das gilt jedoch nicht für die Hinterbliebenen der Opfer. Die können wir fragen, was wir wollen, auch zu Reisig.«

Der Blick des Staatsanwalts forderte sie zum Weiterreden auf.

»Vielleicht finden wir irgendetwas, das ausreicht, um einen Haft- oder Durchsuchungsbefehl zu erwirken.«

»Ich dachte, wir hätten unsere Zweifel, was Reisigs Täterschaft angeht«, kommentierte Grohmann mit fragendem Unterton in der Stimme.

»Nur weil wir Zweifel haben, heißt das noch lange nicht, dass wir ihn direkt von der Liste der Verdächtigen streichen. Zumindest nicht, solange wir irgendeinen Ansatz für Ermittlungen haben. Und wenn sich dabei etwas anderes ergibt, um den Herrn aus dem Verkehr zu ziehen ...« Jennifer zuckte die Schultern.

»Verstehe.« Grohmann erwiderte ihr Lächeln. »Wo also wollen Sie anfangen?«

»Mit der Angestellten. Und zwar, bevor Reisig die Möglichkeit hat, mit ihr zu reden.«

»Dann sollten wir sie abholen lassen. Sie müsste noch im *Un zeste de parfum* sein. Sie wollte das Chaos im Laden beseitigen und hat zugesagt, uns anzurufen, sollte sie nach Hause fahren.«

»Ich kümmere mich darum.« Jennifer griff nach dem Telefon und begann zu wählen. »Sagen Sie dem Winkeladvokaten, dass wir einverstanden sind.«

Jennifer erledigte den Anruf bei den Kollegen der Schutzpolizei, während Grohmann mit dem Anwalt von Gerhard Reisig sprach.

Anschließend bestätigte sie Reisigs Freilassung, wenn auch mit einem unguten Gefühl in der Magengegend. Ganz unabhängig davon, ob er etwas mit den Morden zu tun hatte oder nicht, war sie gezwungen, einen gefährlichen Mann auf freien Fuß zu setzen.

Während sie darauf wartete, dass Grohmann von seiner Unterredung mit Reisigs Anwalt zurückkehrte, fuhr Jennifer den Computer hoch, um ihre E-Mails zu checken. Sie fand die übliche Anzahl Nachrichten, die meisten von Freya Olsson, die Jennifer daran erinnerte, dass noch irgendwelche Unterschriften auf Formularen oder Berichten fehlten.

Eine Nachricht stach ihr jedoch sofort ins Auge. Sie war von einer Adresse abgeschickt worden, die Jennifer nicht kannte, allerdings mit höchster Priorität. Es war der Betreff, der ihr einen kalten Schauer über den Rücken jagte.

DRINGEND! Ergebnisse Bilder-Abgleich! DRINGEND!

Jetzt erinnerte sie sich an den Absender. Es war der Professor, der für das Projekt verantwortlich zeichnete, dessen Kernstück der präzise Abgleich von Bildern im Internet war. Selbst Skizzen und schlechte Scans konnten mit im Internet verfügbarem Material verglichen und auf Ähnlichkeiten untersucht werden.

Jennifers Puls beschleunigte sich, als sie die Nachricht mit einem Doppelklick öffnete und den Text überflog.

Sehr geehrte Frau Kriminaloberkommissarin Leitner, mein Kollege Martin Horn hat mich in Ihrem Namen um unsere Hilfe gebeten. Ich habe das zur Verfügung stehende Material an meine Studenten übergeben, und wir haben tatsächlich bemerkenswerte Übereinstimmungen gefunden. Ich habe versucht, Sie telefonisch zu erreichen, leider ohne Erfolg. Da ich mich erneut auf Reisen begebe und deshalb in den nächsten Tagen keine Möglichkeit habe, mit Ihnen persönlich zu sprechen, aber glaube, dass unsere Ergebnisse von höchster Wichtigkeit für Ihre laufenden Ermittlungen sind, übermittele ich Ihnen im Anhang die Links zu den wichtigsten Ergebnissen. Wenn Sie wünschen, kann ich Ihnen übernächste Woche einen ausführlichen Bericht zukommen lassen. Mit freundlichen Grüßen, Professor Rupert Schmidt.

Es waren drei Links angefügt. Zwei führten direkt zu JPEG-

Dateien, der dritte auf die Seite einer Künstlervereinigung mit Sitz in Baden-Württemberg.

Als Jennifer die beiden Bilder sah, wurde ihr abwechselnd heiß und kalt.

Das war es!

Die Bilder zeigten Scans von Fotografien, die von zwei Gemälden – möglicherweise waren es Ölgemälde, Jennifer kannte sich mit Kunst nicht besonders gut aus – gemacht worden waren.

Das erste Gemälde zeigte einen prachtvollen, belaubten Baum mit dicken roten Äpfeln. Auf einem Ast ruhte ein kleines Kind, fast noch ein Säugling, pausbäckig und gesund. Zu beiden Seiten des Stammes knieten ein nackter Mann und eine nackte Frau, die Hände in Richtung des Jungen gereckt.

Vielleicht sorgten sie sich um das Kind, ihre Arme hatten sie möglicherweise ausgestreckt, um es aufzufangen, falls es herunterfallen sollte. Aber der Ausdruck auf ihren Gesichtern und die Haltung ihrer Arme erinnerten Jennifer eher an Sehnsucht, auch wenn diese Interpretation wenig Sinn für sie ergab.

Zweifelsfrei war dies jedoch das Bild, das die Vorlage für die Schnitte auf Katharina Seydels Rücken abgegeben hatte.

Jennifer kannte auch das zweite Gemälde, das einen opulenten Säulengang zeigte, der in den Himmel zu führen schien. Am Ende des Ganges kauerte ein Knabe am Boden, etwas älter als das Kind auf dem ersten Bild. Die beiden Personen im Vordergrund hielten sich an den Händen, ihr Blick war auf das Kind am Ende des Säulengangs gerichtet.

Wieder konnte sich Jennifer des Eindrucks nicht erwehren, dass sie Sehnsucht in den Augen der Erwachsenen sah.

Als Nächstes klickte sie auf den Link der freien Künstlervereinigung. Die Aufmachung der Seite ließ den Schluss zu, dass es ein eher kleiner Verein ohne öffentliche Bekanntheit oder Bedeutung war.

Der Link hatte Jennifer direkt auf eine untergeordnete Seite geführt. Sie überflog den Inhalt und erkannte, dass hier inzwischen verstorbene Mitglieder geehrt wurden. Zu jedem Künstler waren ein paar wenige Informationen erfasst, und es war mindestens ein Werk des Verstorbenen digital ausgestellt.

Jennifer scrollte gerade auf der Suche nach den beiden Gemälden, deren Grafikdateien sie sich bereits außerhalb des Kontexts der Seite angesehen hatte, nach unten, als Grohmann eintrat. Jennifer winkte ihn aufgeregt zu sich und deutete auf den Bildschirm.

»Wir haben eine Spur! Professor Schmidt hat sich gemeldet. Die Bilder des ›Künstlers‹ ... Wir haben die Vorlagen gefunden!«

Grohmann hatte keine Gelegenheit, das Ausmaß der neuen Informationen zu erfassen, bevor die beiden Gemälde in verkleinertem Format auf dem Bildschirm auftauchten. Jennifer überflog die Daten.

Unser Mitglied Klaus Lauer verstarb 1985 unerwartet infolge eines Unfalls im Alter von 43 Jahren. Zwei Fotos seiner Werke konnten wir glücklicherweise in unserem Archiv finden. Ein bemerkenswertes Talent ist viel zu früh von uns gegangen.

»Und was bringt uns das jetzt?«, fragte Grohmann erschöpft. »Wir haben die Vorlage für zwei Schnitzereien gefunden, der Maler ist aber tot.«

Jennifer saß vor dem Computer und starrte den Namen an. Ihr Mund und ihre Kehle fühlten sich vollkommen ausgetrocknet an. Langsam schüttelte sie den Kopf. »Dieser Lauer schon ...«

Grohmann deutete ihren Tonfall richtig. »Was? Sagt Ihnen der Name etwa was?«

Sie nickte. »Und ob er das tut.« Jennifer wandte sich vom Computer ab und begann in den Akten auf ihrem Schreibtisch herumzuwühlen. Als das Verschieben der Stapel nichts brachte, warf sie eine Akte nach der anderen vom Tisch, nachdem sie den Inhalt jeweils kurz überprüft hatte.

»Was ist los?« Der Staatsanwalt wusste mit ihrem Verhalten nichts anzufangen. »Wonach suchen Sie denn?«

Jennifer ignorierte die Frage, und Grohmann gab sich mit einem Seufzer geschlagen. Einige Minuten später war der halbe Schreibtisch leer, Papiere und Akten lagen auf dem Boden verstreut. Jennifer hielt jedoch mit versteinertem Gesichtsausdruck eine mit einem Namen beschriftete Akte in die Höhe. »Melchior Lauer. Vorbestrafter Sexualstraftäter und üblicher Verdächtiger.«

Sie schlug die Akte auf und ging die Seiten durch. »Ja, hier ist es. Sein Vater, Klaus Lauer, und seine Mutter, Erika Lauer, kamen 1985 bei einer Gasexplosion in ihrem Haus in Herzheim ums Leben. Die Explosion war so heftig, dass keine brauchbaren Spuren mehr zu finden waren. Melchior Lauer wurde einige Zeit verdächtigt, die Explosion herbeigeführt und seine Eltern getötet zu haben.«

Grohmann konnte sie nur wortlos anstarren. Sein Verstand wollte nicht glauben, was sie ihm gerade vorlas.

»Nicht einmal ein halbes Jahr später misshandelte, vergewaltigte und tötete er eine Prostituierte. Er hat sie auf grausamste Weise gequält und bekam lebenslänglich. Saß dreiundzwanzig Jahre in Stadelheim ein. Ist vor zwei Jahren nach Lemanshain gezogen.«

Der Staatsanwalt schüttelte fassungslos den Kopf. »Verdammt. Das ist es! Er ist unser Mann!«

»Ja, das ist er«, nickte Jennifer grimmig.

»Warum sind Sie dann aber derart wütend? Das ist ein verdammter Grund zur Freude!«

»Wieso ich wütend bin?« Jennifer biss die Zähne aufeinander und versuchte, ihren Zorn zu kontrollieren. »Weil der Scheißkerl uns an der Nase herumgeführt hat! Bereits nach dem ersten

Mord habe ich ihn mir vorgeknöpft. Er war so was von hilfsbereit und zuvorkommend! Hat sogar seine Psychiaterin von der Schweigepflicht entbunden, und die hat mir versichert, was für ein resozialisierter, lieber Kerl er doch inzwischen sei! Ich habe bei diesem kranken Arschloch im Wohnzimmer gesessen und verdammt noch mal nicht das Geringste bemerkt!«

Grohmann nickte. Er konnte nur zu gut verstehen, warum sie stinksauer war. »Dann ist es jetzt an der Zeit, ihm das heimzuzahlen. SEK?«

Jennifer dachte einen Moment lang nach. Dann griff sie zum Telefon. »SEK.«

19

Charlotte kam erst wieder zu sich, als sie zitternd auf dem Holzstuhl an dem alten Tisch saß. Der Raum um sie herum nahm nur langsam wieder Konturen an. Endlich begriff sie, dass das eigenartige Geräusch, das sie fortwährend hörte, die Stimme der Archivarin war.

Die alte Dame war sehr aufgeregt und redete unablässig auf sie ein. »Sind Sie in Ordnung? Oh Gott, brauchen Sie einen Arzt? Was ist denn mit Ihnen los? So sagen Sie doch etwas!«

Charlotte sah sich außerstande, irgendeine dieser Fragen zu beantworten. Weder wollte sie zu dem Gedanken zurückkehren, der sie so aus der Bahn geworfen hatte, noch würde sie der alten Frau auch nur ansatzweise davon erzählen.

Irgendwie gelang es ihr, die erschreckende Erkenntnis aus ihrem Kopf auszusperren und sich auf andere Dinge zu konzentrieren.

Ihre Mutter. Ihre Großeltern.

Andere Verwandtschaft zählte nicht. Es gab keine andere Verwandtschaft.

Sie kannte jetzt den echten Namen ihrer Mutter; warum sie ihn einst abgelegt hatte, war im Moment ohne Belang. Sie kannte den Namen ihrer Großeltern.

Heinz und Ursula Funke.

1966. Hatten Sie 1966 geheiratet?

Doch viel wichtiger war: Warum hatten sie keinen Kontakt mehr zu ihrer Tochter gehabt? Wussten sie überhaupt, dass Charlotte existierte? Dass sie eine Enkelin hatten? Ganz gleich, was ihrer Mutter zugestoßen war, was hatte sie dazu bewogen, fortzugehen und alle Brücken hinter sich abzubrechen?

Oder hatte es Kontakt gegeben, und Charlotte wusste nur nichts davon?

Warum hatte ihre Mutter ihr nicht gesagt, dass ... *Stopp, Charlie! Falscher Gedanke! Ganz falscher Gedanke!*

Sie brauchte Antworten. Vielleicht würde sie Antworten bekommen.

Charlotte schob Elisabeth Goldstein mit sanfter Gewalt von sich. Warum mussten Menschen ihres Alters andere Leute immer gleich berühren? Genügten Worte denn nicht? Offenbar verstand die alte Dame nicht einmal, dass sie sie loswerden wollte.

»Es ist okay«, sagte sie schließlich, als sie das Gefühl hatte, ihrer Stimme wieder Herr zu sein. »Es geht mir gut.«

»Sie sehen nicht so aus, als ob es Ihnen gut gehen würde«, antwortete Elisabeth Goldstein.

»Doch. Es geht schon wieder.« Die Frau öffnete erneut den Mund, doch Charlotte kam ihr zuvor: »Ich brauche ein Telefonbuch von Herzheim.«

»Ein Telefonbuch? Vielleicht vorne im Sekretariat ... Aber das ist dann von der gesamten Umgebung und nicht nur ...«

»Umso besser.«

»Na, dann sehe ich mal nach und ...«

Charlotte langte nach ihrem Rucksack und stand abrupt auf, wobei sie die verdatterte Archivarin beinahe umstieß. »Machen Sie sich keine Mühe. Ich sehe selbst nach.«

»Aber Sie können nicht ...«

Den Protest ignorierend, lief Charlotte in den Flur und öffnete nacheinander die Türen, hinter denen Büros unterschiedlicher Größe und Ausstattung lagen. Das Sekretariat erkannte sie sofort, auch wenn sie nicht genau hätte sagen können, welches

Detail das Zimmer zum offensichtlichen Arbeitsplatz einer Sekretärin machte.

In einem Seitenregal entdeckte Charlotte eine ganze Reihe Telefonbücher von Herzheim und Umgebung sowie den nächstgelegenen Kreisstädten. Sie zog das entsprechende Buch heraus, schlug es auf und blätterte zu den Seiten mit den Einträgen für die kleine Ortschaft, in der ihre Mutter aufgewachsen war.

Nicht einmal eine Minute später fand sie den Eintrag, den sie gesucht hatte: Funke, U. und H., mit Adresse und Telefonnummer.

Charlotte hörte das Gezeter von Elisabeth Goldstein am Ende des Flurs. Kurz entschlossen riss sie die Seite aus dem Telefonbuch und lief aus dem Gebäude, bevor die alte Dame sie zur Rede stellen konnte. Irgendwann in den nächsten Tagen würde sie vielleicht die Ruhe finden, sich mit einer Karte und einem Strauß Blumen für ihren rüpelhaften Auftritt zu entschuldigen. Auch der Tee und die Pralinen, um die die Archivarin sie gebeten hatte, befanden sich noch in ihrem Rucksack.

In sicherer Entfernung zum Rathaus studierte sie die Adresse ihrer mutmaßlichen Großeltern. Es war nicht dieselbe Straße, in der das Rathaus lag, also musste es eine der kleinen Seitenstraßen sein. Charlotte ging die Hauptstraße systematisch ab und wurde kurze Zeit später fündig.

Die Straße, die sie suchte, war eine schmale, holprige Gasse, die zwischen Fachwerkhäusern hindurchführte und vor einem etwas größeren Gebäude endete, das vermutlich nach dem Zweiten Weltkrieg erbaut und inzwischen modernisiert worden war.

Eines der wenigen Häuser in Herzheim, die in Mietwohnungen unterteilt waren, mutmaßte Charlotte, als sie neben der Eingangstür insgesamt sechs Klingelschilder entdeckte. Auf einem stand der Name Funke, und ihr Zeigefinger schwebte bereits gefährlich über der Klingel, als sie zögernd verharrte.

Was wollte sie eigentlich sagen? Wollte sie die beiden Leute, die vermutlich das Rentenalter längst erreicht hatten, einfach überfallen und ihnen mitteilen, dass sie ihre Enkelin war und ein paar Fragen hatte? Und übrigens, eure Tochter ist tot, ermordet von irgendeinem Irren?

Nein. Das hätte nur viel zu viele Erklärungen notwendig gemacht.

Charlotte entschied, sich nur nach ihrer Tochter und den damaligen Geschehnissen zu erkundigen. Ob sie sich zu erkennen geben würde, wollte sie von der Situation abhängig machen. Sie tendierte jedoch dazu, ihre Identität erst einmal für sich zu behalten.

Es sei denn, anders würde sie keine Antworten auf ihre Fragen bekommen. Die Gefahr, dass ihre Großeltern sie der Wohnung verwiesen, sobald sie sagte, dass sie etwas über die Vorfälle vor fünfundzwanzig Jahren erfahren wollte, war groß.

Sie klingelte und wartete.

Wenig später ertönte ein Knistern in der Gegensprechanlage. »Ja, bitte?« Die dunkle Stimme einer Frau.

»Guten Tag. Mein Name ist Seydel. Ich würde gerne mit Ursula und Heinz Funke sprechen.«

Ein Zögern, das selbst durch die Anlage spürbar war. »Worum geht es denn?«

»Es ist wichtig. Ich muss Ihnen ein paar Fragen stellen.«

Ein Schnaufen drang aus dem Lautsprecher. »Wir kaufen nichts.«

»Ich will Ihnen nichts verkaufen, Frau Funke. Ich würde gerne mit Ihnen reden.« Charlotte wusste nicht, ob es eine gute Idee war, trotzdem fügte sie hinzu: »Es geht um Ihre Tochter.«

Stille. Sekunden verstrichen. Sie befürchtete schon, dass die Frau überhaupt nicht mehr an der Anlage war, und überlegte, ob sie noch einmal klingeln sollte, als die Stimme wieder ertönte.

»Sind Sie Reporterin?«

»Nein, ich komme nicht von der Zeitung.« Sie zögerte, doch letztlich kam ihr die Lüge leicht über die Lippen. »Ich bin Studentin der Kriminologie an der Universität Karlsruhe. Ich würde Ihnen gerne ein paar Fragen stellen in Bezug auf Ihre Tochter. Die Informationen werden selbstverständlich vertraulich behandelt, und falls Sie nicht damit einverstanden sind, werden sie auch nicht weiterverwendet.«

Wieder schwieg die Anlage fast eine Minute lang. Im Hintergrund war Gemurmel zu hören. »Also gut, kommen Sie herein. Es ist im ersten Stock.«

Ein Summen ertönte, und Charlotte drückte die Tür auf. Mit jeder Treppenstufe wuchs ihre Aufregung. Ihre Handflächen waren feucht, als sie schließlich den oberen Absatz erreichte und ihr Blick auf eine geöffnete Wohnungstür fiel.

Im Eingang stand eine Frau, die auf die Siebzig zugehen musste. Das Alter hatte sie bereits gezeichnet, und im Gegensatz zu Elisabeth Goldstein machte sie keinen resoluten, sondern eher einen kränklichen, gebeugten Eindruck. Sie musterte Charlotte mit strengen Falten um die Mundwinkel, gleichzeitig spiegelten ihre Augen gespannte Neugier.

Charlotte reichte ihr die Hand. Ihr Verstand sagte ihr, dass diese Frau aller Wahrscheinlichkeit nach ihre Großmutter war, doch sie fühlte nicht den Hauch einer Bindung. »Ich bin froh, dass Sie sich etwas Zeit für mich nehmen.«

Ursula Funke nickte nur und bat sie herein.

Die Wohnung war klein. Von dem engen Flur gingen vier Türen ab, von denen zwei offen standen und den Blick in eine enge Küche und ein kleines Wohnzimmer freigaben. Die Wohnung machte einen gepflegten und aufgeräumten Eindruck, doch die Enge in der Stube ließ vermuten, dass die Bewohner einst in größeren Verhältnissen gelebt hatten.

Der Tisch war viel zu klein für das Sofa und hätte vom Stil her eher in eine Küche gepasst. In einem Sessel, der zum Fernseher hin ausgerichtet war, saß ein Mann mit einer Zeitung auf dem Schoß und musterte die Besucherin misstrauisch.

Das Gemurmel, das Charlotte über die Gegensprechanlage gehört hatte, war vermutlich eine Auseinandersetzung zwischen den Eheleuten darüber gewesen, ob sie sie hereinbitten sollten oder nicht. Die Frau hatte zwar gewonnen, doch ihr Mann würde sich, wie es aussah, mit keinem Wort an der Unterhaltung beteiligen.

Charlotte setzte sich auf das Sofa und ließ den Blick noch einmal durch den Raum schweifen. In ihrem Kopf entstand das Bild von ordentlichen, konservativen Menschen, die sich in der Kleinbürgerlichkeit ihres Lebens wohlfühlten. Das Kruzifix an der Wand ließ außerdem vermuten, dass sie gläubige Christen waren, vermutlich Katholiken.

Sie hatte seit ihrem Eintreten zwar noch kein Wort mit den beiden gewechselt, doch in ihrem Kopf entwickelte sich bereits eine Theorie über die Gründe, die ihre Mutter nach der Vergewaltigung aus Herzheim und von ihren Eltern fortgetrieben hatten. Sie schob diese Gedanken jedoch beiseite. Sie wollte unvoreingenommen bleiben.

Ursula Funke hatte einen Stuhl geholt, der in dem kleinen Raum so ziemlich den letzten freien Platz einnahm, und setzte sich. Sie zupfte nervös an ihrer Hose herum und versuchte sich an einem Lächeln, das aufgesetzt und verzweifelt zugleich wirkte. »Sie sagten, Sie kämen wegen meiner Tochter.«

Charlotte nickte. »Es geht um das, was vor fünfundzwanzig Jahren geschehen ist. Ich untersuche ...«

»Dann wissen Sie also nicht, ob sie noch lebt, wo sie ist und wie es ihr geht.« Die Enttäuschung ließ die Frau innerhalb weniger Sekunden um weitere zehn Jahre altern.

Und schon hatte Charlotte eine erste Antwort. Offenbar hatte es keinerlei Kontakt zwischen ihrer Mutter und den Funkes gegeben. Zumindest nicht in den letzten Jahren. Konnte sie die Tatsache, dass die Frau sie nicht nach ihrer Enkelin fragte, so deuten, dass ihre Großeltern nichts von ihrer Existenz wussten? Vielleicht.

Zieh keine voreiligen Schlüsse, ermahnte Charlotte sich im Stillen.

Plötzlich spürte sie einen Kloß im Hals, den sie erst einmal hinunterschlucken musste, bevor sie antworten konnte: »Nein, leider nicht.« *Noch nicht*, setzte sie in Gedanken hinzu. *Vielleicht werde ich euch sagen, wer ich bin und was ich weiß, aber nicht heute.*

Die alte Frau seufzte schwer. Scheinbar hatte sie gehofft, etwas über ihre Tochter zu erfahren.

»Ich schließe aus Ihrer Frage, dass Sie schon seit Längerem keinen Kontakt mehr zu Ihrer Tochter haben.«

Heinz Funke stieß ein verächtliches Schnauben aus, sagte jedoch nichts. Obwohl er sie nicht ansah, schien er aufmerksam zuzuhören.

»Seit Längerem?«, wiederholte Ursula. »Seitdem sie fortgegangen ist. Aber sie hatte wohl auch das Recht dazu ... Wir haben sie verstoßen, und sie hat es uns nur gleichgetan.«

Charlotte spürte, wie sich ein Gefühl der Beklemmung in ihr ausbreitete. »Verstoßen?«, fragte sie und hoffte, dass man ihrer Stimme die Bestürzung nicht zu deutlich anhörte.

»Damals hielt ich es für richtig, aber heute ...« Wieder ein Schnauben aus den Tiefen des Sessels. Es irritierte Ursula nur für einen kurzen Moment. »Ich habe die Hoffnung nie aufgegeben. Doch die Behörden haben sich nicht einsichtig gezeigt.«

Charlotte verstand nicht, worauf sie anspielte. Sie überlegte, gezielt nachzufragen, doch sie spürte, dass Ursula Funke – sie als ihre Großmutter zu betrachten, gelang ihr nicht – lange keine Gelegenheit mehr gehabt hatte, über die Vorkommnisse zu sprechen. Irgendetwas sagte ihr, dass es besser war, erst einmal die Position der geduldigen Zuhörerin einzunehmen und Ursula Funke die Möglichkeit zu geben, sich alles von der Seele zu reden.

»Würden Sie mir aus Ihrer Sicht erzählen, was damals passiert ist?«, fragte Charlotte sanft. »Was dazu geführt hat, dass die Situation derart ... eskalierte?«

Ursula Funke zögerte einen Moment. Vielleicht wollte sie fragen, was die junge Frau auf ihrem Sofa denn schon alles wusste, entschied sich dann aber dagegen. Sie schien nach den richtigen Worten zu suchen. »Ich weiß nicht, wo ich anfangen soll ...«

»Vielleicht bei dem, was Ihrer Tochter zugestoßen ist?«, hakte Charlotte vorsichtig nach.

Schließlich begann Ursula Funke, zögerlich zu erzählen. »Lena wurde entführt und vergewaltigt ... Das wissen Sie vermutlich bereits. Es war ziemlich brutal, sie lag zwei Wochen in der Klinik. Wir ... ich habe mit den Ärzten zusammengearbeitet und versucht, Lena eine Stütze zu sein, doch sie hat sich vollkommen zurückgezogen.«

Eine Träne rann der alten Frau die Wange hinunter, doch sie blieb erstaunlich gefasst. Wie oft mochte ihr diese Geschichte durch den Kopf gegangen sein, wie oft mochte sie sie in den letzten fünfundzwanzig Jahren erzählt haben?

»Es war nicht einfach. Sie war nur noch aggressiv, verweigerte den Gehorsam, ging nicht mehr zur Schule, alles war anders ... Sie hatte auch Angst, weil der Kerl, der ihr das angetan hatte, noch frei herumlief. Ich weiß von der Polizei, dass sie überzeugt war, dass er sie hatte umbringen wollen. Und dass sie nur hatte fliehen können, weil er gestört wurde.«

Ursula Funke schüttelte den Kopf. »Wir konnten damit nicht

umgehen. Wir wussten damals nichts über Therapien, und unser Pastor überzeugte mich davon, dass es das Beste sei, wenn Lena sich Gott zuwenden würde ... Ich weiß, dass wir sie nicht hätten zwingen sollen, aber wir waren so hilflos ... Und als es dann noch hieß, sie sei schwanger ... Ich kann Ihnen gar nicht sagen, wie verzweifelt wir waren ... Lena wollte unbedingt abtreiben. Wir waren strikt dagegen. Ich bin sehr streng und gläubig erzogen worden. Für uns kam das nicht infrage. Sie sollte das Kind austragen, es zur Adoption freigeben ...«

Die alte Frau stockte. »Es war alles eine so furchtbare Situation ... Wir wollten, dass sie das Angebot unseres Pastors annahm und ins Kloster ging. Eine Zeit lang, während der Schwangerschaft ...«

Charlotte spürte mit jedem Satz, wie der Kloß in ihrem Hals weiter nach unten rutschte, sich in den Tiefen ihrer Eingeweide verfestigte und zu glühen begann. Es fiel ihr schwer, die Wut über dieses engstirnige Verhalten ihrer Großeltern nicht nach außen dringen zu lassen.

Dass ihre Mutter sie in einer derartigen Situation hatte abtreiben wollen, war mehr als nur verständlich.

In diesem Moment änderte sich Charlottes Haltung zu ihrer Mutter schlagartig. Der Groll, den sie ein Leben lang ihr gegenüber empfunden hatte, fand in den beiden alten Leuten ein neues Ziel. Ihre Reue spielte für sie kaum eine Rolle. Sie hatten ihre Tochter nicht nur alleingelassen, sie hatten auch versucht, ihr Bürden aufzuerlegen, die eine Siebzehnjährige unmöglich tragen konnte.

Es mochten andere Zeiten damals gewesen sein, aber 1986 war verdammt noch mal nicht das Mittelalter!

Charlotte biss die Zähne aufeinander und kämpfte um einen neutralen Gesichtsausdruck. »Ihre Tochter ist fortgelaufen?«, mutmaßte sie.

»Nein, nicht direkt fortgelaufen, aber sie wandte sich an die Behörden in Karlsruhe, ans Jugendamt. Und die nahmen sie, wohl auch in Rücksprache mit der Polizei, in ein spezielles Programm auf, so eine Art Opferschutz und Rehabilitation ... Sie war fast achtzehn.«

Ursula Funke schüttelte erneut den Kopf und starrte auf die Tischplatte. Mit dem Finger zog sie die auf die Decke gestickten Muster nach. »Eines Tages war sie einfach fort. Wir bekamen ein Schreiben, in dem man uns darüber informierte, dass uns das Sorgerecht entzogen worden sei und unsere Tochter sich für eine neue Identität entschieden habe. Sie wünsche keinerlei Kontakt zu uns.«

Unvermittelt brach die alte Frau in Tränen aus und fügte unter Schluchzen hinzu: »Wir wissen nicht, was aus ihr geworden ist ... Oder aus dem Kind ... Es ist so schrecklich ... Wir haben eine derartige Schuld auf uns geladen ...«

Charlotte blieb stumm. Sie wusste, die Frau erwartete Mitleid, hoffte vielleicht sogar auf eine tröstende Geste, doch sie blieb starr sitzen. Der glühende Klumpen in ihrem Magen war verschwunden, sie fühlte sich auf einmal vollkommen leer.

Charlotte blickte zu Heinz Funke, dann zurück zu Ursula Funke.

Sie empfand für diese beiden Menschen in dem Moment nur kalte Verachtung. Sie konnte sich nur schwer vorstellen, was das Verhalten der Eltern damals bei ihrer Mutter angerichtet haben musste. Möglicherweise beschönigte ihre Großmutter das Ganze auch noch. Wie hatte ihre Mutter das alles bloß überstanden?

Dann drängte sich eine andere Frage in den Vordergrund: Warum hatte ihre Mutter sich letztlich doch dafür entschieden, sie zur Welt zu bringen und zu behalten?

Leichter war ihre Situation dadurch bestimmt nicht geworden. Und sie hatte wissen oder zumindest mit der Zeit bemerken müssen, dass sie ihrer Tochter niemals eine normale Mutter sein konnte.

Hatte sie jedes Mal an die Qualen der Vergewaltigung zurückdenken müssen, wenn sie ihre Tochter angesehen hatte? Gab es irgendetwas an Charlotte, das sie unweigerlich an ihren Peiniger erinnert hatte? Wie viel musste es sie gekostet haben, sie aufzuziehen?

Charlotte spürte, wie ihr Tränen in die Augen stiegen. Es gab so viele Fragen, die nur ihre Mutter hätte beantworten können.

Charlotte war aufgewühlt, verwirrt und erschöpft. Sie war nach Herzheim aufgebrochen, um Antworten zu bekommen. Jetzt fragte sie sich, ob es nicht doch besser gewesen wäre, die Vergangenheit ruhen zu lassen.

Ursula Funke schluchzte noch immer. Heinz Funke starrte nach wie vor scheinbar unbeteiligt aus dem Fenster.

Charlotte wollte weg. Von einer Sekunde zur anderen wurde sie von einem drängenden Fluchtimpuls ergriffen. Sie konnte nicht länger hierbleiben.

Sie stand auf.

Sie wusste nicht, ob sie jemals zurückkehren, ob sie sich jemals den Funkes offenbaren und ihnen die Gewissheit geben würde, nach der sich zumindest ihre Großmutter zu sehnen schien. Noch konnte sie nicht einschätzen, wie sie zu ihnen stehen würde, wenn sie die ganze Wahrheit erst einmal verdaut hatte.

Und das konnte dauern.

»Entschuldigen Sie, ich muss ...« Sie unterbrach sich. Wieso sollte sie diesen beiden Menschen etwas erklären? Sie war ihnen keine Rechenschaft schuldig. Nicht die geringste.

Charlotte ging durch den Flur auf die Wohnungstür zu.

Irritiert blieb sie plötzlich stehen. Sie war an der geöffneten Schlafzimmertür vorbeigegangen und hatte aus dem Augenwinkel heraus etwas gesehen, das erst zwei Sekunden später in ihr Bewusstsein vorgedrungen war.

Sie machte zwei Schritte zurück. Ursula Funke musste die Tür zum Schlafzimmer offen gelassen haben, als sie den zusätzlichen Stuhl geholt hatte.

Charlottes Blick heftete sich auf ein Bild, das in einem schäbig wirkenden Holzrahmen über einer alten Kommode hing. Ihr wurde augenblicklich eiskalt, und ein leichtes Zittern bemächtigte sich ihrer Hände.

Sie kannte das Bild. Auch wenn sie es bisher nur als Skizze des Grauens gesehen hatte, eingeritzt in die Haut ihrer Mutter. Der Baum mit den Früchten, der junge Knabe in den Ästen, Mann und Frau, die zu beiden Seiten des Stammes knieten.

Kalter Schweiß trat auf ihre Stirn, und neuerliche Übelkeit stieg in ihr hoch.

Entführt. Einige Tage festgehalten. Vergewaltigt. Getötet.

Sie hörte entfernt die Stimme von Kriminaloberkommissarin Leitner in ihrem Kopf.

Er hat sich Ihrer Mutter auf besondere Art und Weise gewidmet. Wir glauben, dass Ihre Mutter eine besondere Bedeutung für den Mörder hatte.

Dann Ursula Funke, die sagte, Lena sei davon überzeugt gewesen, dass der Kerl sie hatte umbringen wollen.

Charlotte bemerkte erst, dass sie hyperventilierte, als ihre Großmutter ihren Arm berührte.

»Geht es Ihnen nicht gut?«

Sie deutete auf das Bild. »Woher haben Sie das Gemälde?«

»Was?« Ursula Funke verstand nicht sofort.

»Dieses Gemälde? Wissen Sie, wer das gemalt hat?«

Ihre Großmutter war von ihrem Interesse an dem Bild offenbar überrascht, antwortete jedoch schließlich: »Oh, das stammt von einem Maler, der früher hier in Herzheim gelebt hat.«

»Und wie hieß er?« Charlotte verspürte den Drang, die Frau an den Schultern zu packen und zu schütteln. Aber Ursula Funke hatte ja auch nicht die geringste Ahnung, worum es hier ging.

»Lauer, glaube ich. Ja, Klaus Lauer.«

»Und wo wohnt er jetzt? Wissen Sie irgendetwas über ihn?«, fragte Charlotte hastig.

»Er ist 1985 verstorben. Kam bei einem Brand in seinem Haus ums Leben.« Ursula nickte, als die Erinnerung zu ihr zurückkehrte. »Sein Sohn Melchior war etwas älter als Lena. Die Polizei mutmaßte eine Zeit lang, er könnte die Gasexplosion ausgelöst haben. Aber ich habe das immer für Unsinn gehalten. Er war doch so ein netter Junge.«

Ein netter Junge. Sicher doch. Ein netter Junge, der ihre Mutter möglicherweise vergewaltigt und getötet hatte. Und fünf weitere Frauen.

»Wissen Sie, er hat Lena eine Weile schöne Augen gemacht, aber sie hat ihn nicht gewollt. Sie sagte immer, er sei ein merkwürdiger Typ, fast schon unheimlich. Aber ich fand ihn nett.«

Charlotte bemühte sich, ruhig zu bleiben, doch es gelang ihr nicht, ihr rasendes Herz unter Kontrolle zu bekommen. »Sie haben mir sehr geholfen«, presste sie mühsam hervor. »Danke.«

Sie floh förmlich aus der Wohnung und auf die Straße hinaus. Noch bevor ihr klar war, dass sie so schnell wie möglich nach Hause zurückwollte, egal, was es kostete, tippte sie die Nummer der Taxizentrale in ihr Handy, die sie von der Fahrerin am Morgen erhalten hatte.

Sie bestellte einen Wagen nach Herzheim. Man sagte ihr, sie müsse sich fünfzehn bis zwanzig Minuten gedulden.

Während sie unruhig die Hauptstraße entlanglief, dachte sie über Melchior Lauer nach. Das Bild stammte von seinem Vater, und er hatte ihre Mutter gekannt. Konnte sie daraus wirklich schließen, dass er der »Künstler« war? Der Serienkiller, der Lemanshain unsicher machte?

Er stand zumindest ganz oben auf der Liste, und ein unbestimmtes Gefühl sagte Charlotte, dass er es war.

Sie wühlte in ihrem Rucksack und fand die Karte von Jennifer Leitner. Sollte sie sie anrufen oder sollte sie warten, bis sie zurück in Lemanshain war?

Gerade hatte sich Charlotte entschlossen, sie sofort zu benachrichtigen, als das Taxi eintraf. Sehr viel früher als angekündigt, aber ihr konnte es nur recht sein. Der Fahrer hielt neben ihr an, und da sie nicht einmal mehr Zeit damit verschwenden wollte, um das Fahrzeug herumzugehen, sprang sie auf den Rücksitz.

Spontan entschied sie sich für eine weitere Zeitoptimierung, auch wenn das zusätzliche Kosten bedeutete. »Zum Karlsruher Bahnhof, bitte.«

Der Fahrer sagte kein Wort und fuhr los.

Charlotte hatte noch immer ihr Telefon in der Hand und zögerte, dann wählte sie jedoch die Mobilfunknummer von Jennifer Leitner. Es klingelte zweimal, dann sprang die Mailbox an. Unwillkürlich fragte Charlotte sich, ob die Kommissarin ihren Anruf weggedrückt hatte.

Zuerst war sie versucht aufzulegen, entschied sich dann aber doch anders.

»Hier spricht Charlotte Seydel. Ich bin gerade in Herzheim und auf dem Rückweg. Ich habe etwas Wichtiges über meine Mutter herausgefunden und vielleicht sogar über den Mörder. Überprüfen Sie unbedingt den Namen ...«

Weiter kam Charlotte nicht mehr. Der Fahrer machte eine ruckartige Bewegung. Sie sah nicht, was er tat, spürte nur, dass er ihr etwas ins Gesicht sprühte.

Pfefferspray. Die Schärfe nahm ihr den Atem und ließ sie würgen. Ihre Augen schienen in Flammen zu stehen.

Sie ließ das Handy fallen und griff sich an die Kehle. Sie hörte die Bremsen quietschen, das Taxi kam abrupt zum Stehen. Durch einen Schleier aus Tränen und Schmerz sah sie, wie sich der Fahrer zu ihr umdrehte. Dann drückte er ihr einen Lappen auf Mund und Nase, der mit irgendetwas getränkt war.

Der scharfe Geruch der Flüssigkeit erreichte nicht einmal mehr ihr Bewusstsein, bevor sie in Ohnmacht fiel.

20

Das Haus, in dem Melchior Lauer wohnte, lag am äußeren Rand von Lemanshain. Die Straße war von freistehenden Ein- und Zweifamilienhäusern gesäumt, die in den sechziger und siebziger Jahren erbaut worden waren und über große Gärten verfügten. Direkt hinter den Gärten der Häuserreihe auf der rechten Seite erhob sich ein dicht bewaldeter Hang.

Melchior Lauer war Eigentümer eines Hauses, das an einer Biegung am Ende der Sackgasse lag. Der Garten sah verwildert aus und schien mit dem Wald zu verschmelzen. Vor dem Haus standen dichte Büsche und Bäume, die den Blick auf die hellgelbe Fassade weitgehend versperrten.

Zu ihrer Überraschung hatten Jennifer und Grohmann bei ihren Recherchen herausgefunden, dass das Haus tatsächlich Lauer gehörte und vollständig abbezahlt war. Nachdem die Ermittlungen gegen ihn im Zusammenhang mit dem Tod seiner Eltern eingestellt worden waren, hatte man ihm ihre Lebensversicherungen ausbezahlt.

Anscheinend hatte die Versicherung nicht versucht, sich um die Auszahlung zu drücken und es auf einen Zivilprozess ankommen zu lassen, so wie es heute in solchen Fällen durchaus üblich war.

Jennifer erwischte sich dabei, wie sie nervös mit den Fingern auf ihren Oberschenkel klopfte. Sie verschränkte die Hände und wartete gespannt, dass sich der Führer des Trupps meldete und die Aktion begann.

Sie hatten das Landeskriminalamt um Unterstützung ersucht

und um ein Sondereinsatzkommando gebeten. Bei dem, was sie über ihren Täter wussten, hielten sie es für angeraten, auf Nummer sicher zu gehen. Die Wahrscheinlichkeit, dass sich Lauer ohne jede Gegenwehr festnehmen lassen würde, war äußerst gering.

Doch ihr Ersuchen war abgelehnt worden. Zum einen sah man beim LKA keine Notwendigkeit für den Einsatz eines SEKs, zum anderen lief am Frankfurter Flughafen gerade eine groß angelegte Aktion zur Terrorabwehr.

Also hatten sie in Hanau Hilfe angefordert, und man hatte ihnen immerhin einen speziell ausgebildeten Trupp von fünf Mann geschickt, der bei der Schutzpolizei für derartige Einsätze ausgebildet worden war und auch über die entsprechende Ausrüstung verfügte.

Jennifer und Grohmann saßen im Einsatzfahrzeug der Gruppe, einem alten, unauffälligen Van, um die Aktion zu verfolgen. Gerade im Moment erwachten die Monitore zum Leben, die die Bilder der auf den Schultern der Truppmitglieder befestigten Kameras übertrugen.

Melchior Lauer war Taxifahrer. Sie hatten in Erfahrung gebracht, dass er sich bereits seit Montag vom Dienst abgemeldet hatte, und ein Nachbar hatte berichtet, dass er normalerweise auf der Straße parkte. Kein Taxi auf der Straße bedeutete für gewöhnlich, dass Lauer nicht zu Hause war. Darauf verlassen wollte sich aber natürlich niemand.

Das Funkgerät knisterte, und Jennifer erkannte die Stimme von Thomas Kramer, der gemeinsam mit den Lemanshainer Schutzpolizisten an der Aktion beteiligt war. »Die umliegenden Straßen sind gesichert. Kein Taxi. Kein Lauer. Die Zufahrten nach Lemanshain stehen unter Beobachtung. Ihr könnt loslegen.«

In diesem Moment vibrierte Jennifers Mobiltelefon in ihrer Hand. Sie warf einen Blick auf das Display. Die angezeigte Mobilnummer ließ ein Gefühl in ihrer Magengrube entstehen, das irgendwo zwischen Wut und Verwirrung angesiedelt war.

Es war die Nummer von Charlotte Seydel.

Jennifer speicherte gewohnheitsmäßig die Nummern aller unmittelbar an ihren Ermittlungen beteiligten Personen in ihrem Handy. Marcel und andere Kollegen sahen darin eine pedantische Marotte. Ihr aber war es wichtig, in der Lage zu sein, die Wichtigkeit von Anrufen bereits vor dem Annehmen bewerten zu können.

Jennifer hatte keine Ahnung, warum die junge Frau sie überraschend anrief, vermutete aber, dass sie möglicherweise irgendetwas von der Aktion mitbekommen haben könnte und sich nach dem Stand der Dinge erkundigen wollte. Ein verdammt schlechter Zeitpunkt.

Mit einem Tastendruck leitete sie den Anruf an ihre Mailbox weiter. Damit konnte sie sich noch beschäftigen, wenn Lauer in seiner Zelle saß und der Schreibkram erledigt war.

Grohmann sah sie fragend an. Sie schüttelte den Kopf, um ihm schweigend zu bedeuten, dass der Anruf nicht von Bedeutung gewesen war.

Jennifer wandte ihre Aufmerksamkeit wieder den Bildschirmen zu. Die Männer mit den Kameras hatten den zweiten Van, der näher am Haus parkte, verlassen und rückten bereits in den Garten vor.

Der erste Eindruck bestätigte sich. Das Grundstück war völlig verwildert. An einigen Stellen wucherten die Brombeerhecken so dicht, dass kein Durchkommen möglich war. Das Haus selbst schien trotzdem in einem einigermaßen gepflegten Zustand zu sein.

Im Geist notierte sich Jennifer, dass der Garten zu einem späteren Zeitpunkt auf Leichen von früheren Opfern untersucht werden musste. Ihr war schon damals bei ihrem Besuch aufgefallen, dass der Garten verkommen war, doch das ganze Ausmaß des Wildwuchses erkannte sie erst jetzt.

Es gab keinen Hintereingang. Die Zufahrt zur Garage war derart dicht bewachsen, dass dort seit Langem kein Auto mehr durchgefahren sein konnte. Das Tor war verschlossen.

Der Teamführer gab Anweisung, einer seiner Männer solle vor der Garage Posten beziehen, das Tor würden sie aber vorerst nicht anrühren. Wenn es so lange nicht geöffnet worden war, wie es aussah, könnte ihnen der Versuch, es gewaltsam aufzumachen, im Zweifel nur ungewollte Aufmerksamkeit einbringen.

Die anderen vier Beamten schlichen jetzt zur Vordertür. Da es keine Klingel gab, klopften sie und warteten. Im Haus tat sich nichts.

Lauer hatte keinen Festnetzanschluss. Sie hatten versucht, ihn auf dem Handy zu erreichen, um über diesen fingierten Anruf herauszufinden, wo er sich gerade aufhielt. Er hatte jedoch entweder keinen Empfang, oder sein Telefon war ausgeschaltet.

Die Männer brachen nun die Tür auf. Mit den Waffen im Anschlag schwärmten sie ins Innere des Gebäudes, beließen dabei aber alles so, wie sie es vorfanden.

Jennifer sah einige Räume, die ihr noch in Erinnerung waren. Die hell gestrichene Küche, die aus unterschiedlichen Geräten und Schränken zusammengestückelt war, dadurch aber einen ganz eigenen Charme erhielt. Die schmucklose und funktionale Diele. Das Wohnzimmer, in dessen Einrichtung offenbar wenig von Lauers Persönlichkeit eingeflossen war. Es wirkte funktionell, war aber kein Ort, an dem Jennifer sich auf Dauer wohlgefühlt hätte.

Sie hatte diesen Eindruck damals mit seinem Leben als Single in Verbindung gebracht. Jetzt schoss ihr durch den Kopf, dass Lauer dort womöglich niemals wirklich gelebt hatte, niemals angekommen, nicht zu Hause gewesen war.

Die anderen Zimmer im Erdgeschoss und im ersten Stock waren genauso spartanisch und zweckmäßig eingerichtet. Wie ein Haus, das monatsweise vermietet wurde – oder in dem jemand wohnte, der seine Persönlichkeit nicht in die Gestaltung einfließen lassen wollte oder konnte, weil ihn das verraten hätte.

Jennifer hatte eigentlich erwartet, dass sie irgendwo auf einen besonderen Ort, eine Ecke oder eine Art Altar stoßen würden, der die gesamte Abscheulichkeit von Lauers Tun darstellte und ihn direkt überführte. Doch nichts dergleichen war zu sehen.

Die Männer überprüften auch den Dachboden und untersuchten jeden Winkel, in dem sich jemand versteckt halten konnte. Nichts. Lauer war nicht da.

Jennifer biss sich so heftig auf die Unterlippe, dass es schmerzte. Grohmann neben ihr hatte seine Hände zu Fäusten geballt. Seine Knöchel traten weiß hervor.

Das Hanauer Team stemmte das Garagentor auf. Im Inneren stapelten sich ein paar Kisten, und Gartenwerkzeuge hingen an der Wand. Doch auch hier war nichts Auffälliges zu entdecken.

Die Männer aus Hanau beendeten den Einsatz, und der Teamleiter gab das Haus frei.

»Fuck!« Jennifers Anspannung löste sich endgültig in Frustration und Wut auf. Sie sprang, gefolgt von Grohmann, aus dem Transporter, atmete ein paarmal tief durch und lief mehrmals hin und her. Es half jedoch alles nichts. »Verdammte Scheiße! Dieser Dreckskerl!«

Sie hatten weder den Mann gefunden noch irgendeinen offensichtlichen Hinweis.

Jennifers Fingernägel gruben sich in ihre Handflächen, doch auch der Schmerz beruhigte sie nicht. Sie fuhr zu Grohmann herum, der selbst um Beherrschung rang. »Wo hat sich diese miese Ratte verkrochen? Wo zum Teufel steckt er?«

Der Staatsanwalt schüttelte den Kopf. Seine Kiefer mahlten aufeinander und erzeugten ein knirschendes Geräusch.

»Verdammt noch mal!« Jennifer schloss die Augen und massierte sich die Schläfen.

Sie hörte die Stimmen der zum Transporter zurückkehrenden Beamten. Sie drängte ihren Frust und ihren Zorn zurück und öffnete die Augen.

»Geht es?«, fragte Grohmann leise.

Ihr entging nicht, dass er einen Meter Sicherheitsabstand zu ihr einhielt. »Ja, es muss«, seufzte sie.

Der Staatsanwalt nickte in Richtung Transporter. »Sie wollen los.«

»Klar.«

Grohmann und Jennifer gingen hinüber und bedankten sich bei dem Einsatzleiter aus Hanau. Es stand noch ein weiterer Einsatz auf dem Plan, weshalb das Team direkt wieder abrücken musste. Der Einsatzleiter hinterließ für alle Fälle seine Mobilnummer, damit sie schnell unterrichtet werden und zurückkehren könnten, falls sich die Notwendigkeit ergeben sollte.

Jennifer beriet sich kurz mit dem Staatsanwalt. Sie entschieden, eine grobe Hausdurchsuchung vorzunehmen. Hier vor Ort hielt Lauer seine Opfer offenbar nicht gefangen, es musste also irgendeinen anderen Zufluchtsort geben.

Zwischenzeitlich waren auch Katia Mironowa und Frank Herzig eingetroffen, die Peter Möhring vom Präsidium aus zur Unterstützung geschickt hatte. Jennifer, Grohmann und Katia drangen mit Plastiküberzügen über den Schuhen und Handschuhen an den Händen in Lauers Haus ein und teilten sich auf.

Für eine erste Durchsuchung von Schränken und Schubladen sowie die oberflächliche Durchsicht von Unterlagen hatten sie eine halbe Stunde angesetzt. Frank Herzig würde in dieser Zeit den Inhalt der Kisten in der Garage sichern.

Während Grohmann in die Küche ging, nahm sich Jennifer das Schlafzimmer vor.

In der Mitte des Raumes stand ein breites Bett mit einem dunklen Rahmen, dem auf den ersten Blick anzusehen war, dass es keine hundert Euro gekostet hatte. Auch der Schrank und die Kommode waren günstige Ware. Da Lauer aus seinem Erbe durchaus über finanzielle Mittel verfügte, verstärkte sich bei Jennifer der Eindruck, dass er sich in seinem Haus nicht unbedingt heimisch fühlte.

Keine Bilder an der Wand, keinerlei Dekoration. Nicht mal ein Päckchen Taschentücher oder eine Kleenex-Box auf dem Nachttisch. Der digitale Wecker war ein einfaches Standardmodell.

Jennifer öffnete zuerst die Schubladen der Kommode und ging vorsichtig die Wäsche durch, ohne sie durcheinanderzubringen. Nichts. Im Schrank reihten sich fein säuberlich die Hemden, die Schuhe standen ordentlich nebeneinander. Shirts und Hosen. Nichts Besonderes, einfache, nichtssagende Kleidung.

Keine Kisten mit alten Fotos oder sonstige Erinnerungsstücke, wie man sie in fast jedem Schlafzimmer fand. Auch der einzelne Nachttisch, der auf der linken Seite des Bettes stand, hatte nichts zu bieten. Keine Medikamente, keine Hefte oder Bücher, keine Bonbons, keine Pornos. Normalerweise waren Nachttischschubladen echte Fundgruben.

Jennifer ließ ihren Blick über das Bett schweifen. Es war ordentlich gemacht, und ein leichter Duft nach Waschmittel stieg von der Decke und den Kissen auf. Schlief Melchior Lauer überhaupt hier? Und wenn er es tat, warum brauchte er all die Kleinigkeiten nicht, die jeder normale Mensch am Bett hatte?

Vielleicht war das Wohnzimmer ergiebiger.

Jennifer trat ein paar Schritte zurück und ließ den Blick noch einmal durch den Raum schweifen. Sie wollte schon gehen, als ihr plötzlich etwas ins Auge fiel. Unter dem Bett, das bis zum Boden verkleidet war, um Staubansammlungen zu vermeiden oder zu verbergen, lugte an einer Stelle etwas hervor.

Sie trat näher heran und hockte sich hin. Es war eine Staubfluse. An sich nichts Ungewöhnliches, aber die Art, wie der Staub zusammengepresst und unter der Verkleidung des Bettes eingeklemmt war, machte Jennifer stutzig. Sie zupfte vorsichtig an der Fluse. Sie ließ sich nur mit einiger Anstrengung lösen.

Jennifer kniff die Augen zusammen und betrachtete aufmerksam den Fußboden. Als sie den Kopf schräg legte, sah sie im Gegenlicht Schlieren auf dem Laminat. Sie zog den Bettvorleger – ein unifarbenes Stück Polyester – zur Seite.

Sie hatte sich nicht geirrt. Die Schlieren deuteten darauf hin, dass das Bett bewegt worden war. Mehr als einmal und auch in letzter Zeit. Das Haus war insgesamt nicht klinisch rein geputzt, aber doch sauber. Die Spuren mussten in den letzten Tagen entstanden sein.

Das Schlafzimmer war im Verhältnis zur Einrichtung unverhältnismäßig groß. Jennifer umrundete das Bett und schob vorsichtig. Es ließ sich leichter bewegen, als sie erwartet hatte. Unter dem Bett kam eine gut eineinhalb Meter lange und einen Meter breite Stelle zum Vorschein, an der das Laminat durch einen Teppich ersetzt war, der perfekt mit dem Bodenbelag abschloss. Nur die ausgefransten Ränder zeigten, dass der Teppich nicht fest mit dem Boden verbunden war.

Jennifer schluckte und spürte, wie sich ihr Herzschlag beschleunigte, als sie langsam nach einer Ecke des Teppichs griff. Sie wusste nicht, was sie erwartete. Ihr Gefühl warnte sie eindringlich, und sie lehnte den Oberkörper nach hinten, um einem gegebenenfalls erfolgenden Angriff zu entgehen.

Sie hob den Teppich an.

Darunter kam eine massiv wirkende Stahlluke zum Vorschein.

Jennifer starrte zwei Sekunden lang bewegungslos auf ihre Entdeckung. Dann projizierte ihre Phantasie erste Bilder in ihr Gehirn. Bilder, die zeigten, was sie dort unten hinter der Stahlluke finden würden.

So lautlos wie möglich zog sie sich zur Schlafzimmertür zurück. Unbewusst war ihre rechte Hand zu der Waffe in ihrem Holster geglitten.

Wortlos verfluchte sie die Entscheidung, ohne Funkgeräte ins Haus zu gehen. Aber mit einer geheimen Kammer unterhalb des Hauses hatte niemand gerechnet. In allen Aufzeichnungen, die sie an einem Samstag in so kurzer Zeit über das Haus hatten auftreiben können, waren keinerlei Kellerräume verzeichnet gewesen.

Darüber hinaus bezweifelte Jennifer, dass es sich um eine genehmigte Baumaßnahme handelte.

Sie wollte die Luke nicht aus den Augen lassen und hatte Glück, dass Grohmann in diesem Moment aus der Küche kam. Sie bedeutete ihm mit Handzeichen, still zu sein, und dann, dass sie etwas entdeckt hatte. Beiläufig nahm sie wahr, dass der Staatsanwalt die kugelsichere Weste trug, gegen die er sich anfangs vehement gewehrt hatte.

Grohmann kam mit leisen Schritten zu ihr geschlichen. Sie zeigte ihm, was sie gefunden hatte, und gab ihm Zeichen, die anderen Beamten zu holen.

Keine Minute später standen Jennifer, der Staatsanwalt und die beiden anderen Kommissare um die Stahltür herum.

Jennifer ging in die Hocke, um die Luke zu öffnen. Frank Herzig wirkte angespannt, sparte sich aber jeden Protest. Zusammen mit Katia gab er Jennifer Rückendeckung, auch wenn den beiden klar war, dass sie nicht mehr viel würden tun können, falls ihr Verdächtiger dort unten war und sie beispielsweise mit einem Kugelhagel begrüßte.

Die Luke war mit einem Hebel verschlossen, der in die Falltür eingelassen war. Er ließ sich leicht bewegen, die Mechanik war jedoch alles andere als leise. Die Geräusche trieben Jennifers Puls noch weiter in die Höhe.

Als sie an der Tür zog, gelang es ihr nur mit Mühe, das schwere Ding anzuheben. Die Tür war aus massivem Metall gefertigt, vermutlich aus Stahl, und einige Zentimeter dick. Katia kam Jennifer schließlich zu Hilfe, und gemeinsam schafften sie es, die Luke zu öffnen.

Jennifer fiel auf, dass ihnen kein spezifischer Geruch entgegenschlug. Eher wirkte die Luft sogar noch frischer als im Haus selbst. *Gefiltert*, dachte sie.

Das Licht reichte aus, um eine einfache Betontreppe zu erkennen, mehr jedoch nicht. Es gab einen Schalter an der linken Wand, der bereits in die Jahre gekommen zu sein schien.

Jennifer zögerte. Wenn Lauer dort unten war, wusste er längst, dass sie kamen. In der Dunkelheit wäre der Lichtkegel einer Taschenlampe gleichbedeutend mit einem Zielkreuz.

Sie legte den Schalter um. Kurze Neonröhren erwachten flackernd zum Leben und leuchteten die Treppe aus, die etwa drei Meter tief in die Erde und in einen kurzen Gang führte, von dem drei Türen abgingen.

Frank Herzig wollte die Führung übernehmen, doch Jennifer schüttelte den Kopf. Sie zog ihre Waffe und richtete sie zu Boden. Dann lauschte sie mehrere Sekunden lang angestrengt, bevor sie sich vorwagte und die Treppe langsam, Stufe für Stufe, nach unten ging. Ihre Nerven waren zum Zerreißen gespannt.

Katia und Herzig folgten ihr. Grohmann zögerte erst, ließ sich von den Gesten des jungen Kommissars jedoch nicht abhalten und folgte ihnen.

Jennifer nutzte die Handzeichen, die sie vor langer Zeit in ihrer Ausbildung gelernt hatte. Zuerst würde sie die Tür zu ihrer

Rechten öffnen, Katia und Herzig sollten die anderen beiden Türen im Auge behalten. Sie legte die Hand auf die Klinke und spürte die Feuchtigkeit, die sich in ihren Handschuhen gesammelt hatte.

Dann stieß sie die Tür auf.

Dahinter lag ein kahler Betonraum, der sich als Bad entpuppte. Es gab eine Toilette, eine Dusche und ein Waschbecken mit Spiegel. Die sanitäre Einrichtung war aus Metall gefertigt, funktionell. Sie wirkte kalt und abweisend.

Jennifer war schon zuvor der Gedanke gekommen, dass es sich um einen ungenehmigten Bunker handeln könnte. Das Bad schien ihre Vermutung zu bestätigen.

Dasselbe Spiel mit der Tür auf der linken Seite des Ganges.

Die Luft veränderte sich, und gleich darauf stieg ihnen ein chemischer Geruch in die Nase. Eine große metallische Wanne dominierte den Raum, dessen Wände, Boden und Decke ebenfalls aus blankem Beton bestanden. An einigen Stellen war der Beton verfärbt, und die sichtbaren Konturen von Regalen ließen darauf schließen, dass der Raum einst anders eingerichtet gewesen war.

Wozu er jetzt diente, war ihnen allen bereits klar, bevor sie die großen Kanister mit Bleiche sahen. Daneben hingen stabile Säcke an der Wand, die sich kaum von professionellen Leichensäcken unterschieden.

Jennifer überkam eine seltsame Mischung aus Freude und Trauer. Freude darüber, dass sie den Kerl endlich gefunden zu haben schienen, und gleichzeitig Trauer, weil sie wusste, was sie möglicherweise noch hier unten finden würden.

Und wieder der Gedanke, dass sie oben im Wohnzimmer gesessen hatte, nur wenige Meter entfernt... Jennifer hoffte inständig, dass die weiteren Ermittlungen nicht ergeben würden, dass Lauer genau zu diesem Zeitpunkt irgendeine noch lebende Frau hier unten gehabt hatte. Sie wollte überhaupt nicht daran denken, wie sie auf eine derartige Nachricht reagieren würde.

Sie zogen sich zurück.

Blieb noch der Raum am Ende des Ganges. Jennifer schloss für einen kurzen Moment die Augen. Sie wollte nicht wissen, was sie dort erwartete. Dieser Bunker war der Tatort, Lauers Refugium, sein Atelier ... sein Zuhause.

Jennifer steuerte auf die letzte Tür zu und lauschte noch einmal. Kein Geräusch. Inzwischen war sie davon überzeugt, dass Lauer nicht hier war, ging jedoch trotzdem nach Vorschrift und mit äußerster Vorsicht vor.

Hinter der Tür erstreckte sich ein großer Raum, der in zwei Bereiche unterteilt war.

Die eine Seite war dem Wirken des Mannes gewidmet, den sie den »Künstler« nannten.

Jennifer hatte eine Art Schlachthaus erwartet, blickte nun jedoch in einen sauberen Betonraum, in dessen Mitte sich eine mit Fesselmöglichkeiten versehene Liege befand, die beliebig verstellbar war. Auf einer Kommode dahinter lagen auf chirurgischen Tabletts eine Vielzahl von Werkzeugen und Tüchern bereit. Ebenso standen dort Flaschen herum, deren Etiketten sie von ihrem Standort aus kaum entziffern konnte. Bleiche war jedoch auch darunter.

Die andere Seite wirkte wie eine Mischung aus Atelier und Büro.

Auf Staffeleien waren dreizehn großformatige Gemälde ausgestellt, von denen Jennifer zwei bereits kannte. Vier weitere waren ihr als in den Rücken von Opfern geschnittene Skizzen begegnet, die anderen hatte sie noch nie gesehen. Doch der Stil der Bilder war der Gleiche. Es waren die Werke von Klaus Lauer, dem Vater des »Künstlers«.

In der Mitte zwischen den Bildern lag eine Matratze auf dem Boden. Die Bettwäsche sah weitaus benutzter aus als die auf dem Bett im Schlafzimmer. Es war offensichtlich, dass Melchior Lauer hier öfter schlief als in dem dafür vorgesehenen Raum drei Meter über ihren Köpfen.

Jennifer ging vorsichtig zwischen den Gemälden hindurch. Eigentlich wollte sie sich jedes einzelne genau ansehen, doch ihr Blick wurde abgelenkt. An der hinteren Wand stand ein Schreibtisch mit einem ausgeschalteten Computer. An einer Pinnwand neben dem Bildschirm hingen unscharfe Fotos – vermutlich mit einer Handykamera gemacht – und Zettel mit Notizen sowie eine Todesanzeige.

Ihr Herz setzte aus, als sie die junge Frau auf den Fotos erkannte und ihr bewusst wurde, welchem Zweck diese Pinnwand diente.

»Oh, mein Gott ...«

Jennifer zog ihr Handy aus der Tasche und schaltete es wieder ein. Es schien eine Ewigkeit zu dauern, bis die Software geladen war und sie die PIN eingeben konnte. Ihre Hände zitterten leicht, als sie die Nummer im Telefonbuch ihres Handys suchte.

Grohmann tauchte neben ihr auf und warf ihr einen fragenden Blick zu. Dann streifte sein Blick die Pinnwand. »Scheiße!«, fluchte er. »Das ist Charlotte Seydel!«

Jennifer nickte nur und hielt sich das Telefon ans Ohr. Doch es kam nur die Ansage, dass der Teilnehmer zurzeit nicht zu erreichen sei. Sie unterbrach die Verbindung. »Sie hat mich vorhin noch angerufen ...«

Ihr war plötzlich übel. Wieso hatte Charlotte sie angerufen? War Melchior Lauer etwa bereits hinter ihr her?

Jennifer wählte die Nummer ihrer Mailbox und schaltete den Lautsprecher ein. Während der mechanischen Ansage trippelte sie unruhig hin und her. Eine Nachricht war hinterlassen worden.

Als sie Charlottes Stimme hörte, fiel ihr ein kleiner Stein vom Herzen, doch sie blieb weiterhin angespannt.

»Hier spricht Charlotte Seydel. Ich bin gerade in Herzheim und auf dem Rückweg. Ich habe etwas Wichtiges über meine Mutter herausgefunden und vielleicht sogar über den Mörder. Überprüfen Sie unbedingt den Namen ...«

Sie hörten irgendwelchen Lärm, dann einen überraschten Schmerzenslaut, ein dumpfes Poltern. Die Hintergrundgeräusche wurden leiser, hielten jedoch noch über eine Minute lang an. Dann knallten Autotüren, Rascheln, ein Knacken. Dann nichts mehr. Die Verbindung war unterbrochen worden.

Eiseskälte machte sich in Jennifers Magengegend breit, als sie zu Grohmann aufschaute. »Herzheim ist der Geburtsort von Melchior Lauer«, flüsterte sie heiser. »Er hat sie, Grohmann ... Er hat sie.«

21

Das trübe Dunkel der Bewusstlosigkeit hellte sich nur langsam auf. Charlotte hatte den Eindruck, dass sie in einer gelartigen Flüssigkeit schwebte und behäbig zur Oberfläche trieb.

Die Taubheit wich ganz allmählich aus ihren Gliedern, und ihr Verstand erwachte Stück für Stück.

Sie spürte Kälte und Fesseln um ihre Fuß- und Handgelenke, die sie in einer liegenden Position auf einer harten Unterlage festhielten. Sie war nackt. Eine kalte Brise, vermutlich Zugluft, strich über ihren entblößten Körper.

Charlotte wusste, dass sie in Schwierigkeiten war, noch bevor sie die Augen öffnete. Sie erinnerte sich an das, was sie heute herausgefunden hatte, und daran, dass sie von dem Taxifahrer angegriffen worden war. Sie befand sich in seiner Gewalt.

Mit eiskalter Klarheit wurde ihr bewusst, dass der Mann, der sie überwältigt und verschleppt hatte, niemand anderes sein konnte als der »Künstler«. Der Serienmörder, der sechs Frauen umgebracht und ihre Rücken als Leinwand missbraucht hatte.

Der Mann, der ihre Mutter vor fünfundzwanzig Jahren vergewaltigt hatte. Der ihr bis nach Lemanshain gefolgt war, um sein Werk zu vollenden und sie doch noch umzubringen.

Ihr Vater.

Vor ein paar Stunden hatten sie diese Gedanken noch in Panik versetzt – wie lange das nun genau her war, wusste sie nicht, da sie nicht die geringste Ahnung hatte, wie lange sie bewusstlos gewesen war –, und Verzweiflung hatte ihr Denken und Handeln beherrscht.

Jetzt, in dieser Situation, waren die Ergebnisse ihrer Recherchen nur noch Tatsachen, die ihr Verstand klar und gefühllos erfasste.

Charlotte spürte instinktiv, dass sie nicht alleine war. Sie konnte keine Geräusche ausmachen, hörte auch sein Atmen nicht, doch er war da. Er war mit ihr hier in diesem Raum und beobachtete sie. Er wartete darauf, dass sie aufwachte und er sich an ihrer Hilflosigkeit ergötzen konnte. Er wartete darauf, ihr Schmerzen zufügen zu können.

Sie wusste, dass die Qualen beginnen würden, sobald sie die Augen aufschlug.

Sie wollte ihn ansehen, wollte in seine Augen blicken und herausfinden, wer er war. Doch sie würde ihr Schicksal besiegeln, wenn sie die Lider hob.

Letztlich würde es jedoch keinen Unterschied machen, das wusste sie. Sie würde das Unvermeidliche nur hinauszögern, wenn sie sich noch länger bewusstlos stellte.

Irgendwann würde er die Geduld verlieren und einen Weg finden, sie zu wecken. Er kannte sich aus. Er wusste genau, wann die Betäubungswirkung nachließ, und vermutlich wusste er bereits, dass sie wach war und sich nur verstellte. Irgendwann wären seine Faszination und seine Geduld aufgebraucht, und er würde aktiv werden.

Charlotte wünschte, sie hätte sich niemals mit den forensischen und psychologischen Hintergründen der Taten des »Künstlers« beschäftigt. Es war alles andere als beruhigend, zu wissen, was in den nächsten Stunden auf sie zukommen würde.

Sie schlug die Augen auf.

Es dauerte einige Sekunden, bis sie sich an das dämmrige Licht gewöhnte und ihre Umgebung an Schärfe gewann. Was sie von dem Raum sehen konnte, war spärlich eingerichtet, wirkte heruntergekommen und dreckig. Löchrige Gardinen hingen vor den Fenstern, von draußen drang jedoch kaum Helligkeit herein.

Charlotte hatte keine Ahnung, wo sie sich befanden. In einem größeren Schuppen oder einem verlassenen Industriegebäude vielleicht.

Erst jetzt richtete sie den Blick auf die Person, die am Fußende der Pritsche stand und sie bewegungslos anstarrte. Im Halbdunkel erkannte sie einen hageren, jedoch kräftig wirkenden Mann um die Fünfundvierzig. Seine Erscheinung war vollkommen durchschnittlich, und es gab nichts an ihm, das irgendeinen Wiedererkennungswert gehabt hätte.

Bis auf seine Augen. *Ihre* Augen.

Es war, als würde sie sich selbst im Spiegel ansehen.

Wenn sich bisher noch irgendetwas in ihr an die Hoffnung geklammert hatte, dass alles nur ein Irrtum war, dass der Mann, der ihre Mutter vergewaltigt und ein Vierteljahrhundert später getötet hatte, nicht ihr Vater war –, so wurde diese Hoffnung in diesem Moment zerstört. Sie wusste, dass ihr Erzeuger ihr gegenüberstand.

Und er wusste es auch. Es war etwas in seinem Blick, das ihr diese Gewissheit verlieh.

In seinen Augen lag ein Ausdruck, der Charlotte tief in ihrer Seele berührte und zwei sehr unterschiedliche Gefühle hervorrief: Angst und Hass.

Sie sah in die Augen eines Monsters. Eines Monsters, das es auf sie abgesehen hatte.

Charlotte erkannte ihn wieder. Jetzt, viel zu spät, fiel ihr auf, dass er der Taxichauffeur war, der sie heute Morgen in »Garten Eden« abgeholt und nach Hanau gefahren hatte. Nur dass die langen Haare, die Mütze und die Brille verschwunden waren.

Und noch eine Erinnerung drängte plötzlich in ihr Gedächtnis: Das Taxi, das nachts vor der Universität gestanden hatte und auf sie zugekommen war, gerade als Joshua auftauchte. Sie hatte keinen Zweifel daran, dass *er* es gewesen war. Sicher verbarg er sich auch hinter der dunklen Gestalt, die sie in jener Nacht an der Bushaltestelle angerempelt und zu Boden geschickt hatte.

Dieser Wichser hatte sie schon tagelang verfolgt!

Charlotte schluckte die Galle hinunter, die ihr in die Kehle gestiegen war. Es gab so vieles, was sie diesem Scheißkerl gerne entgegengeschleudert hätte. Verwünschungen, Flüche, Fragen. Doch kein Laut kam über ihre Lippen.

Sein Mund verzog sich. Zuerst glaubte sie, er wollte etwas sagen, doch er lächelte nur. Ein berechnendes und äußerst kaltes Lächeln.

Sie spürte, wie die Wut aus ihrem Bauch in ihre Brust hinaufkroch. Bevor sie sich vergessen konnte, wandte sie demonstrativ den Blick ab.

Sein Lachen, das ganz und gar gewöhnlich klang, so wie man es viele Male am Tag von den unterschiedlichsten Menschen hörte, hallte durch den Raum. Schritte erklangen, dann tauchte er neben ihr auf, versuchte jedoch gar nicht erst, ihren Blick einzufangen.

Sein Gesicht verzog sich zu einer verächtlichen Maske. »Dreck bringt Dreck hervor«, sagte er plötzlich in die Stille hinein. »Du bist der Beweis dafür, dass Dreck selbst die besten Erbanlagen überdecken und verdrängen kann.«

Charlotte biss die Zähne so fest aufeinander, dass ihre Kiefer schmerzten.

Er legte den Kopf schräg und sah sie so an, wie man Affen in einem Käfig im Zoo beobachtete. »Willst du denn gar nichts sagen?« Zwei Sekunden verstrichen, doch er erhielt keine Antwort. »Kein ›Hallo, Daddy.‹ Kein Versuch, an meine Gefühle zu appellieren? Nichts?«

Sie drehte den Kopf weg und starrte auf die löchrigen Gardinen.

»Tapferes kleines Mädchen.« Er lachte erneut. »Du versuchst, deine Angst zu verbergen und deine Beherrschung zu wahren. Wie deine Mutter. Du denkst, wenn du nur lange genug die Unbeteiligte spielst und mir dein Leid nicht zeigst, verliere ich das Interesse an dir. Oder du bist dir über deine Lage vollständig im Klaren und weißt, dass Betteln keinen Sinn hat. Wie deine Mutter.«

Er leckte sich über die Lippen. Sein Blick wich kein einziges Mal von ihrem Gesicht. »Du erinnerst mich sehr an sie. Deine Augen, dein Körper ... der Duft. Dieselbe sinnlose Rebellion ... Sie muss wohl gehofft haben, dass ich nie von dir erfahren würde. Und du nie von mir ...«

Er lächelte. Seine Augen glitten nach unten und schienen über jeden entblößten Zentimeter ihres Körpers zu wandern. »Schade, dass ich zu spät von deiner Existenz erfahren habe, um Lena an unserem kleinen Spiel teilhaben zu lassen, doch das wäre wohl zu viel des Guten gewesen. Ihr beide hier, an dem Ort, an dem alles begann ...«

Charlotte war sich nicht bewusst, irgendeine Reaktion gezeigt zu haben, doch es musste wohl so sein, denn er stieß ein leises Seufzen aus. »Du verstehst natürlich nicht. Sie hat es dir ja nie erzählt. Ich selbst musste dir erst die Augen öffnen, dich auf die richtige Fährte bringen. Es war so einfach ... Ich hätte nicht gedacht, dass der Zeitungsartikel genügen würde, um dich zu Nachforschungen anzuregen. Damit du weißt, mit wem du es zu tun hast ... und damit du hierher findest.«

Er ließ seinen Blick theatralisch durch den Raum schweifen. »Hier in dieser Hütte sollte deine Mutter einstmals sterben. Doch sie entzog sich ihrem Schicksal und ließ mich einfach zurück. Eine andere musste ihretwegen sterben. Wegen ihr verbrachte ich so viele Jahre eingesperrt, vom Leben abgeschnitten.«

Erneut erschien ein verzerrtes Lächeln auf seinem Gesicht. »Ich konnte die Zeit nutzen, mein Wirken zu überdenken, nur anders, als sich die Psychiater das wohl vorgestellt hatten. So viel Zeit zum Planen ... Dann kam der Tag der Freiheit, und ich konnte endlich damit beginnen, das perfekte Werk zu schaffen. Ein Werk, dessen Auftakt meine geliebte Lena sein sollte.«

Leise Wut schlich sich in seine Stimme, obwohl er ansonsten vollkommen beherrscht blieb. »Ich hatte mir solche Mühe gegeben, ich hatte alles vorbereitet und geplant, alles war perfekt! Nur dass deine Mutter sich einfach nicht aufspüren lassen wollte! Da sollte ihr eine besondere Ehre zuteilwerden, ihretwegen war ich sogar bereit, Abstriche hinzunehmen. Sie konnte ich schließlich nicht der Öffentlichkeit preisgeben, ohne mich selbst zu gefährden ... Und sie verbarg sich einfach vor mir!« Er schüttelte den Kopf. »Von Anfang an musste sie mir Ärger machen. Und als ich sie dann endlich hatte, als ich sie endlich ihrem Schicksal übergeben hatte ...«

Sein Zorn schien von einem Augenblick zum nächsten zu verrauchen. »Dann bist du aufgetaucht. Erst war ich einfach nur wütend, weil Lena schon wieder meine Pläne durchkreuzt hatte, indem sie etwas Lebendiges in dieser Welt zurückgelassen hatte. Erst wollte ich dich einfach nur zerstören, doch dann sah ich dich ... und wusste, dass du mich für alle Unannehmlichkeiten, die sie mir bereitet hat, entschädigen würdest.«

Er streckte den Arm aus, hielt jedoch inne. »Du wirst mir mehr geben, als ich von deiner Mutter allein jemals hätte bekommen können. Du bist ein Geschenk. Ein Geschenk, das ich genießen werde.«

Seine Fingerspitzen berührten ihre nackte Brustwarze. Charlotte zuckte zusammen und schloss die Augen.

»Du willst noch immer schweigen?«, fragte er. Er drückte brutal zu. Mit derselben Brutalität, mit der er sich selbst in den Schritt fasste und seine Erektion packte. Ein unartikulierter Laut, ein Stöhnen entrang sich seiner Kehle. »Wundervoll. Ich werde mich daran ergötzen, dich zum Schreien zu bringen. Und schreien wirst du. Und wie du schreien wirst.«

22

»Es ist mir scheißegal, ob die sich zuständig fühlen oder nicht! Die sollen verdammt noch mal ihre Leute mobilisieren und endlich mit der Suche anfangen!« Jennifer lauschte einen Moment auf die Stimme, die aus dem Kopfhörer der Freisprecheinrichtung drang. Dann blaffte sie: »Das interessiert mich nicht! Die sollen ihre Ärsche in Bewegung setzen! Und zwar sofort!«

Mit einem Tastendruck unterbrach sie die Verbindung. Ihr Blick verfinsterte sich noch mehr.

»War das Ihr Chef?«, fragte Grohmann vorsichtig, denn er spürte, dass die Kommissarin kurz davor war zu explodieren.

»Ja, aber der kann das vertragen.«

»Er ist nicht weitergekommen, oder?«, fragte der Staatsanwalt.

»Noch nicht. Die in Karlsruhe halten sich mit Zuständigkeits- und Kompetenzgerangel auf und wedeln mit den Vorschriften. Außerdem ziehen sie sich auf die Position zurück, dass der Täter vermutlich gar nicht mehr in der Gegend ist. Sie haben das Taxi zur Fahndung ausgeschrieben, das ist im Moment aber auch schon alles.«

Grohmann atmete hörbar aus. Das war zu erwarten gewesen. Sie hatten zuerst versucht, von Lemanshain aus alle Hebel in Bewegung zu setzen, waren aber gescheitert. Jennifer hatte jeglichen Widerstand ihres Chefs ignoriert und beschlossen, persönlich Richtung Herzheim aufzubrechen, während in Lemanshain die Recherchen und Untersuchungen fortgesetzt wurden.

Trotzdem brauchten sie noch Unterstützung vor Ort. Grohmann hoffte, dass sie die bekommen würden, auch wenn es bisher nicht danach aussah.

Er konnte verstehen, warum sich die Kollegen zierten, denn er und Jennifer Leitner hatten bisher nicht wirklich etwas in der Hand.

Sie gingen davon aus, dass Lauer Charlotte Seydel nicht weit von Herzheim entfernt in seine Gewalt gebracht hatte. Aber mit Sicherheit wussten sie es nicht. Sie glaubten, dass er es aufgrund seines ausgeprägten Sicherheitsdenkens nicht riskieren würde, weite Strecken mit seinem Opfer zu fahren, dass er also irgendwo in der Nähe einen Unterschlupf haben musste. Sie wussten es jedoch nicht.

Sie hofften inständig, dass die Durchsuchung seines Hauses irgendeinen Hinweis erbringen würde. Oder die wieder aufgerollten Ermittlungen, was Charlottes Mutter und ihre Verbindung zum Täter anging. Vielleicht lag dort der Schlüssel.

Ebenso hofften sie, dass Melchior Lauer seiner Vorgehensweise treu bleiben und Charlotte Seydel nicht sofort töten würde. Auch wenn ihnen noch nicht klar war, wieso die Wahl ausgerechnet auf sie gefallen war. Seine anderen Opfer hatten auch Kinder gehabt. Es gab Töchter in Charlottes Alter, doch er hatte niemals im gleichen Familienkreis mehrmals zugeschlagen.

Wieso also ausgerechnet Charlotte? Ein Zufall? Hatte sie irgendwie seine Aufmerksamkeit erregt, passte in sein Schema? Oder war diese Wahl ein weiteres Indiz dafür, dass Katharina Seydel etwas Besonderes für ihn gewesen war?

Grohmann richtete seinen Blick wieder auf die Autobahn vor ihnen. Er selbst gehörte nicht unbedingt zu den zurückhaltenden Autofahrern, doch die Geschwindigkeit und die Fahrweise, die die Kommissarin an den Tag legte, ließen ihn ernsthaft zweifeln, ob sie Baden-Württemberg lebend erreichen würden.

Er hatte sie zuerst für übertrieben optimistisch gehalten. Als sie das Navigationsgerät mit den Daten gefüttert hatte, hatte sie auf die Meldung, dass sie etwas mehr als zwei Stunden nach Herzheim brauchen würden, mit einem lapidaren Schulterzucken und der Bemerkung reagiert, sie würden es in weniger als einehalb Stunden schaffen. Inzwischen stellte er diese Schätzung nicht mehr infrage.

Leitners Handy klingelte erneut. Es war die Nummer von Freya Olsson, die sie aus dem Wochenende geholt hatten, um die Recherchen zu unterstützen.

Jennifer nahm das Gespräch an. Sie war wesentlich entspannter und freundlicher als zuvor bei dem Gespräch mit ihrem Vorgesetzten. Diesmal schaltete sie den Lautsprecher ein, damit Grohmann mithören konnte. »Freya.«

»Wir haben einen Treffer«, drang die leicht verzerrte, jedoch melodische Stimme der Büroassistentin aus dem Handy.

Grohmann und Leitner warfen sich einen Blick zu. Es war eine Ermittlung ins Blaue hinein gewesen, als sie Freya darauf angesetzt hatten, noch einmal den Ursprung des Aktenzeichens in Katharina Seydels Einwohnermeldeeintrag zu verfolgen und dabei die zuständigen Behörden in Herzheim und Umgebung zu berücksichtigen. Alles schien sich um diese kleine Ortschaft in Baden-Württemberg zu drehen.

»In dem Aktenzeichen war ein Zahlendreher, doch es stammt aus Karlsruhe. Bei der Eingabe muss ein Fehler passiert sein, sonst hätten wir das schon früher in den Systemen gefunden.« Freya schwieg kurz, bevor sie fortfuhr: »Es gab dort in den achtziger Jahren eine Abteilung, die sich um jugendliche Opfer von Gewaltverbrechen kümmerte. Die Akten sind unter Verschluss.«

Sie musste nicht hinzufügen, dass es Samstag war und einige Anstrengungen kosten würde, überhaupt einen Einblick zu bekommen.

»Ich habe Möhring gebeten, sich darum zu kümmern. Er telefoniert bereits mit der Staatsanwaltschaft in Karlsruhe. Aus dem Aktenzeichen selbst kann ich nur herauslesen, dass der Vorgang 1987 angelegt wurde. Das ist aber auch schon alles. Wir bleiben dran.«

Jennifer nickte, eine instinktive Gesprächsreaktion, die Freya am anderen Ende der Leitung natürlich nicht sehen konnte. »Danke, Freya. Irgendwelche Neuigkeiten von Jarik?«

»Bis jetzt nichts. Sie haben einen Safe gefunden. Die Herstellerfirma rückt den Sicherheitscode jedoch nur gegen Gerichtsbeschluss heraus.« Also war vor Montag nichts zu erreichen, es sei denn, sie fanden die Kombination irgendwo in Lauers Unterlagen. »Sie sind an seinem Computer und seinen sonstigen Unterlagen dran, bisher jedoch nur mäßige Erfolge.«

»Ruf mich an, wenn es etwas Neues gibt«, sagte Jennifer, obwohl sie wusste, dass sich Jarik vermutlich direkt bei ihr melden würde, wenn er und seine Leute auf etwas stießen, was ihnen dabei helfen könnte, Lauer ausfindig zu machen.

Sie legte auf, und einen Moment lang herrschte Stille im Wagen.

Der Staatsanwalt ergriff schließlich das Wort. »Katharina Seydel ist also als Jugendliche einem Verbrechen zum Opfer gefallen. Möglicherweise hatte Lauer schon damals etwas damit zu tun.«

Jennifer antwortete nicht sofort. »Erinnern Sie sich an die Todesanzeige von Katharina an der Pinnwand in Lauers Bunker?«

»Ja.«

»Das Wort ›Tochter‹ war unterstrichen.«

Grohmann öffnete den Mund, ein paar Sekunden lang sagte er jedoch nichts, während er mit gerunzelter Stirn auf die Fahrbahn hinausstarrte. »Sie meinen, Lauer könnte Charlottes Vater sein?«

»Es passt alles zusammen. Er war schon damals ein Sexualverbrecher. Irgendetwas ist Katharina Seydel zugestoßen. Er scheint eine besondere Verbindung zu ihr zu haben. Charlotte wurde im selben Jahr geboren.«

Dieselben Schlussfolgerungen hatte Grohmann bereits gezogen. »Verdammt. Das ist so … mir fällt überhaupt kein Wort dafür ein.«

»Mir auch nicht«, stimmte Jennifer ihm zu. »Wenn wir recht haben, bleibt nur die große Frage: Was bedeutet das für Charlottes Schicksal?«

Die Frage schien die ohnehin bereits schwere Luft im Wagen noch einmal zu verdichten.

Weder Grohmann noch Jennifer Leitner wagten zu hoffen, dass Lauers Vaterschaft irgendetwas in ihm bewegen oder an Charlottes Los etwas ändern würde. Vielleicht würde er auf die sexuelle Gewalt verzichten, was jedoch umso schneller den Tod der jungen Frau bedeuten würde.

Grohmann gestand es sich nicht gerne ein, doch um Charlotte Seydels Leben willen hoffte er, dass ihr Vater nicht zu früh das Interesse an ihr verlor. Es war ein grausames Gefühl, das unbändige Wut in ihm schürte.

Gerade als sie die Autobahn verließen, erreichte sie ein weiterer Anruf. Peter Möhring hatte es geschafft, die Karlsruher Kollegen davon zu überzeugen, ihnen ein paar Leute nach Herzheim zu schicken, um die Ermittlungen vor Ort so schnell wie möglich aufzunehmen. Jennifer und Grohmann sollten die Beamten in Herzheim treffen, es konnte allerdings noch ein wenig dauern, bis sie dort waren.

Was übersetzt nichts anderes hieß, als dass man sich in Karlsruhe genötigt fühlte, jemanden loszuschicken, der sich mit dem Fall befassen sollte. Man glaubte aber nicht daran, dass es eine Entführung gegeben hatte, und hielt die Kollegen aus der fernen hessischen Kleinstadt für hysterisch.

Jennifer kannte diese Einstellung von früher, als sie noch in Frankfurt gearbeitet hatte. Solange kein Medienrummel entstand und es nicht um Kinder ging, hatte man in Großstädten meist Zeit und Geduld. Vor allem dann, wenn es nur Hinweise gab, jedoch keine Zeugen oder Beweise, und wenn es sich noch dazu um eine Anfrage von außerhalb handelte.

Ihr Vorgesetzter bat sie noch, möglichst jedes Gerangel um Zuständigkeiten und Kompetenzen zu vermeiden. Er wusste, dass Jennifer in solchen Situationen recht schnell die Geduld verlor und dann jede Diplomatie außer Acht ließ. Sie murmelte eine Zustimmung, die sie nicht unbedingt ernst meinte, Möhring gab sich jedoch damit zufrieden.

Jennifer hatte kaum aufgelegt, als das Handy erneut einen eingehenden Anruf anzeigte. Es war Jarik Fröhlich von der Spurensicherung.

»Wir haben etwas auf dem Computer von Lauer gefunden«, drang seine Stimme leicht blechern aus dem Handy-Lautsprecher. »Er ist zwar eindeutig auf Sicherheit bedacht, aber ein IT-Experte ist er nicht.«

»Schieß los.«

»Er hat auf seinem Rechner jede Menge eingescannte Unterlagen. Lauer scheint kein Freund von Papier zu sein. Eigentlich alles recht unspektakulär. Stromabrechnungen, Steuererklärungen, das Übliche eben. Seine Grundsteuerbelege sind allerdings interessant.«

»Wieso das?« Jennifer runzelte die Stirn. »Er hat doch nur das Haus in Lemanshain.«

»Eben nicht«, widersprach Jarik. »Er hat noch Grundbesitz in Herzheim, allerdings hat er sich nie die Mühe gemacht, die Grundbucheinträge auf sich umschreiben zu lassen. Es läuft alles noch auf den Namen seines Vaters, zumindest sind die Steuerbescheide an den Vater adressiert, wenn auch in Lemanshain.«

Jennifer umklammerte das Lenkrad so fest, dass ihre Fingerknöchel weiß hervortraten. »Wo?«

»In einem Waldgebiet bei Herzheim. Ein knapper Hektar Land mit ›zweckmäßiger Bebauung‹. Die Beschreibung der Liegenschaft im Grundsteuerbescheid ist vage, aber sie weist uns immerhin eine grobe Richtung. Auf den üblichen Landkarten ist dort nichts verzeichnet, auch keine Straße oder irgendwelche Wege. Ich habe mir das Gebiet über Google Earth angeschaut. Es ist ziemlich zugewuchert, aber es gibt dort eine Art größere Hütte. Das einzige Gebäude weit und breit.« Er unterbrach sich kurz. »An Lauers Pinnwand in seinem Keller hängt außerdem dieses Foto …«

Jennifer wusste sofort, welches Foto Jarik meinte. Eine Forst- oder Jagdhütte im Wald war darauf abgebildet. Bisher hatten sie sich keinen Reim darauf machen können.

»Das muss es sein«, sagte Grohmann, bevor Jennifer antworten konnte. »Dort hält er sie gefangen.«

Jennifer stimmte ihm mit einem Nicken zu. »Die Hütte gehört ihm, er kennt sich dort aus, sie liegt abgelegen im Wald. Er hat weder Störungen noch seine Entdeckung zu fürchten. Es ist das perfekte Versteck.« Vielleicht nutzte er sie nicht zum ersten Mal.

»Es muss irgendeinen Weg dorthin geben.« Jennifer überlegte zwei Sekunden lang, dann traf sie eine Entscheidung: »Jarik, gib uns die Koordinaten durch und ruf Möhring an. Sag ihm, er soll den Leuten aus Karlsruhe Bescheid geben, dass sie direkt dorthin kommen sollen.«

»Jennifer …« Jarik zögerte, denn er wusste, was sie vorhatte. »Ich halte das für keine gute Idee. Möhring wird dir das Fell über die Ohren ziehen. Du bist alleine.«

»Grohmann ist bei mir.« Sie wusste, dass Jarik den Staatsanwalt in dieser Situation keinesfalls als Unterstützung zählte. Sie ersparte ihm aber die Peinlichkeit, eine entsprechende Bemerkung zu machen. »Außerdem habe ich nur vor, dorthin zu fahren und vorsichtig die Lage zu sondieren. Vielleicht liegen wir auch falsch, und wenn nicht ... Mit dem Eingreifen warte ich schon, bis die Kavallerie eingetroffen ist.«

Der Kriminaltechniker am anderen Ende der Leitung schwieg. Dann war ein resignierter Seufzer zu hören. Schließlich nannte er ihnen die Koordinaten, die Grohmann ins Navigationssystem eingab. Jennifer unterbrach die Verbindung.

»Eine Straße führt bis etwa zwei Kilometer an die Hütte heran«, sagte der Staatsanwalt, nachdem er das System konfiguriert hatte und durch die Karte scrollte. Nachdenklich betrachtete er die Linien, die um den markierten Punkt herumführten. »Hier ist ein Waldweg eingezeichnet. Vielleicht gibt es von da aus eine Möglichkeit, mit dem Auto hinzukommen.«

»Ansonsten laufen wir das letzte Stück.« Jennifers Gesicht war starr vor Entschlossenheit und Konzentration. »Sagen Sie mir, wo wir hinmüssen.«

Die nächsten zwanzig Minuten saßen sie schweigend nebeneinander, während die Dämmerung einem wolkenverhangenen Nachthimmel wich und Jennifer sämtliche Anrufe ihres Chefs ignorierte.

Der Nieselregen, der sie schon länger begleitet hatte, verwandelte sich in einen Platzregen. Die Temperaturschwankungen der letzten Tage hatten die Luft derart aufgeladen, dass immer wieder vereinzelte Blitze über den Himmel zuckten.

Sie passierten Herzheim. Die Menschen hatten sich in ihre Häuser verkrochen, auf der Straße oder an den Fenstern war niemand zu sehen. Ihnen begegnete auch kein einziges Auto.

Kaum hatten sie die letzten Häuser hinter sich gelassen, als Grohmann Jennifer in eine enge Seitenstraße dirigierte, die in den Wald hineinführte und bald in einen etwas besseren Wanderweg überging.

Kurze Zeit später war der Weg kaum noch als solcher zu erkennen. Es handelte sich eher um eine Schneise zwischen dicht stehenden Bäumen. Trotz des Unwetters waren jedoch deutliche Reifenspuren im hohen Gras zu sehen. An einigen Stellen lugten schlammiger Boden und Pfützen zwischen dem Unkraut hervor.

Jennifer hoffte, dass ihr Auto nicht stecken blieb. Andererseits musste Lauer hier mit seinem Taxi durchgefahren sein. Aber möglicherweise verfügte sein Wagen über Allradantrieb. »Wie weit ist es noch?«

»Vierhundert Meter geradeaus.«

»Okay.« Sie nickte, trat auf die Bremse und machte das Licht aus. Dann wählte sie Möhrings Nummer.

Er hatte inzwischen vierundzwanzig Mal versucht, sie zu erreichen, und brüllte erwartungsgemäß ins Telefon. Seine Zurechtweisung prallte jedoch einfach an ihr ab.

Ohne auf seine Tirade einzugehen, sagte sie: »Wir sind fast an der Hütte. Haben Sie eine Rückmeldung von den Kollegen, wann sie vermutlich hier eintreffen?«

»Fünfzehn bis zwanzig Minuten«, sagte Möhring. »Warten Sie auf die Verstärkung.«

»Ich hatte nichts anderes vor«, erwiderte sie tonlos.

»Gut. Bevor da oben irgendetwas passiert, rufen Sie mich noch mal an. Ich will nicht, dass es Probleme gibt.«

Sie bestätigte erneut und unterbrach die Verbindung.

Einen Moment lang saßen Jennifer und Grohmann still nebeneinander, nur das Prasseln des Regens und entferntes Donnergrollen waren zu hören.

Der Staatsanwalt warf der Kommissarin einen Seitenblick zu. Der Motor lief noch. Grohmann öffnete gerade den Mund, um etwas zu sagen, als Jennifer nacheinander das Handy und das Navigationsgerät ausschaltete. Er sah ihr mit gerunzelter Stirn dabei zu, wie sie sich den Pullover über den Kopf zog und ihn so zwischen Armaturenbrett und Lenkrad stopfte, dass der Stoff das Licht der Anzeigen verschluckte.

Erst als sie den Gang einlegte und das Auto langsam vorwärtszurollen begann, reagierte Grohmann. »Was haben Sie vor?«

»Mich vorsichtig annähern. Ich will die Hütte wenigstens sehen.«

»Wieso? Sollten wir nicht eigentlich hier warten?« Sein Tonfall verriet ihn. Ihm war genauso wenig daran gelegen, hier draußen herumzusitzen und zu warten, bis die Verstärkung eintraf, ohne dass sie auch nur einen Blick auf das Gebäude geworfen hatten.

»Ich will nur auf Nummer sicher gehen.« Mehr sagte sie nicht. Grohmann nickte.

Sie holperten langsam im ersten Gang über den Weg, der jetzt eine sanfte Biegung machte und sich etwas verbreiterte. Noch bevor sie die letzten hundert Meter zurückgelegt hatten, tauchte ein am Wegrand abgestelltes Fahrzeug auf. Es war ein Taxi mit Hanauer Kennzeichen.

Weiter vor ihnen, jedoch in geringerer Entfernung als erwartet, drang gedämpftes Licht durch die Bäume. Die Umrisse von mit Gardinen verhängten Fenstern waren lediglich zu erahnen.

Jennifer trat vorsichtig auf die Bremse. Sie waren der Hütte bereits viel näher als angenommen. So dicht hatte sie ihr mit dem Auto eigentlich nicht kommen wollen.

Die Koordinaten schienen nicht ganz exakt zu sein. Das war eigentlich auch nicht verwunderlich. Jennifer verfluchte sich im Stillen dafür, die Verzerrung in den GPS-Daten und mögliche Ungenauigkeiten nicht bedacht zu haben.

Sie schaltete den Motor aus und lehnte sich zurück.

Jetzt blieb ihnen nichts anderes übrig als zu warten. Jennifer spürte zwar deutlich den Drang, auszusteigen und die Umgebung zu erkunden, hielt sich jedoch zurück. Sie waren schon zu viele Risiken eingegangen und konnten von Glück reden, dass sie nicht bemerkt worden waren. Gut, dass sie ein dunkles Auto fuhr.

Ein Blitz zuckte über den Himmel und hob für einen kurzen Moment die Umrisse des Gebäudes aus der Dunkelheit hervor.

Dann erlosch plötzlich das Licht in der Hütte.

Jennifer und Grohmann tauschten einen Blick. Sie glaubten beide nicht, dass die plötzliche Dunkelheit etwas mit dem Blitz zu tun hatte. Die Hütte war wohl kaum an das normale Stromnetz angeschlossen. Keiner von ihnen sprach den Gedanken aus, der ihnen beiden in diesem Moment durch den Kopf schoss.

Sie waren entdeckt worden.

Jennifer löste ihren Sicherheitsgurt, drehte sich um und klaubte ihren Gürtel mit dem Waffenholster vom Rücksitz.

»Was haben Sie vor?«, fragte Grohmann alarmiert.

»Wonach sieht es denn aus?«

Der Staatsanwalt schüttelte den Kopf. »Wenn er uns tatsächlich bemerkt hat, sollten Sie da nicht alleine reingehen. *Falls* er uns bemerkt hat.«

»Ich werde vorsichtig sein«, versicherte Jennifer. Sie hatte keine Lust, jetzt darüber zu diskutieren, was für oder gegen die Annahme sprach, dass Lauer sie entdeckt hatte.

»Wir sollten auf die Verstärkung warten.« Auf einmal kam Grohmann sein bisheriger Tatendrang dumm und sinnlos vor. Er wollte nicht, dass sie sich in Gefahr begab.

»Bis die hier eintreffen, vergehen fünfzehn Minuten. Fünfzehn Minuten, in denen er Zeit hat, Charlotte Seydel umzubringen, sich einen Plan zurechtzulegen, sich zu verbarrikadieren oder einen Fluchtversuch zu unternehmen. Davon abgesehen, dass die Karlsruher Kollegen mit Sicherheit darauf bestehen werden, das SEK zu rufen, garantiere ich Ihnen, dass wir dann in einigen Stunden immer noch hier rumsitzen und nichts geschieht. Zumindest von unserer Seite aus.« Sie schüttelte den Kopf, während sie ihren Gürtel schloss. »Keine Chance.«

»Als Geisel nutzt ihm Charlotte Seydel viel mehr als tot.«

»Darauf werde ich es nicht ankommen lassen«, erwiderte Jennifer ruhig und entschlossen. »Ich gehe da jetzt rein. Sie bleiben im Wagen, egal, was passiert. Sie warten auf die Verstärkung. Sollte unser Mann die Hütte verlassen und hier vorbeikommen, überfahren Sie ihn. Am besten gleich mehrmals.«

Grohmann erwiderte ihren strengen Blick, indem er ihr direkt in die Augen sah. »Ich halte das noch immer für keine gute Idee, Jennifer.«

Ihre Mundwinkel verzogen sich zu einem Lächeln, dann öffnete sie die Tür und stieg aus.

Grohmann wechselte auf den Fahrersitz und sah der dunklen Gestalt nach, die sich auf die Hütte zubewegte und dabei fast mit den Bäumen am Wegrand verschmolz. Dann verschwand sie aus seinem Blickfeld.

23

Jennifer hielt sich im Schatten der Bäume und bewegte sich vorsichtig über den teilweise morastigen Untergrund. Ihre Anspannung wuchs mit jedem Schritt, gleichzeitig beruhigte sich ihr Herzschlag. Sie verfiel in einen Zustand konzentrierter Wachsamkeit. Die Gefahr schien ihre Sinne zu schärfen.

Sie erreichte die Hütte und umrundete sie, noch immer auf Abstand und im Gebüsch verborgen. Ihre Kleidung war bereits tropfnass, und der noch immer heftige Regen ließ ihre Sicht verschwimmen, ein Problem, das ihr Gegner jedoch ebenfalls hatte, sollte er irgendwo auf der Lauer liegen und versuchen, sie zu erspähen.

Die Hütte war aus unterschiedlichsten Materialien erbaut. Jennifer konnte Holz, Betonsteine und Blech ausmachen. Die unterschiedlich großen Fenster ließen keine Rückschlüsse auf die Raumaufteilung im Inneren zu. Sie waren sämtlich mit undurchsichtigen Stoffen verhängt oder sogar zugenagelt.

Nirgendwo in der Hütte brannte Licht. Es gab zwei Eingänge.

Jennifer entschied sich aus dem Bauch heraus für die Tür, die auf der Rückseite lag. Sie näherte sich geduckt und mit gezogener Waffe. Ihre Sinne waren auf alles gerichtet, was auf einen bevorstehenden Angriff hindeuten konnte, doch nichts passierte.

Sie erreichte die Hintertür, ging daneben in die Hocke und lehnte sich mit dem Rücken gegen die Wand, die an dieser Stelle aus Holzbalken bestand. Ihre linke Hand fand die rostige Türklinke. Sie drückte sie vorsichtig hinunter.

Das Quietschen hörte sich in Jennifers Ohren betäubend laut an, obwohl es kaum das Prasseln des Regens übertönte.

Zu ihrer Überraschung war die Tür nicht abgeschlossen. Langsam schob Jennifer sie ein Stück weit auf, jeden Moment damit rechnend, dass sie von innen aufgerissen wurde und Lauer auf sie losging. Doch alles blieb still. Als sie schließlich, noch immer in der Hocke und die Pistole im Anschlag, vor die Tür glitt, rührte sich immer noch nichts.

Jennifer ließ ihren Augen Zeit, sich an die Dunkelheit im Innern zu gewöhnen, bevor sie sich aufrichtete und einen vorsichtigen Schritt hinein machte. Nach kurzem Zögern zog sie die Tür hinter sich zu.

Der Raum war mit Gerätschaften vollgestopft, die sie dem Bestand eines Försters zurechnete. Sie wirkten alt und verströmten einen leicht fauligen Geruch nach Erde. Unwahrscheinlich, dass sie in letzter Zeit benutzt worden waren.

Während Jennifer über den kahlen Betonboden schritt und auf einen leeren Türrahmen gegenüber der Hintertür zusteuerte, lauschte sie angestrengt. Doch außer dem stetigen Trommeln der Regentropfen auf dem Dach war es vollkommen still.

Von dem kurzen Flur, der hinter dem Durchgang lag, ging links und rechts je eine Tür ab. Beide waren aus Holz, und von beiden blätterte die Farbe ab.

Jennifer musste sich entscheiden, welcher Tür sie den Rücken zuwenden wollte, während sie die andere öffnete. Sie wandte sich nach rechts, drückte vorsichtig die Klinke hinunter und schob die Tür auf.

Dahinter lag ein Raum, der einstmals als Küche gedient haben musste. Feuchtigkeit hatte jedoch Einzug gehalten, und so waren von der früheren Einrichtung nur noch aufgequollene und verzogene Holzteile und ein Metallbecken übrig. Der Geruch von Verfall und Schimmel lag unverkennbar in der Luft.

Jennifer prüfte kurz, ob noch weitere Räume von der Küche abgingen und ob es irgendwelche Versteckmöglichkeiten gab, bevor sie die Tür wieder schloss und sich der anderen Seite des Gebäudes zuwandte.

Die zweite Tür schwang ebenso lautlos auf wie die erste.

Der sich dahinter öffnende Raum schien den gesamten übrigen Teil der Hütte einzunehmen. Es war auf den ersten Blick ersichtlich, dass hier der Feuchtigkeit und dem allgemeinen Verfall entgegengewirkt worden war. An der Wand neben der Tür waren Reparaturarbeiten – wenn auch stümperhaft ausgeführt – erkennbar, und der schwache Duft nach Imprägnierung lag in der Luft, auch wenn er fast gänzlich von dem scharfen Geruch von Desinfektionsmitteln überdeckt wurde.

Irgendjemand hatte sich die Mühe gemacht, diesen Teil der Hütte wieder etwas herzurichten. Jennifer hatte eine Ahnung, wer diese Arbeit investiert hatte und zu welchem Zweck. Lauer hatte sich vorbereitet. Etwas anderes war von ihm auch nicht zu erwarten gewesen.

Jennifer sah sich einem Labyrinth aus Regalen gegenüber, die mit allem Möglichen vollgestopft waren: Behältern, technischen Ersatzteilen, Büchern, Flaschen, Dosen und verschlossenen Müllsäcken. Die meisten Dinge waren von einer feinen Staubschicht überzogen, hier und dort waren jedoch Spuren zu sehen, die den Schluss nahelegten, dass einiges davon erst kürzlich verrückt worden war.

Vorsichtig einen Fuß vor den anderen setzend, bewegte sie sich durch den Irrgarten.

Wenn Lauer wusste, dass sie hier war, und sich irgendwo verbarg, um ihr aufzulauern, wäre dies vermutlich der geeignetste Ort. Doch erneut blieb Jennifer unbehelligt.

Sie hörte die schnellen Atemzüge, bevor sie das letzte Regal passierte und den hinteren Teil des Raumes erreichte. In

Ausstattung und Aufmachung erinnerte er stark an den Bunker unterhalb von Lauers Haus. Nur dass die Einrichtung hier nicht in einem kahlen Betonraum, sondern in einer Hütte im Wald stand.

Und dass die Liege, die auch hier das Herzstück bildete, nicht leer war.

Jennifer atmete erleichtert auf, als sie Charlotte dort liegen sah, wenn auch bewusstlos und nicht unverletzt.

Ihre gespreizten Beine waren in einer Position an Halterungen gefesselt, die freien Zugang zu ihrem Unterleib gewährte. Zu welchem Zweck, wäre Jennifer auch klar gewesen, wenn sie keinen direkten Blick auf die geschändete und blutige Scham der jungen Frau gehabt hätte.

Übelkeit und Wut stiegen in Jennifer auf und drohten, ihr die Kehle zuzuschnüren. Dieses kranke Schwein hatte nicht einmal vor seiner eigenen Tochter haltgemacht!

Der Drang, sofort zu Charlotte zu eilen und sie loszumachen, war stark, doch Jennifer nahm sich die Zeit, auch den Rest des dunklen Raumes zu überprüfen. Erst als sie sich davon überzeugt hatte, dass sie allein waren, wandte sie sich Charlotte zu. Während sie ihren Puls fühlte, blieb sie jedoch weiterhin wachsam.

Die Hände der jungen Frau waren mit Kabelbindern gefesselt. Als Jennifer vorsichtig daran zog, gab Charlotte ein leises Stöhnen von sich, und ihre Lider begannen zu flattern. Dann lag sie wieder still.

Die Binder waren festgezurrt. Jennifer schob ihre Waffe in das Holster zurück, zückte das Taschenmesser, das sie in einer Gürteltasche bei sich trug, und öffnete es.

»Ich werde Sie jetzt losschneiden«, flüsterte sie dicht an Charlottes Ohr, obwohl sie davon ausging, dass sie sie nicht hören konnte. »Es ist bald vorbei.«

Sie schob die Klinge vorsichtig unter den Kabelbinder und schnitt ihn durch. Charlottes rechter Arm rutschte leblos von der Liege.

Jennifer verharrte eine Sekunde lang und lauschte. Noch immer rührte sich nichts. Sie beugte sich über die Liegende und tastete vorsichtig nach dem Binder, der die linke Hand gefesselt hielt.

Charlotte spürte offenbar die Berührung und stöhnte auf. »Ganz ruhig.« Die Worte galten nicht nur der Bewusstlosen, sondern auch ihr selbst. »Ich tue Ihnen nichts.«

Jennifer wollte das Plastikband gerade durchschneiden, als sie plötzlich hörte, wie irgendwo seitlich von ihr Türen knarrten. Das Geräusch kam aus der Richtung, wo ein alter Schrank stand – ein perfektes Versteck und noch dazu eines, das sie nicht überprüft hatte.

Jennifer richtete sich auf, ließ instinktiv das Messer fallen und griff nach ihrer Pistole. Sie sah nur eine verschwommene Bewegung, dann flammten plötzlich sämtliche Lampen in dem Raum gleißend hell auf und blendeten sie.

Lauer hielt eine Stange in der Hand und stürzte sich mit einem Schrei auf sie.

Jennifer hob die Pistole und feuerte einen Schuss ab. Sie wurde in dem Augenblick von der Stange in die Seite getroffen, als Lauer schmerzverzerrt aufheulte. Sie hatte ihn erwischt!

Doch das hielt ihn nicht davon ab, erneut auf sie loszugehen. Er riss sie zu Boden, dabei schlug sie mit der Hand schmerzhaft gegen irgendeinen Gegenstand und verlor ihre Waffe.

Dann saß Melchior Lauer bereits über ihr und starrte mit von Wut und Schmerz entstelltem Gesicht auf sie hinunter. Sie sah das Blut, das sein Shirt tränkte, ebenso deutlich wie die hoch erhobene Eisenstange, mit der er zu einem neuerlichen Schlag ausholte.

Jennifer reagierte instinktiv und riss die Arme nach oben, um ihren Kopf zu schützen. Die Stange drosch auf ihren linken Unterarm, und sie hörte und spürte zugleich, wie die Knochen zersplitterten. Doch das Adrenalin in ihren Adern drängte den Schmerz an den äußersten Rand ihres Bewusstseins.

Zwar spürte auch Lauer in diesem Augenblick wahrscheinlich keinen Schmerz, die Schusswunde und der Blutverlust taten dennoch ihre Wirkung. Jennifer bekam die Metallstange zu fassen. Sie war glitschig von seinem Blut, trotzdem gelang es ihr, sie ihm zu entringen.

Jennifer hatte kaum Bewegungsfreiheit, als sie die Stange ungelenk führte. Das Metall traf Lauer seitlich am Kopf, jedoch nicht stark genug, um ihn ernstlich zu verletzen. Bei dem Versuch, ihrem Schlag auszuweichen, verlor er das Gleichgewicht. Jennifer schaffte es, ihn mit einer schnellen Drehung der Hüfte von sich abzuwerfen.

Lauer kam jedoch weitaus schneller auf die Beine als sie. Er taumelte gegen ein Regal, das bedenklich ins Wanken geriet, doch beide fingen sich wieder.

Zuerst schien er sich erneut auf Jennifer stürzen zu wollen, doch dann änderte er überraschend die Richtung. Zu spät erkannte sie, dass er ihre Waffe entdeckt hatte, die einige Meter von ihr entfernt auf dem Boden lag. Jennifer war noch nicht einmal auf die Knie gekommen, da bückte er sich bereits und hob sie auf.

Ein schräges Grinsen erschien auf seinem Gesicht, als er sah, wie Jennifer erstarrte. Er wankte rückwärts und stieß gegen die Liege, gleichzeitig presste er seine linke Hand auf die blutende Schusswunde in seinem Bauch. Dann richtete er entschlossen den Pistolenlauf auf sie.

Im selben Augenblick, in dem Jennifer begriff, dass Lauer abdrücken würde, tauchte hinter ihm ein undeutlicher Schatten auf.

Charlotte war aus ihrer Bewusstlosigkeit erwacht und hatte sich aufgesetzt. Das Taschenmesser schien in ihrer Reichweite geblieben zu sein, als Jennifer es fallen gelassen hatte. Vorsichtig und lautlos musste sie auch ihren linken Arm befreit haben.

Lauer sah, wie sich Jennifers Blick vom Lauf der Pistole löste, und zögerte kurz. Es war jener Bruchteil einer Sekunde, den Charlotte brauchte, um mit dem Messer auszuholen.

Sie rammte ihm die kurze Klinge mit aller Kraft in Höhe der Nieren in den Rücken. Lauer brüllte auf und taumelte durch den Raum. Dabei geriet die Kommissarin aus der Schusslinie.

Jennifer verlor keine Zeit. Sie kam auf die Knie und schwang die Metallstange. Diesmal hatte sie, obwohl sie nur den rechten Arm benutzen konnte, weitaus mehr Bewegungsspielraum und erwischte Lauers rechtes Knie und seine rechte Hand. Ein Schuss löste sich, als ihm die Pistole entglitt und davonschlitterte, die Kugel traf aber nur die Regale hinter Jennifer.

Sie sprang auf, während sein Bein wie ein Streichholz einknickte. Lauer landete unsanft zu ihren Füßen.

Die Muskeln in Jennifers rechtem Arm brannten wegen der ungewöhnlichen Anstrengung, und jetzt loderte auch der Schmerz in ihrem linken Unterarm auf, doch sie nutzte ihre Chance. Sie holte aus und zog Lauer die Metallstange über Gesicht und Schultern, gerade als er sich erneut in eine gebückte Haltung hochgekämpft hatte.

Melchior Lauer sackte zusammen und blieb in halb sitzender Position an das Regal gelehnt liegen.

Erst als sie sicher war, dass er tatsächlich ohnmächtig war, ließ Jennifer die Stange fallen, zog die Handschellen aus der Tasche an ihrem Gürtel und fesselte seine rechte Hand an das Regal.

Dann machte sie zwei Schritte rückwärts und sank, vom erneut einsetzenden Schmerz überwältigt, zu Boden. Eine Welle der Erschöpfung rollte über sie hinweg. Schweiß war ihr in die

Augen gelaufen, und Lauers Blut klebte an ihren Händen und an ihrer Kleidung.

Sie biss die Zähne zusammen.

Sie musste Charlotte losbinden, sie brauchten einen Notarzt. Jennifer verlagerte ihr Gewicht, um wieder auf die Beine zu kommen, als ein Schuss fiel.

Und noch einer. Und ein weiterer.

Insgesamt wurden kurz hintereinander vierzehn Schüsse abgegeben. Die meisten Kugeln trafen Melchior Lauer. Wie in Zeitlupe sah Jennifer die Einschläge.

Die Patronen drangen in Brust und Bauch ein. Blut spritzte, der Körper des Mannes zuckte, und ein Stöhnen entwich seiner Kehle.

Irgendwann trat Stille ein.

Jennifer hob den Kopf. Ihr Blick streifte die Pistole und traf auf haselnussbraune Augen, in denen unbändiger Hass loderte.

Die junge Frau hatte sich längst von ihren Fußfesseln befreit.

Charlotte begann zu zittern und ließ Jennifers Waffe fallen.

24

Am Montagabend besuchte Jennifer Leitner Charlotte im Krankenhaus. Sie war auf eigenen Wunsch nach Hanau verlegt worden.

Als sich die Tür zu ihrem Zimmer öffnete und die Kommissarin erschien, hoben sich zum ersten Mal seit zwei Tagen ihre Mundwinkel zu einem zaghaften, kaum wahrnehmbaren Lächeln.

Die Kommissarin erwiderte ihr Lächeln. Zum Glück hatte sie bis auf den eingegipsten linken Arm offenbar keine weiteren Verletzungen davongetragen.

Jennifer zog sich einen Stuhl an Charlottes Bett. Sie musterte die junge Frau kurz. »Wie geht es Ihnen?«

»Ging schon mal besser.« Charlotte versuchte, dem Blick der Kommissarin standzuhalten. Es fiel ihr schwer. »Ich glaube, ich habe mich noch gar nicht bedankt«, sagte sie schließlich leise.

Jennifer schüttelte den Kopf. »Sie brauchen sich nicht bei mir zu bedanken.«

»Doch, das muss ich. Dafür, dass Sie alles aufs Spiel gesetzt haben, um mich zu retten. Ihr Leben … ihre Karriere …« Charlotte schluckte schwer und fügte dann zögernd hinzu: »Sie hätten die Schüsse nicht auf sich nehmen müssen.«

Die Kommissarin zuckte die Schultern.

Sie hatte die Fragen nach den Kugeln, die Lauer durchsiebt hatten, instinktiv beantwortet und die Verantwortung dafür übernommen. Auch jetzt noch, zwei Tage später, ohne Schmerzen und ohne die hohe Dosis Adrenalin im Blut, stand sie zu ihrer Entscheidung. »So ist es wesentlich einfacher.«

»Bekommen Sie denn keine Probleme deswegen?«

Ohne die Schüsse, die Charlotte abgefeuert und die Jennifer auf ihre Kappe genommen hatte, hätte Lauer wahrscheinlich überlebt. Lauers Tod war, rein rechtlich gesehen, als Hinrichtung, als Mord zu werten.

Jennifer beantwortete die Frage der jungen Frau mit einem sanften Lächeln. »Wesentlich weniger Probleme als Sie. Der Bürgermeister und der Magistrat diskutieren mit meinem Chef natürlich darüber, ob eine derart schießwütige Kommissarin für Lemanshain tragbar ist. Aber letztlich wird dabei nicht mehr herauskommen als eine Suspendierung für ein oder zwei Monate. Wir haben ihnen allen einen großen Gefallen getan, das dürfen Sie nicht vergessen. Es gibt zwar einige Leute, die Melchior Lauer lieber vor Gericht als tot gesehen hätten, Staatsanwalt Grohmann beispielsweise. Aber eigentlich sind alle, vor allem der Magistrat, froh darüber, dass man sich ein aufsehenerregendes Gerichtsverfahren sparen kann. So lässt sich die gesamte Angelegenheit still und leise mitsamt dem verrückten Serienkiller begraben.«

Charlotte nickte nur und lehnte sich in die Kissen zurück. Sie bereute nicht, ihn erschossen zu haben, auch wenn sie in jenem Moment vermutlich als nicht zurechnungsfähig gegolten hätte. Er hatte die gerechte Strafe für seine Verbrechen bekommen.

Nicht nur den Stadtoberen blieb ein nervenaufreibender Prozess erspart, sondern auch ihr selbst. Der Gedanke, ihre Verbindung zu Melchior Lauer könnte ans Licht der Öffentlichkeit gezerrt werden, hatte bei ihr noch in der Notaufnahme eine Panikattacke ausgelöst, als sie eigentlich schon längst gewusst hatte, dass es dazu nicht mehr kommen würde.

Tote wurden nicht vor Gericht gestellt.

Jennifer fiel es schwer, die nächsten Worte auszusprechen. »Wir haben die Proben wie versprochen im Eilverfahren testen lassen.« Sie stockte.

Sie musste aber auch gar nichts weiter sagen, denn Charlotte sprach die Tatsache vollkommen ruhig und scheinbar emotionslos aus. »Melchior Lauer war mein Erzeuger.«

»Ja.«

Charlotte senkte den Blick und starrte einen Moment auf die blütenweiße Krankenhausbettdecke. Dann nickte sie langsam. »Ich habe es gewusst. Es war zwar nur eine Vermutung, aber irgendwie war mir sofort klar, dass es stimmt. Meine Mutter hätte mich sonst nicht derart ...« Sie verstummte und biss sich auf die Unterlippe. »Trotzdem brauchte ich diesen letzten und endgültigen Beweis.«

Jennifer antwortete nichts darauf. Sie öffnete ihren Rucksack und zog einen braunen Umschlag ohne Beschriftung heraus. Wortlos reichte sie ihn Charlotte.

Die junge Frau sah sie fragend an, ohne den Umschlag entgegenzunehmen. »Was ist das?«

»Möglicherweise ein Teil jener Antworten, nach denen Sie noch immer suchen«, erwiderte Jennifer. »Melchior Lauer hat seit seiner Kindheit Tagebuch geführt und seine Gedanken sowie all seine Taten festgehalten. Auf der DVD befinden sich Scans und Kopien sämtlicher Aufzeichnungen von ihm.«

Charlotte starrte den Umschlag einige Sekunden lang an, bevor sie endlich danach griff. Sie öffnete ihn, nahm die DVD heraus und drehte die Plastikhülle mehrfach unsicher in den Händen. Dann blickte sie wieder zu Jennifer auf. »Sie dürften mir diese Daten überhaupt nicht geben. Haben Sie denn gar keine Angst, dass ich das publik mache?«

Die Kommissarin schüttelte den Kopf. »Zum einen weiß ich,

dass Sie das niemals tun würden. Zum anderen teilen wir bereits ein anderes, viel größeres Geheimnis.«

Charlotte nickte bedächtig. Dann schob sie die Hülle in den Umschlag zurück und verstaute ihn in dem Schränkchen neben ihrem Krankenbett.

Monate sollten vergehen, bevor sie die Aufzeichnungen lesen und in die Welt ihres Vaters eintauchen, bevor sie all sein erlittenes und all das von ihm verursachte Leid kennenlernen würde.

Sie würde erfahren, dass Melchior Lauer sowohl von seiner Mutter als auch von seinem Vater als Kind aufs Brutalste missbraucht worden war. Sie würde die detaillierten Schilderungen dessen lesen, was seine Eltern ihm angetan hatten. Dass er gelernt hatte, den Duft von schwerem, blumigem Parfüm zu hassen, weil er ihn riechen musste, wenn sein Gesicht zwischen die Brüste seiner Mutter oder zwischen ihre Schenkel gedrückt wurde.

Sein Vater hatte sich durch den inzestuösen Missbrauch zu seinen Gemälden inspirieren lassen. Die Bilder waren in dem Raum entstanden, in dem Melchior Lauer nichts als Schmerz und Leid erfahren hatte: dem Atelier seines Vaters. Manchmal hatte er vor seinem Vater knien und ihn oral befriedigen müssen, während der seine Sehnsucht nach dem Fleisch junger Knaben – insbesondere nach dem seines Sohnes – auf Leinwand gebannt hatte.

Charlotte würde lesen, dass seine eigene Mutter ihn mit Messern verletzt und ihm immer wieder gedroht hatte, ihm bleibende Wunden einzuritzen. Sie würde, vermittelt durch seine eigenen Worte, miterleben, wie aus einem geschändeten Jungen ein Teenager wurde, dessen Zorn sich gegen seine Eltern kehrte, von denen er sich am Ende durch eine Gasexplosion befreite. Ihr Tod allein hatte jedoch nicht ausgereicht, um seine inneren

Dämonen zu befrieden. Er war zum Vergewaltiger und letztlich zum Serienmörder mutiert. Er war zu einem kranken, psychotischen Irren geworden, der dennoch über einen klaren und messerscharfen Verstand verfügte. Zumindest solange er sich nicht mit seiner eigenen Vergangenheit auseinandersetzen musste.

Charlottes Hass auf ihn würde bleiben, er würde jedoch von einem diffusen Gefühl des Mitleids durchdrungen sein.

Sie würde die Entstehung seiner Idee zu einem ultimativen Meisterwerk verfolgen. Zwischen den Zeilen würde sie die geheime Hoffnung finden, dass sein eigenes Leiden dadurch offenbart würde. Er war der Überzeugung gewesen, sich endgültig von seinen Eltern befreien zu können, indem er die Kunstwerke seines Vaters in die Haut von in seinen Augen wertlosen Frauen schlitzte und sie der Öffentlichkeit präsentierte. Wertlos waren für ihn all jene, die sich in den von ihm so verhassten Duft hüllten.

Interessanterweise hatte sich sein Zorn ausschließlich gegen Frauen gerichtet. In seiner Welt schien der Typus des Mannes, der sich mit Gewalt nahm, was ihm vermeintlich zustand, dem Normalbild zu entsprechen. Frauen hatten dagegen die Aufgabe, ihre Kinder zu schützen und mit ihrer Liebe die vom Vater begangenen Gräuel auszugleichen. Etwas, das ihm nie zuteil geworden war. Dafür wollte er sich rächen. Diese Sichtweise ermöglichte es ihm, sein eigenes Tun vor sich selbst zu rechtfertigen, als er noch zur Selbstreflexion fähig war.

Seine Zeit im Gefängnis war von gewalttätigen und krankhaften Phantasien geprägt. Phantasien, die sich hauptsächlich um Charlottes Mutter drehten.

Als er entlassen wurde, war sein größtes Ziel, Lena Funke zu finden und mit seinem bis ins letzte Detail geplanten Werk zu beginnen.

Er folgte ihrer Spur, wobei er weder Mühen noch Kosten scheute.

Um zu erfahren, dass sie über das Karlsruher Jugendamt eine neue Identität erhalten hatte, musste er lediglich ihre Eltern in Herzheim besuchen. Ursula Funke hatte den unauffälligen jungen Mann immer gemocht und wusste nichts von seiner Gefängnisstrafe, weil er seiner alten Heimat direkt nach dem Tod seiner Eltern den Rücken gekehrt hatte. Sie gab ihm bereitwillig Auskunft.

Über Facebook spürte Lauer Regina Köhler auf, die zum Zeitpunkt von Lenas erster Entführung ihre beste Freundin gewesen war. Sie gab zu, Lenas neue Identität zu kennen, hatte aber über zwanzig Jahre keinen Kontakt mehr zu ihr gehabt. Unter dem Vorwand, im Auftrag von Lenas Eltern zu handeln, zerstreute er ihre Bedenken und appellierte an ihr Mitgefühl Lenas Eltern gegenüber. Sie hätten ihre Fehler eingesehen und wünschten sich nichts sehnlicher, als ihre Tochter wiederzusehen. Die Scham der beiden sei allerdings so groß, dass sie es nicht über sich brächten, sich persönlich zu melden. Er habe sich der beiden angenommen, da er sich immer mit ihnen verbunden gefühlt habe.

Regina Köhler gab schließlich nach und nannte ihm die neue Identität ihrer ehemaligen Freundin. Und den letzten, ihr bekannten Wohnort.

Lemanshain.

Lena Funke alias Katharina Seydel hatte den Fehler begangen, der Stadt treu zu bleiben, die sie sich einst als Fluchtpunkt gewählt hatte. Sonst hätte Lauer sie vermutlich niemals gefunden.

Zwar war sie nicht beim Einwohnermeldeamt verzeichnet, ihre Telefonnummer fand sich allerdings im örtlichen Telefonbuch, wenn auch ohne Adressangabe. Obwohl er allerlei recht spitzfindige Nachforschungen anstellte, gelang es ihm aber erst einmal nicht, sie in Lemanshain aufzuspüren.

Die Suche nach seinem ehemaligen Opfer hatte ihn bereits

zu viel Zeit gekostet. Der Drang, mit seinem Werk zu beginnen, wurde zu stark. Letztlich verlor er die Geduld und kürte Marie Burgmann zu seinem ersten Opfer.

Wie allen anderen, war er auch ihr nicht durch Zufall begegnet. Er hatte sich Gerhard Reisigs Geschäft als Jagdrevier ausgesucht, hatte auf einer Bank in der Einkaufsmeile gesessen und auf Kundinnen gewartet, die die Parfümerie verließen. Er war vielen Frauen gefolgt, die offenkundig in sein Duftschema passten, hatte sie manchmal tagelang beschattet, bis er ganz sicher war, sein nächstes Opfer gefunden zu haben. Ihre Gewohnheiten auszuspionieren und auf den richtigen Zeitpunkt zum Zuschlagen zu warten, war dann nur noch eine Frage der Geduld.

Nur für Charlotte hatte Lauer keine besondere Geduld gebraucht. Sie hatte es ihm verdammt leicht gemacht, ohne sich dessen bewusst zu sein.

Dank der sozialen Netzwerke, in denen Charlotte angemeldet war, hatte er sie schnell aufgespürt und anschließend verfolgt und manipuliert. Sie hatte sich von ihm beinahe wie eine Marionette führen lassen. Die Hütte in Herzheim hatte er nicht einmal mehr vorbereiten müssen. Ursprünglich hatte er sie bereits für ihre Mutter hergerichtet, war von diesem Plan aber aus Sicherheitsgründen abgekommen. Katharina hätte er nicht so leicht nach Herzheim locken können, und die zweistündige Fahrt mit einer Geisel im Kofferraum war ihm zu gefährlich gewesen. Als er von Charlottes Existenz erfahren hatte, hatte er jedoch nicht länger widerstehen können.

Alles andere wusste Charlotte bereits aus eigener leidvoller Erfahrung.

Doch in diesem Moment, als Jennifer Leitner ihr die DVD gab, wusste sie von alldem noch nichts. Und war auch noch nicht bereit, es zu erfahren.

Die Stille im Krankenzimmer wurde jäh von einem Klopfen unterbrochen. Einem leisen Klopfen, das eher zaghaft klang. Die beiden Frauen blickten zur Tür, die sich langsam öffnete.

Charlottes Herz setzte einen Schlag aus.

Es war Joshua.

Der junge Mann blieb unsicher auf der Schwelle stehen.

Charlotte konnte ihn nur anstarren. Sie öffnete den Mund, doch ihre Kehle fühlte sich vollkommen ausgetrocknet an. Kein Wort kam über ihre Lippen.

Jennifer erhob sich und nahm ihre Jacke von der Stuhllehne. »Ich muss los«, sagte sie mit einer einladenden Geste in Joshuas Richtung. »Kommen Sie doch rein.«

Die Kommissarin verließ das Krankenzimmer und zwang Joshua, den Raum zu betreten, indem sie hinter sich die Tür schloss. Verunsichert näherte er sich dem Bett. »Hey.«

Charlotte brachte noch immer kaum einen Ton heraus. »Hi.«

Unbehagliches Schweigen folgte.

Charlotte musterte Joshua, und ihr schlechtes Gewissen meldete sich mit aller Macht zurück. Ihr war inzwischen schmerzlich bewusst geworden, dass sie ihm Unrecht getan hatte, doch noch hatte sie sich nicht dazu überwinden können, ihn anzurufen und um ein Treffen zu bitten.

Sein Anblick verstärkte nur noch ihre Schuldgefühle. Joshua sah furchtbar aus. Sein Nasenrücken und der gesamte Bereich um seine Nase herum waren geschwollen und blutunterlaufen. Seine Nase war gerichtet und fixiert worden, und obwohl er sicher Schmerzmittel bekam, war ihm anzusehen, dass ihm das Atmen noch wehtat.

Joshua fasste sich endlich und reichte ihr das in Geschenkpapier eingeschlagene Päckchen, das er die ganze Zeit verkrampft festgehalten hatte. »Ich wusste nicht, ob du Blumen magst.« Er setzte sich auf den Stuhl, den Jennifer Leitner freigemacht hatte.

»Du liest gerne und hast ja jetzt Zeit, deshalb dachte ich, ich bringe dir ein Buch mit.«

»Danke.« Sie hielt das Päckchen in beiden Händen. Einige Sekunden lang zupfte sie an der Verpackung herum, öffnete es aber nicht. »Das mit deiner Nase ... das tut mir so leid. Du hattest das nicht verdient. Ich habe falsche Rückschlüsse gezogen ...«

»Ich weiß, was passiert ist, und ich verstehe es.« Er blickte beschämt auf seine Füße hinunter. »Es war außerdem nicht deine Schuld. Wenn ich von Anfang an ehrlich zu dir gewesen wäre, wäre es nie dazu gekommen.«

Charlotte sah ihn fragend an. »Was meinst du damit?«

Joshua rang einige Momente mit sich, bevor er gestand: »Ich habe dich angelogen.«

Sie wartete, auch wenn ihre Geduld mit jeder Sekunde, die er schweigend und mit gesenktem Kopf vor ihr saß, mehr schwand.

»Ich stamme nicht aus gutem Hause. Meine Mutter ist Hausfrau und mein Vater Feinmechaniker. Und ich studiere auch nicht an der Privatuni. Ich bin dort lediglich angestellt. Ich habe nicht mal Abitur.« Er sah auf und begegnete ihrem Blick. »Es tut mir leid.«

Er schien mit einem wütenden Ausbruch ihrerseits zu rechnen, doch Charlotte blieb vollkommen ruhig. Sie hatte Zeit zum Nachdenken gehabt, und dass irgendetwas an seiner Geschichte nicht stimmen konnte, war ihr bereits vor seinem Geständnis klar gewesen. »Du arbeitest in der Bibliothek, oder?«

Er nickte. »Ich bin nur Bibliotheksassistent, nicht mehr. Ich arbeite allerdings meist hinter den Kulissen, bestelle Bücher, betreue den Katalog ... Solche Dinge.«

Das erklärte, warum sie ihn nie zuvor dort gesehen hatte. Und warum er die Bibliothekare so gut kannte. Sie dachte einen Moment lang darüber nach, bevor sie fragte: »Wieso das alles? Du hättest doch ehrlich zu mir sein können.«

Joshua zuckte die Schultern. »Ich weiß auch nicht ... Als ich dich zum ersten Mal angesprochen habe, hast du sofort den Studenten in mir gesehen ... Ich bin darauf eingestiegen, ohne darüber nachzudenken. Irgendwann hatte ich mich so tief in meinen Lügen verstrickt, dass es für eine Kehrtwende längst zu spät war.«

Noch bevor sie den Mund zu einer weiteren Frage öffnen konnte, fuhr er fort: »Ich wusste, dass du mich nicht nur mochtest, weil du mich für einen reichen Studenten hieltest. Das schien ja sogar eher hinderlich zu sein. Aber ich konnte dir die Wahrheit einfach nicht sagen, ich wollte es, doch ich ... ich war zu feige.«

Charlotte musterte ihn eingehend. Sie spürte, dass es ihm ernst mit seiner Entschuldigung war. Und sie freute sich, dass er hier bei ihr war.

Ihre Mundwinkel hoben sich zu einem Lächeln. »Dachtest du, ich würde dir die Nase brechen, wenn du es mir sagen würdest?«

Ihre Reaktion überraschte ihn, trotzdem musste Joshua unwillkürlich lächeln. »Wenn dem so gewesen wäre, hätte ich wohl nicht ganz unrecht damit gehabt.«

»Das werden wir jetzt wohl nie mehr herausfinden.« Sie streckte den Arm aus.

Zögerlich kam Joshua ihr entgegen, setzte sich auf die Bettkante und nahm ihre Hand. Sie drückte sie kurz. Einige Minuten lang saßen sie einfach nur schweigend beieinander und verloren sich in den Augen des anderen.

»Du weißt, was passiert ist, oder?«, fragte Charlotte nach einer Weile vorsichtig. »Mit mir, meine ich ... und dem Killer.«

Joshua biss sich auf die Unterlippe und nickte. »Kommissarin Leitner hat mich eingeweiht. Sie sagte, sie würde damit zwar ihre Kompetenzen überschreiten, aber das würde es dir leichter und schwieriger zugleich machen, beides in positiver Hinsicht.«

Er schüttelte den Kopf. »Keine Ahnung, was sie damit gemeint hat.«

Charlotte wusste es hingegen nur allzu gut. Es würde ihr erspart bleiben, Joshua in alle Einzelheiten einzuweihen. Allerdings würde ihr auch die Möglichkeit genommen, das Geschehene unverarbeitet unter den Teppich zu kehren.

»Wie geht es jetzt weiter?«, fragte sie. »Hast du Anzeige gegen mich erstattet?«

Sein Daumen strich zärtlich über ihre Fingerknöchel, als er mit einem immer breiter werdenden Lächeln den Kopf schüttelte. »Bisher nicht. Ich hatte mir diese Option für den Fall offengehalten, dass du mir keine zweite Chance gibst.«

»Das ist Erpressung.«

Joshua setzte eine Unschuldsmiene auf. »Das ist Ansichtssache.«

»Ansichtssache, interessant.« Sie musterte ihn mehrere Augenblicke lang skeptisch, obwohl ihre Entscheidung längst feststand. Sie hatte in ihrem Leben schon mehr als nur eine zweite Chance bekommen. Es gab keinen Grund, ihm seine nicht zu gewähren.

Charlotte hob seinen Handrücken an ihre Lippen und küsste ihn sanft. »Ich unterwerfe mich deiner Ansicht.«

Epilog

Jennifer Leitner schlenderte den Krankenhausflur entlang. In Gedanken verharrte sie noch einen Moment bei dem jungen Paar, bevor sie einen Blick auf ihre Uhr warf. Zufrieden stellte sie fest, dass es für einen Einkauf noch nicht zu spät war. Später wollte sie Marcel in seinem Motel besuchen, doch vorher würde sie endlich ihr Vorhaben in die Tat umsetzen, einen Großvorrat an Katzenfutter zu kaufen.

Ihre Pläne wurden aber bereits wenige Schritte später durchkreuzt, als sie auf einen Mann aufmerksam wurde, der am Ende des Flurs lässig an die Wand gelehnt dastand und offensichtlich auf sie wartete. Grohmann begrüßte sie mit einem Lächeln.

Sein unerwartetes Auftauchen konnte nur bedeuten, dass Gaja wieder einmal weitaus mehr Glück hatte als sie selbst. »Ich wusste gar nicht, dass wir verabredet sind.«

»Ich bin hier, um Ihnen genau das mitzuteilen«, erwiderte er grinsend und stieß sich von der Wand ab. »Thomas Kramer hat versucht, Sie zu erreichen.«

»Mein Handy ist ausgeschaltet.« Sie sparte sich den Hinweis, dass sie sich in einem Krankenhaus befanden. Dass sie eigentlich schon Feierabend hatte, war ohnehin keine Erwähnung wert.

Der Staatsanwalt nickte. »Deshalb hat er bei mir angerufen.«

Thomas vermutete sie bei Grohmann? Interessant. Und auch ein klein wenig beunruhigend. »Was ist los?«

»Eine Prügelei vorm Kinder- und Jugendzentrum.«

Jennifer hob fragend eine Augenbraue. Eine Prügelei unter Halbstarken war meist kein Fall für die Kripo.

»Zwei Mütter haben sich wegen ihrer Kinder in die Wolle gekriegt. Was als verbale Auseinandersetzung begann, ist ziemlich schnell hässlich geworden. Eine hat ihren Schlüsselbund als Waffe benutzt. Sie sind beide auf dem Weg hierher.«

Ein Fall von schwerer Körperverletzung. Sicherlich etwas, das auf ihrem Schreibtisch landen würde. Jennifer seufzte.

Sie orientierte sich an den Wegweisern neben den Aufzügen, um zu sehen, in welcher Richtung die Notaufnahme lag. Dann fiel ihr noch etwas ein, und sie musterte Grohmann mit einem neugierigen Blick. »Das erklärt aber noch nicht, warum Sie sich die Mühe gemacht haben, hierher zu kommen und mich persönlich zu informieren.«

Grohmann antwortete mit einem Lächeln. »Soweit ich weiß, ist Ihr Partner noch immer krankgeschrieben. Ich dachte, Sie könnten Verstärkung gebrauchen.« Er nickte in Richtung ihres eingegipsten Armes. »Außerdem brauchen Sie einen Fahrer.«

»Sagten Sie nicht gerade erst heute Morgen, dass Ihr Schreibtisch bald unter unerledigtem Schreibkram und Akten zusammenbricht?«

»Der hält das aus.«

Sie bedachte ihn mit einem gespielt strengen Blick. »Ich habe nur Bedenken, dass Sie den weniger interessanten Teil Ihrer Arbeit vernachlässigen könnten.«

In seinen blaugrauen Augen blitzte Ironie auf. »Machen Sie sich da mal keine Sorgen, KOK Leitner.«

Jennifer zuckte betont ungerührt die Schultern. »Ich mache mir eher Sorgen, dass ich demnächst ohne Fahrer dastehen könnte.«

»Wenn ich meinen Job verliere, kann ich ja bei Ihnen als Chauffeur anheuern.«

Plötzlich erinnerte sie sich wieder an ihre Unterhaltung auf dem Parkplatz des Präsidiums vor über einer Woche. Spielte er tatsächlich in einer Band? Durch ihren Bruch mit Kai und die fieberhaften Ermittlungen war diese Information vollkommen untergegangen. Sie wusste nicht mehr über ihn, als dass er geschieden war. Ein Zustand, der sich hoffentlich noch ändern würde.

Jennifer versuchte vergeblich, ihre ernste Miene beizubehalten. »Ich nehme aber keinerlei Rücksicht auf Ihre Bandkollegen. Und wenn ich für Samstagmorgen Frühstück bestelle, bekomme ich das auch.«

»Darüber müssten wir dann wohl noch verhandeln.«

Sie schüttelte grinsend den Kopf. »Mein Plädoyer ist abgeschlossen. Da gibt es nichts mehr zu verhandeln.«

»Als Chefin sind Sie also unausstehlich«, stellte der Staatsanwalt bedauernd fest. »Dann behalte ich wohl doch lieber meinen aktuellen Job.«

»Weise Entscheidung.« Einen klitzekleinen Moment lang blieb sie noch an seinen Augen hängen, dann wandte sie sich ab.

Jennifer schlug den Weg zur Notaufnahme ein. Grohmann folgte ihr.

Nach einigen Metern blieb sie stehen und musterte den Staatsanwalt nochmals kritisch. Dann streckte sie ihm die Hand entgegen. »Jennifer.«

Er erwiderte ihre Geste mit einem kräftigen Händedruck. »Oliver.«

»Na dann, auf gute Zusammenarbeit.«

Danksagung

Zuerst danke ich den Menschen, ohne die ich niemals soweit gekommen wäre: Christoph, dessen unerschütterliche Liebe die wichtigste Säule meines Lebens ist. Janine danke ich für unsere wundervolle Freundschaft und die immer offene und ehrliche Kritik. Ein besonderer Dank geht an Myriam R., die mich durch eine schwere Zeit begleitet und für die richtigen Entscheidungen gestärkt hat.

Mein Dank gilt außerdem all jenen, die Schweiß, Arbeit und Herzblut in dieses Buch investiert haben: Meiner ehemaligen Agentin Barbara Schrettle, ihrer würdigen Nachfolgerin Julia Aumüller, und allen Mitarbeitern der Literarischen Agentur Schlück; Alexandra Panz, Ulrike Gerstner, Christina Knorr und dem gesamten Redaktions- und Marketing-Team von Lyx, sowie allen Mitarbeitern, die mich herzlich im Verlag empfangen haben. Bei Claudia Schlottmann bedanke ich mich für das tolle und konstruktive Lektorat, das – ich komme an diesem Klassiker leider nicht vorbei – aus »Todeszeichen« ein noch viel besseres Buch gemacht hat!

Besonderer Dank gebührt Luna, Felix und Charlie, die gemeinsam mit ihren liebenswerten Eigenschaften Pate für Gaja gestanden haben. Ihr seid definitiv schuld daran, dass Jennifer stolze Sklavin einer pelzigen Diva ist!

C. J. Lyons
Tot ist nur, wer vergessen ist
Thriller

Der Albtraum hat gerade erst begonnen ...

Sarah Durandt weiß, dass der Mörder ihres Mannes und ihres Sohnes tot ist – denn sie war Zeugin bei der Vollstreckung der Todesstrafe. Trotzdem findet Sarah wenig Trost in dem Wissen, dass der Psychopath, der ihre Familie auf dem Gewissen hat, niemals wieder töten wird. Da die Leichen nie gefunden wurden, begibt sich Sarah selbst auf die Suche, um endlich mit ihrer Vergangenheit abzuschließen. Doch was sie herausfindet, ist ungleich erschütternder, als sie es sich je hätte vorstellen können ...

432 Seiten, kartoniert mit Klappe
€ 9,99 [D]
ISBN 978-3-8025-8844-0

Schweig still, mein totes Herz
ca. 400 Seiten, kartoniert mit Klappe
€ 9,99 [D]
ISBN 978-3-8025-8845-7

www.egmont-lyx.de

LYX
EGMONT

Leslie Parrish

Die Farbe des Todes
Ein Veronica-Sloan-Thriller

Thriller

Mord im Weißen Haus

Washington, 2017. Nach einem verheerenden Terroranschlag hat sich das Leben in den USA stark verändert. Eine neue Technologie erleichtert die Aufklärung von Mordfällen. Detective Veronica Sloan ist eine der Ersten, die die Methode erfolgreich anwendet. Da wird im Keller des Weißen Hauses eine Leiche ohne Kopf gefunden. Sloan nimmt die Ermittlungen auf. Unterstützung erhält sie von Special Agent Jeremy Sykes.

416 Seiten, kartoniert mit Klappe
€ 9,99 [D]
ISBN 978-3-8025-8869-3

Band 2: Der Klang des Verderbens
416 Seiten, kartoniert mit Klappe
€ 9,99 [D]
ISBN 978-3-8025-8870-9

www.egmont-lyx.de

LYX
EGMONT

Eileen Carr

Im Netz der Angst

Thriller

Die Wahrheit kommt stets ans Tageslicht

Psychologin Aimee Gannon erhält einen nächtlichen Anruf von der Polizei: Eine ihrer Patientinnen, die rebellische siebzehnjährige Taylor, wird verdächtigt, ihre Eltern ermordet zu haben. Aimee glaubt nicht an Taylors Schuld. Zusammen mit Detective Josh Wolf will sie die Wahrheit herausfinden. Aber je näher sie der Wahrheit kommen, umso größer wird die Gefahr für Aimee …

»Brillante Charaktere, eine spannende Handlung und ein rasantes Tempo – was will man mehr?« *Publishers Weekly*

352 Seiten, kartoniert mit Klappe
€ 9,99 [D]
ISBN 978-3-8025-9098-6

www.egmont-lyx.de

Werde Teil unserer LYX-Community bei Facebook

Unser schnellster Newskanal:
Hier erhältst du die neusten Programm-
hinweise und Veranstaltungstipps

Exklusive Fan-Aktionen:
Regelmäßige Gewinnspiele,
Rätsel und Votings

Bereits über **12.000** Fans tauschen sich
hier über ihre Lieblingsromane aus.

JETZT FAN WERDEN BEI:
www.egmont-lyx.de/facebook